存在の淋しさ

有島武郎読書ノート

梅田　滋
UMEDA Shigeru

共同文化社

はじめに

存在の淋しさに似てもっと深いもの

仙台での学生時代、先輩が主宰していた同人誌に有島武郎論が連載されていた。哲学的な文章で難解だったが、不思議な魅力を感じさせる論述だった。それに刺激されて自分も有島作品を少し読んだかもしれないが、何を読んだかまったく思い出せない。

その有島武郎と、札幌市の隣町喜茂別町に移り住んでから、思いもかけない文脈で再会することになった。明治4年和人として喜茂別に最初に定住した阿部嘉左衛門ら元仙台伊達藩亘理士族三家族は、元家老田村顕允の命によって派遣された人々である。この田村顕允が親しくしていた佐々城家の長女が、佐々城信子であった。この佐々城信子が有島武郎の『或る女』早月葉子のモデルとされた女性であることを知って、私は、伊達と喜茂別とニセコを繋ぐ阿部嘉左衛門、田村顕允、佐々城信子、有島武郎の系譜が特別の輝きを放って眼前に立ち上がったかのような衝撃を覚えた。[※1]

その後、ニセコ町の有島記念館に通いながら展示内容を学び、接点となった『或る女』を手始めに、『カインの末裔』『親子』『生れ出づる悩み』などニセコ町ゆかりの作品を手始めに、有島武郎の作品を読み漁ることになった。そのような経緯から、8年前に有島記念館と歩む会「土香る会」の事務局再建を引き受けることになり、月例で有島作品の読書会を始めた。毎月の課題作品に即して会員とともに読後感を話し合うのだが、その場に提出した自分の感想文が『有島武郎読書ノート』[※2]である。

読書会を軸に創作作品のほぼ全てを読み終えたこの時期を節目に、文学に生きた有島武郎の人生とは何だったのか、自分にとって彼の文学と思想と人生はどのような意味を有するものなのか、通底する本質的な問題を掴みたいという予てからの欲求に急かされるように、折々に考え書き連ねてきた『有島武郎読書ノート』を全体を通して振り返ることにした。

またこの12年間は、２０１１年３月11日の東日本大震災によって大きく影響を受けた自分の精神の在りようを見つめ続けた年月でもあったが、思春期以降抱え続けてきた他者との関係意識の希薄さは、３・11によって手酷い空洞感となっていた。深刻化した捉えようのない虚無感を、自分なりの言葉として「存在の淋しさ……」と呟き続けてきた。そんな自分が、有島作品の中で彼自身の「存在の淋しさに似てもっと深いもの」（『星座』）という言葉に出会ったことも、『有島武郎読書ノート』がきっかけとなった啓示である。

さらに、２０１８年に有島記念館を来訪してくださった、台湾の蔡焜霖さんとの親交の中で学んだ有島武郎とアジアの関係も、有島武郎の文学、思想、生き方が示唆する歴史的かつ普遍的意義について改めて考える機会となった。特に、有島武郎の作品『小さき者へ』が当時の韓国や中国からの留学生に与えた社会変革思想における大きな影響や、武郎と秋子の情死が韓国知識人に与えた社会的影響、さらには、有島武郎の「階級移行否定論」が中国革命期の魯迅に与えた思想的影響などは、私の思索の迷宮をさらに複雑かつ深刻な方向に延ばすことになった。

これらの営みによって有島武郎の精神営為の軌跡を辿ることで、私自身の心の隘路を打開したい。その想いは、書き続けた9年間にとどまらず、書き終えた今も続いている。

これからも続く里程に向けた小さな標の一つとして、この書を出すことにした。

※１：「伊達、喜茂別、ニセコの黎明を繋いだ人々」（『バイウェイ後志』５号～８号／２００９～２０１１年）

※２：２０１３年9月から２０２１年12月までの約9年間で書いた読書記録

存在の淋しさ　目次

❖有島武郎作品一覧(抜粋)

1897(M30)	4	『感想録』書き始める
1908(M41)	頃	『燕と王子』
1910(M43)	5	『二つの道』
	7	『老船長の幻覚』
	10	『かんかん虫』
1911(M44)	1	『或る女のグリンプス』連載(～T 2)
1912(M45)	3	『小さい夢』
1914(T 3)	1	『お末の死』
	1	『真夏の頃』
	4	『An Incident』
	8	『幻想』
1915(T 4)	7	『宣言』連載
	9	『サムソンとデリラ』
1916(T 5)	1	『洪水の前』
	3	『首途』(『迷路』の一部)
	3	『フランセスの顔』
	7	『クロポトキン』
	8	『潮霧(ガス)』連載
1917(T 6)	5	『死と其前後』
	6	『惜しみなく愛は奪ふ』(初稿版)
	7	『カインの末裔』
	7	『平凡人の手紙』
	9	『実験室』
	9	『クララの出家』
	10	『凱旋』
	10	『芸術を生む胎』
	10	『奇跡の咀』
	11	『迷路』
1918(T 7)	1	『小さき者へ』
	1	『暁闇』(『迷路』の一部)
	1	『動かぬ時計』
	3	『死を畏れぬ男』
	3	『生れ出づる悩み』連載
	4	『石にひしがれた雑草』
1919(T 8)	1	『小さき影』連載
	2	『リビングストン伝第四版序言』
	3	『或る女』前編
	6	『或る女』後編
	12	「三部曲」(『大洪水の前』『サムソンとデリラ』『聖餐』)
1920(T 9)	1	『クロポトキンの印象と彼の主義及び思想について』
	1	『ルベックとイリーネのその後』
	6	『惜しみなく愛は奪ふ』(定稿版)
	7	『イプセンの仕事振り』
	8	『一房の葡萄』
	9	『運命の訴へ』執筆中断(未刊)
	9	『一つの提案』
	11	『卑怯者』
	11	『旅する心』
1921(T10)	1	『碁石を呑だ八っちゃん』連載
	3	『ホイットマンに就いて』
	7	『白官舎』(後の『星座』)
	7	『溺れかけた兄妹』
	10	『御柱』
	11	『ホイットマン詩集』第一輯
1922(T11)	1	『宣言一つ』
	1	『広津氏に答ふ』
	1	『片輪者』
	1	『芸術について思ふこと』
	3	『片信』
	5	『想片』
	5	『星座』(未完)
	6	『一房の葡萄』(「一房の葡萄」「溺れかけた兄妹」「碁石を呑だ八っちゃん」「僕の帽子のお話」所収)
	8	『家事とポチ』
	10	個人雑誌『泉』創刊～『ドモ又の死』『小作人への告別』所収
	11	『泉』11月号～『「静思」を読んで倉田氏に』所収
1923(T12)	1	『泉』1月号～『酒狂』『文化の末路』所収
	2	『泉』2月号～『ホイットマン詩集─草の葉─』第二輯、『或る施療患者』所収
	2	『革命心理の前に横はる二岐路』
	3	『泉』3月号～『断橋』『永遠の叛逆』所収
	3	『農場開放顛末』
	3	『私有農場から共産農場へ』
	4	『泉』4月号～『骨』『瞳なき眼』(其一)『詩への逸脱』所収
	4	『農村問題の帰結』
	5	『泉』5月号～『親子』『瞳なき眼』(其二)所収
	5	『狩太農場の解放』
	6	『農民文化といふこと』
	6	『泉』6月号～『独断者の会話』所収
	6	短歌十首
	6	遺書(書簡)
	8	『泉』終刊　有島武郎記念號～『淋しい事実』(足助素一)他追悼文所収

作品群から

1 『運命の訴へ』 引き裂かれたアイデンティティ

有島武郎が完結を放棄し、生前に発表されることなく終わった『運命の訴へ』（大正9年9月中断）は、凄惨な世界を描いた衝撃的な作品である。

未発表とはいえ、この作品は『有島武郎全集／第5巻』（筑摩書房）の末尾に所収されているので、今は読むことができる。また、未完、未刊に終わったことの経緯や背景については、内田満氏が「『運命の訴へ』覚え書―有島武郎・〈未完〉の周辺」（『同志社國文』第12号／昭和53年2月）の中で初めて克明な研究結果を発表し、作品の大部分を占める手記を書いた主人公にはモデルが存在し、有島武郎はその人からの取材を得て作品を書き進めてきたにも関わらず中断したことを明かしているが、その内田論文を私は読んでいない。いつものように、研究論文や評論など関連する周辺情報を極力排して、自分の心だけで作品を読んできた。ただ、この作品を書いた当時の武郎が置かれていた状況を理解するため、この時期に前後して発表された彼の主な関連作品群などを時系列で俯瞰しておきたい。

1917（大正6）年6月『惜しみなく愛は奪ふ』（初稿版）発表
1917（大正6）年7月『カインの末裔』発表
1918（大正7）年9月『生れ出づる悩み』発表
1919（大正8）年3月『或る女』（前編）発表

1919（大正8）年6月『或る女』（後編）発表
1919（大正8）年12月『三部曲（大洪水の前、サムソンとデリラ、聖餐）』発表
1920（大正9）年6月『惜しみなく愛は奪ふ』（定稿版）発表
1920（大正9）年9月『運命の訴へ』執筆中断（未発表に終わる）
1920（大正9）年11月『卑怯者』発表
1921（大正10）年7月『白官舎』発表（『星座』の序章＝第9章までに該当）
1922（大正11）年1月『宣言一つ』発表
1922（大正11）年5月『星座（第1巻）』発表（以降未完に終わる）
1922（大正11）年7月 有島農場の無償解放宣言（7月18日）
1923（大正12）年1月『酒狂』発表
1923（大正12）年2月『或る施療患者』発表
1923（大正12）年3月『断橋』発表
1923（大正12）年4月『骨』発表
1923（大正12）年5月『親子』発表
1923（大正12）年6月『独断者の会話』発表
1923（大正12）年6月 波多野秋子と心中（6月9日）

作家人生のほぼ全期間に及ぶ長い列記となったが、『運命の訴へ』について考える上でどうしても必要と思われる関連作品として、予め書いておくことにした。

1．想像と現実をつなぐ迷路

著者有島武郎と思しき小説家が、旅先の小さな宿で隣室の若い相客と徒然の談話で夜の一刻を過ごす。相貌に運命が滲み出ているような青年の表情に恐怖を覚え、その不思議な印象に圧迫を感じる。隣室に戻ってから青年の気配がまったく伝わってこなくなったことを不審に思った小説家が朝起きてちょっと部屋を空けた隙に、青年のものと思しきノートブックが原稿用紙の上に置かれていた。手を尽くしてもすでに宿を出立していた青年を捜し出せず、そのノートブックを読んだ小説家は、6年後にそれを活字にした。その物語が、この作品となっている。

この劇中劇のような構造は、小説家であれば容易に着想しそうな感じもする。描かれた想像とその元になった現実の奇妙な錯綜関係を思うと、これは創作行為の迷路の入り口なのかもしれない。

2．手記を辿る

何といふことだ。兄貴が死んだんだぞ。私の憎み切っていた兄貴が死んだんだぞ。私はその喜びを伝えるために、姉の所に電報を打ちに、この早いのに二里近い田舎道を自転車を飛ばしてやって来たんだ。それだのにどいつもこいつも知らん顔をしていやがる……けれども知らん顔がし続けられるものならして見るがいい。（『運命の訴へ』より）

ノートブックに記した手記の著者が、『運命の訴へ』の実質的な主人公である。

海沿いの小さな片田舎「谷《やし》」に育った主人公は、村の篤農家の子息として勉学のため都会に出たものの事情があって田舎に戻り、家族との愛憎を挟みながら、極端に閉塞的な村人たちのおぞましい不幸な出来事に巻き込まれていく。主人公は自分の運命を囚えた家族と田舎を呪い、兄の死を喜ぶのだが、その背景もその理由も、手記

の冒頭のこの場面ではわからない。しかし、

兄貴もこんな田舎にくすぶって、二年近くも癇癪を起こし続けて死なうとは思はなかったらう。（同書）

兄貴も自分と同じような絶望感を抱えていたであろうことを察していた主人公は、兄の死をその絶望感からの解放と受け止め、同じような心情を抱えていたはずの姉に、近親憎悪からの祝福を率直に伝えようとしたのであろう。

兄も姉も共有していたはずという絶望感とは、一体どのようなものだったのだろう。主人公の鬱屈した絶望感がどこに起因するのか、この物語の中で次第に明らかになっていく。このおぞましい物語は、主人公がまだ子供の頃から始まっていた。いや、その遥か昔から綿々と続いていたのだろう。主人公が子供の頃、ある家の姑のひどい嫁いびりに遭い夫の左五郎も助けてくれなかったおかみさんが、乳飲み子を背負ったまま堰に身を投げて死んだ事件で、谷《やと》中が沸き立ったことがあった。この事件は、おかみさんの幽霊話にまで尾を引き、谷《やと》の空気を不気味に支配した。

また、主人公が徴兵検査を受けた年、谷《やと》の彌助が日露戦争から帰ってきて間もなく、おかみさんのお照に子供が生まれたが、谷《やと》の男たちは彌助不在中の不義の子と噂し、その噂を広めた助産婦の松婆が畦に落ち無惨な姿で凍死した。業が業を呼んだも同然の松婆の死に対する松婆の息子夫婦の冷淡な態度は、結局、谷の中では看過されておしまいになった。

主人公は、つぶやく。

これであの婆はあたり前に死んだもののやうに葬られてしまったのだ。平和に葬られたのだ。田園といふ

ものはそんな風に平和なんだからな。（同書）

これが現実社会の真実なのだと、主人公は忌まわしい気持ちに囚われる。興味本位の噂に関連して起きた凶々しい事件を闇の中に押し流しながら、表面だけは親身を装う谷《やと》の村人たちに対し、彌助は傷つけられた心を閉ざして内向させ、鬱屈が嵩じていく。彌助が心を平静に保てたのは、自分が育てている稲を眺める時だけであった。主人公は、そんな彌助に自分自身を重ねて、遠くから親しげに見つめる。

しかし、物語の核心がここから突然立ち上がっていく。

……（略）……彌助の田の辺りを通ると、後ろ手をして苗床を検べていた彌助が、ひょっくりこちらを向いた。苗床から振り向いたばかりの顔だったから、人間離れがするほど澄んで清々しい微笑を湛えていた。狂人と白痴にのみ見るあの神々しい笑顔、絶望のどん底に人間の知らない楽しいものを見つけ出したやうなあの笑顔、俺れはそれを見たばかりでもう涙ぐましいやうな気持ちにさせられた。同じやうに人間の生活から蹴落されながら、俺れは心も魂も荒み切っているのに、彌助は易々と俺れの及びもつかぬ境地に救い出されていたのだ。俺れは妬ましいというよりも崇めたいやうな心になっていたのだ。俺れの顔は思はず知らず日頃の苦々しさから解放されて、人間らしい好意の色を表していたに違ひない。俺れは田舎で先輩に対しする礼儀を守って鳥打帽子を脱いで軽く頭を下げた。さうして、

「いいお晩になりやした」

と田舎そのままの言葉で挨拶した。

と、彌助は苗床から振り向かれたそのにこやかなままの顔で暫く俺れをまじまじと見続けていたつけが、突然仮面を脱いだやうに一瞬間の前とは似もつかぬ表情になった。本当にそれは瞬きする間もなかった。真

蒼だ、唇までが。裂けるやうに見開かれた瞼はびりびりと激しく痙攣した。脂汗が雫をなして見る見るその高い額際から滴り出した。俺れは、この突然の変化に、本能的に猛獣の襲撃を防ぐやうな身構へをしてたちすくんでしまった。……（略）……ふと不思議な気配を感じて俺れは後ろを向く間も見せず草履も何も脱ぎ捨てて逃げ出した。同時に彌助が韋駄天走りに俺れを追ひかけたのを後ろに感じた。死のごとく黙りこくったままで。（同書）

長い引用になったが、この作品の本質とも言える闇に侵された戦慄すべき描写である。鎌を持って襲いかかる彌助から辛くも逃げ延びた主人公は、彌助の呆然と佇む姿を眺め震えながら、自分自身と彌助を重ねて事態の意味を自問する。

同じく運命に呪はれたものが二人向ひ合ひながら、生まれつきの仇同志ででもあるやうに、命がけで隠れん坊見たやうなことをしなければならぬとは、何といふ情けないことだと俺れは心の底から情けなく思ってしまった。彌助の黒い姿は俺れの眼の中で涙のために溶けて行った。と思うと俺れの喉は子供のやうに泣きじゃくりをし始めていた。（同書）

その後、主人公は、彌助の凶暴な変化と彼の一家に起きた忌まわしい事件を耳にする。その後の彌助は、田に出ることもなく、妻子に対して以前にも増して凶暴な振る舞いを加え、自らの身を終日森の赤松の根方に据えて動かず「黙狂」の身となり果て、そして、ついにある日、納屋から持ち出した大刀で妻のお照を切りつけてしまった。彌助に襲われ切られながらも、一命をとりとめたお照はそのまま実家に逃げ帰り、治療後は淫乱の生き方に変わり果て、彌助は檻のような納屋に閉じ込められた。

彌助に対する主人公の親近感が結果的に彌助の狂気をさらに凶暴なものに変えたこの事件は、なぜそのような展開になってしまったのだろう。彌助は、主人公が態度に表した自分への親近感に心を失うほど恐怖の念を覚え、その恐怖から逃れるために、主人公への攻撃的な行動を仕向けたのだろう、としか思えない。

武郎は、なぜこの作品を書いたのか。その秘密の鍵は、主人公と彌助の命をかけた身の毛もよだつ闘いと、その凄惨な後日談にあったと考えるべきだろう。それは、どういうことか。

3. 書いた理由と中断した理由

謎を解く鍵は、主人公のアイデンティティに潜んでいる。彼の祖父は、勤勉と学識と地域社会への貢献によって、谷《やと》の住民の人望を集めた。父もまた谷《やと》の人々に敬われた人である。いわば、武郎の概念で言えば、第四階級の村の中に派生してきた第三階級、ブルジョア、いや、プチブルといった方が適切かもしれない、そのような出自を背負う存在である。しかし、祖父は晩年になって癩病を発症し、当時の例に漏れず家族にも地域社会からも忌避され、密室に隔離され狂気と飢えで死んでいる。このことで、主人公の血筋は、谷《やと》にとって尊敬と忌避が闇の中に澱《おり》となって撹拌され沈殿した存在となっていた。兄によってこのことを知らされた主人公は、自身の中にも癩病の血が流れている怖れを兄と共有することによって、初めて一族のアイデンティティを分有したのである。第四階級の民の間に次々と起こる禍事と主人公一族の癩病は、奇妙な共存意識を形成していた。

彌助が谷《やと》の中で唯一心を寄せ、恐れるがごとく尊敬したのは、主人公の父であった。父は彌助に対しては、常に仮借のない厳しさで臨んだが、そこには裏表のない親身の眼差しがあった。彌助は、親のごときその真っすぐな厳しさをそのまま信ずることができたのだろう。それなら、その子である主人公との間で、なぜかくも壮絶な悲劇が起きたのだろうか。

武郎は、その秘密の解を直ちに察知したはずである。主人公が彌助に感じた親愛の情は、彌助にとっては、その裏にどんな偽善、欺瞞、陰謀が隠されているか分かったものではない、敵の恐ろしい仮面だった。主人公の意識が誠実なものであっても、彌助にとっては虚偽であることに変わりはない。柔和な表情であればあるほど、その仮面の下の素顔がどれほど凶暴なものか、彌助は身に沁みて体得して生きてきたのであろう。それが、第三階級に対する第四階級の偽らざる心根である。

武郎は、モデルである主人公から聞いたであろうこのエピソードに、魂が根底から揺さぶられたからこそ、どうしてもこの作品を描きたかったのである。主人公が彌助の豹変に連想した能曲「黒塚」の悪鬼は、実は、彌助が主人公に抱いた身の毛もよだつ妄想だった。日露戦争従軍の中で、彌助は一体どんな目にあったのだろう。武郎がキリスト教の幻想から眼を覚ました日露戦争の実相が、彌助の豹変に埋め込まれていたのかもしれないが、その彌助に妄想を想起せしめたのが主人公であったということ、これも「運命」の皮肉というしかない。

『運命の訴へ』を中断した1920（大正9）年9月の3ヶ月前に、『惜しみなく愛は奪ふ』の定稿版が発表されている。この二つの作品には、彼の思想と創作の根底に流れる「自分は何者か」という問題意識が通底していた。この問題意識は、彼の人生を最後まで支配した根源的な闇でもあった。『惜しみなく愛は奪ふ』は、そのような自己切開の書である。『運命の訴へ』の主人公も、自分のアイデンティティを受け止めることに苦しみ続けた。

それにも増して私が女性に望むところは、女性が力を合せて女性の中から女性的天才を生み出さんことだ。男性から真に解放された女性の眼を以て、現在の文化を見直してくれる女性の出現を祈らんことだ。女性の要求から創り出された文化が、これまでの文化と同一内容を持つだろうか、持たぬだろうか、それは男性たる私が如何に努力しても、憶測することが出来ない。そして恐らくは誰も出来ないだろう。その異同を見極めるだけにでも女性の中から天才の出現するのは最も望まるべきことだ。同じであったならそれでよし、若し異っていたら、男性の創り上げた文化と、女性のそれとの正しき抱擁によって、それによっての

み、私達凡ての翹望する文化は成り立つであろう。（『惜しみなく愛は奪ふ』より）

これは、女性について論じている部分だが、この潔癖なアイデンティティの峻別は、『宣言一つ』（大正11年1月）の中において、より徹底した論理と表現に集約されている。

もし階級争闘というものが現代生活の核心をなすものであって、それがそのアルファでありオメガであるならば、私の以上の言説は正当になされた言説であると信じている。どんな偉い学者であれ、思想家であれ、運動家であれ、頭領であれ、第四階級な労働者たることなしに、第四階級に何者をか寄与すると思ったら、それは明らかに僭上沙汰である。第四階級はその人たちのむだな努力によってかき乱されるのほかはあるまい。（『宣言一つ』より）

この引用の中に、彌助と主人公が、それぞれに息を潜めている。
この二人に向けて、武郎は『宣言一つ』の中でさらに言葉を重ねる。

私は第四階級以外の階級に生まれ、育ち、教育を受けた。だから私は第四階級に対しては無縁の衆生の一人である。私は新興階級者になることが絶対にできないから、ならしてもらおうとも思わない。第四階級のために弁解し、立論し、運動する、そんなばかげきった虚偽もできない。今後私の生活がいかように変わろうとも、私は結局在来の支配階級者の所産であるに相違ないことは、黒人種がいくら石鹸で洗い立てられても、黒人種たるを失わないのと同様であるだろう。したがって私の仕事は第四階級者以外の人々に訴える仕事として始終するほかはあるまい。世に労働文芸というようなものが主張されている。またそれを弁護し、力説する評論家がある。彼らは第四階級以外の階級者が発明した文字と、構想と、表現法とをもって、漫然と労働者の生活なるものを描く。彼らは第四階級以外の階級者が発明した論理と、思想と、検察法とをもって、文芸的作品に臨み、労働文芸としからざるものとを選り分ける。私はそうした態度を採ることは断じてできない。（同書）

武郎は、『運命の訴へ』の中で彌助を主人公の犠牲に供することで、『宣言一つ』のこの結論を書くことができたのではないかと思う。この挿話が、モデルが体験した実話なのか武郎の創作なのかわからないが、そのいずれにしてもあまりにも痛ましい犠牲であったことに相違はない。この作品にこのエピソードを挿し記すにあたって、武郎は血を吐くほどの自己矛盾に苛まれたに違いない。

ところで、腑に落ちないことが一つある。第四階級以外の人間が第四階級の人々を描くことを根本的に批判し否定していた武郎が、なぜ第四階級である彌助など谷《やと》の人々の心を描こうとしたのだろうか。

武郎は、『宣言一つ』に次のように書いた。

それならたとえばクロポトキン、マルクスたちのおもな功績はどこにあるかといえば、私の信ずるところによれば、クロポトキンが属していた（クロポトキン自身はそうであることを厭ったであろうけれども、彼が誕生の必然として属せずにいられなかった）第四階級以外の階級者に対して、ある観念と覚悟とを与えたという点にある。マルクスの資本論でもそうだ。労働者と資本論との間に何のかかわりがあろうか。思想家としてのマルクスの功績は、マルクス同様資本王国の建設に成る大学でも卒業した階級の人々が翫味して自分たちの立場に対して観念の眼を閉じるためであるという点において最も著しいものだ。第四階級者はかかるものの存在なしにでも進むところに進んで行きつつあるのだ。（同書）

なるほど、武郎が主人公と彌助をこの挿話の中に書いたというのは、第三階級としての「観念と覚悟」だということなのだろう。これは納得できる。納得できるが、しかし、なぜここで「観念と覚悟」を自らに課したのだろう。

『宣言一つ』は、『惜しみなく愛は奪ふ』の論旨が凝縮された、一つの帰結である。『惜しみなく愛は奪ふ』の初稿版（大正6年6月）は、『カインの末裔』（大正6年7月）と相前後して発表された。振り返ってみれば、広岡仁右衛門は、第四階級的な存在として描かれている。『カインの末裔』の冒頭と結末を循環する仁右衛門夫婦の放浪の運命はカインそのものであり、運命の先が見えない絶望だけが浮かび上がってくる作品であった。武郎は、『惜しみなく愛は奪ふ』初稿版で発芽を見た第四階級ではない自分のアイデンティティを、『カインの末裔』において仁右衛門に投影したのである。仁右衛門は、第三階級になろうとして転落した第四階級としての自己展開を作中で実験し、アイデンティティの裂け目を垣間見てしまい、その循環の闇の中に沈んでいった。

武郎は、この『カインの末裔』以降暫くの間、第四階級的な主体を意図的に描いてはいない。しかし、彼の意識には常にこのテーマが疼いていたはずである。その疼きを証しリベンジを試みたのが、3年後に相前後して書いた『惜しみなく愛は奪ふ』定稿版（大正9年6月）と『運命の訴へ』（大正9年9月）であったと思う。この疼きを復活させリベンジ意識をもたらしたのが、『運命の訴へ』のモデルとの出会いであった。粒良達二というモデルに出会わなかったら、このリベンジは成し得なかったはずである。ちなみに、このリベンジは失敗に終わり、再びリベンジとして挑んだのが、さらにその約2年後の『酒狂』『或る施療患者』『骨』であった。しかし、また同じ自問に戻るが、武郎は、なぜかくも第四階級の心の表現にこだわったのだろうか。それは、いかなる「観念と覚悟」だったのだろうか。この自問に答えるために、問いを言い換えてみる。

武郎は、自らが遠く離れてしまった第四階級と、もはや抜け出すことが叶わない第三階級との間で苦しむことになるアイデンティティの裂け目にこだわっていたのは、一体なぜだったのだろうか。『運命の訴へ』創作に向けてモデルから得た取材で彌助のエピソードを知った武郎は、そこに、第四階級と第三階級のアイデンティティの裂け目と、そのことによる近親憎悪にも似た両立不可能と思われる闘いの深淵を見出し、それが、武郎自身のアイデンティティの内部矛盾を改めて照らし出すこと、つまり、自分自身を否定し滅ぼす「観念と覚悟」の好機を得たのではないか。この着想を得た時、生涯をかけて追求し続けてきた自己否定の大きな前進の可能性に、彼の心は大波のようにざわめきたったに違いない。

武郎の魂と精神は、限りなく第四階級に近づきたいという見果てぬ夢を追い求めながら、その思いに反比例して自らの第三階級性に踏みとどまらざるを得ない、自己分裂としか言いようのないアイデンティティの裂け目を意識し続けてきた。であれば、この好機に『運命の訴へ』を発表し、『カインの末裔』のような衝撃を論壇に投ずることでその反響を一身に受け、自らのアイデンティティの裂け目を内奥深くに凝視せざるを得ない機会とすればよかったはずである。彼の手には、すでに『惜しみなく愛は奪ふ』があり、反自己あるいは論敵と議論する上での理論的武器は用意できていたのだから。しかし、彼は、結局『運命の訴へ』を中断し、未発表とした。その決断の根拠には、作中における彌助の存在があったろう。彌助の存在がこの作品をマグマのように溶解しながら支えているにもかかわらず、彌助を表現することにどうしても躊躇してしまう根の深い迷いが、武郎にあったのだろう。その迷いを抱えながら、武郎は書いた。

然しこの手記を書き上げてしまったら、或いは俺れの生活の内容がはっきりして来るかもしれない。さうしたら俺れのこれからの方針が自分にはっきりとわかって来るかもしれない。……けれども……はっきり分かったらどうすると一體俺れは思っているのだ。その方針に従って俺れは一定の進路を取って生活を完成することができるとでも思っているのか。それは自分ながら虫のよ過ぎる考へ方ではないか。何んにもはっきりとは知らないで、乱雑な心のままで今日今日を過ごして行く方が結局はなし易いことかも知れない。なまじっか俺れがどんな運命の下に生まれつけられたか知って見ろ。その瞬間に俺れは気違ひになるか自殺する外に道がなくなるのかも知れない。（『運命の訴へ』より）

背筋が凍るような、怯えを感じた。『或る女』以降の文筆の衰えを打開するために、農場の解放と財産の処分を真剣に考え始めていたこの時期、その反面、結果の無益なる可能性についても、そして、その最後に狂気もしくは死が待っている可能性についても予測している武郎自身がいたのである。その原因が、この手記、すなわち第四階級と第三階級のアイデンティティの裂け目を証すモデルに遭遇してしまい、その恐ろしいエピソードを書き記すことの中にあった、と言っているのである。書くことの恐ろしさとは、書くことによって後戻りのできない自己発見をしてしまう、ということである。

俺れは今自分の足の下にどんな深淵が思ひ存分に口を開けて俺れを待っているかを、眼を開いて見ようとしているのだ。俺れのさうするのを誰れも賛成してくれる人はいない。……而して可なり淋しいことには誰も妨げようとする人もない。

呀！　あぶない。眼を開くな！……さういふ聲を俺れは今まで求めあぐねてはしなかったか。けれどもそれは何処からも来る聲ではない。俺れの周囲は永遠の死の如く静かだ。俺れは眼を開く。……俺れは書く。（同書より）

手記の主人公は、そして武郎は、だから『運命の訴へ』を書いた。そして、口を開けて待っていた深淵の虚無に飲み込まれた。限りが見えない深淵の虚無感は、アイデンティティの裂け目として武郎を包み込んだ。彌助のこの挿話は果たして発表しても構わないものなのだろうか……と、思い悩んだに違いない。

もし私がそこに立っていたら、この挿話の深い暗喩に自分の思想を同化し得る表現上の喜びを感じると同時に、公表することによる彌助と主人公への残酷な仕打ちが人間としての良心を苛む自己嫌悪で、身も心もその置き所を失ってしまうだろう。

結局、武郎は、いったん書いた作品『運命の訴へ』を、発表せずに終えた。そのような自分自身を、彼は、『運命の訴へ』断筆の直後に『卑怯者』（大正9年11月）として仮託した。『卑怯者』は、『運命の訴へ』にまつわる自分自身との闘いから逃亡したことを暗喩とする、敗北の総括であった。

『運命の訴え』以降、武郎は「書いた理由と中断した理由」の闇の深部から促されるかのように、彼の最後のステージに突き進むかのように、さらに書き続けた。

この作品を書かざるを得ない状況に追い込まれた武郎のそれまでの作品系譜と、書いたにも関わらず中断した後の作品群を、私も読み辿ってみた。

2 『老船長の幻覚』不条理の海

数年ぶりに再読して、強い衝撃を受けた。以前気がつかなかった自分のうかつさにも呆れたが、事実上の処女作において、不条理劇といってもいいラジカルな展開が、彼の文学のエッセンスを垣間見せていることに驚いた。

『老船長の幻覚』は、1910（明治43）年7月発行の「白樺」第1巻第4号に発表された戯曲である。同年4月発行の「白樺」創刊号（第1巻第1号）には『西方古傳』を発表しているが、仏教を素材にした一種の説話のような習作的作品であるのと比べ、二作目である『老船長の幻覚』は時代に先駆けて不条理性を織り込んだ本格的な戯曲であり、有島文学の波乱に満ちた幕開けを象徴するにふさわしい前衛的作品である。

この1910（明治43）年を年譜によって振り返ると、4月の「白樺」創刊号に説話風の小説『西方古傳』を寄せた有島武郎は、翌5月の「白樺」2号に評論『二つの道』を発表し、同月札幌独立教会を退会している。そして7月「白樺」4号に戯曲『老船長の幻覚』を寄稿し、翌8月には「白樺」5号に評論『も一度「二の道」に就て』を書き、『二つの道』への反響に応えている。その後も「白樺」には様々な作品を描き続けるが、この明治43年は白樺派時代の有島武郎にとって特別の1年となった。

さらに彼の個人的状況を言えば、前年の1909（明治42）年3月に武郎は神尾安子と結婚し、大学生活においては社会主義研究会に関心を強める一方で、翌43年には札幌独立基督教会を退会して、恩師新渡戸稲造や内村鑑三と袂を分かち、「白樺」の同人として文学と美術に没入しようとしていた時期である。第三回黒百合展に絵を出展し、それが若き木田金次郎の目に止まって二人の交流が始まったのも、この年であった。一方で1908（明治41）年に山本農場を有島武郎名義に変更して農場主となって以降、自らの良心と思想に反する農場主としてのありように悩みを深める日々が始まった頃でもあった。武郎を取り巻く公私様々な領域で、まさに激動の一年であったことがわかる。

このような時代背景を思い浮かべると、『老船長の幻覚』の不条理性を理解する上でのいくつかの手がかりが見えてくる。しかし、その手がかりだけでは説明しきれない不可解さが、作品全体に重苦しい影を落としていることも無視できない。これらの観点から、『老船長の幻覚』を改めて読んでみる。

1

体調の優れない老船長は、荒れ模様の天候を押して敢えて出航しようとしている。しかし、その行き先は海図にもない不可知の海原である。老船長の健康を気遣う水夫長は、目的地の明確でない航海を諦めるよう説得するが、老船長は一向に耳をかさない。小さな孫娘は一緒に連れて行ってほしいと老船長にねだるが、それもはねつける。かつて難破しそうになった船を救援して老船長が命を救ったA、B、C3人が老船長の幻覚に現れ、頻りに出航を引き止めようとするが、これをも無視する。そんな中で医師の娘が幻覚に現れ、彼女は老船長に早く出航するよう促す。彼女は、かつて老船長が愛した女性で、彼女も老船長を愛したが二人は別々の境遇に別れた。老船長は、医師の娘の声に従って、最後に、船を出す決断を皆に告げる。しかし、船がどこにいくのか、老船長自身も知らない。誰も知らない西の海原を目指す、ということしか彼自身にもわかっていない。それでも、彼は水夫長に出航を命じた。

老――（妄想を払うが如く医師の娘の乗せたる額の手を払いながら稍起き直り）うむ、風でも嵐でも凌いで見せようが、俺れ

は一体どう行くんだ（再び両脚器を取りて海図の上にあてがう）（『老船長の幻覚』より）

深い暗喩に富む作品である。船の向かう先がどこなのか、何が目的なのか、多様な読み方がありうる中で、著者にとっても読者にとっても正解はわからない。そこが不条理劇の所以だともいえるが、作品の表現手法以前の問題として、武郎自身にとっても解がわかっていないからこそこのような作品を描いたのだろう。嵐の中で船が向かう先は、教会の権威を捨てたキリスト教の望ましい信仰のあり方とも考えられるし、棄教の先に彼が目指した文学の世界とも捉えられるし、出航を唆す医師の娘との愛への執着とも思えるし、そしてその愛の向こうから手招きするかのような死への渇望とも見えてくる。医師の娘の幻覚には、死の影が漂っている。そのことを感じて、私はあの恐ろしい予感で鳥肌が立った。医師の娘とは、波多野秋子ではないのか。いや、それはもちろん読者だけがなしうる妄想だが、相手が誰であれ情死の赴く先が、海図のない西の海原が示唆する境地ではないのか。もちろん、根拠のない単なる妄想に過ぎないことだ。このように想起できる全ての可能性を含むもの、その境地とは彼の「人生」そのものであろう。

老――いやいや酔ってはならん。それにお前も大きくなると是非一度はそこに行かねばならぬ時が来る。その時まで待っているんだ。（同書）

これは、老船長が同行したいとねだる孫娘をたしなめなだめる台詞である。小さな娘がこれから迎える人生の悩みを示唆したこの言葉は、しかし一般的な意味での「人生」ではない。選択の迷いが余儀なくされ、決断不能に陥る苦悩に導かれる人生を暗示している。小さな孫娘とは、文学を描き始めたばかりの武郎自身の仮託であろう。

「人生」については、物語の中で、もう一つ明快なメッセージを暗示している。幻覚に現れた老人Aは歩んだ道の到達点にある人生の象徴であり、若き商人Bは仕事と生活の渦中にある人生の象徴であり、中年婦人Cは家庭と家族を世界の中心とする人生の象徴である。それぞれの世俗に難破の危機が訪れることがあるのも人生であり、老船長がそんな彼らを救ったというのは、文学はそれら世俗の危機を救うことができるという暗喩であろう。このA、B、Cは、武郎自身の世俗的人生局面を仮託した暗喩と読むこともできる。

そのような暗喩の中で、老船長は嵐の中にさらなる文学の秘境を求めようとしているのである。しかし、嵐の中に求める文学の秘境は、父武を中心とする家族の桎梏、安子との結婚生活で抱え込んだ愛の齟齬、そして何より農場経営の矛盾を逆境として、いまだ打開の展望が見えない怒涛の中にこそ見出そうとしているのである。彼の前途に広がっているのは、そのような人生の闘いそのものであった。展望が見えないこの闘いの境地について、武郎は『老船長の幻覚』の直前と直後に書いて発表した評論『二つの道』『も一度「二つの道」に就て』の中で触れている。

我々は今まで此矛盾を苦痛だと思い、恥ずべきことだと思い、統一した一筋道を歩まねば、内的生活はたちどころに消滅すると思っていたが、絶対的実在とか真理とかいうものは、全然人間の思度以外にあるものと感じては、此矛盾こそ人間本来の立場だということを覚って、其中に安住し得るのを誇るべきだと思う

(『も一度「二つの道」に就て』より)

進もうとする前途に伸びている相反する二つの道の矛盾の中で、徹底的に迷うことが人間としての存在の証であって、迷いの思考を停止し片方にのみ固めてしまうことは、人として生きることの放棄を意味する。人は常に迷う中で生き進もうとする存在であり、理想として望んでいる絶対的境地への統一はあり得ないことであって

も、しかしその境地を目指さずにはいられない存在なのだ、と武郎は捉えている。

これを『老船長の幻覚』と重ねて考えると、目指す海図のない海原とは、そのような二律相反、人生の中で避けられない矛盾の中での、指針のない迷いを象徴していることに気づく。その解決の指針は、信仰にも哲学にもあり得ず、指針が存在しないことをそのまま受け止めてその中での迷いや苦悩をありのまま表現する文学を目指すことが、作品における老船長に託されたテーマである。海図のない海原への出航は、彼が目指す文学における指針のない闘いを意味しているだろう。そこに迷いがないはずはない。老船長自身の内部葛藤も、その葛藤を助長する幻覚としての医師の娘も、文学への希求と不安の内部矛盾を表象した暗喩である。

2

『老船長の幻覚』は1910（明治43）年7月発行の「白樺」に向けて書かれた作品であるが、その後、1918（大正7）年11月発行の「有島武郎著作集第7輯」に所収される際に大幅に改稿されている。細部も含めると相当箇所にわたっているが、主要な改稿箇所は「医師の娘」に関わる部分であり、その主な改稿部分から、武郎がこの作品を描いた意図をより鮮明に窺い知ることができそうである。

（孫娘入り来り黙したる儘水夫長の膝の上に上る。船長は其頭を撫でんとする如く手を延ばす。届かずして医師の娘の肩に置く）（明治43年稿）

（この時孫娘入り来り、黙したる儘水夫長の膝に上る。老船長はその頭を撫でんとする如く手を延ばす。届かずして医師の娘のさし出す掌の上にその手を置く）（大正7年稿）

老船長に対する医師の娘の積極的な姿勢が窺えるように、改稿されている。これは老船長の幻覚なので、彼の妄想がそのように期待していることが鮮明になるよう改稿したということだろう。老船長は医師の娘が今なお自分を愛していると夢想することで、それを出航の動機づけにしようとする潜在意識があることを示唆した表現である。これは、未知への船出の動機の中に、医師の娘との愛の悔恨を取り戻したいという願望を託していると受け止めていいのではないか。武郎にとって、それは安子との愛と結婚を捉え返すことを意味しただろうし、それを海図のない海原への出航へと結びつけるこの作品は、武郎のこの後の文学作品に帰結する深い意図を示唆しているものと受け止めることもできる。

このように受け止めることが可能な改稿は、他にも見られる。

医――……（略）……それが貴方が、見事にあの人の脳天を撃貫いて、ビクともなさらず平気でいらっしゃるのを見ると、私は女に生まれた甲斐があると思ひました。（明治43年稿）

医――……（略）……けれどあなたが、見事にあの人の脳天を撃貫いて、びくともなさらずにいらっしゃるのを見ると、私は始めて男の力といふものを知りました。（大正7年稿）

三角関係に対する医師の娘の受け止めかたが、自尊やナルシズムから、自分を得ようとする男の愛の強さやロマンティシズムへの憧れに変化したことを、改稿によって明らかにしている。これが老船長の幻覚の中の彼女の言葉であることから、自分に対する彼女の愛の深まりをそのように期待している思い入れが現れた表現である。これは、決闘という仮構を勝ち抜く「奪う愛」を強く表出する武郎の恋愛観が色濃く反映された改稿であって、この時期すでに『惜しみなく愛は奪ふ』初稿版を発表していることを想起すると、その中心思想が反映された改稿であると受け止めることもできる。いわば、女の魅力によって誘発され籠絡された男同士の闘い、といった男の派生的従属的行動という位置づけから、女の魅力を命かけて主体的に奪いあう男同士の愛の闘いによって逆に女を籠絡する、という位相に自らの主体性を強めようとした老船長の妄想の深化を意味した改稿である。

さらに連想を敷衍すれば、明治43年暮れに書き始めた『或る女のグリンプス』における田鶴子から、1918（大正8）年に書いた『或る女』における葉子への変化を反映しているようにも深読みできる改稿である。つまり、性的魅力を武器に闘う女の生き方から、男も女もそれぞれの想いを武器に男女入り乱れて互いに、そしてライバルとも奪い合う真っ向からの恋愛へと、その表現をより鮮明にしていった武郎の変化がここに見られる。そして、背筋が凍りつきそうな改稿が、その後述に導かれている。

水──其ボーイが貴方の写真を持って居たんだが、殺された跡に行って見ると、其写真だけが無いんだ。夫れからってものは、娘の影も消えた様に無くなって仕舞ったんですとさ。（明治43年稿）

水──それが変だっていふものは、そのボーイがあなたの写真を持っていたんだが、殺された後にいって見ると、その写真だけがなくなっていたんですとさ。（老船長写真を取り上げて眺める）それからってものは、娘の影も消えたやうに亡くなってしまったんですとさ。（大正7年稿）

漢字一文字の違いだが、武郎がこの改稿によって表現しようとしたことは、明確になった。これは、この作品の深層に漂っている不条理を醸す作者武郎の深層心理を表出している謎として、作品の価値を大きく引き上げている。どういうことか。この挿話は、理解することがなかなか難しい。しかし、この作品の不条理さを理解する上で決定的に重要な暗示を含んだ挿話と思われるので、あらためてこの不可思議な謎を辿り直してみる。

医師の娘に魅せられ彼女の良人とピストルで決闘した老船長は、若い軍人であった彼の脳天を撃貫き、彼女の心を鷲掴みにして二人だけの愛の航海に出かける直前、手を握ることもなく彼女を陸に降ろしてしまった。彼女のその後については、老船長は知ることもなく時を過ごしてきたが、水夫長はその後の次第を知っていた。

老―上陸してから如何なったか知っとるか。
水―すぐ男をこしらえましたよ。
老―（驚きの色）何！
医―ははは
水―それがね船長変なんですよ。今まで黙っていましたがね、その娘の男というのは、この船にいた、それ何とか云う名の、質の悪い目付きをした三十恰好のボーイでね。何でも上陸してから三日目かにその女に殺されちゃったんだ。
（医師の娘険しき眼色して水夫長を睨む。老船長は熱心に水夫長の語る所に耳を聳てる）
老―何だってやっつけたんだ。
水―それが変だっていうものは、そのボーイがあなたの写真を持っていたんだが、殺された後にいって見るとその写真だけがなくなっていたんですとさ。
（老船長写真を取り上げて眺める）
それからってものはその娘の影も消えたように亡くなってしまったんですとさ。……略……（『老船長の幻覚』）
老船長は、なぜ命を賭けて愛した医師の娘を船から降ろしたのか。医師の娘は、なぜ質の悪いボーイを自分の男にしたのか。ボーイは、なぜ老船長の写真を持っていたのか。娘は、何故そのボーイを殺したのか。そして、彼女は何故失踪し自殺したのか。

これら問いの一つ一つについての合理的な答えは、そもそも不要だろう。なぜなら、これらは全て、ひとまとまりの大きな暗喩を構成する小さな諸側面だからだ。その大きな暗喩とその諸側面とは、老船長の強い愛を信じた医師の娘が彼に裏切られたと思い込んで、その代償行為としてボーイと関係を結んだが、老船長の写真を見たことでそれが代償行為でしかないことを悟り、その写真に写る老船長ごとボーイを殺し自らも死んだ。つまり、失意と悔恨を抱えた後追い心中であったと読むことができるのではないか。老船長は、水夫長が語るこの挿話を聞き、出航を決断した。最後まで残っていた出航を躊躇するただ一つの疑問、「自分は何故に未知の海に突き進んでいくのか」への答えを確信できたからである。医師の娘が自分への愛に死んだことを知った老船長にとって、出航はもはや医師の娘の幻覚とともに死に向けて突き進むことであり、自分の最後のミッションとして十分に納得できた。

老船長と医師の娘の間に生じたこの誤解とすれ違いは、どこかハムレットとオフィーリアを連想させる。最後に残る不条理は、情死が愛ゆえに死へと突き進んでいく愛の自己破壊であり、自分自身がそのような存在になりうることを武郎は予感していた、ということだろうか。もちろん、それはありえないことだろうけれど……。

それにしても、なんということだろう…… このテーマを、処女作のこの段階で書いていたとは…… いつか自身に戻ってくる運命にある不条理であることを知る由がなかったとは言え……。彼の人生を想うと、何とも背筋の寒くなるような旅立ち、処女作である。

『老船長の幻覚』

不条理の海（追補／自稿への異説）

初めて読んだ時から、自分の中で解けていない大きな宿題があった。

医―さあもっとよく私を御覧なさいまし。」
老―見えない。
医―もっとよく（室内益暗く、殆んど綾目をわかず）
老―見えない。
（この時突然上より垂れたる電灯の灯ともる。医師の娘の影は消えて、老船長はその写真を見つめつつあり）（『老船長の幻覚』より）

医師の娘の幻覚が終幕に至って消えたのは、なぜか。それが、宿題として残っていた。この宿題は、「医師の娘」とは何の暗喩なのか、という問いと一体のものである。再々度読み返して、「そうか！」と腑に落ちるものがあった。

「医師の娘」とは、武郎の中における、妻安子との葛藤を仮託した暗喩なのだ。「医師の娘」を愛したがために、その夫と決闘し撃ち殺して手に入れたにもかかわらず、「手を握る」ことさえせずに船から降ろし別れた、というのは、安子を愛し結婚したものの性的関係への躊躇からその愛が二人の間を次第に不安定なものにしていったことを暗示した設定なのではないか。武郎はそんな安子とのことを自問する作品を、この頃からいくつか書いている。『幻想』『フランセスの顔』などは、そのような状況が色濃く反映されたものだろう。そんな武郎の逡巡の背景にあったのは、文学を強く欲求しているにもかかわらず、それが叶わない自分の社会生活、家庭生活への深い悩みであった。『二つの道』『も一度「二の道」に就て』は、そのことから生まれた、内面の葛藤に向けた指針であった。

医師の娘が「亡くなった」という水夫長からの伝聞は、安子の不安定な精神状況の危機を色濃く象徴していると読めるし、老船長が「西方の海」つまり「冥界」への無謀な挑戦を最終的に決断した直後に医師の娘の幻影が消えたのは、安子との愛を向こうに追いやってでも文学への野望に進んでいこうという「決意」を表現したということなのではないか。安子との愛の生活を封印してでも突き進もうとした文学の道への不安と葛藤を象徴するのが、医師の娘の「幻影」である。この医師の娘の「幻影」は、老船長つまり武郎自身の分身でもある。しかし、その「決断」は、「決断」というにはあまりにも不安定なものだった。この作品全体が、その決断の危うさを対象化している。危ういことを自覚しつつ、それを打ち消して進もうとする老船長の、つまり武郎自身の、複雑な内部矛盾を表現している。最終幕に登場する「両替商のシンハリース人」と彼に投げかけられた呪いの言葉が意味するものも、一筋ならではいかない彼の根深い自己矛盾への憎悪であったろう。

安子との愛と、文学への渇望と怖れ、それがこの作品に込めた「医師の娘」の幻覚の暗喩である。これは、『二つの道』『も一度「二の道」に就て』『幻想』、そしてのちの『クララの出家』『実験室』『ルベックとイリーネのその後』などへと続く、武郎の初期の作品に通底する一貫したテーマであった、と読むことができる。そしてこのテーマは、彼の歩みの中で、次第に秋子との情死に導かれていく。

3 『宣言』 あるがままの愛への迷い

有島武郎の白樺派時代における代表作の一つ『宣言』(大正4年7月)と、全盛期に書かれた『石にひしがれた雑草』(大正7年)の二つは、乱暴に言えば、非常に似通った登場人物構成でありながら、物語の表層においても、そしておそらく作品の深層に秘められた武郎の想いにおいても、対称的な表現世界となっている。その類似点と相違点は、武郎の文学においてどのような意味を感じさせるのか。ここでは、双方を読んだ上で主に『宣言』に絞って書く。参考までに、武郎自身は、二つの作品の相違点について次のように述べている。

前者(※『石にひしがれた雑草』)はその題材を他人の噂話から得た。私はその話を聞かされた時からその主人公に対して深く考えさせられた。而して「宣言」を書いたときの心持ちをもう一度裏返して自分に迫らなければならない必要性を感じた。愛が正当に取扱われた場合と不正等に取扱われた場合とから来る恐ろしい隔たりを見極めて見ようとした。題材の配列から言うと、この一篇は造作に過ぎると言われるかもしれない。然し心の過程から云うなら、私としては真実を一歩でも離れてはいないと思っている。(作者の自作案内的文章としての広告文/著作集第六輯より)

この作品を、以前最初に読んだ時は、途中で読むのが辛くなって、そのまま放り投げてしまった。今回は、読むのが辛くなる自分の内面と向き合い直すつもりで、敢えて読破を自分自身に課した。とは言え、途中で挫折した前回と同様、二度目となる今回も冒頭からイヤな予感がへばりついて、前回以上に読むのが苦しい。しかし、休み休み読み進むにつれ、作者武郎の想いはこれまで気が付かなかった別のところにあるのではないか、という疑問が生じてきた。この疑問は読み進むにつれて次第に確信へと傾斜を強め、これまでの苦しさからとりあえず解放されたような気持ちになった。と、自分の独り合点を披瀝しても仕方ないが、この変化によって、表層と深層の二層でこの作品が組み立てられ、自分は表層的なところに引っかかって苦しい思いに囚われていたのだと気が付いた。

思い出したが、この苦しさは、これまで他の作品においても何度か経験があった。佐藤泰志の『きみの鳥はうたえる』を読んだとき、そして、夏目漱石の『こころ』でもそうであったし、今並行して読んでいる谷崎潤一郎の『鍵』にも同様の苦さを感じて、なかなかページが進まない。ちなみに言うと、『石にひしがれた雑草』では、このような苦しさはほとんど感じなかった。自分のこのような精神的現象は、これらの作品に通底する何かと自分の心的歪みが共振していることに由来しているのだろうと思う。それが何なのか、自分では直感するものがある。まずこの視点から、『宣言』を読み直して見る。

登場人物は、親友のAとB、そして、二人の間に存在するY子。AはY子と出会い、二人は愛し合い結婚するが、Aの実家が破産したため、AはY子と別居して実家を救うために奮闘する。Aの依頼により、親友のBがY子の家に寄宿してY子を支えるが、Y子の心は次第にBに傾きBと愛し合う。その一方で、BはAに対し、Y子と一緒に住んで彼女を支えるよう強く働きかけるが、AとY子の愛は互いに届かなくなっていく。Y子の心を理解したAは、BとY子の愛を認め、自分の愛の破綻を受け止める。武郎自身が書いたように、AもBもY子も、誠実過ぎるほど誠実に互いの愛を受け止めようとしたが故に、その愛の奥に潜んでいた「誠実」が起因して、本当の意味の悲劇を迎えることになった。

……人間の叡智を幾重にも裏切る恐ろしい力──神的なのか悪魔的なのか自分は知らない──によって、人が真実に目覚めて行くに従って、だんだん苦しい運命に入り込んでしまう場合にだけ、本当の意味の悲劇は成立つのだ……（『宣言』より）

これは、BがY子に語る言葉である。これが、この作品の中心テーマであると思う。この物語の途中から、このような経緯と結末が予想されるにつれ、読み続けてこの結末を眼の当たりにするのが恐ろしく、苦しくて仕方がなかった。予想するだけで胸が苦しくて、嗚咽に襲われた。でも何故、この悲劇が自分にはこれ程までに苦しいのか。この経緯を少し具体的に辿ってみる。

と、いふよりは、苦し過ぎる程止度なく湧き溢れる愛欲は、やがて僕の恋の成就を裏書きするものだ。今日まで力を尽して神聖に保った僕の心と肉とを、全部彼女に与える時、僕に飽和した彼女の全体を、僕の掌に掴む時、人類の喘ぎ求めてきた幸福は、僕等二人の上に完全に成就するだろう。（同書）

AがY子を愛し苦悩するさなかに、Aはこの愛の行方、この愛の成就とそして破綻を、我知らず予知している。なのに、なぜこの予知を避ける事が出来ずに、結末を迎えたのか？　鍵は、「愛欲」にある。そして、このキーワードが、表層的世界の悲劇と深層における武郎の苦悩を繋いでいるようにも思える。

君よ。君の為に恋愛の道徳を語ろう。条理ある勿れ。躊躇する勿れ。唯燃えよ。燃えて愛せよ。是だけだ。（同書）

Bがに語るこれも暗示的である。読んでいる途中から、不安が過る。このようにはならない、という逆説を暗示しているのだ。ここで私は、『カインの末裔』と『或る女』を想起してしまう。あの主人公たちを。

武郎が、意識の深層で見果てぬ夢として自分自身に求めていた自己実現の姿を、このような文脈の中で、BからAへのアドバイスとして表現したのだと思えてならない。これは、表層における愛の行方の悲劇を暗示するとともに、深層へと繋ぐ水脈を見せている。

彼女の心の外周ばかりをどうどうめぐりしているという自覚は凡そ我慢のしきれない自覚だ。それとも、是が恋するものの心の常態なのだろうか。兎にも角にも僕はもっとどんどん彼女の心の奥底まで入り込んでいかなくっちゃならない。僕は何故彼女の肉にも触れることを敢えてしなかったろうかと今では悔んで見ることすらある。二人の心は、肉の障壁に遮られて、通じ合わないところがあるんじゃないかとすら疑うからだ。（同書）

問題の鍵は、かなり明瞭になっている。特に、「二人の心は、肉の障壁に遮られて、通じ合わないところがある」が、この鍵を指し示している。しかし、表面的な文意そのものが、答えではない。私が引っかかって躓き、苦しくなって先に読み進めることが出来なくなったのは、この鍵に表層的に囚われたからだ。鍵の真の形状は、この先に顕われる。

如何するとおそろしい忌まわしい疑惑が僕を襲う事があった。Y子さんはAを愛すると思っているのに、その奥の方に潜む誠実が、それを裏切るのではないか。（同書）

愛していると思う心の奥底に潜み、時には愛をも壊すことがある「誠実」とは……。Aはどのように Y子を愛したか。そして、そのようなAの愛をY子はどのように受けとめ応えるべく、どのようにAを愛そうとしたか。そのいずれもが真剣であったが故に生じた齟齬、それがここで言う「誠実」であり「裏切り」である。この齟齬が双方の心の中で深刻になっていく方向へと牽引したのが、「肉への愛欲」の忌避であった。特にY子に対して、これはどのように報いたのか。「誠実」は「愛欲」を受け入れるのか、それとも、禁じ拒むのか。どういう訳か(いや、訳などわかっている)、Aが気付く前に、読者である自分は、この状況に我がことのように苦しい嫉妬を覚えた。誰に? Bにではない。Y子に対して。始めからわかっていた感情だ。だから、読むのが苦しかったのだ。これが、この作品の表層的理解の堕ちていく陥穽だった。

彼女は君の愛を疑い出した。自分は正当に愛されては居ないのだ。でなければ、自分は正当に愛することを知らないのだ。自分は、今まで、率直に、真剣に、男の愛を受け入れる事によって、強い心の満足は得られると信じ、あらゆる力を振り尽くして其処に没頭した。夫れの報いられない失望と苦痛とを察してくれ。自分の前には測り知られぬ暗黒が迫ってくるように見える。Aさんの手紙一つは身に余る愛撫だ。夫れが自分の生命の燈をかき立てる。然しその直ぐ後には、恐ろしい薄明が、自分を押包もうと待って居る。……(略)……Aさんの勧めてくれる自覚というものを、しっかり掴もうとすればする程、この恐ろしい暗黒は薄明を先駆にして自分に近づいてくる(同書)

Y子は、何故に、Aの愛を信じきれなくなったのか。愛しているならば必然的に全てを求め一つになろうとする情動、それは不可避的に肉への愛欲も含むものである事をY子は直感し、それが得られぬ関係と境遇に、Y子はAの愛の不完全さを直感したのではないか。愛欲は愛の単なる一属性ではない、愛の全体を構成する不可欠の何かなのではないか、と直感したY子は、その欠落に秘かに絶望したのである。では、一方のAは、どうか。

僕は愛したが故に、又憎んだが故に、僕から物が失われても悔いない積もりだ。（たとへ極度の悲哀を経験しても）それは本来僕の物ではないからだ。僕は純粋に、正当に、僕の愛が要求しうる物だけを要求していく。ぼくに取ってはそれのみが真だ。僕の愛は真のみを生まねばならぬ。（同書より）

Aの、いや武郎の、脱ぎ捨てきれない最後の肌衣を見た思いがする。彼は、この最後の砦をめぐる攻防の只中で苦しんでいる。しかし、この苦悩は、なにも彼に限ったことではない。ある意味で、有島武郎に連なるこれまでの文学を貫く、永遠のテーマの一つであったとも言える。にもかかわらず、何故に武郎は、この一種ありふれたテーマをもとに作品を書いたのか。ここで、表層から深層へと潜っていく扉が見えてくる。Aにこのような強い調子で断言させたものは、Y子への微かならざる不信感だろう。それは、AがY子に「自覚」を求め、Y子もそれに従おうとしたにもかかわらず、AはY子の成果に内心不満を隠せなかった。この「自覚」とは、二人にとって、結局何であったのか。Aが感じた、最愛のY子に対する不満とは、畢竟、Y子に対するAの独り善がりの押しつけでしかなかったのではないか。Y子の想いの実相に寄り添う愛ではなかったのではないか。いわば、自分が招き築いた虚像からのしっぺ返しとしての不満、不信だったのではないか。

武郎が、最愛の安子に感じた、結婚直前の想いの一端を、日記に読んでみる。

安子が可哀想だ。彼女は自分の意見を全然持っていない。彼女はそれほどに子供っぽく、それほどに動かされやすいのだ。もっと意志を育み、何事も自分の立場から判断するよう訓練しなくてはいけない。（『観想録第15巻』明治42年2月7日）

武郎のこの位相は、Aと同期している。武郎は、この日記を書いた時、自分自身をリアルタイムに振り返って書いているのだ。そして『宣言』を書いているときは、おそらく深い悔恨とともに、このことを思い返していただろう。自分はなんと尊大でご立派なことだったのだろう……と、激しい自己嫌悪に苛まれながら。

ここまでの展開は、Y子を巡って交わされるAとBの書簡の中で表現される。AとBが互いを思いやりながら、Y子への愛を巡って複雑な心の動きを伝え合う。それは、武郎にとって、「誠実」「愛欲」を巡る愛の精緻な全体像を模索する自分自身の内部葛藤と、愛する安子との相互関係における心の葛藤である。

AとBが互いに相手を慮りながら異なる視点からY子との愛の深部に降りていこうとする往復書簡は、実は、武郎の中の二つの武郎自身であるAとBが内部葛藤する姿なのではないか。AもBも武郎自身が内部で葛藤する自己矛盾の投影なのではないか。ふと、そのような想いが過った時に、この作品の深層が見えたような気がした。そして、Y子は安子なのだ、と。

この作品を書いた翌年、武郎は『フランセスの顔』（大正5年3月）を書き、その後、『死と其前後』（大正6年5月）、『実験室』（大正6年9月）、『小さき影』（大正8年1月）、『リビングストン伝第四版序言』（大正8年6月）の中でさらに描き続けたテーマ、安子との愛は、安子にとって、そして武郎にとって、如何なる事だったのだろうか。安子の死は、そのことと関係はなかったのだろうか。武郎は、前年に発症した安子の死に至る病を看病しながら、安子との愛を見つめ直していたのではないか。Aとの愛に苦しむ病床のY子を描いたことも、この作品を書いた武郎の深層部を示唆しているように思える。このような着想を一層強く後押しする展開が、最後に待っていた。Y子がAと会い、Aとの愛から身を引き、Bとの愛に心を傾ける決意を告げた結末部である。Y子はAに対して、自分を偽ることなく晒した。

恐ろしい恐ろしいと思いながら、私は貴方に吸い込まれて参りました。女に似合わぬような事を申すのをお許し下さい。私は今いつわり飾りを申してはなりませんから、その時私の心の中に、始めて性の欲望も目覚めまして、一人では如何しても満す事の出来ない淋しさと苦しさと悲しさを深く深く味わい始めましたので、私の心は上の棚から急に下の棚におろされたように、深く暗くなりまさりました。……(略)……それからは裏表のある心になりました。貴方とお別れ致します時、私がヒステリーのやうに悲観的になりまして、貴方がひどくおたしなめになったことを覚えでいらっしゃいますか。私は裏切られたやうに思ひ入ったので御座います。……(略)……あの時、私は訳なしにもう貴方とは永久にお別れしなければならないと感じましたので御座います。……(略)……貴方を上野にお送りして、停車場を出る時、私の心は「もうもうおしまいおしまい」と云って泣いて居りました。(『宣言』より)

この文章から、Aには理解できなかった決定的な変化がY子を襲っている事実が、まっすぐ伝わってくる。武郎は、愛の葛藤において自分自身がこの時のAであったことを、我が身を突き刺すような痛みとして受け止めようとしている。結婚直前から結婚後まで安子に対してそうであった自分を、Y子の言葉によって思い知らせているのだ。なぜ、そのままの私を、性欲も含めあらゆる側面の全てがそのまま私である私を受け止めて愛してくれなかったのか、と、Y子の言葉に託して、安子の想いをギリギリまで語ってみようとしているのだ。「性の欲望」とは、その最も深部にある自分自身の実相を、隠すこと無く晒すように伝える自由の叫びなのだ。そして、Y子は、Bに対する想いも率直にAに伝えた。

B様のお話が身にしめばしむ程、私は紙をはがすように快く自分の目醒めて行くのが判りました。B様をお知り申すやうになってから、私の心に起る性欲にも、不思議に自然な感じが添って後ろめたさを覚えなくなりました。私の信仰なぞも、戸板を裏返すやうに変わってしまいました。世の中の嘘いつはりと、本当とが、はっきり眼にうつるやうになりました、けれどもこんな事は、今からその時を思い返して申すので御座います。その時には、私は、一方には何処までも貴方の妻と極めてかかって、B様から来る不思議な力を、命がけで押し戻さうとして居りましたので御座います。是から本当に苦しい日が続きました。貴方から御手紙を頂くたびに、力強い援兵を頂いたやうにも思いますが、苦しい枷をかけられたやうな心持ちも、胸の何処かに添ふやうになりました、それだと申して、私は露ほどでも貴方をお敬い申す事を怠りましたか。(同書)

AがY子に求め続けた「自覚」と、Y子が自分の中に目覚めた「性欲」の間の深い亀裂故に、Y子はAの愛が我が身と重ならない責任が自分にあると、自らを責め続けた。Aの愛に応えようとしつつ、それと一つになれない自分自身がいた。その亀裂が病を一層深刻にしていっただろう過程で、Y子はBに対してはそのままの自分を素直に曝け出すことが出来ていることを見出し、性欲も自分そのものとして自然に自覚し受け入れることができるようになった。これこそ、自分を無前提に解放しうる「自覚」であると、Y子は感じた。Aの「真の誠意」には感じなかった「あるがままの誠意」をBに感じたのである。愛は、例えば何事かへの責任とか、なにか自分ならざる「真なるもの?」に向けて歩む道なのではなく、「愛」はその「あるがままで自分そのものである」という実感をBから得たのである。「性愛」「性欲」という言葉は、その実感を端的に表象した言葉である。何かのために何かに従属する愛ではなく、あるがまま自立した自由な愛の象徴としての言葉であろう。

武郎は、自分の限界が、「あるがまま」より「真の」への拘りにあることを、おそらく安子との愛の中で感じたことだろう。その過程で、自分の限界を限界と意識することができ、そのような自分に苦しんだ筈である。それは、安子が病気にならなければ気が付かなかったことだったかもしれない。不幸にして、安子の発症によって、「あるがまま愛する」ということに気が付いた。それは、安子の病が死に向かう絶望の中で得た痛恨だった。Y子を失ったAは、安子を失いつつあった武郎である。妻であれ、恋人であれ、どのような関係であれ、「そのまま」を受け入れることが至上の愛の喜びであることを表現したのが、この作品なのではないか。そして、この気付きが、武郎の文学を根源的に変貌させていったのではないか。

2年後の『カインの末裔』は、このようにしてはじめて著わし得た、それまでの白樺派文学としての武郎から自らを変貌させていった、彼の愛の体液と体臭にまみれた「あるがままの自分」という、見果てぬ夢への道標だったのである。『宣言』と言う標題は、おそらく意図せずにだったと思うが、武郎のこれ以降の血みどろの闘いへの予兆だったのではないか。それを可能にしたのは、安子との愛を「あるがまま」に捉え返そうとした武郎の「誠意」にあったのだと、読み終わって妄想できた。

安子が彼の妻であるという属性は、彼の愛の追求においては重要なことではなかった。人を愛する、ということの深部に降りていこうとしたとき、そこにいた人が安子なのである。

文学は、答えを出さずに悩み考え続ける行為であり、それは妄想の類いなのかもしれない。

4 『フランセスの顔』と『リビングストン伝 第四版序言』

あるがままの愛への気づき

有島武郎が本格的な著作活動に入る直前の作品のひとつ『フランセスの顔』（大正5年3月）と、彼の半生記とも言うべき『リビングストン伝第四版序言』（大正8年6月）を重ねて読む。

1．ファニーとの「愛」

『フランセスの顔』は、全体としてシンプルでわかりやすいストーリー展開ながら、最後の顛末がなかなかストンと腑におちてこない。私だけなのかもしれないが、作者の意図が表現の曖昧さの蔭に隠れて、容易にその姿を見せてくれない。それは、表現に込められた彼特有の暗喩によるものとばかりは言い難い、表現意図の源泉に導かれるような難解さを感じさせる。

武郎は、1903（明治36）年に渡米して最初に学んだハヴァフォード大学の学友アーサー・クローウェルに誘われて、この年の感謝祭にクローウェル家を訪れ、家族に歓待された。彼自身も、異境における我が家のような心地良さを感じ、アメリカを離れるまで数度にわたってクローウェル家を訪れ滞在している。特に、一家の主人ウェリアムは武郎の最初の論文の校閲を買って出るなど、互いに信頼し合う仲となった。そこでの滞在中のエピソードを通じて、武郎が秘かに心を寄せた次女のフランセス、愛称ファニーとの愛がどのように推移したのかが、この作品のテーマとなっている。この愛の推移を武郎とファニーがそれぞれどのように受け止めたかが、最後の顛末の導線となっているのだが、それが見えにくい。

「お前はもう童女ぢゃない、處女になってしまったんだね」ファニーはみるみる額の生際まで真赤になった。自分の肢體を私の眼の前に曝すその恥しさを如何していいのか解らないやうに、深々とうなだれて顔を挙げようとはしなかった。手も足も胴も縮められるだけ縮めて私の眼に触れまいとするやうに彼女は恥ぢに震へた。

火のやうなものが私の頭をぬけて通った。ファニーは私の言葉に勘違へをしたな。私はそんな積もりで云ったのぢゃないと気が付くと私はたまらない程ファニーがいぢらしく可哀想になった。」

この日から私は童女の清浄と歓喜とに燃えた元のやうなファニーを見ることが出来なくなってしまった。

（『フランセスの顔』より）

この結末だけ読むと、状況はそんなにわかりにくくはない。しかし、このような状況を招いたきっかけは、ファニーが武郎に花の名前を教える次の場面である。

小田巻草は心変わりの花だ。さう云う風に云って来てふと暫く黙った。そして私をぢっと見た。私は彼女の足許に肱をついて横たはりながら彼女の顔を見上げた。今まで遂ぞ見たことのなかった人に媚るやうな表情が浮かんで居た。彼女は夫れを意識せずにやって居る。夫れは判る。然し私は不快に思はずには居られなかった。

There's Fenneral for you, and Columbines……

ふと彼女は狂気になったオヘエリアが歌う小歌を口ずさんで小田巻草を私に投げつけた。ファニーはとうとう童女の境を越えてしまったのだ。私は自然に対して裏切られた苦々しさを感じて顔をしかめた。（同書）

私の読解を困難にしているのは、小田巻草の花言葉「心変わり」だ。ファニーは、武郎が「心変わり」したと、恨みがましく思っていたということなのか？

『フランセスの顔』を発行した1916（大正5）年に、武郎が足助素一に宛てた書簡の中で、次のように自分を責めている。

「フランセスの顔」の批評はたしかに急所をつかれた。あれは筆が足りなかった、作者があんな心を持ちながら少女の為に純化されていき、それと反対に少女は何時の間にか處女になったという云う風に書く筈だったのだが、余り頁数などに拘泥して其心地が少しも出来なかったのだ。（大正5年3月22日 足助素一宛書簡）

武郎自身がこのように書いているのだから、これはこれでそうなのだろう。しかし、はたして、この書簡の字面通りの理解で良いのだろうか。この書簡が意図している主人公は、どうも立派過ぎて、嘘っぽく感じる。なにより、小田巻草の花言葉「心変わり」の謎が解けていない。

この時期の武郎の精神がどのような状況であったのか、『リビングストン伝第四版序言』を読んでみる。札幌農学校の学生時代、森本のキリスト教理解が「罪」を基本としていたことと比較して、武郎は、「基督の愛心の方にのみ心が牽かれた」（『リビングストン伝第四版序言』より）にもかかわらず、一方では、「怠惰と性欲とは已む時なく私の刺となって、私が外面的に清い生活を営む程私を苦しめ始めた。罪と言う意識が、始めて切実に私にも感ぜられ出した。」（同書）この性欲は、彼が渡米して学びと思索を深めていた時も抱え続けた悩みだった。特に、キリスト教を学ぶ姿勢を深くする程、性欲は自分の深い矛盾として意識されていただろう。そんな彼がクローウェル家でファニーに感じた感情は、足助への書簡に書いてあるように、童女に感じる聖なる愛に純化していったと、言えるのであろうか。この時期、彼は、『観想録（日記）』の中で、ファニーについて何度も言及している。

ファニーノ思出デハ余ニ生命ヲ輿フ。……（略）……彼女ハ實ニ余ヲ不純ヨリ遠カラシムル天使ナリ。（明治37年8月30日）

余ノ心ハファニーノ夫ト相合シヌ。……（略）……彼女ノ恨多キ眼ニ見入ラルレバ天使ノ前ニ立チシ心地シテ、余ノ罪深キ眼ハ自ラ恥ヂテ垂ルルナリ。（明治37年9月17日）

確かに書簡で述べている通りの心情とも読めるが、しかし、大人の意地悪い深読みを敢えてすれば、「余ノ罪深キ眼ハ自ラ恥ヂテ」の中に純化と矛盾する性的感情が混在していることを隠せずにいる正直さも見える。彼のそんな矛盾した心情は、ファニーとの最後の夜を迎えても、なんら整理も純化も遂げていないことが語られる。

Fanny晩クマデ起キテアリキ。今宵コソ彼女ヲ見ル可キ最后ト思フニ、余ハ彼女ノ面ヲ仰グニ堪エズ。（明治37年9月18日）

聖なる意識に純化されているなら、「余ハ彼女ノ面ヲ仰グニ堪エズ」というようなことになるだろうか？　なにやら偽善っぽい匂いを感じるのは、私だけだろうか？　ここで思い出すのは、有島記念館が所蔵している「フランセスの聖化した肖像」（作画時期不詳）である。武郎が書いたファニーの肖像画だが、一種の宗教画のような様式的表現がなされていて、彼が書いたファニーのもう一枚のスケッチとは大きく異なり、その意図的で歪んだとさえ思える絵からは、武郎のファニーに寄せる愛の矛盾が彼の内面で解決できていない様子が伝わってくる。武郎は、性欲に苦しんでいた自身の宗教的向上心を本質的に解決し得ないまま（本来その矛盾は解消できないものだと私は思うのだが）、ファニーに対する性的な愛情を強引に打ち消す決意を、宗教画としてのフランセス像に託し、また、足助への書簡にあるように、『フランセスの顔』の中で、自分のそのような内面の矛盾の克服を表現しようとしたのではないか。そして結局、表現しきれなかった……。その表現意図は、表現不足によって読者に伝わりにくく、その点が評者にも批判された、という側面がありつつも、むしろもっと深いところで、武郎のその表面的意図を自ら裏切る(?)内省的な構造を内包することになったのではないか。

その謎を解く鍵が、「心変わり」という小田巻草の花言葉である。ファニーが武郎に呟き、そして、非難するように投げつけた花言葉「心変わり」とは何か。ファニーは、武郎と出会った時に互いに抱いた兄妹のような邪心のない自然な好意から、彼を次第に男性として意識する心の成長過程が、作品の中にいくつかのエピソードとして描かれている。そして、実は、そのような心の変化は武郎にも訪れていたにもかかわらず、武郎は自覚することを拒んでいるかのように振る舞っていた。

> 私はいきなり不思議な衝動に駆られた。森の中に逃げ込むニンフのようなファニーを追いつめて、後ろから抱きすくめた私はバッカスのようだった。ファニーは盃に移されたシャンパンが笑うように笑い続けて身もだえした。……(略)……私ははっと恥を覚えてファニーを懐から放した。私の胸は小痛い程の動悸にわくわくと恐れ戦いていた。ファニーは人の心の険しさを知らないのだ。踊る時のような手振りをして事もなげに笑い続けていた。(『フランセスの顔』より)
>
> 「めかしてきたな」
>
> 兄から放たれたこの簡単なからかひは、然しながらファニーの心を顛倒させるのに十分だった。顔を火のように赤くしてその兄を睨んだと思うと戸口の方に引き返した。部屋中がどっと笑ひが鳴りはためいた。ファニーの眼にはもう涙の露がたまっていた。(同書)

素直に読めば、青春の甘酸っぱい恋の描写である。こんな情愛が二人を結びつけていたにも関わらず、これを自然に受け止めていたのはファニーだけであって、武郎は自らのそのような心を認めようとはしていなかった。

童女から處女にうつろっていたファニーの愛は、彼女の中では変化ではなく自然で当たり前の成長であったろうと思う。これは重要なことだ。ファニーは、武郎もまたそのような自然な推移を辿って愛を育てている、と受け止めていた筈である。

しかし、武郎は、自分のそのような愛の受け止めを拒み、出会い当初のままの童女としての救いをファニーに求め続けようとした。それは、武郎自身の本心にも矛盾することであるにも拘らず、その矛盾を覆い隠すために彼はその愛を無理に宗教的観念の中に押し籠めようとした。それは、ファニーからすると、信じられない逆行であり歪曲である。つまり、「心変わり」なのだ。だから、ファニーは武郎に、小田巻草を投げつけて、別れの間際に、心を閉ざす硬い言葉で「Farewell!」と二度言ったのだ。

作品の中ではこのような惨めな結果を招いた武郎は、実際にはどうだったのだろう。再び『観想録』を読んでみる。アメリカからヨーロッパに渡る船旅の中で、武郎は、「ファニーに捧ぐ」と題する長い文章を、『観想録第九』に書き綴っている。一言で言って、ファニーを追想する熱い恋心を連綿と書き連ねている日記である。その中では、彼はファニーとの相思相愛を続けているかのようだ。


僕は君に、星を指してあれが自分の死んだ妹だと言った少女の話をして聞かせた。まさにあの夜から君は僕を好きになってくれたのだ。それ以来、大好きなファニーよ、二人の愛情は時がたつにつれて深くなっていった。君は君の愛を心の奥深くにしまい、僕も同じようにした。（『観想録　第九　ファニーに捧ぐ』より明治39年9月4日）

この日記から推測する限り、彼はファニーとの愛をその自然な推移そのままに受け止めたうえで、旅を続けるためにやむなき別れを告げたのだろう。

「愛」とは、童女も處女もひとつの存在の多様な側面として、その全てをそのまま受け止めることである。武郎は、このテーマへの自問を抱え続けてきた自身の精神的遍歴を問わず語りに表現するものとして、『フランセスの顔』を書いたのではないか。しかも、その答えが見えつつある兆しを感じていたが故に、この作品を書いたような気がする。結果的にその答えを明瞭に見い出し書き連ねたのは、『惜しみなく愛は奪ふ』初稿版（大正6年6月）であるが、その1年前にこの『フランセスの顔』を書いたのは、どのような背景においてだったのだろう。

この問いは、とても重い。何故なら、『フランセスの顔』を刊行した1916（大正5）年3月は、妻安子の病状が悪化の度を強め、武郎も、彼女の死を意識せざるを得なかっただろう時期だからである。この作品は、『白樺』に公表する予定だったものの、安子の病状悪化への対応に追われて原稿締め切りに間に合わず、後日別の雑誌に公表しているほどだから、妻の病状悪化との何等かの深い因縁を思わせる。

この疑問を言い換えれば、武郎は、妻安子の死に怯えていたこの時期に、なぜ『フランセスの顔』を書いたのだろうか。この問いは、作家有島武郎の誕生にとって妻安子の死はどのような意味を有していたのか、という問題にも連なるように思える。その問を解く鍵は、『リビングストン伝第四版序言』に格納されており、その鍵の形状をおぼろげに描いているのが、『フランセスの顔』である。言い換えれば、妻安子への愛を自分の心に捉え返し、それを文学としての表現に仮託したのが『フランセスの顔』だったのではないか。この観点から、次に『リビングストン伝第四版序言』を読む。

2. 安子との「愛」

この作品の本文である『リビングストン伝』は、有島武郎が、札幌農学校の卒業記念として親友森本厚吉と二人で訳して出版した（明治34年）書籍であり、その『第四版序言』は、出版に至る武郎の宗教的探究の変遷と結婚するまでの半生記を彼自身が表わした、一種の精神遍歴の記録である。ここでは、彼が安子と結婚した前後から安子が病死する頃までの記述に焦点を当てて、読んでみる。安子との婚約期間中、武郎がどのような精神状況を抱えていたのか、彼は自分の宗教的探究と絡めて述べている。

婚約の期間私は妻に対して純粋な霊的な考え方をすることが出来た。今までの私の荒んだ肉欲の要求は不思議にも恋人を得てから影を潜めるようにさえ見えた。半年の余に亘る期間を私は無邪気な子供のような清い心で過ごすことが出来た。物心を知ってから私はこの時位性欲を浄化し得たことはなかった。この調子なら私は苦しい信仰との葛藤から一つ救われることが出来るかとさえ思った。(『リビングストン伝／第四版序文』より)

このような感情は、確かに頷ける。宗教的浄化と重ねて受け止めるか否かはともかくとして、心の中で愛が成就する時、性欲は愛の内実をかたちづくる一部として愛に溶け込み、特別の違和感を伴わないようになると言うのは、武郎の体験として実感されたことなのだろう。そしてそれは、多くの人も人生の中で感じ、納得してきたことだろうと思う。この精神的状況は、ファニーに対して武郎が求めていた愛の形と重なってくる。純化され、聖化された愛をファニーに求め成就するかに思えていたクローウェル家での営みは、婚約期における安子への無邪気で精神的な愛と、ほぼ5年の時を隔てて同期する。しかし、安子との愛も、次のステップへと残酷に進んでいく。

然し結婚は全てを見事に破壊してしまった。私たちは結局天下晴れて肉の楽しみを漁るために、当然それが実現さるべきある期間を、お預けをさせられた犬のように辛抱強く素直であった事を覚らねばならなかった。私達は子孫を設ける為に、祭壇に捧げものをするような心持ちで夫婦の交わりをしたか。私は断じて否と答えなければならない。この切実な実際の経験が私のような遅鈍な頭にも純霊的というような言葉の内容の空虚と虚偽とを十分に示してくれる結果となった。（同書）

武郎は、これを性欲のしっぺ返しのように受け止め、婚約期におけるあの清浄な愛を自身の中に再び見出したいと願い、苦悩の中で救いを探し求めた。

私は苦しんだ。何とかしてこんな堕落した考え（その時私はそう思っていた）から自分を救う為に出来るだけの事をしてみようとさえした。私は半年程妻から離れても見た。然しそんなことは結局一時的で何にもならない事を知った。（同書）

彼自身が括弧書きの中で付言しているように、これはそもそも、彼が自分を責めていたような「堕落」ではないのだ。この時、おそらく彼は、ファニーに聖なる童女を求めそれが次第に異なる現実を招き寄せたことを受け入れられずにいた『フランセスの顔』の中の主人公と同じ悩みを、追体験していたのではないだろうか。その背景は、ファニーや安子への愛の中にあったのだが、さらに言えば、それは、武郎自身が追い求めていた「愛」の理想が破綻したことを意味したものであった。彼の真摯な姿勢は、このことを自らの力で覚醒させた。

それからの私は精神的には全く孤独なものとなった。三十四歳で私は元の嬰児になった。そしてその時私は始めて自分の眼を裏返して自分と言うものを見るようになったのだ。私が自分の眼で自分を見たのはこの時が始めてだ。（同書）

この時、彼は、ファニーの處女を拒んだ自分のこだわりから少し自由になれた。ファニーとも安子とも同じところに漂っている自分自身を、見出したに違いない。宗教的理念としての「愛」によってではなく、精神も肉欲も含んだ自分と言う「愛」の中に歩を進めたのだ。自分の中の「愛」そのものを見つめようとすれば、精神も肉欲も一つのカオスのような真実としてその全体が自分自身と分ち難く受け止められるようになる筈だ。そのような自分自身をまっすぐに感ずるはずである。しかし、不幸なことに、彼にその自覚が明瞭に訪れたのは、安子の発病がきっかけであった。

「大正三年の秋に妻は死病に取りつかれていた。……（略）……病気になって見ると妻というものが私にははっきりと考えられ出した。しかし、その時はもう遅い。妻は大正五年の夏に死んでしまった。その冬には父が死んだ。」（同書）

安子の発病により、彼女への愛がどのように見えてきたのだろうか。婚約中の安子に童女ファニーが重なり、結婚後肉欲の世界に入った安子と自分への嫌悪感がファニーの處女への嫌悪感と重なり、ファニーとの愛に決着がついていなかった自らの内面の遍歴に反照される形で、安子へのこれまでとは異なる愛の気持ちが揺り動かされたことを、告白している。

霊とか肉とか云う区別はない。その代りに私と云うものがある。未来世はあるかないか知らない。然し私が寝食し呼吸する現在がここにある。（同書）

そして、そのような自分の赴く先について、彼は一つの明確な里程を打ち立てた。

……私は私の考えを「惜しみなく愛は奪ふ」という標題の下に、まとめて一冊の書物とする積もりでいる。今の私の態度を委しく説明する事はその書物に譲ることにする。（同書）

3. 有島武郎の「愛」

武郎の「愛」は、安子の死を前にして、どのように深まったのか。『フランセスの顔』を書いた時の武郎の脳裏には、ファニーとの愛の結末に深い悔恨が浮かんでいたのではないか。ファニーとの間で育まれた愛を、なぜ宗教的な観念の愛に押しとどめようとしてしまったのか。二人が辿った愛の変遷を何故そのまま受け止められなかったのか。武郎は、そのような悔恨に迫られてこの作品を書いたのだと思う。では、なぜこの時期に、そのような悔恨を表現したのか。それは、決して単なる追憶ではない。なぜなら、この時期の武郎は、安子を死によって奪われる妄想に脅かされていただろうから。はっきり言えば、それまで育んできた安子との愛を振り返って深い悔恨に襲われ、その思いをファニーとの愛への悔恨に重ねてモチーフとすることで、まだ表現するには生々し過ぎる安子との愛への悔恨に代替しようとしたのではないか。

ファニーの愛をそのまま受け止めることが出来なかった『フランセスの顔』は、安子に忍び寄る死から彼女と武郎自身を防衛するために、安子との愛のそれまでの様々な経緯を初めてそのまま受け止めようとする彼の変化の兆しを、逆説的に暗示している作品である。だからこそ、この時期に書き上げたのだと思う。武郎は、自身の内奥での変化を十分に把握しきれていないままであっても、安子をどうしても生かしたいという祈りのような追い込まれた焦りから、表現に突き進むしかなかった。結局それは、わかりにくさを残すことになってしまった。後に振り返って、その意味を自分の中で解き明かしたのが、その1年後の『惜しみなく愛は奪ふ』（初稿版大正6年6月）であり、『リビングストン伝第四版序言』であった。

武郎にとってその全てをそのまま受け止める愛の対象は、安子であり、ファニーであり、そしておそらく、ティルダであり、あるいは……であり、つまり彼らの全てであって、彼の愛したそれらの人たちは実は自分自身なのだと、武郎は悟ったのだ。『惜しみなく愛は奪ふ（初稿版）』では、そのことを「奪う」と言う概念によって理論的に展開しているが、『リビングストン伝第四版序言』の文末では、直截に、やや情緒的にその核心を表明している。

これから独りで出かけます。左様なら。（同書）

「愛」とは、その対象を限りなく奪い、受け止めることであり、にもかかわらずそれは、孤独を限りなく深めていくものなのだ、ということを、武郎はファニーと安子との愛から学んだのだ。そのことは、私もわかる。だから、安子が死んだ後の武郎にとっての愛は、『独断者の会話』に暗示されたドン・ジュアンであり、情死はその一つの形だったのだと思う。これはもちろんまだ論証し得ていないことではあるが、敢えて今、そのように言いたい。

5 『カインの末裔』

ありのままの自分を探る実験

1．4年前に読んだときの印象

1917（大正6）年に発表された『カインの末裔』によって有島武郎は作家として大きく注目されることになったが、それに先立つ1913（大正2）年、『或る女のグリンプス』を書き上げている。この『或る女のグリンプス』は、幸徳秋水を襲った大逆事件の嵐の中、武郎が文学によって権力に向き合うことを秘かに決意し、狩太の有島農場事務所で執筆を始めたという点で、後の農場解放と無縁の作品ではない。それから4年経って書き上げた『カインの末裔』においても、「主人公の広岡仁右衛門は自分である」と明言しているように、武郎は、矜持と自己嫌悪の内部葛藤を抱えながらも、国家権力や社会風潮との終わりのない戦いの迷宮に入り込んだことを暗喩の中に表現しているように感じる。物語の冒頭と最後の描写が、仁右衛門の運命に輪廻を強いているかのような循環構成になっていることが、その端的な証である。

草原の上には一本の樹木も生えていなかった。心細い程真直な一筋道を、彼れと彼れの妻だけが、よろよろと歩く二本の立木のやうに動いて行った。二人は言葉を忘れた人のやうにいつまでも黙って歩いた。（『カインの末裔』より）

椴松帯が向うに見えた。凡ての樹が裸かになった中に、この樹だけは、幽鬱な暗緑の葉色をあらためなかった。真直な幹が見渡す限り天を衝いて、怒濤のやうな風の音を籠めていた。二人の男女は蟻のやうに小

さくその林に近づいて、やがてその中に呑み込まれてしまった。（同書）

物語の舞台となった松川農場が実は有島農場であり、その農場主であった有島武郎が、農場主による小作人の苛烈な搾取と小作人の卑屈さを描きながらも、一方でその枠に決して収まろうとしなかった主人公広岡仁右衛門の凶暴な生き方を描いたことに、武郎自身の自己否定の悲鳴のような叫びを感じる。後に武郎が有島農場の無償解放と自死へと急いだ生き方の伏線は、既に『カインの末裔』にも、さらにその前の『或る女のグリンプス』にも秘めやかに刻まれているように思われてならない。

仁右衛門は無知な自然児そのものでありかつ凶暴な性格として描かれ、それ故の反社会的抵抗者の側面が強調される作品分析や評価が多い。たしかに作品としてはそのような形で武郎の「自己否定」性が暗に表現されている訳だが、仁右衛門のモデルとされた有島農場に実在した小作人広岡吉太郎（吉次郎）さんという人は、はっきりとした自己主張と信念に基づいて困っている人の面倒を見た親分肌の人物であった（阿部信一著『有島の里』昭和53年）ことを想起すると、武郎が仁右衛門に託した屈折した「自己否定」の意味合いが滲み出てくるように感じる。武郎が文学に託した見果てぬ夢の目指す先は、かくも切なく痛々しいものであった。

そして、この作品では、羊蹄山が控えめながら奥行きのある表象として登場していることに気が付く。物語の冒頭、仁右衛門夫婦が入地先の松川農場（有島農場）を目指して平原をとぼとぼ歩く光景を、じっと無言で見つめている羊蹄山……

寒い風だ。見上げると八合目まで雪になったマッカリヌプリは少し頭を前にこごめて風に歯向かいながら、黙ったまま突っ立っていた。（同書）

これは、物語の展開を予兆するかのような描写であるだけでなく、仁右衛門の運命や仮託された意味をも象徴しているかのような表現である。ちなみに、羊蹄山はこの時代、公的には「後方羊蹄山（しりべしやま）」と称されていたが、その呼称の背景に込められた国家伸張主義的イデオロギーを知らないはずのない武郎は、この時代風潮の中にあって、敢えてアイヌ語呼称の「マッカリヌプリ」を意識的に使用していたと思われる。この「マッカリヌプリ」にも、武郎の秘された決意が透けて見える、と言ったら、深読み過ぎるだろうか。この時代、羊蹄山は、その呼称ひとつとっても、向き合う人を試さざるを得ない存在であったのである。

ここまでは、２０１３（平成25）年に書いた原稿の一部である。この読後感は、今も基本的に変わっていない。しかし、今回何度目かの読み返しをして、新たな気付きもあった。読み返して気づく新たな意味合いは、読み手である自分自身の中に潜んでいたものであることが多い。

2．4年後の読後感（その1）

有島武郎の最初の代表作（と言って良いのだろうか）が、有島農場の実態から着想を得て書かれた『カインの末裔』であることに、読み返してみて、今さらながら必然とも意外とも言える不思議な感慨を覚えた。この奇妙に覚醒された気持ちで改めてこの作品の読後感に心を委ねているうちに、「ひょっとしたら……いや、きっとそうだ！」との問題意識を抱えることとなった。有島武郎が、自ら所有していたこの農場（作品の中では松川農場と称されているが）を仮想舞台に『カインの末裔』を書いたのは、どういうことだったのだろうか？

『カインの末裔』を発表した１９１７（大正6）年、武郎はそのほぼ同時期に、『平凡人の手紙』『クララの出家』『凱旋』を書いている。これらを読んで、武郎は「ありのままの自分とはどのような存在だろうか」と探り続けていたのではないか、と私は感じた。文学は、読み手の情況に応じてどのように読んでもかまわない表現媒体ではあるが、それにしても、私がこのように感じた背景には、さらにその前の作品群、『宣言』『An Incident』『お末の死』『小さい夢』『かんかん虫』、そして『実験室』『死と其の前後』などから受けた印象が尾を引いていた可能性がある。その理由の詳述は措くが、白樺派時代の創作活動から妻安子の闘病と死を経て、有島武郎が小説家として大きく飛躍していく時期、彼自身の問題意識の最重要な軸に、この「ありのままの自分とは何か」という、それまでも途絶えることのなかった自問が意識的に組み込まれていたことは確かなことのように思える。思える、というのは、読者である自分自身に対する問題意識の反照であるのかもしれないが。

『カインの末裔』を読み返して、オヤッと、これまで感じたことのない強い印象を受けた箇所がある。これまで、広岡仁右衛門という主人公の強烈な印象は、次の文から読み取られていた。

……彼れは巨人のやうに威丈高にのそりのそりと道を歩いた。人々は振り返って自然から今切り取ったばかりのやうなこの男を見送った。（同書）

仁右衛門が、自ら陥った苦境からの起死回生を期して、函館に住んでいる地主との小作料値下げ交渉に乗り込む場面である。この一文が、多くの文芸評論によってこの作品の真髄を示す人物像と評された部分であり、私もそのように読んでいた。しかし、今回読み直して迂闊にも初めて気が付いたのだが、次のフレーズがその前にしっかり刻印されていた。

動もするとおびえて胸の中ですくみさうになる心を励まし励まし彼れは巨人のやうに威丈高にのそりのそりと道を歩いた。人々は振り返って自然から今切り取ったばかりのやうなこの男を見送った。（同書）

仁右衛門のこのような二面性について触れている箇所は、他にもあった。

彼はその灯を見るともう一種のおびえを覚えた。人の気配をかぎつけると、彼れは何んとか身づくろひをしないではいられなかった。自然さがその瞬間に失われた。夫れを意識することが彼れをいやが上にも仏頂面にした。「敵が面前に来たぞ。馬鹿な面をしていやがって、尻子玉でもひっこぬかれるな」とでも云いそうな顔を妻の方に向けて置いて、歩きながら帯をしめ直した。(同書)

仁右衛門の口の辺にはいかにも人間らしい皮肉な歪みが現れた。彼れは、結局自分の智慧の足りなさを感じた。而してままよと思っていた。(同書)

然し列車の中の沢山の人の顔はもう彼れの心を不安にした。彼れは敵意を含んだ眼で一人ひとり睨めつけた。(同書)

ちょっと眼に触れただけでも、これだけ随所でこのような性格描写がなされている。そしてまた、仁右衛門の意外に思える程の心の優しさを垣間見せる表現もあった。二人が農場を去る、最後の場面である。

妻が風呂敷を被って荷を背負ふと仁右衛門は後ろから助け起してやった。妻は、とうとう身を震わして泣き出した。二人は言ひ合わせたやうにもう一度小屋を見回した。(同書)

どれも、仁右衛門の性格に潜む矛盾の葛藤が露わに見える表現である。これが、有島武郎が言う「仁右衛門は私である」ということの表出の一部なのではないか。そして、この内面の葛藤が折々に露わに表現されているからこそ、仁右衛門という存在が、ステレオタイプに陥ることなく、鈍い刃物のような生々しい衝撃をもって私たち読者の心を襲ってくるのである。武郎は、この人物像に、このような自分自身を仮託したのだ。しかし、それは、どういうことなのだろう。二つのことを思った。

『An Incident』を、想起して欲しい。主人公は、夜泣きする子供に苛立ち、獰猛な心になって子供を折檻し妻を苛む。そしてその直後に、呵責のない自己嫌悪に追い込まれる。これが、武郎が見つめていた「もう一人のありのままの自分」の一面である。誰しも、自分の中に潜んでいるもう一人、あるいは複数の自分を感じながら生きているが、武郎はこのような自己の内面を執拗に見つめ続けた作家である。シリアスに、そして『平凡人の手紙』ではシニカルに、コミカルに、そんな自分を自嘲気味に書いている。この問題意識「あるがままの自分とはどのような自分だろう」というテーマを様々な情況設定とその中での人物措定によって作品にしてきた彼が、自らが抱えている最も苛酷な情況の中に自分自身を仮託した人物を登場させた作品が、『カインの末裔』である。

武郎が生涯を通じて不本意に抱え込んでしまった最も忌むべき自分の姿とは、そして、嫌悪しつつも骨肉の愛情の中で受忍するしかなかった自己矛盾とは、言うまでもなく、農場主としての自分自身であった。彼が、農場を手放そうと内心決意したのは、1907（明治40）年、アメリカ留学から帰った直後に両親と一緒に狩太の農場を訪れた時であったことは、『農場開放顚末記』の中に述べられているが、父の手前その思いを封印していただけに、1916（大正5）年の父の死後は、その決意の実行に想いを馳せていた筈である。その結果は、1922（大正11）年の農場無償解放に結実する訳だが、これは、単なる彼の社会的意識によってのみ行われたものでないことは、『小作人への告別』（大正11年）に述べられているとおりである。

八月十七日私は自分の農場の小作人に集会場に集まってもらい、左の告別の言葉を述べた。これは謂わば私の私事であるけれども、……（略）……（『小作人への告別』冒頭の序より）

ここで言う「私事」とは、自分個人が所有する農場の解放自体が私事であるという意味に加えて、農場解放についてては、母による強い反対があったにも関わらずの事業であること、さらには、自身の思想信条や文学上の必要性、就中、農場主としての生き方に刻印された自己矛盾を解消したいという切実な欲求があったことなどが根底にあることを、指したものであろう。この「私事」としての想いを、文学としてより深く表現したのが、『カインの末裔』である。それは、どのようにしてなされたのか。

広岡仁右衛門という人物像が、実在した小作人広岡吉太郎（吉次郎）さんをモデルにしたものであることは、既に述べた。しかし、広岡吉太郎さんと言う人が、小説の仁右衛門とは似ても似つかない、弱い者の面倒見がいい親分肌の任侠肌の人であったことは、たとえば、実際に吉太郎さんと親交があり隣家に住んでいた、同じ小作人仲間の阿部信一さん一家の証言によっても明らかである。

退場を命ぜられた者は、必ず広岡仁右衛門（吉太郎の誤記と思われる）の所に泣きついた。仁右衛門（吉太郎）はこのような連中を黙って見てはいられない……管理人（吉川銀之丞のこと）の所へどなりこんでいくのである。だから、管理人は広岡を嫌った。退場を命ぜられた者には部落の人たちが嘆願書を有島さん（有島武郎）に提出するのであるが、いつも嘆願書は管理人のところで握りつぶされていた。（『有島の里』阿部信一著）

武郎が、このような広岡吉太郎さんの人となりを知っていたか否かは、わからない。おそらくは、知らなかっただろう。しかし、それは本質的なことではない。武郎が作品の中で描きたかった人物像は、矛盾を抱えつつも周囲の人間社会に是非も無く反抗して闘い、結局は敗北していく存在であった。当時の有島農場の小作人社会にあって、おそらく吉川銀之丞が非難がましく語った吉太郎さんに関わるエピソードからインスピレーションを得たのだろうと思う。吉太郎さんという人物像の重要な側面を極端に歪め、裏面から射るようにデフォルメされた性格付けを行うことによって仁右衛門という主人公を創造し、武郎自身の「ありのまま」を炙り出す装置、登場人物としたのではないか。武郎がこの作品によって追求したことは、このような人物像そのものの表現ではなく、このような人物ならば農場の小作人社会の中でどのように生きていくだろうか、という想像が、武郎の自己探求に関わる問題意識であり表現の構成であり手法であったと思う。言い換えれば、この作品は、小作人社会によって構成されていた当時の有島農場、ひいては当時の農村に広く見られた自己抑圧的なコミュニティの中で、仁右衛門という人物に仮託された「裏・武郎」が、どのように自分を解放的に表現し行動し「ありのままの自分」を見出していけるのか、そのシミュレーション、つまり「実験」を行った物語作品なのではないか。今回読み直して、「ひょっとしたら……いや、きっとそうだ！」と感じたのは、そのことである。

そのような目論見によって書かれたこの作品の中で、仁右衛門は、先に引用したような脆弱な自己矛盾故の過激な自己主張によって、そのほとんどが周囲の人間関係やコミュニティと深く絡み合うことも無く、一方的に自滅していったことは、物語のめまぐるしい急な展開によって鮮やかに描かれている。状況や心理の描写が、凝縮され切り詰められた早いテンポによって深刻の度を膨らませながら、メビウスの輪の上を転がっていく。

作品のタイトルも、このことを象徴的に表わしている。言うまでもなく、『旧約聖書』の「創世記第4章」に描かれた兄カインと弟アベルの物語である。カインはアベルへの嫉妬から彼を殺し、その罪により、神の国から子々孫々に至るまで追放される。

『カインの末裔』とは、このアナロジーを直接受け継いでいる標題であり、通奏低音として流れるテーマである。それは、冒頭と結末の循環によって、強烈に暗示されている。とは言え、この物語は、何等かのメッセージを含んでいる、というものではない。そうではなくて、武郎が模索した「ありのままの自分」ということが、この作品による実験の結果、このような経過と結果を目の当たりにした、ということであった。過酷な実験だった、と思われてならない。したがって、文壇や社会から大きな衝撃と反響をもって迎えられ、武郎が文壇の寵児として一躍脚光を浴びるきっかけとなったこの作品への評価は、武郎自身にとっては、狙って得られたものではなく、思いもかけない評価であった可能性が高い。彼は、「そのままの自分」とは何かという、それ以前からの問題意識に基づく実験小説としてこの作品を書いたに過ぎないにも拘らず、予想外に大きな反響への戸惑いがあったのではないだろうか。

足助、宮原の評によると「カイン」は僕の作物中の最大駄作だ相です。又「平凡人」は単なる皮肉に過ぎない相です。実際前者はもっと長いものであるべき筈だったのですが、雑誌社に制限されて三分の二位にしてしまったのです。あれでは駄目です。書きなほします。（大正6年7月19日 吹田順助宛）

読者層からの評価は高かったが、足助ら文壇関係者からの厳しい指摘に従って武郎は後に、5、6、7節中心にかなり書き加え、1918（大正7）年2月に『有島武郎著作集』に収め直している。私たちが今日読むことができるのは、この改訂バージョンである。

しかし、仁右衛門ほどのキャラクターと有島農場の小作人社会という得難い状況設定はこの作品の中で燃え尽きたかのように、これ以降の作品の中で再度追求されることはなかった。文学作品としての不十分さを武郎自身も自覚していながら、これを書くことに賭けた彼自身の目的、自分のありのままの姿を作品の中から逆照射する実験的狙いは、とりあえず果たされたのではないか。

この実験の成果は、何度も繰り返すが、物語の冒頭と結末の循環構造に衝撃的に示されている。それは、敗北を繰り返しながら永続的に続く、自由で暴力的な自己否定、自己変革の姿である、と言って良いだろう。孤独と自由を求めるホイットマンの芸術と生き方が、「ありのままの自分とは何か」の答えであって欲しい、何度も挫折を繰り返しながらもそのことを追求する生き方が「ありのままの自分」であってほしい、そのような悲壮な希望と壮絶な覚悟を表わした作品が『カインの末裔』だ、と思えてならない。ありのままの自分とは、どのような自分か。私自身にとっても、この自問は、数年来抱え続けてきた課題だ。そして、自分の裡に閉じこもった反芻だけでは答えは見つからないことに気がついたこの数年であった。武郎にとっての気づきのきっかけは、妻安子の死であったかもしれないが、その後の探求を導いたのは、農場の小作人たちであり、ホイットマンであったのではないだろうか。これは、私の反照としての妄想である。

3．4年後の読後感（その2）

最後に、関連してもう一つの読後感を述べておきたい。と言うか、妄想に近い感想だが。『カインの末裔』は、有島武郎の「ありのままの自分とは？」の探求に向けた実験だったのではないかと述べたが、結果として、そのことと深く関連することになるもう一つの位置付けがあったのではないかと感じた。武郎が、自らの農場をいずれ小作人たちに解放しようと思い立ったのは、明治40年の農場訪問の時であったことは、既に述べた。そして、大正5年に父が没することによって、農場解放の実践が大きく現実味を帯びてきた。文学の創作に本格的に邁進して自身の道に感触を得ることも、農場解放と密接に関連していた。それは、生活面と精神面における課題解決という両面において、密接に関連していたことだったのである。

一方、農場内の現実的問題として深刻に想定された課題は、解放後の農場経営がどうなるのか、ということであっただろう。それは、直接的には、新たな経営体をどのように築き維持運営するかという問題であったが、武郎としては、そのことに劣らないもう一つの重い課題認識があったはずだ。それは、小作人たちは解放後の新たなコミュニティの中で、どのような関わりと生き方をするのであろうか、ということであっただろう。大正6年のこの時期に、このテーマに関して何等かの考察を加えた形跡は、発表した幾多の文章からは伺えない。しかし、農場を訪れて小作人の状況を直接間接に知るにつれ、人間存在の深淵にも触れそうな問題が農場コミュニティに内在していることを感じざるを得なかった筈である。とは言っても、彼の知り得た知識や経験だけでこの問題に解を見出すことが出来るとは、武郎の謙虚で真摯な思考傾向からは考えにくい。この問題を真剣に意識しはじめた筈のこの時期、武郎は、その問題を考える一つの方策として、小作人社会における個人の自由と共同体運営上の制約などに関連して、小作人たちの多様な個性に基づく関係性のありようを観察するための実験を、小説創作という手法の中で試みたのではないか。

農場解放は、解放する武郎の側において私的側面と公的側面が絡み合っていたように、解放される小作人側の内的側面においてもさまざまなドラマが想定される。このことを無視した表面的な制度設計や形式的な心構えだけで、解放後の共産的農場経営が可能になるとは思えなかった筈である。この疑問について自分として考えるきっかけを見出したい、と、思ったのではないだろうか。それが、『カインの末裔』だったのではないだろうか。

1922(大正11)年に農場を解放して以降、武郎は、関連する論考小文を次々に発表している。これらの中で、解放後の農場経営について、単なる経済的経営論にとどまらない深い思索を傾けていたことを披瀝している。これらの小文からも、その思索の源流が『カインの末裔』にあったと想定しているが、これは私の妄想だろうか。

6 『平凡人の手紙』わかり難さの真意を読む

『平凡人の手紙』は『カインの末裔』と並行して書かれ、掲載誌は異なるが同時に（大正6年7月）発表された作品であり、有島武郎には珍しい、屈折した諧謔によって全編が構成されている。

僕は実際その後でも愛する妻を失った夫らしい顔はしなかったやうだ。この頃は大分肥っても来たし、平気で諸興業の見物にも出掛けるし、夜もよく眠るし、妻の墓には段々足が遠のくし、相変わらず大した奮発もしないで妻がいる時とさして変らない生活をしている。（『平凡人の手紙』より）

概ねこのような調子で、友人に宛てた手紙の中で妻を亡くした自分の心境や様子、挿話を物語る構成で作品は表現されているが、その主人公は自分のことを「平凡人」と称している。この物語は、「平凡人」をアイデンティティとする男の一種のパロディのようにも読めるが、果たしてそうなのか、作者の意図がなかなか掴めない。「平凡人」とは、何だろう。作品の中で作者が行った皮肉っぽい定義の裏に張り付いている真意は、いったい何だろう。

「……手紙」で思いつき、武郎の書簡に目を通してみた。

1. 武郎の手紙

『平凡人の手紙』は、1917(大正6)年7月1日発行の『新潮』に発表された。同日発行の『新小説』には、『カインの末裔』が発表されている。この二作について、武郎は吹田順助と書簡のやり取りをしている。

本月号の二作をお読み下っさった相で綿密な御批評を有難う御座いました。足助、宮原の評によると「カイン」は僕の作物中の最大駄作だ相です。又「平凡人」はたんなる皮肉に過ぎない相です。……(中略)……皮肉の大嫌いな僕が我慢が仕切れなくなってとうとう皮肉を云ってしまった心持ちをお察しください。僕は皮肉屋が大嫌いでした。それは何時でも劣敗者が優勝者に投ずる爆裂弾だからと思っていたのですが、優勝者が対等の言葉でadressするに足りない劣敗者に対して使う言葉としての皮肉を見ると、或る場合は使用することが必要になるとも思いました。(7月19日 吹田順助宛)

あることに我慢できなくなって「皮肉」を作品化したことを著者本人が明かしている文面だが、それがどのような状況を指しているのか、また文中で言う「優勝者」「劣敗者」とは誰を指すのか、この文面だけではよくからない。両者とも、それぞれに異なる第三者だろうか。足助素一に宛てた手紙がある。

昨日平凡人は午後の汽車で平塚に出掛けた。……(後略)……(8月3日 足助素一宛)

まるで『平凡人の手紙』の世界からそのまま送られてきた一筆に思えるが、これは、武郎が安子の命日の翌日に平塚(安子が没した病院の所在地)に出かけた時の様子を、自らを少し茶化して足助に送った文面のようだ。つまり、「平凡人」は武郎自身のことになるが、平塚に赴く自身の行動を、作品の中においてもあるいはこの手紙の中においても茶化していることになる。なぜか。

吹田宛の手紙でいう「優勝者」と「劣敗者」は、いずれも武郎自身の二つの側面を指し、「優勝者」は著者である作家有島武郎、「劣敗者」は妻をなくした生活人有島武郎、ということになるような気がする。その「二者」の間で、なぜ「皮肉」を言うのか。ここでいう「劣敗者」つまり「平凡人」の作品中の言行として表現された諸々の「社会的常識・反常識」が、著者からみて「皮肉」で描くしかないことだからであろう。もう少し踏み込んで想像するに、「平凡人」の言動をもたらしたのは、本人の自我など主体的意識ではなく、社会の一般常識や「歪んだ同調圧力」に左右されて生じた意識であろう。この同調圧力は、武郎本人にとっては、妻の死後周辺から陰に陽に寄せられる様々な反応として、到底受け止めがたいものであったのではないか。だから、「我慢が仕切れなくなってとうとう皮肉を云ってしまった心持ち」と書いているのだろう。これを、率直に、周辺への反論、反発として書くことを避け、文学作品の中で暗喩に押し込めた表現内容が「皮肉」ということなのだろう。「優勝者」つまり著者の立場で、社会意識を歪めながらも体現している「平凡人」を「劣敗者」として、しかも、そのような「劣敗者」としての在りようが自分自身にも当てはまるという、あながち無視できない可能態という、シビアな自己分析も含めて、作品の中に隠し込んだということなのだろう。

では、このような手の込んだ作品を敢えて書いたのは何故なのか、という疑問が湧いてくる。その答えは、既に吹田への手紙の中にあるように、直接的には「我慢が仕切れなくなってとうとう皮肉を云ってしまった心持ち」にあると思われるが、具体的にどのような事情や経緯のことかは、わからない。しかし、それは情報としてわからずとも、その内実については作品の中から読みとれるのではないだろうか。しかも、そこには、単なる鬱憤ばらしとしての表現には止まらない、作家としてのある種の真意があるはずだ。

ということで『平凡人の手紙』に移りたいが、その前に、もう少し「武郎の手紙」を読みたい。それは、安子が死んだ直後に周りの親しい人に宛てた、武郎自身の本音を綴った表現がそこにあるからである。この内容が、

『平凡人の手紙』を読み解く鍵になるような気がする。

ヤスコケサ八ジ　シズ　カニユク（1916（大正5）年8月2日　有島武宛）

僕は彼女の愛を虐げなかったことをうれしく思います。愛のふみにじられなかったものの死は美しいものです。今はもう悲しむべき時ではなくなりました。

安子が二月八日に書遺した文の中に、

子供達には私の死と云ふことを知らせないようにしていただきたいと思ひます。御葬式などには参列させないで下さい。小さな清い子供心に死とか御葬式とか云ふ悲しみを残させることは本当に可哀相で又悪い事で御座います。……（中略）……と子供のことが書いてありました。

これは皆さんの前で読んで賛成していただきました。出来るだけ実行したいと思うのです。……（中略）

……

安子は僕一人の介抱の許に逝きました。誰も末期には間に合いませんでした。それが不思議にも彼女の遺志であった事を遺言の中に見出しました。

僕は悲しんで居るのか喜んで居るのか分かりません。多分喜んで居るのです。涙の出るのは美しいものを見て出る時の涙のようです。然し、遺孤の事を思ふと胸が裂けます。（8月2日　有島生馬宛）

武郎は、安子との愛と安子の遺志をそのまま実現できたという自負の中で、安子の中に自分を投影してそこから述べた。愛し合った者同士ゆえの奥深い言葉として、生馬に書いた文面であったろう。「多分喜んで居るのです。涙の出るのは美しいものを見て出る時の涙のようです。」というのは、そのことの率直な自己表現であった。安子を失った武郎の魂がここにあったことを、読者も素直に受け止めることができる。しかし、当時の（おそらく今も）社会的意識は、彼のこの言葉をそのまま受け止め理解することは難しいだろう。彼のこの心境は、最も心を許しあった足助素一や吹田順助宛の手紙の中にも書かれている。

……（前略）……亡き妻の上を僕はどうしてもさう悲しむことは出来ない。彼女が生きていた時よりも彼女は緊密にぼくの胸に結び付けられた。是れは悲しむべき事実ではない。信仰の高上？　悲痛を味わう事が信仰の成立つ条件とするのは如何しても僕には判らない。悲痛とか不幸とか云うものは僕の心をひきしめて益々戦闘的にするかも知れないが決して信仰的にはしない。

今度の事は僕の宗教心に何らの動揺をも進歩をも来さない。然し僕の人生経験には深い感銘と教訓とを残した。（8月8日　足助素一宛）

足助に書いた武郎の心境は、先の生馬に宛てた手紙を読んだあとでは、素直に胸の中に注ぎ込まれてくる。しかし、その前提がない状態でこの文面を読んでも、ストンと腑には落ちないかも知れない。武郎の文章は、それだけ魂の奥深いところから出ている真情に満ちた崇高なものである。足助は、この手紙の心情はそのまま受け止めることができたはずである。吹田も同様であっただろう。

私も毎日暢気にして一心に妻の遺文を写して居ます。死は人を遠くするよりも近くするものだと云ふ事実だけははっきり合点がゆきました。妻も私を今本当に理解しているでしょう」（8月17日　吹田順助宛）

「幸せ」かどうかまでは判らないが、「納得」を心のうちにしっかり抱えていることが伝わってくる文面である。この心境は、私も理解できる。それは彼の自己防衛に由来する妄想だろう、というツッコミも成り立つかも知れないが、たとえそうだとしても、彼の心の厳粛な納得は揺らがないだろう。そして武郎は、この心境から少しずつ自己対象化をはかるようになる。

……(前略)……僕は淋しく悲しくないか、そんな事はありません。日が経つにつけて今まで予想もできなかった、深刻な寂寞が心のどん底を襲ってくる事があります。而かもその同じ僕が妻の在世中は家庭を厄介視し妻の不在をさへ願った事があります。妻の死を仮想することが僕の一種の自由と解放の快感を與えた事すらあります。今でも真実を告白すると僕の心のどこかにはそんな風な感じがただよって居ないではありません。僕は一體独りで居るのが好きです。然しそれは僕の消極的な退廃的な性質がさせる業です。僕の積極的な一面は生命の盡滅に対して醫すべからざる痛みと渇きを覚えます。(10月3日 吹田順助宛)

武郎の、自らを晒すこのあけすけな誠実さは、人間として崇高と言えるほどの深い純粋さであり、それゆえに、世間的には限りない誤解と偏見にさらされる要因であるだろうし、限りない強みでもある一方、理解の域に収まりにくい弱みでもあろう。彼のこの飾ることのない率直な自己表白は、既に『幻想』(大正3年)の中においても表現されていることだが、安子が発病する前に書かれた『幻想』における彼の「正直さ」を思い出すなら、ここでの「告白」は、さほど驚きもせずに素直に受け止められるはずである。そのような武郎の心境を理解し得ない周辺世間からの様々な声に「我慢が仕切れなくなってとうとう皮肉を云ってしまった心持ち」で、彼は、『平凡人の手紙』を書くことになった、ということか。しかし、周辺世間の無理解への直接的な反発や反論としてではなく、「もし自分が、そのような社会意識に振り回されながら生きる平凡人だったら、どのように行動しただろう」というモチーフとして、この作品にそんな自分自身の虚像を託して投影した。だから、「平凡人」は武郎自身の屈折した虚像であって、武郎自身ではない。とは言っても、武郎自身の陰影を含んだ分身ともいえる存在である。この「告白」を内包した彼自身の二重性を仮託したのが、「平凡人」である。この複雑ともいえる文学上の虚構が『平凡人の手紙』の真髄であり、この作品は、有島武郎の一種の「文学論」ともいえるテーマを暗示しているような気がする。このことを如実に示したエピソードが『平凡人の手紙』に由来する批評家との論争として顕在化するが、それについてはこの作品を読む中で触れてみたい。

2.『平凡人の手紙』

この作品は、本当に難解だ。作者が有島武郎だと思うからなのかもしれないが、彼らしくない作品だと感じてしまうことに起因する難しさだ。文字通り素直に読めばいいではないか、という向きもあるかもしれないが、それでは彼の文学を読んだことにはならない。そんな妙なこだわりが、どこかで作品理解を邪魔しているような気もする。

なぜ、わかりにくいか。表現がそのまま作者の意図とは思えず、その裏か、さらにまたその裏がありそうな警戒心を誘うからである。先の章で、武郎自身の手紙を読んだ。その中に書かれた安子の死に対する彼の真摯な想いを踏まえると、「平凡人」が問わず語りに饒舌に手紙に書く、死んだ妻への想いや自分の行動、周囲とのエピソードなどを読み返すたびに、武郎の手紙そのものとのギャップに戸惑う。この戸惑いこそが、作者の狙い、作品の意図なのかもしれない。

足助、宮原の評によると「カイン」は僕の作物中の最大駄作だ相です。又「平凡人」はたんなる皮肉に過ぎない相です。……(中略)……皮肉の大嫌いな僕が我慢が仕切れなくなってとうとう皮肉を云ってしまった心持ちをお察しください。僕は皮肉屋が大嫌いでした。それは何時でも劣敗者が優勝者に投ずる爆裂弾だからと思っていたのですが、優勝者が対等の言葉でadressするに足りない劣敗者に対して使う言葉として

の皮肉を見ると、或る場合は使用することが必要になるとも思いました。(7月19日 吹田順助宛)

『平凡人の手紙』は、「優勝者」である作者有島武郎が「劣敗者」である生活者有島武郎に送った皮肉である。と、先の章で述べた。しかし、武郎の手紙からはそれ以上のことは読み取れなかった。作品『平凡人の手紙』から直接読み取るしかない。それが、独立した表現媒体である文学の読み方だからだ。しかし、何度読み返しても、わからなさは一向に変わることなく循環して再び戻ってくる。

「平凡人」の属性描写からわかるように、彼は「有島武郎」本人のある種の虚像としての一面が表現されたキャラクターである。

而して僕の幸福は自分でも認め、他人も認める、この欠点のない平凡から生まれ出ているのだ。客気があった青年時代には円満だと云はれる事にすら不満を覚えたものだが、この頃のやうに長男が小学校に這入るなどと云ふ事になって見ると、僕も自分の平凡をありがたく思ふばかりだ。(『平凡人の手紙』より)

これは、武郎の真意に近い自己表出かもしれない。特に、「客気があった青年時代には円満だと云はれる事にすら不満を覚えたものだ」という告白は、実像に近いだろう。しかし、かと言って、「平凡人」の言葉はそのまま武郎自身を言い表してはいない。特にこの作品の大きなモチーフとなっている妻の死をめぐる「平凡人」の心境については、先に読んだ武郎自身の手紙の上澄みだけを本人が敢えて意図的に薄く斑らに掬い取り、歪んだ表現に載せたものである、と言ってよいだろう。

亡き妻の上を僕はどうしてもさう悲しむことは出来ない。彼女が生きていた時よりも彼女は緊密にぼくの

胸に結び付けられた。是れは悲しむべき事実ではない。（8月8日　足助素一宛）
僕は幸に健康だ、まだ夢一つ見ない、併し是からそろそろ切ない時が逼るのだろう（8月15日　足助素一宛）
私も毎日暢気にして一心に妻の遺文を写して居ます。死は人を遠くするよりも近くするものだと云ふ事実だけははっきり合点がゆきました。妻も私を今本当に理解しているでしょう（8月17日　吹田順助宛）

これらの書簡は、武郎の実像と「平凡人」という虚像の接点となるレイヤーを示す表現と言ってもよい。先にこれら武郎の手紙の真意を穿ったことで、このレイヤーの上澄みから「平凡人」のキャラクターが導かれる文学上の化学反応を読み取ることができる。武郎は、安子の死に関する自身の深い想いを、親しい友人に宛てた書簡のようにそのまま社会に表出しても理解を得られないだろうと判断したのではないか。それを、文学作品として昇華し表現しようと決めたのである。その意図は、自分の真意を理解せずにスキャンダラスに扱う世評に対する反論を意味したが、のみならず、実はそのような一面が自分自身にも否定し難く混在していることを含んだ、自らへの皮肉として内省化し作品としたのではないか。その世評とは、具体的にどのようなものだったか。『平凡人の手紙』の中で再三言及している「再婚の噂云々」に暗示されているように思える。その世評が具体的にどうであったにせよ、武郎は、それを自身を振り返る奇貨として捉え、自身の実像と虚像が織り交ぜられたパロディとしての存在すなわち「平凡人」というキャラクターを創造し、そこに真意を複雑に皮肉化して織り込んだのであろう。

つまり、読者が武郎本人と見まごうだろうわざとらしい「平凡人」を、いかにもわざとらしく表現することで読者の混乱を誘発し、実像と虚像が渾然と一体化するように仕組んだのである。さらに言い換えれば、死んだ妻に対する表面の虚像として「平凡人」の言葉を書き、武郎自身の真意との虚実を混沌とさせることで、裏面の実像の言葉を作品世界の奥底に暗示し、読者の察しに委ねた、ということである。『惜しみなく愛は奪ふ』の「暗示の娘」を彷彿とさせるレトリックでもある。このような読み方を裏付けるエピソードが、この作品の中に描かれている。

……（略）……、まあ文字通りに取るとすると、その人なぞは随分不幸な人だと同情に堪えなかった。下劣、醜陋が実相である人生に居て、熱實な道義的気魄を憧憬する―出来ない相談を常時腰にぶら下げていなければならないと云ふ不幸は全く同情に値する。これ程不幸な人は多分そんなに澤山いる訳ではないだろうけれど（『平凡人の手紙』より）

これは、作中の「平凡人」が、ある文芸評論家の文章に対して感想を述べたくだりである。ここで触れた文芸評論家とは前田晁のことであるが、前田本人がこのくだりを目にしたことから、両者の間で論争が起こり、『讀賣新聞』の1917（大正6）年8月の紙面に両者の文章が掲載されるに至った。この論争自体についてここでは深入りしない。注目したいのは、武郎が主張している次のロジックである。

断っておくがああ云ふ考へ（※前述引用の箇所）は作者なる私の考へではありません。私の創り上げた一人の人物即ち「平凡人」の考へなのです。……（中略）……論文でもなければ、私の感想の発表でもありません。矢張り作物です。私だけには下手でも何でも創作です。**一つの性格の諷示的な描写です。**その中に描かれた主人公なる平凡人の眼には問題になっている批評家は明らかに不幸な人としか寫らなかったのです。
（『「平凡人」の言禍（前田晁氏と氏の如き態度にある批評家に）』より大正6年8月　サイドラインは著者）

そして、この「平凡人」は、次のように受け止めたはずだ、と「平凡人」の創作者である武郎自身が「平凡人」のキャラクラーを解説している。

平凡人はあの作物が示しているやうに大多数の人間を親切ないい人だと思っている。親切にもよくも思はれない所は自分が平凡で他人が非凡だからさうなのだと思っている。平凡ではあるが人間の何処かには美しい物が必ずあることを疑っていない。平凡なりにもっと人間の美しさにより多く触れたいと願っている。そこに突然前田氏の批評を読んだから驚いてしまったのだ（同書）

先の引用サイドラインがそうだが、作者武郎によると、「平凡人」は「諷示」として創造された存在であると。それは、吹田に宛てた手紙の中で「皮肉」と書いたものと同一であろう。「諷示」であれ「皮肉」であれ、それは実像に内在するもう一つの像、虚像、いわば「もう一人の武郎」なのだ。では武郎は、本人自身と紛うが如き「もう一人の自身」を、なぜ敢えて創造し表現したのだろうか。しかも下手な喜劇台本のように、あまりにもあからさまに嘘っぽい戯画として「妻が病死した男」を描写したのか。私は、二つの理由があったと思う。一つは、安子の死について生馬や足助や吹田に書いた手紙に関連することであり、もう一つは、同時に書き進めた『カインの末裔』に込めた「創作手法」に関連することである。

まず、前者について書く。

不幸な人ほど、言ひ換れば非凡な人ほど、夫婦関係なぞと云うものより一段高い所に広々とした餘裕を持っているものだ。所が僕は平凡で従って実直だから、思った通りに愛する妻と云ってしまう次第だ。（『平凡人の手紙』より）

ここに描かれている「非凡な人」も「平凡人」も、戯画化されている。真意に皮肉がブレンドされた異臭が匂ってきて、読者はこのどちらからも、肯定も否定もしきれない不安定な心持ちに誘われる。「非凡な人」も「平凡人」もどうやら文字通りのことではなさそうだぞ、何か裏がありそうだ……との思案を誘う。安子の死についての武郎の想いは結局のところどうなんだろうと、この戯画のレイヤーから一段奥まった所に渦巻いているブラックホールに思案が吸引されていく。この陥穽が武郎の狙いだった、としたら、どうだろう。

「文学とは、この陥穽のこと。渦巻いているブラックホールのことなのだ」と、武郎は「平凡人」の言葉の中で文学の秘儀を明かしてくれたのだと思えてくる。もっともらしい嘘を書き連ねた舞台進行劇のその「嘘」の影に封印された、作者の黙したコトバを感得して欲しい。それが自分の文学なんだと、「平凡人」の饒舌は言外に語っている。文学は、いつも書かれた言葉の背後にひっそりと控えていて、それは読者の心が求める時にしか感じ取れないものだよ、と言っている。饒舌な言葉によって覆い隠すことで、逆にそこに秘されている真意の在り処を黙示しているのだ、と言っている。ここでは、安子を失くした自分の悔いと悲しみを「平凡人の手紙」の文面の行間や裏から読み取って欲しい、感じて欲しい、そこに文学があると、武郎は言いたいのではないだろうか。

後者については、『カインの末裔』を生み出した武郎の「小説論」とも言うべき、作者とモデルと作中人物の融合による創作手法のことに触れる。武郎は、「仁右衛門は自分だ」とあかしたが、「広岡仁右衛門」という作中人物は、そのモデルであった「広岡吉次郎」と、作家有島武郎の中の「もう一人の武郎」を化学反応させて創造した存在である。この化学式で炙り出したかったのは、「もう一人の武郎」の自画像であったろう。

これと同じ文学創造の方法論から、『平凡人の手紙』における「平凡人」と生活者有島武郎、そして作家有島武郎の中の「もう一人の武郎」、という関係性を読み取ることができる。この関係性のモチーフは安子の死であり、これを接点として前者の論点に溶け込んでいく。

武郎は、生活者有島武郎と作家有島武郎の中の「もう一人の武郎」がどのように重なるのかズレているのか、「平凡人」を描写する中で透視したかったのではないだろうか。その透視の仕方が、作品に漂う「皮肉」に込められた分かり難さだったように思う。この分かり難さは、武郎という人間の分かり難さに由来しているが、しかし、それは、そのように感じる読者自身に由来していることかもしれない。武郎の文学は、読者に自分自身への振り返りを促している。

7 『クララの出家』

愛欲と信仰の相克を超える

夢幻を伏流している透明度の高い地下水のように美しい、内面性の深い短編である。この『クララの出家』(大正6年9月)が『カインの末裔』(大正6月7月)の直後発表されていることに、微かな驚きを覚えた。冒頭部分は白樺時代の作品のようにも感じられるが、しかし最後の場面では、その底知れぬ澱みに降りていく主人公を身じろぎもせず凝視している自分に気がつく。クララの出家する先は、どのような境地なのだろう。夢の中で循環しながら求心していくアイデンティティの深淵だろうか。3人の男が、次々にクララの夢に現れた。

クララはやがてかのしなやかなパオロの手を自分の首に感じた。厚い指先と冷たい金属とが同時に皮膚に触れると、自制は全く失われてしまった。彼女は苦痛に等しい表情を顔に浮かべながら、眼を閉じて前に倒れかかった。そこにはパオロの胸がある筈だ。その胸に抱きとられる時にクララは元のクララではなくなるべき筈だ。(『クララの出家』より)

アッシジの貴族パオロの性的魅力でクララは幻惑され、その媚力によって地獄に堕ちていくと自覚した彼女は一心不乱に聖母を念じ、そこで夢は転換した。性と信仰を二律背反とするクララは、武郎の仮の姿であろう。

次の瞬間にクララは錠のおりた堂母の入口に身を投げかけて、犬のやうにまろびながら、悔恨の涙に咽び泣く若いフランシスを見た。彼女は奇異の思ひをしながら夫れを眺めていた。春の月は朧に霞んでこの光景を初めから仕舞まで照らしている。(同書)

騎士を出自とする若いフランシスは、その出自を恥じるかのように無頼の振る舞いに身を落とし自らを辱めるが、自己を欺瞞しきれずに苦しむ。その姿に、少女のクララは訳もわからず惹かれる。若いフランシスは、自らの出自に苦しんでいた武郎であり、その苦悩する姿に惹きこまれるクララもまた、登場人物を二重に仮託した武郎自身であろう。そして、自己否定に苦しむフランシスを嘲笑する功名心の塊オッタビヤアナと、オッタビヤアナにクララを嫁がせたい彼女の両親。オッタビヤアナはクララの許婚となり彼女に愛を求めるが、クララはそれを受けようとしない。

見ると三人は自分の方に手を延ばしている。而してその足は黒土の中にぢりぢりと沈み込んで行く。脅かすやうな父の顔も、嘆くやうな母の顔も、怨むやうなオッタビヤアナの顔も見る見る変わって眼に迫る難儀を救ってくれと、恥も忘れて叫ばんばかりに歪めた口を開いている。然し三人とも聲は立てずに死のやうに静かで陰鬱だった。……(中略)……クララは何もかも忘れて三人を救ふために泥の中に片足を入れようとした。その瞬間に彼女は真黄に照り輝く光の中に投げ出された。(同書)

家族や富など自分を世俗に繋ぎ止めるもの全てを捨てたい、と既にその計画を胸中に抱いていた武郎がここにいる。その自己否定の痛みと恍惚が、クララを介して武郎の胸を刺す。

同時にガブリエルは爛々と燃える炎の剣をクララの乳房の間からづぶりとさし通した。燃えさかった尖頭は下腹部まで届いた。クララは苦悶の中に眼をあげてあたりを見た。まぶしい光に明滅して十字架にかかった基督の姿が厳かに見やられた。クララは有頂天になった。（同書）

セクシャルな描写である。三人の男たちそれぞれとクララは、みな武郎の分身劇中人物である。その中で、静かに、密やかに異彩を放つのはフランシスである。夢から覚めて現に戻ったクララは、夢と現の境が渾然と融解してしまったかのような心持ちで、彼女を待つ教会に赴く。少女時代から心に深く刻まれたフランシスを求めて、クララはフランシスの説教を聞くために教会に赴いたことがあった。かつて乞食となって故郷を出奔した後にイノセント三世の印可により教会の人として戻ってきたフランシスが、説教をおこなうと知ったからであった。フランシスの意表をつく立ち居振る舞いに心奪われたクララは、フランシスに懺悔を申し出た。

また長い沈黙がつづいた。フランシスはクララの頭に手を置きそへたまま黙祷していた。「私の心もをののく。……私はあなたに値しない。あなたは神に行く前に私に寄り道した。……さりながら愛によってつまづいた優しい心を神は許し給ふだろう。私の罪も亦許し給ふだろう」かく云ってフランシスはすっと立ち上った。而して今までとは打って変わって神々しい威厳でクララを圧しながら言葉を続けた。（同書）

フランシスは無言の懺悔からクララの心を読み、クララが夢で会った三人の男たちそれぞれの意味と位相を自身のうちに飲み込んでクララを受容した。受容した上で、突き放した。クララの愛を受容し、その上で、愛から信仰へと投げ返した。フランシスは、二人の間で一瞬に燃え上がった愛を信仰に昇華するようにとクララに告げ、その儀式の渦中にクララを誘う。クララは、現の中でその夢を見ていた。そして、その夢を現として突き進む決意を密かに固め、家族にも告知することなく出家を決行した。しかしその決意は、フランシスへの愛とキリスト教の陳腐な教義によって混ぜ固められたものであった。

その時分クララは著者の知れないある古い書物の中に下のやうな文句を見出した。

「肉に溺れんとするものよ。肉は霊への誘惑なるを知らざるや。心の眼鈍きものはまづ肉によりて愛に目ざむるなり。愛に目ざめてそを哺むものは霊に至らざればやまざるを知らざるや。されど心の眼さときものは肉に倚らずして直に愛の隠るるところを知るなり。聖処女の肉によらずして救主を孕み給ひし如く、汝ら心の眼さときものは聖霊によりて諸善の胎たるべし。肉の世の広きに恐るる事勿れ。一度恐れざらば汝らは神の恩恵によりて心の眼さとく生まれたるものなることを覚るべし」

クララは幾度もそこを読み返した。彼女の迷いはこの珍しくもない句によって不思議に晴れて行った。而してフランシスに対して好意を持ち出した。フランシスを辧護する人がありでもすると、嫉妬を感じないではいられない程好意を持ち出した。その時からクララは凡ての縁談を顧みなくなった。（同書）

クララが、信仰心によって愛欲の世界を超えられると思い込んだ錯誤が示されている。これは、この作品の中で武郎がクララに仮託したかつての自分であり、同じく自らを仮託したフランシスの内部矛盾と等しいものであると暗示している。クララのこの矛盾は、クララがこれまで盲従してきた信仰との間の違和をも感じさせるものである。クララの密やかな無言の求愛に一瞬動揺したフランシスもまた、愛を信仰の世界に強引に追いやることの危うい破綻を予感させる。信仰への希求によって抑圧された彼女の性愛は、物語の最後に至って真の彼女を取り戻そうとするが、フランシスを心に定めて出家の道を歩き始めてしまった彼女は、痛みを伴う感傷のうちに自らの矛盾を祈りの中に封印する。

フランシスとその伴侶との禮拝所なるポルチウンクウラの小龕の灯が遥か下の方に見え始める坂の突角に炬火を持った四人の教友がクララを待ち受けていた。今まで氷のやうに冷たく落ち着いていたクララの心は、瀕死者がこの世に最後の執着を感ずるやうにきびしく烈しく父母や妹を思った。炬火の光に照らされてクララの眼は未練にもう一度涙でかがやいた。いひ知れぬ淋しさがその若い心を襲った。

「私の為に祈って下さい」

クララは炬火を持った四人にすすり泣きながら歎願した。四人はクララを中央に置いて黙ったままうづくまった。（同書）

この場面でのクララは、フランシスとは微妙に異なる精神的位相を感じさせる。フランシスは、クララに一瞬感じた愛をすでに封印し、信仰の世界に立ち戻っている。武郎がかつて願った、斯くありたい自分の未来像であろう。しかし、クララはその投企寸前で自身の内部矛盾に一瞬逆襲され、その混乱を必死に封印しようともがく。そんな彼女を彼女自身の深淵に引き込もうとしているのは、彼女が否定し超越しようと意識していたフランシスへの愛欲である。クララの出家には、根源的な矛盾が解決されないまま宿っている。

平原の平和な夜の沈黙を破って、遙か下のポルチウンクウラからは、新嫁を迎ふべき教友等が、心をこめて歌ひつれる合唱の聲が、静かにかすかにおごそかに聞こえてきた。（同書）

美しいエピローグだが、素直に酔いしれることのできない自分がいる。それは、武郎の表現に隠された極上の美毒に反応してしまう、自分自身の精神の歪み故かもしれない。この作品は、いく通りかの相異なる読み方を誘い出す奥行きの深さを感じさせる。それは文学作品本来の力であり、読む人にとっての相異なる真実と魅力が読み取れる文学作品に、読み方や解釈の正解などありはしない。『クララの出家』はその意味でも、暗喩性に優れた武郎の隠れた傑作といってよいと思う。このことを踏まえながら、私は相関連する二つの疑問を心に抱えながら、この作品を読んだ。

武郎は、すでに棄教して（明治43年／札幌独立基督教会退会）久しいこの時期（大正6年）に、なぜこのような作品を書いたのだろうか。また、この作品は信仰と出家を肯定的に描いたようなディテールに溢れているが、そこにはどのような意図が隠されているのだろうか。自分のこの疑問を解く鍵がこの作品全体に潜んでいることを、何度か読みながら漸く感じ取った。それは、前述の粗筋に付した自分の感想に表れているように思うが、改めて書き出すと、次のようになる。

物語全体の流れは、表面的には、愛欲や世俗との葛藤に打ち勝って信仰に入っていくクララの内面の推移を肯定的に描いていると読める。しかし、ところどころに、そのような受け止めに疑問を感じさせるような仕掛けが潜んでいて、武郎の真意がどこにあったのか考え込まざるを得なくしている。その最たる仕掛けは、すでに引用したように、クララがキリスト教の古い書物の力によって愛への憧れを信仰へと強引に変容せしめようとしていたにもかかわらず、そのことで却ってフランシスへの愛欲を掻き立ててしまった彼女の内部矛盾に触れた箇所に込められている。これが、この作品の本質ではないか。これこそ、武郎がすでに信仰と愛の関係を一旦は総括して棄教したはずだったにもかかわらず、彼にとってそれはなおかつ未解決の〝永遠の〟課題であることを告白しているのではないか。しかも、妻安子を前年に亡くし、彼女との〝性愛を忌避した愛の日々〟への悔恨が〝赤裸々なそのままの自分〟というアイデンティティ模索の闇をますます深める一方だったこの時期だからこそ、改めて掘り返さざるを得なかったテーマだったのではないか。

私はこうして信仰から離れてしまったのだ。それからの私は精神的には全く孤独なものとなった。……（中略）……と云って私は自分自身を律すべき法則を見出してはいなかった。私の心は放埒になった。不幸か幸か外部的な実行力の極めて薄弱な私はこれと云って目立った乱行はしなかったけれども、心の混乱はひどいものだった。妻を、愛する妻を持つ身でありながら、ある人妻に思いを寄せるような乱暴な心になってしまっていた。その人妻も私の顔付きから私の心を知ったに違いなかった。而して危ない機会が屢々乱暴な私の熱意を煽った。然し幸にして私は僅かに踏み止まった。私は神も信ずることができず、人も信ずることができず、自分も信ずることができなくなった。（『リビングストン伝 第四版序言』大正8年より）

このような精神的危機からの脱却は、安子との愛を振り返る過程でそれまで以上の真剣さで希求したはずである。信仰の対象を教会からイエスの愛に純化した武郎のキリスト教再定義と安子との愛を、対立する二元相克の関係として受け止めていたそれまでの思考の限界をさとり、そうではなく、安子との愛の中で疎外していた性愛、肉欲をも渾然と融合して一つと受け止める自分自身のアイデンティティを目指した精神営為の表現がこの作品だった。その思索を、クララの内面と行動の混乱に満ちた軌跡に沿って表現することにより、そのクララを越えた彼方に武郎は自らの生き方を模索していたように思えてならない。ちょうどこの2ヶ月前に発行した『カインの末裔』の仁右衛門においても、そうであったように。

自己の内面解剖に突き進んだ奇跡の3年間の嚆矢は、このような、安子への愛の振り返りを抜きにはありえないことだった。安子の死と父武の死を契機に、文学の道へと「出家」した武郎の精神遍歴そのものを、この作品に読む思いがした。

8 『奇跡の咀』と『片輪者』 児童文学の「革命」性

有島武郎が子供の読者を想定して書いた最初の文学作品は『燕と王子』（明治41年？）であるが、これはオスカー・ワイルドの『幸福な王子』の翻案であり、特殊な状況下で書かれた作品である。その次に書いたのは『真夏の頃』（大正3年1月）で、これはストリンドベルグ（※武郎の表記）からの翻訳である。これら二作品のあとになるが、彼が児童文学を明確に意識して書いた最初の作品は『一房の葡萄』（大正9年8月）であり、以降、『碁石を呑んだ八ちゃん』（大正10年1月）、『溺れかけた兄妹』（大正10年7月）、『片輪者』（大正11年1月）、『僕の帽子のお話』（大正11年6月）、『火事とポチ』（大正11年8月）と、この2年間に6作品を立て続けに書いている。この背景に、何があったのか。

この点について武郎の思想的・創作的観点から感じとるための対象作品として、小説『奇跡の咀』（大正6年10月）とそのほぼ4年後に書かれた児童文学『片輪者』（大正11年1月）を合わせて読む。後者は、前者をもとに児童向けに書き直したものである。

1．『奇跡の咀』

有島武郎特有の、と言うべきか、武郎にしては珍しいと言うべきか迷うところだが、過激な暗喩の毒を潜ませた作品である。主人公の「めくら」Aと「いざり」Bは、生まれつきの「障がい」を逆手にとって、Aは「預言者」、Bは「巡礼者」を騙り、まちの人々を騙して信用を集め蓄財していたが、それまで町の人たちによって海賊の手に渡らぬよう山中に隠されていた「障がい」を癒す奇跡の力を持つ聖マルチンの像が、長老の手で久しぶりに町に戻ってきた。その結果、Aの「めくら」とBの「いざり」が一気に癒ってしまう。しかし、そのことを嘆き悲しみ途方に暮れる二人。この物語の暗喩の要は、この結末部分にある。

A—地獄に行け。畜生！
B—おい炬火が見え出した。
A—炬火が？　それはどっちだ。あっちの方じゃないか。
B—そうだ。
A—何！　それじゃ俺の眼は少しづつ見え出したようだぞ。おや、あれが火の光というものかな。見てると眼の心が痛い。
B—俺の足が楽になったと思ったのもそれじゃいよいよ癒り出したのか知らん。
A—門はまだか。
B—まだ中々だ。
A—あの喜び狂う声はどうだ。
B—あの人混みを見ただけで俺は死じまひそうだ。
A／B—俺たちは本当にどうすればいいんだ。
(『奇跡の咀』より)

AとBは、「めくら」と「いざり」が聖マルチンの奇跡によって「癒る」というのに、なぜ嘆き悲しむのか。
AとBは、「めくら」と「いざり」であることによって、そうではない人々から偽善の哀れみや同情を買うとともに、「めくら」と「いざり」の真逆と観念されていた「予言」と「巡礼」を僭称することで、そうではない人々の偽善の後ろめたさという代償心理の隙を衝いて「予言」と「巡礼」を社会に信じ込ませることに成功していたのであった。それがAとBにとっての「アイデンティティ」と言っても過言でない在りようになっていたにもかかわらず、聖マルティンの奇跡によって僭称の全てが水疱に帰すことになった。AとBが途方に暮れ嘆き悲しむのは、そのような状況があったからである。AとBは、ここでは詐欺紛いの偽りの社会的存在形態を仮装しているが、「めくら」と「いざり」にしても、「予言」と「巡礼」にしても、その表象はある普遍的テーマの暗喩であるように思える。それは、どういうことか。

AとBは、詐称によって存在主張できる「アイデンティティ」、即ち「予言者」と「巡礼者」を獲得していった。それは、社会的階級の暗喩でもある。それが、聖マルチンの「奇跡」という、AとBにとっての「不条理」によって破壊される運命となったのだから、AとBの「アイデンティティ」にとってそれは「咀」としか言いようのないものであったろう。AとBのような僭称による「アイデンティティ」が、彼らを包む社会の要請つまり聖マルチンの帰還による「奇跡」を蒙る事態が発生した時、いったいどのようにこれを受け止められるだろうか。

ここで想起するのは、この作品が発表された1917（大正6）年に、ロシアで二月革命と十月革命が起きたことである。武郎も含め当時の世界中の知識人に大きな衝撃を与えたロシア革命が、この作品の背景にあった。この作品全体を包む一種の寓意性、暗喩性は、そう考えると納得できる。町の人にとっての歓迎すべき「奇跡」、AとBにとって忌むべき「奇跡」とは、文字通り「革命」そのものの暗喩と捉えられないか。

武郎は無政府主義者として、多くの同時代知識人とは異なる視点からロシア革命に注目し、またロシア革命のボルシェヴィズムに対しては、多くの社会主義者たちとは一線を画した批判的評価を抱いていた。階級的アイデンティティ、それは人間の存在様態として、本来ありうべからざるものであった。この物語で言えば、「預言者」「巡礼者」は、僭称された階級的アイデンティティであった。この擬態に、根源的な変化即ち本来の存在様態としてのアイデンティティーここでは「めくら」と「いざり」がそれにあたるが―を受容し可能にすることが、「革命」の根源的な期待値であったはずである。武郎は、「革命」をそのように心に描いていた。

しかし、町の人々の期待値はそれとも異なっていた。「めくら」「いざり」の存在様態をそのまま可視的に受け入れて町の中で支え合い存在し合うのではなく、一切の障がいがあたかも存在しないかのように、見えないように社会意識を偽装してしまう「奇跡」を人々は求めたのである。これは、聖マルチンに象徴されるキリスト教義にも内在する欺瞞であり、そのことを崇める町の人たちの偽善であった。そのような矛盾を秘めた社会意識の高まりの中で、つまり、聖マルチンの帰還によって「奇跡」が起こり「障がいが癒った」というのは、「障がい」が社会の中で不可視な様態を強いられることになったということである。「障がい」という人間存在の多様な様態を、あるはずのない不都合なものとして不可視なブラックボックスの中に押し込めたのが聖マルチンの「奇跡」である。それはすなわち、「めくらやいざりなどの障がい」という「人間存在の多様さ」をそのまま受容できる社会の可能性を追い求める「革命」本来の姿を、「障がいが癒って、障がいのない社会になる」という美しい言辞による欺瞞に満ちた画一的イデオロギーの中に隠蔽してしまうことを意味した。ロシア革命に対してそのような欺瞞を疑っていた武郎の感性の正鵠は、その後のソビエト連邦の歴史が立証している。

つまり、AとBの嘆きは、二重の意味を帯びている。ひとつは、「預言者」「巡礼者」としてのいわば僭称された社会的階級が崩壊したことにより、彼らの現世の利益を喪失したことである。これが、物語としての直接の意味合いであり、「革命」の社会的現象としての側面である。もう一つは、「奇跡」あるいは現象としての「革命」によって失った現世の利益と引き換えに得ることとなったものが、「社会に見えない障がい」言い換えれば「社会によってその存在が受容されない様態としての障がい」、つまり「あるものをないと偽るイデオロギーの中で歪められた民衆分断としての障がい」が、AとBを待ち受けていたのである。AとBの嘆きは、この二重の意味において、現世的でありかつ本質的なものであった。

武郎は、これがロシア革命の根源的課題である、と受け止めたのである。革命を求め、あるいは革命を忌避し、そのように革命に翻弄される社会的意識の深い闇を描こうとして、彼はこの作品を書いた。現実に進行しているロシア革命をどのように受け止めたら良いのか、と彼は考えただろう。

「階級移行論」に深い疑問を抱いていた武郎にとって、「革命」による階級の存在そのものの消滅こそが理想であった。「第四階級」による権力奪取は、その後の「第四階級」自身による根源的自己否定によって階級消滅を導く入り口となるはずであった。それは、「障がい」が社会の中で可視化されたまま、その存在様態のまま受容される社会になることであった。「障がい」は、社会の中で階級が成立する根源的矛盾の一つの象徴として、そして、階級が消滅するプロセスに向けた「プロレタリアート（第四階級）の根源的自己否定」の基点の一つとなるものであった。武郎が米国留学中に学んだクロポトキンの無政府主義も、マルクスの「プロレタリアート」概念の本質も、そのような「自己否定」の無限の自己変革運動を導くものであった。そのプロセスに向かう転換が、AとBの僭称と嘆きの中に表現されたのである。このあるがままの「障がい」、言い換えれば、素の自分、個性、アイデンティティ……の受容は、武郎が生涯模索し続けたテーマであった。これを別の言葉で言い換えた彼の文章に触れて、論を次のステップに進めたい。

私の父が亡くなる少し前に（お前これから重要な問題となるものはどんな問題だと思ふ？）と一種の真面目さを以て私に尋ねたことがある。それは父にとって或種の謎であった私の将来を、私の返答によって察しようとしたものであったらしい。その時私は父に答へて、労働問題と婦人問題と小児問題とが、最も重要な問題になるであらうと答へたのを記憶する（『子供の世界』より大正11年5月）

「障がい」から「ロシア革命」までは既に述べた。それは「労働問題」つまり「第四階級」に繋がる過程で階級移行否定論を内包し、男性と本質的に異なる女性の開花を目指す婦人問題を見据えて、さらにその先で「小児問題」を展望する。やや強引なキーワードの連結だが、武郎の中では一貫した概念の連続性があったと思われる。ここで彼が言う「小児問題」を、武郎にとっての児童文学という側面から辿ってみる。

2. 武郎と児童文学

「(大正8年)9月6日夜、有島氏書斎にて」との前書きで始まる座談会の記録、『童話について(合評)』(大正9年7月)がある。『或る女(後編)』を発表した翌月に、有島武郎の他、生田長江、大庭柯公、堺利彦、長谷川如是閑、馬場孤蝶の6人が、表題の内容をテーマにかなり自由な雰囲気で意見を述べ合っている。

A(有島武郎):いや年齢に制限はいらぬ。何歳まででもいいと思うのだ。その子供がそのまま大人になり、その要求を徹底させようとすると矛盾に出遭う。それに疑いが生じて来る。而してそこから始めて世界は改造される。

H(長谷川如是閑):そうです。純なものは子供の時から養わなければならない。大学ばかり改善しても何にもならぬ(『童話について(合評)』より大正9年7月)

ここには、武郎の「革命論」が述べられている。子供の心が大人にもそのまま受け止められる社会、子供が矛盾と感じる疑問をもとに世界が改造されていく社会。ここでの「子供」を、さらに「労働者」「婦人」「障がい者」に置き換えてみれば、彼が求めた「革命」の理想像がおぼろげに浮かんでくるだろう。その観点から、児童文学についてさらに次のように言う。

A（有島武郎）：子供に読ます時、「私は……して泣いた」と云うだけならいいだろう。

H（長谷川如是閑）：それならいい。「それが悲しむべきことだった」とか何とか大人の心理で解釈したものではいけない。

A：僕が心理的と云うのは子供に子供の心を標準とした心持ちを起こすものを読ましたいと云うのだ。

H：それを書くことは大人にはできないかもしれぬ。柱にぶつかる、憎い柱だと云う、それが子供の道徳だ。その道徳ならいい。書く時に大人が子供の心持ちにならねばそれは出来ない。（同書）

有島武郎と長谷川如是閑は、非常に近いところに立って児童文学を論じあっている。あるがままの子供の心をそのまま受け止める表現は大人にとって難しいことだが、しかし、次の引用の中で述べるように、大人の中に残っている子供の心を見出すことができれば、子供の世界を表現することは可能である、と武郎は含意している。

私は、元来、人の持って生まれた気稟といふものを信ずるのであります。人間は、誰も皆生まれた時已に其の人が成長後に現われる処の総ての特性を持って居る様に見えます。結局はそれが生涯の内に、全部現われてゆくか、一部分より現れずに終るかと言うだけの相違があるだけで、それに何者かが新しく加えられるという事は、私は信じられません。それは私自身の経験が極めて明らかに其事実を證明してくれます。（『子供は如何に教養すべきか』より大正11年1月）

児童文学は、限定された狭い年代層の文学ではなく、むしろ大人向けの文学に欠落しがちな人間性の根源的本質を抱えた普遍的な文学領域である、と主張している。またこのことは、武郎が「階級移行論」を否定する内在的根拠となっていることにも注意を払ってよい。主観性と普遍性が一体となった、自身の体験に裏付けられた思想であることがわかる。このような「子供論」が『奇跡と咀』と結びついていることを示す、次の引用箇所にも注意しておきたい。

此立場から私は自分の子供たちに対して居ります。私は三人の生得の本性に強い依頼を持って居ります。さうして其の本性の全體が内部的に傷け合うことなくのびのびと育ってゆく様に仕向け度いものだと考えて居ります。教育というものも大切なものであるには違いありませんが、この本性の統一的な発展を遮ったり分裂させたり、停止させる様な教育は絶対的に除けたいと考えて居ります。親がするにしても、教師がするにしても、斯くのごとき結果に陥るのは恐るべき誤謬でありまして、何よりも子供に対して済まないことだと思います。(同書)

私は子供の本性を尊びます。子供が、この世の中に生まれてきた時は、既にその成長の後に現れる色々な特性を持っている筈であります。……(中略)……それ故に真に子供を愛するといふことはその天性を自由に充分に伸ばしてやることであると思ひます。(『人の本性に就いて』より大正11年2月)

良心的に子供をとり扱った学校の教師は、恐らく子供の世界の中に驚くべき不思議を見出すだろう。大人の僻見によって、穢されない彼等の頭脳と感覚の中から、かつて発見されなかったやうな幾多の思想や感情が湧き出るのに遭遇するだろう。従来の立場にある人は、かくの如き場合に何時でも、彼ら自身の思想と感情とを以て、無理強いにそれを強制しようとする。このやうなことは許すべからざることだ。子供をして子供の求るものを得さしめる。それはやがて大人の世界に在る新しいものを寄与するだろう。さうして、歴史は今まであったよりも、もっと創造的な姿をとるに至るだろう。(『子供の世界』より大正11年5月)

子供の「生得の本性」を尊重することは「革命」に至る道において不可欠である、と読むことができる。「子供」であれ「女性」であれ「障がい者」であれ「第四階級＝労働者」であれ、その存在様態の可視化と固有の存在意義の尊重が、新たな歴史を創造する「プロレタリア革命」の主体形成としてもっとも重要であると、武郎は考えている。『奇跡と咀』は、この「生得の本性」に寄せる深い信頼がその本質において「めくら」と「いざり」を肯定する作者の思想性を物語っている。この点から、聖マルチンの「奇跡」が恐るべき「誤謬」であるとした暗喩の構造を表現しているのである。武郎がこの点に最大限の力点を置いて児童文学に邁進した時期が、大正9年から11年にかけての作家人生後期と重なっている

A：私が一度「一房の葡萄」を書いた動機は一體今までの童話には、子供に読ますものとしては子供の心持ちを標準として書いたものがない様に思えたので書き始めたのです。（『童話について（合評）』より大正9年7月）

そして、『子供は如何に教養すべきか』と同時期に書かれた児童文学作品が、『片輪者』（大正11年1月）である。

3.『片輪者』

『片輪者』の筋立てや展開は、『奇跡と咀』とほとんど同じである。しかし、いくつかの点で異なっており、それが武郎の求めている大人向けの小説とは異なる児童文学の特徴である。たとえば、二人の主人公の名称、『奇跡と咀』のAとBが、『片輪者』ではジャンとピエールとなっている。前者『奇跡と咀』では、二人の人格的個性より「めくら⇅預言者」「いざり⇅巡礼者」という属性の変容に焦点を当てて物語を構成し、AもBも人格というより概念としての名称に近い位置付けを有している。しかし、後者『片輪者』では、二人を抽象的概念としての存在ではなく、人格としてのリアリティを子供に受け止めてもらいたい、物語の主人公に感情移入して欲しい、という子供の感性に対する願いが込められているのを感じる。また、前者において重要な役割を担う脇役の

甲（母親）と乙（娘）は、AとBを取り巻く社会の意識を代理する存在として、その心理的属性も含めて描写されており、小説としての奥行きを感じさせる。しかし、こうした人格的存在の心理描写は子供には共感しにくい領域なので、後者においては主人公と周辺コミュニティとの交渉というデリケートな表現のほぼ全てが捨象され、物語の主要なベースラインが子供に真っ直ぐ伝わりやすい様に工夫されている。

そして、エンディング。前者と後者を比較してみよう。

俺たちはほんとうにどうすればいいんだ。（『奇跡と咀』より）

一人は眼をこすりながら、一人は脚をさすりながら、おいおいといって泣き出しました。（『片輪者』より）

この違いは、微妙ではあるが明確だ。前者では、困った事態に直面した主人公たちが、どうにか事態を打開したいが打つ手が見えないという状況を迎えた。これまで詐称してきた偽りのアイデンティティ故に、聖マルチンの奇跡によって「障がい」が癒ってもこれまでの嘘によって社会からより深刻な迫害を受けるだろうという、見えなくなったその闇の中で一層厳然と存在し続ける「見えない障がいに対する差別」に苦しめられる事態に晒されることを示唆した結末である。後者では、前者のような複雑な「不都合な真実」とは一切無縁に、奇跡による変化をあるがままに受け止めて「泣き出した」と、その不可解さを包み込んだ感情移入を子供読者から誘っている。「泣き出した」主人公二人を、子供読者がどの様に受け止めて自分の気持ちや思いを重ねるのか、一切の予断を感じさせない素の表現で結末を描いている。この結末に接した子供読者はもちろん、大人の読者も自身の予断的感想を一旦脇において、泣いている主人公の近くに寄り添ってみようと感じるのではないだろうか。

武郎は、この『片輪者』を挟んで約2年間に7篇の児童文学を書いている。それら作品のどれも、エンディングはデリケートな複雑さと率直な潔さが渾然とした、不思議な透明感を漂わせている。文学による「革命」性とは、児童文学においてもっとも初元的でかつもっとも素直な特性であることに武郎は気づき、そのことを梃子に自身の文学創造を再構築しようとしたのではないだろうか。

1922（大正11）年6月、武郎の描いた児童文学4篇を所収した作品集『一房の葡萄』が発行された。彼がこの作品集発行に託した第一の目的は、その日のうちに実現した。

帰家したら『一房の葡萄』十五冊が来ていた。表装中々よく出来ている。子供三人が大変静かだと思ったら熱心に読んでいてくれるので大変嬉しく思ふ。（『最後の日記（一）』より大正11年6月17日）

武郎にとっての児童文学は、三人の子供と亡き妻安子の存在を抜きにはあり得なかった。それは、武郎自身のあるがままの姿を、安子や子供との関係の中に模索し続ける旅を意味した。それは、彼が求め続けた自身の文学における「革命」の可能性に賭けた闘いでもあった。

※この作品集『一房の葡萄』発行の後に、彼は最後の児童文学作品『火事とポチ』（大正11年8月）を発表する。農場解放宣言（大正11年7月18日）とほぼ同時期の擱筆であった。

9 『迷路』「愛」の迷いの深層を探る

有島武郎が、留学したアメリカを舞台に苦悩する精神の遍歴を描いた小説は、二作品ある。一つは『フランセスの顔』（大正5年3月発表）であり、もう一つは『迷路』（大正7年1月発表）である。『迷路』は、「首途―「迷路」序編」、および「迷路」本編全19節の、大きく2部構成となっており、序編『首途』は独立した形で「迷路」本編に先立つ1916（大正5）年3月に先行発表されている。[※1]つまり、『フランセスの顔』と『首途』は、1916（大正5）年3月に同時発表されているのである。

アメリカ留学時代にモチーフを求めた二つの小説がほぼ同時並行で書き進められ、同時に発表されたことには、いったいどのような意味または背景があったのだろうか。この疑問を言い換えれば、この時期、つまり妻安子の病状が深刻化し武郎の脳裏に安子の死の影がちらつき始めていた時に、武郎はどのような動機に迫られてこの二作品を書くことに心血を注いだのだろうか。『フランセスの顔』については、以前、【有島武郎読書ノート：『フランセスの顔』と『リビングストン伝／第四版序文』から見えてくる有島武郎の「愛」】の中で、次のように書いた。

ファニーの愛をそのまま受け止める事が出来なかった悔恨を描いた『フランセスの顔』（大正5年3月）は、安子に忍び寄る死から彼女と武郎自身を防衛する為に、安子との愛のそれまでのさまざまな経緯を初めてそのまま受け止めようとする彼の変化の兆しを、逆説的に暗示している作品である。だからこそ、この時期に書き上げたのだと思う。武郎は、自身の内奥での変化を十分に把握しきれていないままであっても、安子をどうしても生かしたいと祈るしかない追い込まれた焦りから、この作品の表現に突き進んだ。（有島武郎読書ノートより）

では、もう一つの作品『首途』は、彼にとってどのような切実性を帯びていたのだろうか。『フランセスの顔』との相違は、どのようなものだったのだろうか。

1．「首途―「迷路」序編」

某年八月十四日。晴。
くだくだしいけれども「秋が来る」と繰返して書かずには置けない。朝、食卓の用意をする為に食堂に這入ると、……（以下略）（『迷路』より）

『迷路』の序編「首途」の冒頭である。

14／Ⅷ Sunday, fair.
クダクダシケレドモ秋ハ来タリヌト書カザルヲ得ズ。朝食卓ヲ調ヘントシテ食堂ニ入レバ、……（以下略）
（「観想録 第六巻」より）

これは、武郎の「観想録　第六巻」（明治37年7月19日〜8月18日）からの一部引用である。アメリカ滞在中の日記「観想録」を下敷きに書かれていることを敢えて表出しながら『首途』を書いているのだが、その意図は何だったのだろう。「首途」と「観想録」の該当箇所を読み比べると、二ヶ月にわたるフレンド精神病院での看護師としての就業体験をもとにした描写である点で共通している。つまり、プロットやモチーフなどは概ね共通している。しかし、「観想録」では、武郎は患者や病院スタッフとの日常のやりとり、そしてその過程で読んだ書物の感想が内容の中心をなし、その中でキリスト教に疑問を感じ始めながらも、なお真摯に向き合おうとする姿勢を維持している様子が窺える。一方「首途」においては、主人公A[※2]が担当することになった患者であるスコット博士とのやりとりなどに描写が終始し、また、書物の感想よりもむしろAの内面に踏み込んで、自らを見つめる厳しい内省の苦悶が滲み出る描写が全体を通して流れている。キリスト教に対しての姿勢も、「観想録」よりはるかに批判的、離反的な姿勢に描かれている。

つまり、類似性と相異性を複雑に織り交ぜながら日記としてのリアリティを仮装しているわけだが、そこには、用意周到に計算された創作文学作品としての巧妙な仕掛けを感じる。この仕掛けについては、『首途』単独発表の1年余り後に発表された『カインの末裔』が想起される。『カインの末裔』の作品舞台は、狩太村をステージとしたことで実際の村の空間構成を無意識のうちに想定して読み進む読者の心理を逆手に取るかの如く、その空間感覚を狂わすような異和を意図的に仕掛けている箇所が随所に見られる。読者の混乱を敢えて誘うかの如きその手法は、武郎が小説世界に試みたアプローチの一つだったのではないかと感じるが、それと同じ手法が『首途』でいち早く試みられているように見える。そのような表現手法によって描かれる主人公Aもまた、イニシャル通り有島自身と受け止める読者心理を計算したかのように、虚実織り交ぜながら自らの内面描写を自由に描いていく。

凡ては若い情熱の仕業だったのだ。僕は女を恋する代りに神を信じたのだ。若い、華やいだ、平和に育った心が、如何して生に対する不安を信仰となるまでに感じ得よう。（『迷路』より）

愛の浪費―そこには如何しても癒す事の出来ない一味の物足らなさが伴っていたけれども、全く浪費しない苦しみには代えがたい事だったのだ。（同書）

然し、僕にはそれが出来なかった。色々な誘惑が叢雲のやうに絶えず心の中に湧き起こって来て、神と僕との間に真黒な壁を築かうとした。その誘惑の中でも殊に重い恐ろしい誘惑は肉情のそれだった。（同書）

『迷路』全体を貫く主人公Aの「迷路」が、作品の冒頭に端的に表明されている。この「迷い」は、しかし殊更のものではなく俗によくあることだとも言えそうだが、ここで気になるのは「愛の浪費」という言葉だ。孤独の中で遮二無二「愛」を求めてもどこかに「一味の物足らなさ」を感じるというのは、「存在の淋しさに似てもっと深いもの」（『星座』）を想起させる内省だが、その「深いもの」に突き動かされたかのように、自分の中の「淋しさ」を埋めようと何かを求める衝動が「愛」を「信仰」に置き換えてしまった、と自らの陥穽を顧みているように読める。その「愛」の対象は自分にとっては「信仰」であると決めたその時点で、その「信仰」は絶えず生身の姿態によって脅かされる宿命を負ってしまったことを、彼はいやがおうにも日々感じざるを得なかった。その最も強力な内部の敵は肉情だった、と述懐している。それは「愛」を「信仰」に置き換えてそれを理想としたが故の深い矛盾であることを直視している彼は、だからと言ってその理想を下ろすことはせずに、その矛盾の中で苦悶を続けようとしている。それが、「首途」の文字通りの出発地点だ。そしてその出発地点で彼が見出そうとした進むべき道は、次のように自覚されている。

悪人であれ善人であれ、僕は僕の生活を生きよう。先ず自分に帰ろう。而して僕は悔悟した放蕩息子のや

うに、幻だった凡ての栄華を跡に見て、僕自身といふ見る影もないあばら家を唯一つの隠れ家として目指して帰ったのだ。（同書）

自分で自分を欺く事をすまい——唯この一つの自覚の外に、僕は何一つ持っていない。神を離れたと気が付いた時から、僕は自分が一人で立つ外に道のない事を覚悟していた。それは當然な、而して潔い覚悟だったとは云へ、無謀に近い程困難な企てであるのをしみじみと感じない訳には行かなかった。（同書）

この「覚悟」の描写は、どこか既視感のある表現である。そう、『惜しみなく愛は奪ふ』である。その随所に、類似の記述を見出すことができる。『惜しみなく愛は奪ふ』初稿版（大正6年6月）（定稿版の第15〜19章に該当）の論理展開がその前提としていた第14章以前の自己解析部分は、後年定稿版（大正9年6月）において補充記述されたが、その一部、定稿版の第6章に次のような記述があることを思い出しておこう。

外部ばかりに気を取られていずに、少しは此方を向いて見るがいい。而して本当のお前自身なるお前の個性がここにいるのを思い出せ。……（略）……個性に立帰れ。今までのお前の名誉と、功績と、誇りとの凡てを捨てて私に立帰れ。お前は生まれるとから外界と接触し、外界の要求によって育て上げられて来た。外界は謂わばお前の皮膚を包む皮膚のようになっている（『惜しみなく愛は奪ふ』第6章より）

この比較からわかることは、『惜しみなく愛は奪ふ』の定稿版全体を貫く論理構成が、『首途』を先行発表した1916（大正5）年3月には既に彼の脳裏に構想されていた、ということである。『首途』に表現したAの進むべき道がその後『惜しみなく愛は奪ふ』の中で理論的に整備された、と言い換えてもいい。このように『首途』に示された彼の出発点と進路は、その後どのような精神的景観を垣間見せるのだろうか。その道端の光景とそこに佇む主人公Aを描いた物語が、『迷路』である。その前途を暗示するかのようなテーマが、「首途」の中でも一際重い挿話として語られる。

Aが担当することになった患者スコット博士は、肉親との間で起きた不幸な出来事がきっかけとなって精神を病むようになった医師だが、看護を担当するAとの間で哲学的な深い会話を交わし続ける。そのスコット博士が、自らの精神病歴を語る中で、Aにも深刻な影響を与えることになる特異なエピソードを呟く。

私は極めて冷静な批評的な態度でそれを聞いていた。聴衆の興奮を心密かに哂ひたいほど冷静だった。而して帰りがけに一人で或る一本の樹の下まで来ると（さういって博士は押し潰すやうに聲を低くした）Aよ、私はその樹の上から悪魔の囁く聲を確かに聞いたのだ。人にはこの耳の外に、もう一つ音聲を感知する機関が何処かにあるのを初めて知ったのもその時だ。悪魔の聲はこの耳からは這入って来なかった。さうなら空耳と疑ふことも出来る。然し私の聞いたのはもっと精密な確実な機関を通してだった。「貴様はカインと一緒に永遠に詛はれた霊魂だぞ」。私はその瞬間から絶えず悪魔の聲に脅かされるやうになり、従って正義の神の厳存をしかと心の底に感ずるやうになったのだ。愛のみが義しいのだ。義しきが故に、世の最初から最終に亙って据えられた運命の道を塵ほども枉げようとはし給はぬのだ。私のしみったれた涙が運命を変える事が出来ようぞ。科学も信仰も原因結果の不変を暗示する。Aよ、お前は自分の力で運命を変へる事が出来得ると思ふのか。恐らくはさう思っているのだろう。お前の顔には険しい反逆の色が浮かんでいる。（『迷路』より）

この意味するところについて、私は次のように考えた。「神は愛だ」と武郎は学生時代から一貫して考えていた。そして、おそらく生涯にわたって。ところがスコット博士は、その「愛」が全てを従わせる「運命」となる、という。神が愛なら、そして愛のみがよろしい、つまり、愛が他の全てに勝る価値ならば、それが人の心を導くのであって、他にはそのような原理は存在しないから愛のみが最高の規範となり、それは全てを縛る運命であり、愛すなわち運命から疎外された者は神から疎まれた者となり、生きていけない。そのことを教義とするカルビン派の教えを受け入れない者は、結局神の愛から追放され彷徨い続けるカインになるしかなく、自分がその運命を宣告されたのだ、と。武郎はスコット博士のこの言葉によって、愛の恐ろしい深淵を覗き込んでしまったのである。

眼の前には果てしない暗黒が峭壁のやうに果てしもなく連なっている。後ろには底無しの深淵が音も立てずに凝然と澱んでいる。僕は死力を尽くして自分の周囲から暗黒を追い退けようとしているのだ。(同書)

その底知れぬ不可解さと恐ろしさを覗き込んでしまったAは、密かに心を寄せていたリリーの夢を見る。純愛の対象だったリリー(イポリータ)はAに、ダンテが愛したビヤトリスの心臓を食するように勧めるが、それは、Aの深層に潜んでいる肉欲を暗示する夢だった。夢の中でAは、純愛と肉欲の深淵に触れたかのような衝撃を受ける。

僕は夢の中でさう思った。そんな事を思ひながら僕はリリーに対して抱いていた不純らしい心を鞭打たれたやうに思った。心から湧き出るやうな懺悔の涙がじりじりと滲み出て来た。僕の夢は覚めた。然し全く覚め切ったとは思へないで、暫くはそのままで不思議に清く淋しい夢幻の間を彷徨っていた。(同書)

スコット博士の深淵と、目覚め後のこの夢幻の境地が、この『迷路』全体を導く「愛」の「首途」である。その首途は、どのような道行に連なっていくのか。それを知るためには、読者は『迷路』本編の中に迷い込むしか他に手立てがない。その「迷路」がどのようなものであるのか予言するかのように、「首途」は、最後のエピソードを告げる。

さしたる必要もないのに、取出して皺くちゃになった紙を伸べながら、拾い読みをして行った。ふとある所まで来ると僕の眼は動かなくなった。「医師の縊死」といふ文句に続いて、ドクトル、デュー・ピー・スコットといふ字が読まれた。僕は驚いてしまった。僕の眼の前で活字が踊った。（同書）

僕の首途は、血祭りで呪われた。或は血祭りで祝福された。どちらであれ僕は活を入れられたやうな心持ちがする。（同書）

自己を安価に弁護してはならぬ。蹉跌を恐れてはならぬ。善悪醜美―僕のあらゆる力を集めて如実に生活して行かう。僕はもっと自由に、もっと厳粛にならねばならぬ。僕はそんな生活に堪え得られるだろうか。……然し今の場合になって躊躇は無益だ。（同書）

夢の中のリリー（イポリータ）が暗示したものは、「純愛」と思い込んでいたAの心の奥底に肉欲の希求が潜んでいることをA自身に気づかせたということであり、それまで、純愛（あるいは信仰）と肉欲を二元対立で捉えその矛盾の相克に悩んでいたAに、新たな自己発見の可能性を示唆したのである。しかし、愛が肉欲を伴う時、愛は肉欲が招く運命に縛られることなくどこまで自由に開花できるのか、Aが望むその境地について夢の中のリリーは何らの答えも与えてくれなかった。また、愛は運命だというスコット博士の「予定説」は、愛を自由の境地に見出したい武郎にとって真っ向から否定する解釈、論理であり、納得のいくものではなかった。スコット博士を死に追い詰めた〈愛＝運命〉というカルビン派の桎梏《しっこく》をいかに超えていけるかという課題についても、愛を運命から解き放つ可能性に賭けて、その矛盾の内部で葛藤しようという決意をAに抱かせた。いずれにしても、その二つ、いや、根源的には一つかもしれないそれらの課題を抱えた「首途」は、血塗られた道であり呪われた道であると同時に、解放に至る祝福の道でもあることを、Aに垣間見せたのである。そのことを肝に銘じて自らを奮い立たせ、Aは新たな次のステージに立ち向かう。Aは、次のステージでは「首途」で描かれた「愛と愛欲」の二元論の世界から、さらにその向こうに進んでいこうと決意する。ところで、このステージは循環する廻り舞台であることが「首途」の最後に暗示される。その暗示は、「迷路」本編の最後でも呟かれている。

成就か死か……唯静かに、静かに、静かに。（後略）（同書）

2.「迷路」

『迷路』本編は、主人公AとP夫人との情欲関係を主軸に、デュリア、フロラ姉妹それぞれとのプラトニックな恋愛をもう一つの軸として展開する。デュリアとの恋愛は、Aの求愛が人種の壁を理由に侮辱的に拒絶されることで壊れる。P夫人との愛欲関係は、妊娠告知に動揺したAが生まれてくる子供への愛着に辿り着きこだわることで、肉欲の愛憎を抱えながらも、相手にとっての自分の存在意義を見出していく内面の葛藤が熟していったにもかかわらず、P夫人の告知が虚偽であったことを知り、行き先を失った彼の魂は、虚無の中に突き落とされていく。同時並行で進んだ二つの「愛」は、精神と肉の双方に引き裂かれる二元論の自己矛盾を極限まで追い込んだ結果、二つの「愛」それぞれが自らを破壊した。しかし……

デュリアに対するこんな激しい思慕の間にも、彼れの心はP夫人の胎の内にある肉塊に対して、やむにやまれぬ愛情を感じることがあった。（『迷路』より）

デュリアとP夫人という二人の女性それぞれとの一見相矛盾する愛が闇の奥で融合するかのような、プラトニックと肉欲の一体化願望を示唆するこの境地は、一体何なのだろう。彼は、その中で自分自身の醜さを思い知る。

知りながら自分を堕落させた苦しみの涙だった。……（中略）……夫人の弱点につけ入って、彼自身それには責任を分たねばならぬあまりに痛ましい夫人の弱点につけ入って、無理にも夫人を押さえつけてしまったその醜さはどうだ。人の弱点に付け入る……彼の若い心はそんな事を他人の上に見ただけでも虫唾を走らせずにはいられなかったのに、今は自分に虫唾を走らせる自分を見出したのだ。……（中略）……彼は全く気付かずにいた物凄い恐ろしいものが自分の心のどん底にうごめいているのに初めて気がついた。（同書）

それは、自分の醜さを思い知ることによって得られた、新たな自己発見だった。そのような醜さを受け止める自分とは、どのような存在なのか。

彼は幾度この部屋の中で、あの忌まわしい刑杖に追い立てられながら、あの罪に縛り上げられるのを甘んじて楽しんだらう。（同書）

思いもかけなかったことに、Aは、P夫人に対する自分の愛が愛欲と憎悪の中でこそ激しく燃え上がっている光景を自身の裡《うち》に見出したのである。醜悪な自己は、その光景の中に佇んでいる。

彼はいきなり先刻から立ったP夫人を抱きすくめた。彼はその瞬間に奇怪な自分の心におびえなければならなかった。執着といってもいい、憎悪といってもいい、その不思議な力―極度の憎しみと極度の征服欲とが火のやうにからみ合って燃えたった、その力に震えながら、彼は噛むやうに夫人の冷たい脣を吸った。而していきなり部屋を出てしまった。（同書）

P夫人に対する憎悪ゆえに執着が燃えるAの愛は、肉欲の果てにきたものであった。そのアンビバレンツな感情は肉欲の結果、命を得た胎児に可視化され、そのように物象化された小さな命への執着の中で、Aは自身の醜い精神の奇怪さに気付き、怯えた。

今日まで凡ての愛着を振り切り断ち切り、持った限りの物をかなぐり捨てたその若々しい冒険的な心が、何故小さな一つの肉塊にそれ程の執着を繋がねばならないのだ。おまけにその肉塊は愛の満足の結果ではない。醜い偶然が生み出した自然の悪戯に過ぎないのだ。（同書）

胎児への執着の反語が、A自身を反照する。しかし、これもまた、憎悪や苦悶を飲み込んでも肉欲の結果を自身の裡に取り込もうとする意思の表れである。胎児に可視化された肉欲への執着ゆえの醜さを互いに受け止めあえることこそが、肉欲とプラトニックそれぞれの片務的限界を超えていける愛の王道だ、と自覚することなく、自らとP夫人に希求するAがそこにいる。「迷路」の出口が微かに見えてきた、密かにそう感じただろうAを待っていたものは何だったたか。

生活と社会そして思想との接点を導いた友人Kが死に瀕しているとの報を受け見舞ったAに、KはP夫人の妊娠告知が虚偽であることを見ぬけなかったAを覚醒させ、Aに対する友情に満ちた惜別を述べようと語り始めたが、それは暗示のまま途絶え、Kは息をひきとった。暗示となったKの言葉はフロラとの純愛の行方を示唆するものだったが、それは謎のまま浮遊し、底深い暗黒がAを包み込んだ。

この凡てのものの空しさはどうだ。（同書）

Kの死は、安子の死を経て自身の在りようを見つめ続けていた武郎の、重苦しい虚構であったろう。Kのモデルとされた金子喜一は、米国滞在中には死んでいない。明らかに金子がモデルとわかる登場人物の生死を虚構にかけてまで武郎がその死に深い暗示を潜ませたのは、何だったのか。書かれた時期に感じた疑問がある種の先入観となっていたからか、『迷路』を読み進める過程で安子の死が脳裏をかすめることが再三だった。

婚約の期間私は妻に対して純粋な霊的な考え方をすることが出来た。今までの私の荒んだ肉欲の要求は不思議にも恋人を得てから影を潜めるようにさえ見えた。半年の余に亘る期間を私は無邪気な子供のような清い心で過ごす事が出来た。（『リビングストン伝第四版序言』より）

然し結婚は全てを見事に破壊してしまった。私達は結局天下晴れて肉の楽しみを漁るために、当然それが実現さるべきある期間を、お預けをさせられた犬のように辛抱強く素直であった事を覚らねばならなかった。私達は子孫を設ける為に、祭壇に捧げ物をするような心持ちで夫婦の交わりをしたか。私は断じて否と答えなければならない。この切実な実際の経験が私のような遅鈍な頭にも純霊的というような言葉の内容の空虚と虚偽とを十分に示してくれる結果になった。私は苦しんだ。何とかしてこんな堕落した考え（その時わたしはそう思っていた）から自分を守る為に出来るだけの事をして見ようとさえした。私は半年程妻から離れてもみた。然しそんな事は結局一時的で何んにもならない事を知った。（同書）

その時、安子はどうだったのか。

安子は機嫌よくなりそうもない。何か心にあるに違いないが、決して説明してくれない。なるようになれ。僕は己の流儀で行こう。幻想から目覚めて、与えられた仕事に精出さなくてはならない。長いことそれをないがしろにして来た。（『観想録』第15巻 1909年3月札幌）

呆れて、ため息が出る。しかし、この意味について、武郎も思い知る時が来る。

大正三年の秋に妻は死病に取りつかれた。私達一家族は雪国の寒さに追い立てられて東京に遁れて来た。病気になって見ると妻というものが私にははっきりと考えられ出した。然しその時はもう遅い。妻は大正五年の夏に死んでしまった。その冬には父が死んだ。（『リビングストン伝第四版序言』より）

武郎と安子のことは、これら引用以上のことは書かない。これだけで、示唆を受け取るには十分だ。ここが、『フランセスの顔』および『迷路』の出発地点である。彼がこの二作品を描いた動機は、ここにあった。では、出発地点と経路が明らかになった「迷路」のその出口は、どのような光景だったのか。

黎明前の闇は真夜中の闇より更に暗かった。「静かに……静かに……。」その闇の中で、逸る心をぢっと押鎮めようと努めて、Aは又幽かにかうささやいた。（『迷路』より）

夜明け前の深い闇は、Aの虚無感の暗喩でもある。その空虚の中に身を置きながら、彼は、自分の愛の破綻が自身にもたらすものの発現を目を凝らして見据えようとしている。そして、この光景が「首途」の最後と呼応し循環していることも、思い出しておきたい。この循環は、ほぼ同時期に発表された『カインの末裔』にも見られる作品の構造である。『迷路』の中で破綻した純愛と肉欲二つの愛は、愛し合うもの同士が互いの実相を直視しその中から生ずる憎悪すらも受け止めながら、それゆえにこそ互いを受け止め合う時に、純愛と肉欲がその深奥で融合する、との暗喩を作品の中に読みとった。しかし、これはまた再び繰り返すしかない破綻でもあることも、この作品は物語っているように読める。

そのように、『迷路』と『カインの末裔』そして『或る女』も、それぞれの舞台固有の情景の中で回生と循環のテーマを抱えながら連なり、武郎の文学の本質的な系譜を形成している。この破綻の循環的連なりの中で、愛の回生への道を歩みたい。そのことを安子との間でなし得なかった、という深い悔恨を取り戻すために歩く「路」が、彼の文学の通奏低音であるように思える。少なくても、奇跡の三年といわれた疾風怒涛の作品輩出は、安子の死をきっかけとして武郎を襲った安子との愛における深い悔恨抜きには、あり得なかったはずである。

※1：『迷路』は、当初「首途」「迷路」「暁闇」の3部構成で各々大正5年3月、大正6年11月、大正7年1月の発表であった。後に「迷路」と「暁闇」が第10節で結合しひとつにまとめられ、「迷路」本編とされた。
※2：この「主人公A」は、有島武郎と彼の友人であった阿部三四の二人がダブルモデルとしてミックスされていると思われる。
※3：本読書感想文は、閻連科の作品『人民に奉仕する』にインスパイアされて見出した論点に拠って書いた。閻連科は、現代中国において、大正期の有島武郎がそうであったような文学的位置を占める作家であると思えた。

10 『小さき影』 虚無への私信

この作品については、二度目の感想文である。

一見ほのぼのとした描写に思える情景の中に、作者の暗い闇が問わず語りに顔を出しているように読めたのは、数年前の初読の感想と基本的には同じである。しかし、初読時に感じた象徴的なニュアンスが、今回読み直してみて、作品全体に巧妙に埋め込まれていることに気づいた。これは、この時期の（大正8年）有島武郎の、内面描写の筆力の確かさに負うところも大きいと思う。そのような文章表現のニュアンスのヒダに、分け入ってみよう。作品の冒頭は、次のように始まる。

誰にあてるともなくこの私信を書き連ねて見る（『小さき影』より）

そして、最後は次のように結ばれる。

さうだ。この私信は矢張り私の子供達の母なる「お前」にあてよう。謎のやうなこんな文句を私の他に私らしく理解するのは「お前」位なものだらうから（同書）

この呼応構造が、この作品の成り立ちと行末を象徴的に物語っている。まず、この作品は亡き妻以外の誰も理解してくれない真意を秘めていると告白していることに注目すべきだろう。この謎かけには、二つの問いが仕掛けられている。一つは、理解してくれそうなのがなぜ亡き妻だけなのか、という問い。もう一つは、理解されにくい内容とはどんなことなのか、という問い。この二つの問いに導かれるように、この作品の随所に潜む謎解きのヒントを読み込んでみよう。

母のない子のさういふはしゃいだ様子を見ていると、それは人を喜ばせるよりも悲しくさせる。彼等の一挙一動を慈愛をこめてまじろぎもせず見守る眼を運命の眼の他に彼等は持たないからだ。而して運命の眼は、何時出来心で残忍な眼に変わらないかを誰が知り得よう。(同書)

亡き妻が遺した三人の小さき子らの無邪気な様子は、その母の死と必ず結びついて受け止められることであり、母の死が招いた過酷な運命がその子らにさらに残酷な運命を課す可能性もあるということを示唆している。三人の小さき子らの描写は、死んだ妻を作者に想起させる重要な役割を担っている。

ここで私は彼等と共にその母の三周忌を迎へた。私達は格別の設けもしなかった。子供達は終日を事もなげに遊び暮らした。その夕方偶然な事で私達四人は揃って写真を撮って貰う機会が与えられた。そんな事が私には不思議に考られる程その一日は事なく暮れた。(同書)

妻の死を強く想起させる機会の一つ「三周忌」を殊更に自他へ訴えるつもりのなかったことは、妻の死をきっかけに妻の死を踏み越えて新たな世界に赴こうとする、主人公にとっての強い内的動機を示唆している。それはどのようなことか?

かうして暮らしていくのは悪くはなかった。然し私は段々やきもきし出した。K駅に来てから私はもう二十日の餘を過ごしていた。気分が纏まらないためにこれと云ってする仕事もなく一日一日を無駄に肥りながら送っていく事が如何しても堪えられなくなった。(同書)

私はすぐその前後の一時七分の汽車で帰る決心をしてしまった。母は十三日の夜か十四日の朝でなければK駅には着き得ない。その間子供達を女中の手ばかりに任せておくのは可哀想でも、心配でもあったが、私の逸る心はそんな事をかまっていられなかった。それ程私は気忙しくなっていた。(同書)

主人公の脳裏には、亡き妻のことやその子らのこと以上に自らに迫ってくる、ある想いがあった。そして結局、彼は自らの仕事を優先する選択に追い込まれていった。この葛藤は、ある意味で通常よくあることであろう。

夕餉を仕舞ってから行夫は段々不安そうな顔をし始めた。……(略)……久し振で私と一緒に湯をつかった彼等は、湯殿一杯水だらけにしてふざけ廻した。然しその中にもどこか三人の心には淋しそうな處が見えた。それは私の心が移るのかも知れないと思うと私はわざと平気を装って見せた。……(略)……それでも私達は妙にはづまなかった。(同書)

しかし、主人公の心の中では葛藤が完全に決着することなく続いている。子供たちの不安は主人公の不安でもあった。自分が決めた方針が、子供たちの微妙な反応を介して、自分自身をも苛む。

私は耳を澄まして三人の聲を懐かしいもののように聞いていた。乳母がなだめあぐんでいるのを歯痒くさえ思っていた。而して仕舞いには哀れになって、二階に上って行って三人の間に我が身を横へた。乳母は

黙ったまま降りて行った（同書）

彼は、自らの葛藤が激しくなっていくのを感じる。それは子供への愛情によって掻き立てられたもののように見えて、実は微妙に違う。それは、子供を介してその不在を感じざるを得ない亡き妻への想いであり、亡き妻への想いが彼にその意味するところを呼び起こすものであった。「懐かしいもののように聞いていた。」を、私はそのように読んだ。

で、汽車を待つ間に読みさしのメレジコフスキーの「先駆者」でも讀もうとして包みを開くと、その中から「松蟲」が出てきた。……（略）……而して知らず知らず一頁一頁と読んで行った（同書）

主人公は、自分の時間を取り戻して仕事に復帰する過程で、予期せずに亡き妻の著書に再会した。作者の意図が、主人公を不意に襲ったこの展開に込められている。妻のかつての存在と、今の不在の意味を、主人公は自らに問い詰めようとする。

而してその童女は今は何処を探してもいないのだ。何の為に生きて来たのだ。何の為に死んだのだ。少しも分からない。そんなことを思っている私は一体何だ。私はその写真の顔をじっと見詰めている中に、ぞっとする程薄気味悪く恐ろしくなって来た。自分自身や自分を囲む世界がずっと私から離れて行くやうに思へた。（同書）

この作品の最も奥底深いところに漂っている作者の虚無感を、端的に表現している部分である。その虚無感というのは、妻の死、不在ということを想起させた彼女の若い頃の写真が引き出したものであり、主人公自身の「死」そのものへも想起の闇が滲んでいったことによる一種の「疎外感」がもたらしたものであった。とは言っても、その「死」そのものは、宗教的であったり哲学的であったりするような観念や抽象のものではなく、あくまでも、妻の死に固着したものであるが故に、妻の死と自分のありようを結びつけずにはおかない主人公の虚無感をここでは表出している、と読むべきだろう。ここが、この作品のコアであると思われる。

私の眼はひとりでに涙に潤った（同書）

稲妻もしなくなった大空は、雲間に星を連ねて重々しく動きながら、地平線から私の頭の上まで広がっていた。あそこの世界……ここの世界（同書）

彼の虚無感がもたらした涙は、妻がいる「あそこの世界」と子供や自分がいる「ここの世界」を広く深く包み込んでいる重層的な深層世界による啓示の証であっただろう。この啓示の意味を手繰り始めた主人公は、突如その手がかりともなるある事象に出会い、驚く。

突然私の耳に憚るように「パパパパ……」と云ふ行夫の聲を捕らえて、ぎょっと正気に返った。その聲は確かに二階から響いて来た。それを聞くと私はふるひつくやうな執着を感じて、出来るだけやさしく「はいよ」といらへながら、硝子戸を急ぎながらそーっと開けて二階に上がって見た。（同書）

行夫の聲は、亡き妻と主人公の歴史と現状を子供の心の中で結びつけるものであったが故に、主人公は自身が彷徨っていた虚無感から一瞬にして子供の実世界に帰還できた。しかし、その正気への帰還が、なぜ「ぎょっと」する意識の落差を招いたのだろうか。

「パパもっと真中に寝てもいいの……」と訳の分からない事をいふかと思ふと、もうそのままやすやすやと寝入ってしまった。私はその側に横になったまま黙ってその寝顔を見守っていた。(同書)

行夫の寝言を「訳の分からない事をいふ」と書いているが、実はこの作品の本質に触れる暗喩を隠している箇所であり、用意周到なフェイントをかけた表現である。「パパもっと真中に」という言葉は、主人公が亡き妻と遺児三人の存在の意味について触れる作品を描くべき立場にある、という自己規定を暗示している。そのことを、子供の寝言から諭されたというのが、「ぎょっと」した理由である。子供の言葉から、妻の死の意味を示唆されたというのである。いや、妻の死の意味を深く考えるように示唆された、というべきかも知れない。このことは、この作品以前に書かれた『フランセスの顔』(大正5年)、『死と其前後』(大正6年)、『平凡人の手紙』(大正6年)、『実験室』(大正6年)、『小さき者へ』(大正7年)など、この時期に集中して描かれた作品の中に一貫して流れるテーマとして読み取ることができる。これらの作品群の延長に、この作品『小さき影』(大正8年)も位置している。

人々の間からは睦じそうに笑ひ聲などが聞こえた。私は黙ってそれを見守った(同書)

主人公は、義弟の家族の様子を描きながら、自身の家族に間接的な光を当てている。そして、その相違は主人公自身の内面の葛藤に起因するものであり、その葛藤は、自身の虚無感の原因となっている妻の死の意味を、子供たちの存在を介して意識の表面に呼び覚ましている。

私は自分のした事を悔むやうな心持ちになって、東京の土を激しく踏みながらあちこちと歩いた（同書）

残された子供の気持ちよりも、東京で再開したい仕事を優先するよう選択した自分の判断に深刻な誤りがあった事を直感した主人公は、自分の仕事が待っている東京が、いつの間にか忌まわしいものに思われてきた。それは、自分の仕事が妻の死や子どもたちの存在をきちんと受け止めたものになっているのだろうか、という不安を抱え込むことになったからだろう。

寝不足な私の頭は妙にぼんやりして、はっきりものを考える力を失ったやうに、窓から見える町々の印象を取り入れた。取り入れられた印象は恐ろしく現実的なものになったり、痛く夢幻的なものになったりして、縮まったり膨れたりした。（同書）

私はその時頭がかーんとしたやうに思った。車外に立つどの顔もどの顔も木偶のやうだった。それが口を開き、顔をゆがめて、物をいったり笑ったりしていた。……中略……私は人々に囲まれながら、曠野の真中にたった一人坊ちで立つ人のやうに思った。普段は人事といふ習慣に紛れて見つめもしないでいた人間生活の実相が、まざまざと私の前に立ち現れたのを私は感じた。本統は誰でも孤独なのだ。一人坊っちなのだ。強てもそれをまぎらす為に私たちは憎んでみたり愛してみたりして、本統の人の姿から間に合わせに逃れようとしているのだ。私はそんなことをぼんやりした頭で考えていた。こんな孤独な中にいて、しっかりと生命の道を踏みしめて行く人はどれほど悲しいだろう。（同書）

主人公が焦って仕事に戻った東京で彼を待ち構えていたのは、想像すらしていなかった疎外感と孤独感であった。しかも、それは彼のみを襲う周辺社会からの圧力ではなく、周辺の人々一人一人も取り憑かれている、生きることそのものに不可避の如き疎外感と孤独感であった。彼自身にとっては、仕事への焦りから子供との時間も蔑ろにしてしまう、そんな自らに対する自己嫌悪によるものでもあっただろうが、それが彼一人だけの罪と罰ではなく、もっと奥深く普遍的な、人間存在そのものにまとわりつく宿命のようなものであると、主人公は感じたのである。したがって、「こんな孤独な中にいて、しっかりと生命の道を踏みしめて行く人はどれほど悲しいだろう」という感慨は、生きていく上で避けられない孤独を意識的に担い貫こうとする覚悟の手前で抱え込んだ、最後の躊躇を表白したものである。それは、彼のどのような状況を指しているのだろうか。その悲しみとは、いったいどのようなことなのだろうか。


誰を責めよう。私は自分に呆れ果てていた。少しばかりの眠りであったが、私の頭は急に明瞭すぎるほど明瞭になって、私を苦しめた。

私の眼からは本統に苦しい涙が流れた。

私にはもう書く事がない。眼を覚ましてから私が書き付けておくことは是だけで沢山だ。私はだれにあてるともなくこの私信を書いた。書いてしまってから誰にあてたものかと思案してみた。(同書)

主人公、いや、もはやここに至って、著者有島武郎は、と言い切りたい。この作品の中で、武郎はどのような孤独感と悲しみで自身の虚無感を苛んでいたのだろうか。武郎は、妻安子が死に至った背景は自分が余儀なくしたものである、と自らを苛んでいた。それは二重の意味で、安子を死に追いやったのは自分だという自己断罪であったろう。一つは、彼女が心そのままに求めた愛を武郎が観念的頑迷さにこだわって受容しなかったことに起因した安子の苦悩を、武郎は安子発病後初めてその深い意味を知り悩んだものの、既に病が進行していた安子の心を武郎は救うことができなかったという悔恨であった。もう一つは、文学への止み難い希求が安子の不在をすら願った（『幻想』大正3年）という自らに対する嫌悪であったろう。安子に強いたそれらの犠牲の上に築きあげた文学の世界は、しかし、彼自身の内部に自らを指弾し追及する刃を研ぎ澄ます結果となった。奇跡の三年間の出発点に佇んでいたのは、彼との愛の確執に苦しんでいた安子であり、その苦悩の中から授かった三人の遺児たちであった。武郎はおそらく、そのことを終生受け止めながら生きようと、書く都度決意を新たにしたであろう。

こんな孤独な中にいて、しっかりと生命の道を踏みしめて行く人はどれほど悲しいだろう。（同書）

しかしこの作品を描いた時期になって、そのように安子の死を振り返るがために精力的に書き進めてきた創作力に限界を感じるようになったことを、武郎は深刻に意識するようになったのではないだろうか。それは、創作に向けた想像力や筆力の限界というよりも、安子の非在と子供たちの存在が武郎に問いかける心の暗部、つまり、ありのままの自分とはどのような人間なのかという自問によって、彼のアイデンティティが融解し虚無化の危機に瀕していることを自覚するに至った内部矛盾であった。その内部矛盾が極限に追い込まれた悲鳴のような呟きが、この作品の末尾に至って発せられたのである。

さうだ。この私信は矢張り私の子供達の母なる「お前」にあてよう。謎のやうなこんな文句を私の他に私らしく理解するのは「お前」位なものだらうから。（同書）

亡き妻しか理解できようもない「謎のような」私信とは、伝えること伝わることに絶望した表現行為である。したがって、そのような私信の呟きは、実態のない虚無に向かって書いた作品であった。このような、作品とはいえないような作品『小さき影』を、武郎はなぜ書かざるを得なかったのか。

『フランセスの顔』（大正5年）、『死と其前後』（大正6年）、『平凡人の手紙』（大正6年）、『実験室』（大正6年）、『小さき者へ』（大正7年）など、この時期に集中して描かれた作品の中で一貫して追求してきたテーマは、ありのままの自分とはどのような人間か、という探求であり、そのことを自身の内面奥深くに降りて探し求める思索は、安子の死について考えることと同価であった。しかし、自己分析を深く抉れば抉るほど、その行為の主体である彼自身のアイデンティティが内部矛盾を深めていくというジレンマを辿ることになった。その行き着いた先が、『小さき影』に表白した深い虚無感であった。この作品は、この底なしの虚無感が遂に彼のこのテーマを辿る創作活動の旅を断念せしめるに至ることを意味するのではないだろうか。前述のテーマに基づく一連の作品群の最後に『小さき影』が書かれて以降、このテーマに関わる作品は、私の理解の限り登場しなかったように思う。このテーマに関する最後の作品となった『小さき影』ではあったが、かと言って、テーマの追求が尽くされたわけではなく、むしろ、絶望に近い混迷を表明する作品となった。このことが、武郎を無傷で釈放するはずはなかった。その最終形は、この作品の舞台となった軽井沢の浄月庵において最後の自己表現をもたらすことになる。

波多野秋子との心中に赴く道行の中で、武郎は『小さき影』が脳裏を掠めたはずである。子供たちとともに安子の三周忌を過ごし、自身の創作活動によって虚無感を深める結果を招いた魂の危機、心中道行の背景と原因を成したアイデンティティの裂け目を意識したはずである。武郎が心中の場所をなぜ浄月庵に定めたのか、いまひとつわからなかったが、ひょっとしたら、『小さき影』を書いた当時以降の自身の混迷に決着をつけようとしたからだったのかもしれない、と、今ふと思った。もしこの直観が当たっているとすれば、これは何とも深く恐ろしい作品である。

この作品は、発表後もあまり注目されなかったようである。表面的にも深層的にも個人的状況の匂いが強く、読者の興味を引かなかったのかもしれない。しかし、例外というものはいつにもやはりあるもので、武郎は吹田順助あてに次のような書簡を送っている。

「小さき影」を認めて下さったことを深くよろこんでいます、あれは多くの人達からは見落とされそうなものだと思っていましたが果たしてその通りでした。それに兄が認めて下さったので非常に力強く思ったのです。（大正8年1月23日　吹田順助宛）

武郎はこの作品を、読者の興を誘うことを念頭に書いたものではない、ということがわかる。もっとも、彼の創作姿勢は常に自分オリエンテッドだが、この作品は特にその傾向が強いことを彼自身がわかっていた、ということなのだろう。それがどのようなことを意味するのかは、すでに読解したような背景と状況を考えると、頷けるものがある。

このことを強く想像させる、もう一つの書簡にも触れておきたい。この作品『小さき影』は、1919（大正8）年の1月5日から13日までの「大阪毎日新聞」と「東京毎日新聞」に計16回に分けて連載されたものなので、執筆も新聞掲載の直前であったろうと思われる。その一ヶ月ほど前、武郎は灰谷やす子宛てに書簡を認めている。この書簡の中で、灰谷やす子と武郎は初めて書簡を交わしたことが記されており、彼女が武郎宛てに手紙とともに自著を送ったこと、それを読んだ武郎が返事を書いたことなどがわかる。この中で、病床にあった彼女への労りの気持ちからと思われるが、武郎は初めて書簡を交わす相手に、半ば唐突に、亡き妻のことを語っている。灰谷やす子の文面の一節にあった「死に面した時に生が赫く……」に武郎の内面が深く刺激され、そのことから彼も心の奥底にしまい込んでいた心情が一気に解放され、問わず語りに吐露されたものと受け止めることができる。また、亡き妻と同じ名前の女性への親近感が反映されたことも、些事とはいえあっただろう。

「死に面した時に生が赫く……」の言葉ではじまる一章などは病の中にあられるあなたの筆を通じて伺ふと急にこの世が輝いて来るようにさへ思ひます。御察しかも知れませんが私は二年前に妻に死別れた身です。妻を私は吸い取ってしまひました。妻が死ななければこんな切ない実感は得られなかったかも知れませんが然し今でも妻は矢張り生かしておきたかったと思ひます。御良人や御子様達が祈り願って居らるる所も亦同様だと思ひます。許されるなら――永生きして上げて下さい。（大正7年12月13日　灰谷やす子宛）

武郎の亡き妻への想いが、その屈折した深さのまま伝わってくる文面である。

11 『或る女（前編）』と『或る女のグリンプス』

自分自身を救う実験場としての文学

2006（平成18）年に移り住んで数年経過した頃、移住地喜茂別町の歴史を調べていた私は、このまちの源流である伊達市に関する史料の中で、「佐々城信子」と出会った。この女性に関わる史実の概要についてはある雑誌（『バイウェイ後志』5～8号）に書いた拙文を読んでいただければうれしいが、佐々城信子は、仙台伊達藩亘理士族の田村顕允を調べる過程で知り得た女性であり、有島武郎の『或る女』／『或る女のグリンプス』の主人公、早月葉子／早月田鶴子のモデルといわれた人である。この佐々城信子の生き方に触発されて、私は、有島武郎の『或る女』を初めて読んだ。私が有島武郎に関心を深めるようになったのは、この時、佐々城信子に導かれてからのことであったと言ってもいい。

『或る女』の前編は、1911（明治44）年から1913（大正2）年にかけて『白樺』に連載した『或る女のグリンプス』を、1919（大正8）年に書き直して発表したものである。ここでは、佐々城信子の生き方にインスパイアされて武郎が創造した二人の主人公、早月田鶴子（『或る女のグリンプス』）と早月葉子（『或る女』）を軸にこの二作品を対照しながら読むことによって、武郎にとって文学とは何だったのか、自分なりに彼の想いを探ってみたい。

1．総体的な印象

『或る女のグリンプス』も『或る女（前編）』も、ストーリーの展開そのものはまったく同じである。前者は、ある意味で作品全体のスケッチ風描写であり、後者は人物の心理描写や情景描写が一層緻密になっていることからボリュームは大きく膨らんでいるものの、21の章立てとそれぞれの内容は同じである。その粗筋はさておき、主人公の早月田鶴子／葉子は、時代や社会に染まって生きている男たちとの様々な関わりを通じて、そのことによって「女」である自分の心の奥深い襞のさらにその裏側に分けいっていく物語である。

作者有島武郎は、佐々城信子の生き方に自分を重ね、自分が彼女ならどのように生きるであろうかと自問しつつ、その自答を田鶴子／葉子に託したのだろう。渡米留学の過程で宗教に道を求めた自分と決別し、その後文学によって自分を見つめ直そうとした武郎が、その合わせ鏡の一つとしたのが、田鶴子／葉子であった。自分自身を物語の田鶴子／葉子に仮託して、時代状況の中でどのように生きるかを「実験」したのが、この作品だったのではないか。これは、『カインの末裔』における広岡仁右衛門、『生れ出づる悩み』における木本など、彼の作品に見られる主人公の設定に共通してみられる、彼の創作行為の根源ともいえる「仮託と暗示」の一例である。この作品の標題「或る女」が意味するところも、深長なものがあるだろう。武郎がこの作品の中で自分自身を仮託し創造した人物は、固有名詞に生きた女性というよりは、この時代にあって極めて特異な個性を貫くことによってその実、潜在的には普遍的な本質を垣間見せていた一人の「或る」女性田鶴子／葉子に化身した「女」そのものであり、これが、この「実験における仮説」の暗喩であったように思えてならない。社会において女性を隷属させる様々な形を男性登場人物に担わせ、それら異なる形を有する「男」との愛憎に満ちた闘いを実験し、「女」を隷属から解放する可能性を「女」自身の生き方の中に探ったのが、この作品だったのではないだろうか。

『惜しみなく愛は奪ふ』や『宣言一つ』の中で根源的な問題提起を行い、様々な異論や共感を巻き起こした「第四階級」論に根を据えた、「女」による「男」との闘い。佐々城信子にとどまらず、おそらく、伊藤野枝や菅野スガなど同時代の女性の闘いに触発されたことが、この作品の大きな動機になっていると思われるが、しかし、自身が男であり第四階級にはなれないと深い諦念を抱えていた武郎が、たとえ「自分は葉子である」という仮託を創作の源にしていたとは言え、その実験は破綻することが宿命づけられているものだったことも、肝に命じていた筈である。自分が立論によってそのような陣を張ることは、ある意味で、女性に対する冒涜に等しいとさえ考えていたかもしれない。『惜しみなく愛は奪ふ』や『宣言一つ』の延長としては、それがもっとも誠実な自己抑制であろう。

しかし武郎は、その実験を文学の中で試みようとした。『或る女のグリンプス』執筆の動機は、幸徳秋水事件を反芻しながら、おそらく佐々城信子を想起して、現実社会で敗北していく彼女たちの存在の意味を、評論では偽善そのものでしかないと考えていた限界を、文学の中でこそ超えられるかもしれない、という可能性に賭けてみたのが、この作品だったような気がする。ここには、武郎が文学に託した特別の意義が潜んでいる。モデルによってインスパイアされた着想を表現の核に具現化する時、そこには、モデルに憑依した自分自身、武郎自身が描かれた。そのことによって、自分とは決して重ならないはずのモデルを、著者である自分自身そのものとしてはじめて内在化できたのだろう。

『或る女のグリンプス』と『或る女（前編）』を読み比べながら、いくつかの相違点をもとに、もう少し具体的に考えてみたい。とは言っても、断章を並べただけのまとまりのない中途半端な感想文に過ぎないけれど。

2. 相違点その1：離婚問題と結婚問題

……かの木田との離婚問題が暴露したので、内田は或日厭應なしに田鶴子を自分の家に呼びつけて、恋人の心変わりを責める嫉妬深い男の様に、火と涙とを眼から迸らせて、打ちも据え兼ねぬまでに怒り狂った。此の時ばかりは田鶴子も心から激昂させられた。……（略）……「基督に水をやったサマリヤの女の事も思ふから、此の上お前には何も云うまいが、……他人の失望も……神様の失望も些かとは考えて見るがいい、

……罪だぞ、恐ろしい罪だぞ」（『或る女のグリンプス』７章より）

それがあの木部との結婚問題が持上がると、内田は否応なしにある日葉子を自分の家に呼びつけた。そして恋人の変心を詰り責める嫉妬深い男のように、火と涙とを眼から迸らせて、打ちすえかねぬまでに狂い怒った。その時ばかりは葉子も心から激昂させられた。……（略）……「基督に水をやったサマリヤの女の事も思ふから、此の上お前には何も云うまいが、……他人の失望も……神様の失望もちっとは考えて見るがいい、……罪だぞ、恐ろしい罪だぞ」（『或る女』７章より）

この相違点については、土香る会会員で読書会メンバーの浜田和子氏の指摘にもあるように、これまでも評者によって様々に論及されてきたようである。特に、H．エリス『性の心理学的研究』が武郎にどのような影響を与えたのかについての浜田和子氏による分析（「『或る女』と『或る女のグリンプス』について」２０１７年９月）はとても興味深く、納得できる指摘でもあり、ナルホドと腑に落ちた。その論点を参考にしながら、ここでは、少し異なる観点から読んでみる。

『或る女のグリンプス』においては、田鶴子の結婚に嫉妬した内田（内村鑑三がモデルと言われている）が、結婚自体について非難することはさすがに出来なかった鬱憤を、離婚をきっかけとして一気に結婚そのものを非難する中で爆発させたが、これは田鶴子に恋する男としての内田の本音をキリスト者としての偽善に包みこみ（しかし、包みきれなくて）、基督の名を動員してまで、怒りをぶつけた身勝手さを描いたものだろうと、私は最初に読んだ。そして、『或る女』では、葉子の結婚自体を嫉妬に駆られて基督の名によって非難する男としての内田をそのまま直截に描き、キリスト者である前に男である、そんな人間としての内田の矛盾に満ちた姿を表現したものと受け止めた。しかし、このような読み方については、自分でも納得できない、ある疑問があった。

　武郎は棄教して以降も、人間としての内村鑑三や新渡戸稲造に対しては尊敬の念を持っていた筈なのに、このような描き方をすることに躊躇はなかったのだろうか。この疑問については、浜田和子氏の論述が答えを示してくれた。エリスの『性の心理学的研究』を読む前の武郎が『或る女のグリンプス』を書いた時点では、「離婚」というキリスト者が非難しやすい宗教的切り口を内田に用いさせることによって、深層に潜む性的な感情をその表層的口実に包み込むことができた。これは、わかりやすい表現である。その一方で、武郎がエリスを読んだあとの『或る女』では、内田の男としての嫉妬とキリスト者としての結婚非難の矛盾に憤る葉子の心情を位置づける上で、エリスが『性の心理学的研究』の中で喝破した、宗教的高揚と性的高揚の両立という観点を用いることができたのだと思う。

　いずれにしても武郎は、キリスト者内田の男としての矛盾を描くことにおいて、新旧二つの作品で異なるロジックと用語を用いたが、その行き着く先は同じ場所であった。それは、キリスト教が、性的高揚は宗教的高揚に反するものであるとして、人間の本能的あり方を認めまいとする狭隘な規範に立っていたことを批判することであった。内田は、その象徴的な批判の対象とされたのである。しかし、なぜ、敬愛していた内村をモデルとして登場させたのだろう。この疑問について、私は次のように読んだ。

「葉子は私である」と同じように、「内田も私である」ということなのではないだろうか。モデルとされた佐々城信子も内村鑑三も、武郎はその激しい生き方に魅力を感じていたが故に、その行く末に自分の生き方の模索を重ねて、仁右衛門がそうであったように、葉子についても内田についても破壊的破滅的存在として描くことによって、そこに仮託したそれまでの自分自身を破壊し、その先に新たな自分の転生を賭したのではないか。武郎をこのように読むことは、『カインの末裔』の場合と同じである。新旧二つの作品で、言葉は正反対の意味であっても、その意味する含意は同じものである。キリスト者内田への批判は、棄教してもしなくても自らの裡《うち》に厳然と存在するキリスト者としての武郎自身に対する、呵責のない自己否定を意味しているのではないだろうか。

3．相違点その2：田川夫人の挑発に対する反撃の仕方

……夫人は田鶴子の気分には一向気が付かぬらしく振る回って、「事務長は貴女のお室に遊びに見えますか」と云った。かっと田鶴子の心は理不尽な焼きつく様な一種の嫉妬を感じた。わざと落付いたironicalな調子で、「はいお見えになります、夫れが何ぞ……」とありもせぬ事をしらじらと云った。（『或る女のグリンプス』12章）

……夫人は、葉子の気分には一向気付かぬらしく、—若しそうでなければ気付きながらわざと気付かぬらしく振る舞って、「事務長はあなたのお部屋にも遊びに見えますか」と突拍子もなくいきなり問いかけた。それを聞くと葉子の心は何と云う事なしに理不尽な怒りに捕えられた。得意な皮肉でも思い存分に浴びせかけてやろうかと思ったが、胸をさすり下してわざと落付いた調子で、「いいえちっともお見えになりませんが……」と空々しく聞こえるように答えた。（『或る女』12章より）

答え方は正反対の表現に見えるが、どちらも、田川夫人の挑発に対する田鶴子／葉子の反撃を籠めた表現である。その意味では、表面的な相違の背後に潜む共通の心情を表わしていると読むことができる。しかし、共通の心情と言っても、それ以上に、ニュアンスの違いが強く感じられる。それは、直截に言えば、『或る女のグリンプス』では、田鶴子は田川夫人に対してあからさまな戦闘的態度を取っている一方、『或る女』では、葉子は田川夫人に対して敵意を押し隠しつつもそれと気付かせる様な慇懃な応戦的ニュアンスを伝えている。この点に、

武郎が託した田鶴子と葉子の違いが見えてくる。

この違いは、他の箇所にも現れてくるが、一見、田鶴子の方が葉子より直截的で戦闘的に見える。しかし、表面的にはそうであっても、裡に籠めたエネルギーは互いに遜色が無い。『或る女のグリンプス』は、『或る女』の前編にあたる部分だけで作品としての完結性が意図されており、ある種の性急さが感じられる。つまり、スケッチとしての作品であることが見て取れる。これは、武郎が弟の壬生馬に宛てた書簡に中で書いているように、表現の未熟さを自覚しながらもどうしても形にしておきたい動機があったが故であろうと思う。一方『或る女』は、この箇所でこの先の見通しまで明示する必要がない、後編を前提としてじっくり描き上げていく手法に切替えている。表現技術の向上、という面もあると思うが、それ以上に、長編小説としての全体の展開を意識した、場面ごとの抑制が見られる一例だと思う。しかし、表現技術的にはそのようなことであったとしても、新旧作品それぞれに武郎の心的状況を反映している相違、という側面もありそうだ。

4．相違点その3：倉地の嫉妬もしくは見守り

其時、突然二人の前に事務長が現れた。一種の暗い鬱憤の色が明らかに其浅黒い顔に彩られて、其睫は痙攣的に震えていた。而していきなり岡の手を取って、「さ岡さん又散歩だ、散歩をしましょう」と云いながらひっ立てた。……(略)……田鶴子はかっとなった。……(略)……其瞬間インスピレーションのように頭を横った考えがあった。事務長は岡に対して嫉妬を感じているのではないか。事務長ともある人が岡のような白面の少年を自分から引き離そうとする其心……。(『或る女のグリンプス』14章より)

その瞬間にいきなり事務長が激しい勢いでそこに這入って来た。そして葉子には眼もくれずに激しく岡を

引き立てるようにして散歩に連れ立ってしまった。……（略）……葉子はかっとなって思わず座から立ち上がった。……（略）……その時不意に一つの考えが葉子の頭をひらめき通った。「事務長は何処かで自分たちを見守っていたに違いない。」（『或る女』14章より）

『或る女のグリンプス』では、倉地の心理描写が、物語の展開としてはやや性急な感じもするが、自然でわかりやすい。スケッチとしても当を得ているように思う。しかし、『或る女』では、そのような倉地の心象が曖昧に表現されているだけでなく、「見守っている」と受け止められたように書かれている。これも、前項で述べたように、この後の「後編」の展開を意識した上での、「ため」を意図した表現なのだろう。しかし、それにしても、ニュアンスの大きく異なる「見守る」という言葉による表現がなされた事については、その意図するものがよくわからない。後編に繋がっていく伏線のような事なのかもしれない。葉子の感情の膨らみ、と言う感じもする。田鶴子と同様、葉子も一瞬、事務長の嫉妬と受け止めたかもしれないその余裕が引き起こした膨らみだったのだろうか。あるいは、倉地の懐の大きさへの期待と予感が綾なした妙だったのかもしれない。そうだとすれば、武郎の筆力に改めて感嘆してしまう。このような、一読して理解に困惑する表現があることは、その作品の魅力の一つだと思う。

5．相違点その4：倉地の愛に対する悲哀と憎悪

而して心の中では、一寸躊って立ったままで見て居る倉地の手が、決心を以て自分の肩にかけられる時は、自分は些かも抵抗の力のない単純な女性となるの外はないと云う事を、しみじみと感じて、更にせき来る悲哀の涙をとどめ兼ねた。（『或る女のグリンプス』15章より）

倉地がその泣声に一寸躊って立ったまま見て居る間に、葉子は心の中で叫びに叫んだ。「殺すなら殺すがいい。殺されたっていい。殺されたって憎みつづけてやるからいい。私は勝った。何と云っても勝った。こんなにも悲しいのを何故早く殺してはくれないのだ。この哀しみにいつまでも浸っていたい。早く死んでしまいたい。……」(『或る女』15章より)

『或る女』の中で、倉地に対する葉子の愛憎が、状況の流れに逆らうが如く唐突に、叫びとなって迸る。倉地によって意のままに征服される悔しさと、意のままにさせるところまで倉地を追いつめた征服感が、混乱の様相で一つになった高揚感。葉子がこの後、倉地に対してどのような位置を占めながら愛を深めていくのか、その矛盾に満ちたダイナミックな表現の中に、期待感と同時に暗い予感も暗示されている。葉子のこの混沌は、自らを追いつめ破壊し尽くす可能性を含んだものであることを葉子自身が認め、それを拒みつつも招いていることを、葉子本人に語らせている。このように、自分の全てを賭けてぶつかって愛し、破壊と破滅を予感させる愛を互いに求め合う葉子と倉地の姿は、武郎が見果てぬままに見続けていた夢なのではないか。それは、読者である私自身にも、強い共感とともに伝わってくる。

この見果てぬ夢がどのように展開していくのか、それが、おそらく後編の中心テーマなのだろう。自分を破壊することへの衝動を仮託したのが、葉子と倉地である。この時、武郎は、安子との短い結婚生活をどのように振り返っていたのだろう。そして、この二人に仮託した武郎自身のありようは、この先どうなっていくのだろう。ここでは、武郎は葉子の叫びの中で、自問している。しかし、自答は未だ見えない。未だ見えないけれど、後編の中で自答に迫る用意をしているからこそ、『或る女のグリンプス』をこのように書き変えたのだと、思いたい。後編で答えが見えてくるのか。見えて来なかったら、葉子のこの叫びは、どのような刃となって彼女自身に歯向かってくるのか。

この視点が、後編を読む時の、私の視点になりそうな気がする。

6. 相違点その5：そして、ふたりは

事務長の眼は新聞紙の上にありながら、心は余所を辿って居るらしかった。「おやすみにならない？」と田鶴子は小さな声で云って見た。自分の声の大きいのも恐ろしい程にあたりはしんと静まっていた。「う」と返事はしたが事務長はそのままで居る。田鶴子も黙ってしまった。（『或る女のグリンプス』21章）

この情景の一部は、『或る女』にはない。事務長の心の中の動揺が、ここで表現されている。この先、田鶴子と倉地が進んでいく道に待っている悲劇を予感させる、倉地の情況描写である。『或る女のグリンプス』が作品として閉じられるその先に想像される余韻、暗示が、この一行に凝縮されている。しかし、それがどのような道なのか、この作品は、この先への見通しを閉じている。『或る女』には、倉地のこのような暗示は描かれていない。いわば、屈託がない倉地の姿が、前編の幕を閉じているだけである。

二人のこの情景の先に待っているのがどのような道なのか、『或る女』後編に読み進んでいきたい。

12 『或る女(後編)』とホイットマン 互いに全てを表現し奪い合う愛の実験

『或る女』の前編は、葉子の悪夢で終わった。それは、木村を裏切ったことで内心怯えている、彼女の潜在意識の現れであったろう。その悪夢から逃れようと葉子は倉地の胸にすがるが、そこには救いがないことが暗示されている。そんな暗い予感を漂わせた、前編の終わりであった。

そして打って変わって、『或る女』の後編は、葉子と倉地の幸福感いっぱいの朝の目覚めから始まる。このギャップは、早くも不吉な予感を感じさせる。いや、結末を知っている自分が、先回りしてそのように感じるだけなのかもしれない。その予感を実証することになる後編の粗筋は、ここでは辿らないことにする。

1. 『或る女』の後編

後編の結末で、葉子は、前編の終わり以上の悲劇に引きずり込まれていった。

葉子が前後を忘れ我を忘れて、魂を絞り出すようにこう呻く悲しげな叫び声は、大雨の後の晴れやかな夏の朝の空気をかき乱して、惨ましく聞こえ続けた。(『或る女』後編より)

そこには、倉地の姿も、岡も木村も木部も古藤も、最後に会いたいと思った内田も定子もいない。自恃《じじ》も自尊も打ち砕かれ、孤独の中で死にゆく自分を見つめる葉子の絶望の叫びだけが響いた。どうして、このような結末を迎えなければならないのか。この疑問に対する答えは、後編のほぼ全てを費やしている葉子の心理描写にあり、それ以外にはあり得ないあまりにも恐ろしい説得力で読者に迫ってくる。倉地の愛を求める葛藤に苦しみ続ける葉子の心の動きは、武郎の描写によって鬼気迫る迫真性を伴い、息詰まる緊張感に囚われた読者の心を最後まで解き放してくれない。私は、読み終わったあとも、自失の感覚にしびれたまま茫然と数日を過ごした。

この『或る女』、特に後編は、自分の小賢しい読解を粉砕するのに十分な破壊力を見せつけた。武郎の作品の中でもおそらく『カインの末裔』以上に、読者である自分の奥深くを破壊するのに十分な深度の射程距離に思えた。倉地を求める葉子の愛、嫉妬、憎悪、執着、依存、そして自己愛は、なんと凄まじい破壊力に満ちた、恐ろしくも自虐的魅惑に溢れた世界なのだろう。自分自身もこの作品の渦中に巻き込まれているかのような現実感を伴って葉子に共振し、そのブラックホールに引き込まれながらも一瞬の内にその埒外に弾き飛ばされたかのような、めまいに近い恍惚に囚われた。作者である武郎が「広岡仁右衛門は自分だ」と書いたように、「早月葉子は自分だ」と言ったかどうか、それはわからない。しかし、私は読者でしかないが、「私は仁右衛門である以上に、葉子である」と感じた。武郎が描いた葉子の心理は、その一つひとつが自分の裡に突き刺さってくる。言葉と言葉の狭間で、心の傷口に塩を擦り込まれたようにビリビリと痛んだ。これまで触れないようひた隠してきた自分の潜在意識が、この作品によってかくも惨めに晒されていることを実感した。それは、自分自身の闇の不可解さと向き合わざるを得ない、自暴自棄に近い解放感すら感じさせた。なんという暴力的な快感だろう！　武郎は、まさかそのことを狙って書いた訳ではないだろう。いや、あの、愚直で過激な武郎のことだ。それは、あり得るのではないか。

不安定な心に落ち着きを与えるため、いつもの（?）問題意識に沿って、気持ちを切り替えてみる。

2. 武郎はなぜこのような作品を書いたのか：書簡から

武郎は、生涯を通して、様々な人と多くの書簡を交わしている。特に、作品が世に出て反応が彼のもとに寄せられたときは、丁寧に返信を送っていたように思える。『或る女』後編が発表された1919（大正8）年、6月から10月までの間に、『或る女』について触れたいくつかの書簡が遺されている。彼自身が『或る女』執筆にかかる問題意識を語ったものも少なくないので、それらに目を通してみた。一寸長い引用になる。

（6月号の「解放」に有島武郎論というのがあります。私は多少の不服と共にそれから唆示を受けました。）

……（中略）……

『或る女』で私が読者に感銘して欲しいと思ったものは、現代に於ける女の運命の悲劇的な淋しさと言うことでした。女は男の奴隷です。彼女は男に拠る事なしには生存の権利を奪われています。其の結果（或る思想家がいみじくも言い当てたように）その無一物の境地から唯一つ男を籠絡すべき武器（戦慄すべき兜器―性欲的誘惑…（中略）…―この事は葉子のみならずその小説に出てくる凡ての女性に対しても顧慮されているつもりです―そこから人間の男女関係の悲劇が胚胎したのだと思います。而して遺伝はその悪癖を増大し、増大した悪癖は本然的に女性の中に男性に対する衝動的な復讐心を醸成し、それが本能的な男性に対する憧憬愛着の情と絡み合って複雑な執着的な復讐、復讐的な執着を生んで行きます。是れは今の世の中に存在する最も悲しい悲劇の一つであらねばなりません。私はそう思索しました。而して私はそれに対して心が動かされました。或る程度までの醇化をしました。然しその醇化が不足であった事が、恐らくはあの作を私の期待を裏切って硬化しています。

然し私の我儘を許してください。今の女性はまだ自分自身をその程度まで悲劇的に自覚していません（一般的に言って）。男子も亦女性をそういう風には見ていません（勿論是も一般的に）。即ち人間の社会意識の中には人間が昔から犯して来たこの罪悪に対して悔恨する程の力が働いていません。もしそんな時代が来た時に、あの作物が幸いに命脈を保っていたら、ひょっとしたらその時の読者は今の人が流さなかった涙をあの作物に対して流してはくれないだろうかと思うのです。

これは然し矢張り私の我儘です。真に私が優れた芸術家であったら私は今でも読者の心に一つの芸術的目覚めを与えて居べき筈だからです。

畢竟私のあの作物は私に取っては荷が勝ち過ぎていたと言わねばなりません。私は全くそれを恥じます。何か支離滅裂な事を言ったようでしたが御推読下さい。これが、不完全なりにも兄のお疑いに対しての私の答えになり得るでしょう。（大正8年10月8日　浦上后三郎宛）

この論述と近い内容の書簡を、もう一つ読んでみる。これも長い引用になるが。

『帝文』の私に対する御批評を唯今拝見しました。御好意を感謝します。

あなたが或は私の作品、思想を誤解なさっているのではないかと云う点を左に申し上げてみます。

『或る女』について。

あなたは女性が男性の奴隷であると言う事実をお認めになりませんか。労働的奴隷が生ずる前から女性は男性の奴隷にせられ、労働的奴隷が解放され出した現在に於いても尚女性は男性に対して奴隷の位置にあり、男性も女性もこの大怪事をさして怪しんでいないという事実をお認めになりませんか。若しそれを認めその女性の悲運と、その事実から惹起される社会生活の破壊ということに潜入して考えてくださる人なら、あの作品をあなたがご覧になったとは異なったアスペクトを以て眺めてくださる事が出来るかと思うのです。何物も男性から奪われた女性は男性に対してその存在を認めらるる為に女性の唯一の寶なる貞操を売らねばなりませんでした。生殖に必要である以上の淫欲の誘引を以て男性を自分に繋がねばなりませんでした。然しこの不自然な妥協は如何して女性の本能の中に男性に対する憎悪を醸さないでいられましょう。男女の争闘はここから生れ出ます。同時に女性はまだ女性本来の本能を捨てることが出来ません。即ち男子に対する純真な愛情です。この二つの矛盾した本能が上になり下になり相克しているのが今の女性の悲しい運命です。私はそれを見ると心が痛みます。この立場からあの作品を読んで下さる方があったらと私は思うのですけども、男女の関係を根底的に考えてみようとする人のないためか、今まで私が受けた批評の殆どは私の急所をえぐらず、又仮令賞賛であっても見当違いな満足を私に強いようとします。これは然し結果私の表現が十分でないから起ることでしょう。と云って私は教訓的にあれを書いて私の考えが誰にでも分かるように依怙ひいきに書くことは私の芸術家としての良心が許しません。私は最も公平な立場からあるがままの心理を描いたつもりです。いつかはあの作が女性に対する、従って人間生活の悲運に対する真相を読者に垣間見せ、而してその点に対する考え直しをして貰える時が来るようにと祈るものです。私は芸術は已むにやまれぬ生の表現だと信ずるものです。私は自分の生の苦悩をあの作で叫んだのです。こう申せば「石にひしがれた雑草」のテーマも自ずから御了解下さることと思います。(大正8年10月19日　石坂養平宛)

これらの内容は、武郎の作品自註であるばかりでなく、『或る女』に関連して翌年発表された『惜しみなく愛は奪ふ』定稿版にも連なる思想を、かなり率直に表わしているようにも読める。このような自註と関連して、もう少し一般的に作品解説風に書いた書簡もある。

私はあの書物の中で、自覚に目覚めかけて而かも自分にも方向が明らず、社会はその人を如何にあつかうべきかを知らない時代に生れ出た一人の勝気な急進的な女性を描いてみたままで、信子さんの肖像を描こうとしたのではありませんでした。木村というのは森廣で、古藤というのは私です。而かも是等のモデルも非常にremoteなものであることをご承知下さい。（大正8年9月5日 黒澤良平宛）

『或る女』について為されるその後の論評は、彼のこの書簡によっても裏付けられている。しかも、モデルとした佐々城信子との距離感についても、誤解を避けようとの配慮が示されている。しかし、彼のこの気配りは、必ずしも当事者や世評には届かなかったようだ。葉子という人物の創造については、もう少し別の観点から触れた書簡もある。

尚云い残した所を付け加えますれば葉子が祖先から本能的に伝えられた淫乱の血（男子を征服せんとする女の強大なる武器）を働かせる所には如何にも非人間的な悪魔性の心があらわれていますが、その他の方面に於いて彼女が矢張り人間であるという点です。人間の弱みと強みとを持った人間であるという点です。あの書物の読者は往々にしてその点を見遁してはいないかと思います。自分の作物を自分で彼是れ申す程僭越なことはありませんが、あなたの打明けた御手紙に対して私も打明けた勝手を言わしていただきます。

（大正8年9月29日 檜山京子宛）

関連して、この作品が醸し出すある種の過激さへの向き合い方について、相手に配慮を示した書簡もある。

『或る女』などはあなたの今の御體には御読みになっていけない方の本と思います。心の糧にも肉体の糧と同様それらの適不適がなければなりますまい。あれはもっと肉體が強健になって精神力が穏やかになられた時読んでいただく方がいいと思います。ホイットマンの詩は如何でした。あれは屹度いいと私は思います

が。（大正8年6月22日　灰谷やす子宛）

読者への気配りとして書いているが、実は、作品の破壊力を暗に伝えた書簡と思う。ここでは、ホイットマンの詩についてもさりげなく触れているが、この点については深い意味を込めていると思えるので、項を改めて後述したい。

このように、武郎は、自分に寄せられた読者からの意見や感想に対して、自分が作品の中に込めようとした想いを率直に語っている。この生真面目さと優しさが武郎たる所以の一つだが、彼はまた、作品の中で自分の表現がいかに不満足なものであったかということについても、親しい友人に愚痴をこぼしている。

『或る女』の後編が出たから早速一本お送りします。もっともっと書きたいのですが思うようにいきません。深入りすべき契点はいくつも作中にありながら十二分に深入りできないのが残念です。矢張り考え方が足りない。（大正8年6月15日　吹田順助宛）

『或る女』後編について委しい御批評を有り難うございました。毎時でも著作が現れる時一番的確な感想を発表して下さるのを感謝しています。テーマがあれだけのものになってももう私には大き過ぎるという憾みを感じないではいられませんでした。そう思うと、自分の心の貧弱さに少し気が引けます。『戦争と平和』などを泉から水が湧くような豊かさと心易さを以て書いたトルストイなどが心から妬まれます。（大正8年7月5日　吹田順助宛）

武郎の作家としての誠意を感じるこれらいくつかの書簡を読んで、彼自身がここまで明確に述べている以上、この作品の本質は既にここに示されてあるのだろうと思う。しかし、イマイチ腑に落ちないモヤモヤした違和感のような疑問も感じる。それは、武郎はなぜ「早月葉子」を創造しようとしたのか、その理由が的確には説明されていないと感じるからである。まさか、書簡の中で述べているような「時代に於ける女性論」という意図でもあるまいと思う。この疑問は、たとえ本人による自註の中であっても、そもそも解明しきれるものではないのかもしれない。心を傾けて直接作品全体から感じ取る以外に、答えは見つからないのだろう。武郎は、書簡の中で『或る女』の冒頭に据えられたホイットマンの詩についても触れていたので、これをヒントに、武郎が葉子に託した想いは何だったのかについて、少し考えてみたい。

3．ホイットマンの詩「名もない淫売婦に」

『或る女』の巻頭に、武郎自身の訳によるワルト・ホイットマンの詩が添えられている。

太陽があなたを見放さないうちは、私もあなたを見放しにはしない。
水があなたのために輝くのを拒み、而して、木の葉があなたのためにひらめくのを拒まない間は、私の言葉もあなたのために輝きひらめくことを拒みはしない。（『ホイットマン詩集　草の葉』有島武郎選訳より）

これは、ホイットマンの『名もない淫賣婦に』と題する詩の一部である。この詩の全文は、次のとおりである。

落付いて―私に対しては、寛いでおいで―私はワルト・ホイットマン、
自然があるように自由で快活だ、
太陽があなたを見放さないうちは、私もあなたを見放しにはしない、
水があなたのために輝くのを拒み、而して

木の葉があなたのためにひらめくのを拒まない間は、
私の言葉もあなたのために輝きひらめくことを拒みはしない。
わが娘よ、私はあなたと一つの約束をしよう——
而して私はあなたが私に会うことの出来るだけの準備をするよう命じよう、
而して私が来るまでにあなたが忍耐強く、而して完全になっているように命じよう。
それまで、あなたが私を忘れぬように、私は意味ある眼つきであなたに挨拶を送る。
（同書）

この訳詩のタイトル「名もない……」と、小説のタイトル「或る……」が繋がっているのは、武郎の中では偶然ではないだろう。この詩は、早月葉子の人物像と深く結びついている。葉子は、個性が極めて先鋭的に突出した存在感に彩られ描かれているが、それは、葉子だけに属する極めて特殊なものということではない。乱暴を承知で言えば、彼女の人物像として描かれた個性は、ある意味で女性の内面に深く潜在している普遍的な本質ではないのか。いや、さらにもう少し敷衍して言うと、男女に関わらず、この詩が描く「淫売婦（夫）」は、愛が深まる中で発現する根の深い普遍的な素顔だろうと思う。少なくても私は、葉子の心理描写の中に自分自身を見出すことが幾度もあった。武郎は、渡米中に宗教としてのキリスト教と決別し、文学の中に精神的目標を求める決意をした。その背景には、様々な文学作品との出会いがあった。その重要な一人が、ワルト・ホイットマンである。

ホイットマンのこの詩を読むと、ここでは、イエスと詩人が抱擁し合っている光景を感じる。この詩の前半は、淫売・淫買の男女をそのまま受け入れようとする神の愛とも読めるし、矛盾に満ちた人間の混沌から芸術の源泉を得ようとする詩人の想像力、創造の愛とも読める。しかし少なくとも、愛し合う者同士、それが恋人であろうが、夫婦であろうが、親子や家族であろうが、社会に受け入れられない関係の恋愛であろうが、心から互いに認め合い求め合い奪い合う愛をタブー視することなく、極めて自然に感受した光景であることに違いはない。私自身も、この光景の中にひっそりと孤独に、かつ自己肯定の面持ちで加わっていたい。

詩の後半は、前半の光景を保証するための、愛の中にいる凡ての人たち、淫売と言われた愛に関わる凡ての人たちの心の奥底に存在する自戒や願望や祈りを表出した言葉だろうと思う。「命じよう」という言葉には、真に愛し合っている者同士だけが伝えられる親愛の響きがある。愛を離れた者が使う「命ずる」は、最も忌むべき正反対の権威的な心の化石だが、愛する者同士が交わす「命ずる」「命じられる」は、そのままで心の切なる真実を伝え合う深い心情の言葉である。ホイットマンのこの詩は、武郎が、愛の根源をキリスト教から文学に定め直す時に、その羅針盤とした詩ではなかったかと勝手に想像した。この詩は、反宗教、反キリスト教的ではない。札幌独立基督教会を脱会して以降も、武郎の精神と心に深く内在していたキリスト教の「愛」は、彼の文学を導いた深い水脈であっただろう。少なくても白樺派の武郎の文学は、この水脈から創造されたと言って良いのではないか。ちなみに、「白樺」に投稿しなくなって以降の作品の中で、『生れ出づる悩み』はその水脈に生れ出た最も濃密な結晶のように思える。

しかし、この水脈から、武郎はもう一つの大きな奔流を生み出した。その嚆矢となったのが『カインの末裔』であり、その奔流が大河となって武郎自身をも飲み込んで人間存在の深淵に流れ込んでいこうとした表現物が、『或る女』だった。葉子に象徴させた「淫売婦」は、自身の内奥にある愛の矛盾を隠すことなく率直に大胆に表現する生き方の比喩として使われていると思うが、その表現性こそが武郎の内面に潜在していた彼自身の「淫売婦性」であり、読者である私にとってもまさにそうであることが、読後のもっとも衝撃的な感想の一つであった。そのことは、決して露悪や暴露、自己冒涜、社会的指弾の対象ではない。ホイットマンも武郎も、むしろこの「淫売婦」をこよなく愛したのである。それは、聖書の中でイエスが娼婦を赦したように愛したのではない。身も心も愛し合う人間同士として、互いに全てを表現し、そしてそれを奪い合うように愛したのだ。葉子と倉地の妥協のない愛の闘い、それは、木部とも木村とも岡とも古藤とも内田とも、それぞれとの死闘の中で、葉子にとっては生き死にを賭けたそれぞれの愛だった。そのことを、ホイットマンの言葉を借りて「淫売婦」と暗示したことが、この詩とこの小説を結びつけたのだと思う。うまく言えないが、「淫売婦」とは、ホイットマンにとっても武郎にとっても、この上ない愛の表現者でありかつ愛の対象であることを暗喩とした言葉なのだと受け止めるべきだろう。これこそがこの作品の核心であることは、作中の一場面を改めてもう一つ別の作品に作り替えた『断橋』（大正12年）からも、窺い知れる。

では、葉子はこの暗示から道を踏みはずして破滅の道に迷い込み、その結果が、後編最後の葉子の絶叫なのだろうか。いや、私は必ずしもそうとは感じなかった。武郎は、葉子の愛が試練を受けるに十分な価値を有する人生であることを示唆し、何度も倒れては、さらにその先に進んでいくことを暗示しているように描いたのだと、私は思う。後編最後の場面には、その暗示が隠されているような気がする。葉子は倒れるが、死なない。私はそう思う。私たちも、この葉子のような愛を経験してはいないだろうか。思い起こしてみたい。

13 『大洪水の前』と『洪水の前』

サタンとしての文学

想像していた以上に濃密な有島作品と出会った。『大洪水の前』（大正8年）である。

有島武郎は、1910（明治43）年に『白樺』の創刊に参加し札幌独立基督教会を脱会したのちも、自分の内なるキリスト教を見つめ続け、様々な作品にその思索の影を忍ばせている。しかしそれは、キリスト教そのものということではなく、聖書あるいはキリスト教の様々なエピソードの中に文学として人間を見つめるテーマを見出し、武郎自身の苦悩に満ちた魂と重ねる行為であった。

1919（大正8）年12月に発表された「三部曲」は、『大洪水の前』『サムソンとデリラ』『聖餐』の三作品で構成され、聖書の題材を通して彼が何を見つめようとしたのかが表現されている。この三作品は、妻安子の闘病を支えながら旧約聖書に基づいて書いた『サムソンとデリラ』（大正4年）と『洪水の前』（大正5年）を、後年、『或る女』（大正8年）の発表後に改稿した上で、新約聖書から題材を得た『聖餐』を新たに書き加えたものである。

この意図について、武郎は「三部曲」の広告文（新潮、文章世界、早稲田文学）の中で次のように書いている。

真に驚異すべき人生文献の宝庫なる舊新聖書の中からこの『三部曲』の材料は採られた。私はその絶大な宝庫から小さな宝玉を二つ三つ拾い上げて磨きをかけた過ぎない。それは小さな宝玉ではあったけれども、手に執って見ると私の力量には不相応であったことを深く感じる。私はやがて現はれ来るべき巨匠の小さな一人の先駆者である事に満足しよう……著者控え目ではあるが確信に満ちた彼のこの想いは、そのままの熱量で、「三部曲」の冒頭に置かれたホイットマンの詩にも表れている。これは、『私が書物を読む時』と題する詩である。

その短い詩の全文をここに書くが、武郎はこの最後の2行だけを引用している。

私が有名な伝記を読む時、
而してこれが（と自問自答する）著者が一人の人間の伝記と呼ぶところのものなのかと、
而してそのやうに、誰かが、私が世を去った後、私の伝記を書くことだろう、
（恰かも誰かが私の生活のちょっぴりでも本当に知っていたかのやうに、）
所が屡考えることだが、私自身すら自分の本当の生涯を完全には知ってはいないと言っていいのだ、
唯僅かばかりの暗示─僅かばかりの散漫な、かすかな示唆、
それを私は、私の用途のために、ここに書き記そうとするだけだのに。（『私が書物を読む時』より）

この詩の引用によって武郎が何を言おうとしていたのか、その謎をコンパスに『大洪水の前』を読み進めてみたい。

1. カインの族とセムの族

旧約聖書「創世記」の有名な「ノアの方舟」に題材を得たこの作品は、アダムとエバに源を発している。アダムとエバの子供カインは弟アベルを殺害した罪でエホバのもとを追放され、ノドの地エノクに一族を形成する。二人の子を失ったアダムとエバはセツを産み、セツの族からノアが登場する。武郎は、この二つの族それぞれに彼自身の問題意識に沿って性格付けを行い、対内的にも対外的にも争闘的に絡み合う物語を展開している。従っ

て、物語の細部にわたるほぼ全ては、旧約聖書にはない武郎による創作である。少し長くなるが、戯曲のあらすじを辿ってみる。

カインの族は、享楽の人生を追い求める欲望のコミュニティと化しているが、堕落した天使との交わりから美と音楽の才を得て、失われた楽園への渇望を表現する一面も有している。一方セツの族の多くは信仰心を形骸化させ偽善に堕しているが、エホバに忠実なノアの信仰心によってかろうじて神の信頼を維持しており、エホバの意に背くその罪ゆえに全ての人間を滅亡させようとするエホバから、ノアの家族のみが方舟による救済を約束される。この二つの族のそれぞれの内部矛盾が、二つの族の間の葛藤を一層複雑なものにしていく。欲望と争いに耽るカインの族の首長メレクの二人の妻と交わった堕落した天使との間に生まれたナアマとユバルは、形骸に堕したノアの族にあって唯一人人間への愛と神への愛との相克に悩むノアの三男ヤペテと、互いに親しみ信頼し合う関係となっている。特に、ナアマとヤペテは、深く愛し合っている。舞台は、方舟の建造が進み、大洪水の日がカウントダウンされる最中、カインの族とセツの族がいがみ合う場面で始まる。

その場に居合わせたナアマは、ノアの問詰を受けて自分が人間の子ヤペテと天使サミアサの双方を愛していることをヤペテに告げるが、ナアマを深く愛しているヤペテは、これを受け止めることができずにナアマに嫉妬と怒りをぶつけ、ナアマをその場から追い返してしまう。しかし、ヤペテはこれを後悔し、洪水に飲みこまれる覚悟で方舟の建造現場から離れ、ナアマを探しにカインの族が暮らすエノクに潜入する。エノクでは、族を治めるメレクとその子たちの間で愛憎に起因する内部争闘が表面化して、肉親の間で殺戮に発展し、天使と人間の間に生まれたユバルとナアマにも身の危険が迫る。ナアマを見つけたヤペテは、一緒に方舟に乗ることを求めるが、ナアマは、自分がエホバによって呪われたカインの族であることを理由にこれを拒む。そのやりとりの場に突然降臨した天使サミアサはナアマに愛を求め、二人の愛が交わされた後にサミアサは天に戻り、気絶していたヤペテを介抱したナアマは人間の子ヤペテへの愛をさらに深く感じ、ヤペテに船に戻るよう懇願する。そこに肉親を殺戮した呪いの剣を持って現れたナアマの義兄ヤバルは、好意を寄せていたナアマを謬って刺し殺してしまい、その場を去る。絶望したヤペテは、それでも大洪水に襲われた方舟に泳ぎ戻る中で溺れそうなユバルや人々を船に救出しようとするが、彼の兄たちによって妨害され、ヤペテを含むノアの一族のみが洪水の難を逃れることになってしまう。ヤペテは、洪水に飲まれて全滅したカインの族や多くのセツの族の人々を救うことができずに生き残った自らの前途に絶望し、虚ろな表情でナアマとエホバの名を呟く。舞台は、そこで幕が下りる。

2. ナアマとヤペテはともに私自身だ、と呟いたかもしれない

幕が開いて間もなく、ナアマを問詰したノアに、ナアマが自分の心をまっすぐ答える場面がある。そのやりとりをそばで聞いていたヤペテは、ナアマの深い苦悩を受け止めることができない。

ナアマ：（毅然として）答へることが出来ます。
ノア：答へができる。それでは聞かう。お前は天の使サミアサを恋してはいないのか。
ナアマ：恋しないではいられません。
（一同驚きの色。ナアマ苦しげに涙ぐむ）
ヤペテ：嘘だ、あなたはこんな時にそんな心にもない事を……ではあなたは……本当に……私を捨て果てようとするのだな。
ナアマ：（恨めしげに）捨て果てることさへ出来たらと思ひます。
ヤペテ：ではあなたは私を捨てないというのか。
ナアマ：おおヤペテ！　そんな愚かしい問いを……
ノア：それなら天の使サミアサへの誓ひを如何する。

ナアマ：エホバ！　私は自分を存じません。誰も私を知らない。私の心を知ることはできない。この苦しむ心を。
ヤペテ：ナアマ。私もか。
ナアマ：私を愛して下さるあなたは猶更のこと……
（ノア父子茫然としてナアマを見つめる）（『大洪水の前』より）

このような会話が書ける武郎の深さ、凄さを改めて知って、私は鳥肌がたった。ヤペテとサミアサをともに愛するナアマのこの苦しさを、武郎は知っているのだ。自分自身の中にこの苦しさを経験した者でなければ書けないだろう、ナアマの台詞。そして、ナアマのその苦しみの深さに想いが届かないヤペテの辛さもまた、武郎は書けた。この二人を包む苦悩の情景をこそ、武郎は描きたかったに違いない。武郎のこの表現に衝撃を受け、私はこみ上げる胸の圧迫を感じながらこの場面を何度も読み返し、固唾を飲んで先を読み続けた。ナアマとヤペテが佇むここに、自分もいるのだ。これは私だ……武郎も私も、そこにいる。
しかし、この天使サミアサとは何か？　終幕近く、ナアマと愛を交わした天使サミアサが天に戻った後で、茫然としたナアマは胸の内を絞り出すように呟き、側に倒れているヤペテに気が付く。

ナアマ：……（中略）……私は永遠を抱きました。私は天国が恋しう御座います。私の胸は焔で刺し貫かれたやうに痛みます。嬉しさに、誇りに、悲しさに、淋しさに、その凡てを集めても云い現はす事の出来ない楽しい恐ろしい思ひに痛みます。ああエホバ！　私は拭ひ浄める事の出来ない罪を犯しております。けれどもその罪の甘さ……人の世は荒野になってしまいました。……ヤペテ！
（突然ヤペテに思ひ到りて遣るに由なき苦悶に身をもがきながら）私は……私は……人の世が恋しい。おお私の苦しみは天の使も知らない、人も知らない。（ふと振向きてそこにヤペテの倒れるを見）ヤペテ！　人の世の唯ひとつの光、私の心の宮なるヤペテ！（抱き上げ）ヤペテ、ヤペテ！……（中略）……（同書）

ナアマは、ヤペテとサミアサをともにまっすぐ愛している。人間の女を母に天使を父に生まれたナアマは、自身の中に人間への愛と天使への愛をともに抱えていることに、深い喜びとそれ以上に深い罪悪感をともに抱えている。ナアマの愛の崇高さは、愛の罪深さと一つのものだ。しかし、二人を同時に愛することがノアに責められ、ヤペテを苦しめることにはなったが、心の底から二人を同時に愛することは、まっすぐな心にとって罪であると断じて良いのであろうか？　しかもここでは、その一人サミアサは人間ではなく、堕落しているとはいえ天使である。

では、この天使サミアサとは、何か。天使サミアサは、ここでは神というより性的存在感を漂わせる男、強いて言えば「サタン」として表象されているように思える。しかし、それはどういうことなのだろう。ノアと彼の兄たちに責められて呟く、ヤペテのセリフがある。

ヤペテ：……（中略）……私はあるいは本当にサタンの呪いを受けているのではないのか。私はどうすればもっとエホバの御心に叶う僕となることが出来るのだろう。私は自分が憎くもある。かう云いながら私は心の中で自分のする事考える事を善しと認めているのだから。

ノア：恐ろしい事だ。

セム：恐ろしい事だ。（同書）

このヤペテは、ナアマと実は同じところにいる。しかし、ヤペテは、そのことにまだ気が付かない。このヤペテを責めるノアと長男のセム。ここに、「サタン」に込められた暗示の秘密がある。神エホバへの忠誠と矛盾すると捉えられた天使つまりサタンの魅惑とは、武郎にとっては「文学」ではないのだろうか。人間の、愛の矛盾に喜び悲しみ苦しむ姿を描く文学は、神エホバにとってもともと許されるものではなかった。だからこそ、その愛の最初の具現者であったアダムとエバはエデンを追われたのだ。蛇の姿となったサタンは、人間に文学の源を教えたのだ。武郎がキリスト教に失望したのは、イエスに対してではなく、教会が教える恐れるべき神、愛によってではなく義によって人間に罪の意識を強いる神、そして、世俗にまみれた人間の醜さを平然と露出する教会とその追随者たちであった。武郎は、そのような姿からそれなりに距離を保っていたであろう札幌独立基督教会をすら拒んで脱会しつつも、イエスに対しては終生深い愛を感じていた。そのイエスとは、ノアのエホバからみるとサタンなのかもしれない。少なくても、文学に心のありかを見出した武郎にとっては、人間の愛を描く文学は、イエスであり、ノアやエホバにとってのサタンなのだろう。ここに、ナアマもいる。そして、ヤペテもいる。しかし、このことは、つまり、人間の愛の闇を深く想いその中に生きその中からより深い生を見出そうとする文学は、ナアマにとっては苦悩であったし、ヤペテにとってはナアマを愛してもなお理解しきれないナアマの苦悩でありヤペテ自身の苦悩であった。いや、ナアマを深く愛するヤペテであるがゆえに理解が届かないナアマの苦悩であった。ヤペテは、そのことの理解の手前で、命をかけて苦しむ。ナアマも自覚しないまま心に抱えている「文学」は、人間の愛の多様な矛盾を含むゆえに、それはサタンとの恋として表象されている。サタンとしての「文学」。

『大洪水の前』(大正8年)は、『洪水の前』(大正5年)の改稿版である。改稿にあたって、特に後半部分は、枠組みは共通ながらも細部の筋立ては大きく書き換えられている。旧稿は展開の流れに無理があり、文学としての完成度に大きな難があった。改稿では具体的に書き加えられた箇所も多く、物語進展の凝縮度が飛躍的に煮詰められ、文学としての完成度が大きく高まっている。しかし、改稿にあたって削除された部分に、この作品そのものの本質を明瞭に暗示している箇所もある。ナアマがサミアサとヤペテを同時に愛する苦悩をめぐって、サミアサはナアマへの理解を示す。

サミアサ：お前は土塊の子ヤペテにもお前の衷の清き者を捧げて居る。
ナアマ：おお私は捧げて居ります。何故ヤペテの名を仰有ったので御座います。私の心のきたなさが曝されました。
サミアサ：夫れはお前の心の美しさからだ。だからお前は愛せられるのだ。ナアマ。私に来い。
ナアマ：私は私を恨みます。
サミアサ：お前は私を愛せねばならぬ。
ナアマ：誠に洵に私は、唯、唯、愛し奉ります。
サミアサ：私に来い。
（ナアマ夢中にサミアサに近づき、その膝に身を投げかけて震えて打伏す。サミアサ静かにナアマの頭に口付けす。）（同書）

天使サミアサが性的な存在である所以がここに示され、サミアサの本質が人間の愛をめぐる深い矛盾を表現しようとする文学にあることが暗示されていると、私は読んだ。サミアサを愛するナアマはヤペテへの愛との間で苦しむ。二つの愛は、矛盾するものとしてナアマをもヤペテをも苦しめるが、その矛盾は、文学の中ではそのままの姿で受け止められ、愛が愛を愛の苦しみの彼方に誘おうとする力を持っている。サミアサは、その文学の象徴としてナアマを魅了し苦しめるが、救いであることをも暗示する。ナアマもヤペテも、まだこのことに気が付かないが、気が付き始めている。

ヤペテ：……（中略）……早く私と一緒に来て下さい。あなたなしには私の信仰も、望みも、力も、楽しみも流れる水のやうに流れ去ってしまうのです。ナアマ、私はあなたを愛している。あなたは私を愛している。その他にあなたは何を求めるのです。……（中略）……（同書）

これは、単なる愛の囁きではない。ヤペテも、気が付き始めている。しかし、この直後、呪われた剣を携えたヤバルが現れ、死が二人を引き裂き、文学が二人の愛を適える可能性を閉じ、その道の絶望的な困難さを暗示する。

「三部曲」を書き終えた武郎はその直後、『惜しみなく愛は奪ふ』（旧稿／大正6年6月）についても改稿の作業に着手し、1920（大正9）年6月に改稿版を出版する。この中で、武郎は「愛は奪い尽くすもの」と説き、文壇に大きな衝撃と論議を巻き起こした。この作品も、「三部曲」とほぼ同じ時期に改稿が世に出されている。それは、「愛は奪い尽くすもの」という彼の思想と文学が描く愛の本質を深める歩みとして、「三部曲」と『惜しみなく愛は奪ふ』が同じ道筋にあったからであろう。愛は、奪い尽くすもの。その喜びと苦悩は、ナアマとヤペテに共有される途上にあった。それぞれは、そのことへの気づきと戸惑いとさらに進もうとする前途に希望を掲げた存在であり、それは、実は有島武郎の立ち位置そのものでもあっただろう。「ナアマもヤペテも、私自身だ」と、彼は呟いたのではないだろうか。それは、私にとっても、比喩であり暗示であるが、それ以上の妄想でもある。

3. 有島文学の系譜に占める「大洪水の前」の位置

『洪水の前』（大正5年）と『大洪水の前』（大正8年）を読んで、迂闊にも今更ながらに気がついたことがある。

『カインの末裔』（大正6年）を初めて読んだ時の衝撃は、その内容もさることながら、その表題との関係性に抱いた違和感にも震源があった。もちろん旧約聖書から採った表題であることはわかっていても、作品内容の何が「カインの末裔」なのか、理解に向けて咀嚼する上で難解さを感じた。主人公広岡仁右衛門の粗暴な言動や生き方そしてその運命が「カイン」そのものということは理解でき、それが「カインの末裔」であるという理解はできたものの、いまひとつストンと腑に落ちていないものがあった。腑に落ちていないものが何なのかも、掴めなかった。

しかし、『大洪水の前』の旧稿と改稿を読んで、その中に描かれた文字通りの「カインの末裔」の物語、その中には狡猾で策略に長けたヤバルも、人間社会の闇を体現しているメレク、トバルカインも、夫メレクだけでなく堕落した天使とも交わうメレクの二人の妻アダとチラも、そして、この上なく清らかな魂を持つユバルもナアマも、すべて「カインの末裔」なのだ、ということであり、『カインの末裔』に登場する農場の小作人たちや農場主、管理人、そして広岡仁右衛門の全て、その世界そのものが「カインの末裔」なのだということに、今更ながらに気がついた。そう、つまり、今、自分が生きているこの世界の全てが、もちろん私自身も含めて、「カインの末裔」なのだ。しかし、ともう一度、逆接がある。ノアの大洪水で、カインの末裔は全て水没して滅びたはずではないのか。しかし、と三度目の逆接を繋ぎたい。ノアの長男のセム、次男のハムは、三男のヤペテと違い、世俗の根深い属性である権威の固陋や、世俗の変化に身を委ねる無節制を象徴する人物として描かれており、その行く末は、旧約聖書「創世記」の洪水の後にノアの一族が辿った道筋を見ると、そこにもまた「カインの末裔」が復活していくのが見える。「カインの末裔」とは、「カイン」だけの系譜ではない。「カインの末裔」は、今の私たちそのものなのだ。そのことに思い至った、『洪水の前』『カインの末裔』『大洪水の前』であった。

そして、もう一つ、ひょっとしたら……と感ずるものがあった。先に述べたように「ナアマもヤペテも私自身だ」と呟いたかもしれない武郎が、自分自身の矛盾の諸側面を複数の登場人物像の中に分けて色濃く反映させたのは、この作品が初めてのような気がする。それ以前の仁右衛門も葉子も武郎自身であることは武郎本人が認めているところだが、他のほとんどの作品も含め、武郎は一人の登場人物に自身を仮託していたように思う。複数の人物像に自身の矛盾を分けて表現したこの作品は、その後、『星座』（大正11年）の中でさらに多数の登場人物たちに引き継がれた。彼の最後の作品『独断者の会話』（大正12年）がその極致で表現されたものであることを重ねて考えると、『大洪水の前』は、彼の文学において極めて大きな曲がり角となった作品なのではないか。武郎自身も、このことを示唆する次のような書簡を書いている。

今夜十一時漸く全部を仕上げた。今度のものには可なりな自信が持てると思ふ。読んで見てくれ給へ。著作集の題名は「三部曲」と決めた。これに付属すべき詩や書後はいづれ其中にお送りする。（大正8年10月31日　足助素一宛）

「三部曲」を漸く書き上げて足助の手許まではして置きました。十二月には上梓される事と思ひますが、如何しても自分の思ふやうに独立した戯曲の書けないのが残念です。然しその中には何とかして自分の世界を切り開いて見たいと思っています。（大正8年11月5日　吹田順助宛）

「三部曲」が出来ましたから別便で御届けします。これが私の舊衣を脱する最後のものです。この次には論文、それから来年の六月頃「新小説」に何か長いものを書かねばならぬかと思っています。その作では新しい衣裳を着て見たいと思っています。（大正8年12月16日　吹田順助宛）

「舊衣」を脱ぎ「新しい衣裳」を身につけようとしている武郎が、「三部曲」就中『大洪水の前』に託した思いが何であるか、ここに明瞭に示唆されているように読むのは、私だけだろうか。

ちなみに、吹田宛の書簡で予告した「来年の六月頃「新小説」に何か長いものを書かねばならぬかと思って」いた作品が、未完に終わった『白官舎（星座）』を指すのか、未刊に終わった『運命の訴え』を指すのか、私にはわからないが、彼の計画では、自身の新しい文学を照らし出す作品になるはずであったというそのことを、失われてしまった悔しさで受け止めるのではなく、彼の生き方の深い矛盾そのものと同様、私はそのまま肯定的に受け止めたい。自らの内部矛盾に悩みながらも、その矛盾を否定したり隠すことなく、そのまま受け止めて表出し、その矛盾とともに生き、その過程で死を選んだ彼の人生は、読者である私を限りなく惹きつける。

それは、自分もそこにいるという自覚があるからだと思う。

14 『サムソンとデリラ』そして『旧約聖書』

文学によるカタストロフとカタルシス

『サムソンとデリラ』は、大正4年の作品(旧作)と、これを大幅に加筆改訂した1919(大正8)年の作品(新作)があるので、この二作品の大元である『旧約聖書』士師記第13章から第16章も含めて、合わせ読んだ。この作品においても、「三部曲」の第1曲『大洪水の前』と類似のテーマが読み取れるが、より一層複雑で深い展開がなされている。その全体像を構造的に把握するには、自分の読み込みが未熟であると感じているので、いくつかの問題意識に沿って断章的に述べてみたい。

1．二人の愛憎は、文学を書く行為の暗喩か

サムソンもデリラも、どちらも、文学に向き合う有島武郎自身なのではないか。この二人は、愛憎が互いに入れ替わりながら求め合っている関係にある。物語は、ダン族とペリシテ族の対立に歴史的背景を有しているが、その対立を超えて愛しかつ憎み合う二人の関係は、文学が書かれる大きな源の一つである。愛憎が人の心と生き方に深く関わっていることは、ある意味で人生そして文学の普遍的なテーマであるが、武郎は、この二人の関係にさらに深い暗示を託しているのではないか。つまり、愛も憎しみも相互のものになっていくということから、この二人を、文学を書く人と書かれた作品の関係に重ねていると読むことができる。

文学を書く人と書かれた作品は主体と客体という関係にあるが、しかし、文学を書いているその行為、文学が生まれてくる創造的作業の瞬間においては、書かれた作品が書いている作者を規定し支配し、いわば、書かれて

いく作品が主体となって書いている作者を「書かされている」客体に転化するということが実際に経験されることが少なくない。執筆途中で着想が「降りてくる」という言い方がなされることもあるが、それはそのような感覚を指している。サムソンとデリラが、相手に愛を捧げながらも、自分の愛が相手からの愛を必然のものとして要求する心になっていく逆転が、この作品の中で激しく描かれているのは、それが人の心、人の愛の実相であることに根拠を有しつつも、そのような人の心を描こうとする文学が生み出される現場においては、書こうとする行為が書かれていく作品世界によって逆に導かれて「書くことが余儀なくされていく」状況が生まれることを示しており、これは、実際に創造的文章を書いたことのある人の多くが経験していることである。

この作品の旧作と新作が書かれたそれぞれ大正4年と大正8年という時期は、武郎にとっては、文学に真剣に向き合いたいと願いながらも、妻安子の闘病に心が割かれていた時期であり、そして、『或る女』を書き終えた後に新たな文学を模索し苦しんでいたであろう時期である。この4年越しで更新された創造の苦悩が二つの『サムソンとデリラ』を生んだとすると、その葛藤は、愛憎をテーマとした二人の主人公に、文学を書くという行為と書かれた作品の間の、せめぎ合い傷つけ合い壊し合い、そして生き合う熾烈な関係を一層深刻に仮託したものである、と読むことが可能なのではないか。これが、武郎が作品の中に表現しようとした暗示、暗喩ということなのではないか。

2．二人の愛を翻弄する国家権力

旧作は2幕で構成され、その冒頭からデリラはサムソンの強さの秘密を聞き出そうと仕掛け、結局サムソンはその秘密をデリラにほのめかしてしまい、その結果サムソンはデリラが属するペリシテ族に囚われることになる。新作では、その前にもう1幕が追加され、そこでは、ペリシテ族の支配層がサムソンを陥れるために自民族への忠誠心に訴えてデリラをそそのかす場面が描かれている。他にも細部にわたって新旧の違いはあるが、共通している二つの幕は、デリラがサムソンを愛し独占したいが故にサムソンを裏切って敵に売る取引に応じ、結局最後は全てが諸共《もろとも》に滅びていく。両作品で異なっている前段は、デリラの愛を利用してサムソンを陥れようと企む政治的権力者の策謀を用意周到に描写した部分である。したがって、この作品の本質的部分は新旧に共通する部分にあると読むことができるが、新作において追加された冒頭の1幕によって、旧作にもあったこの作品の本質が、対比的、争闘的矛盾によって、より緻密で構成感のある説得力を得て表現されたと言える。つまり、新作においては、二人の愛憎を巧妙に利用して政治的勝利を得ようとする支配層の権力が大きく前面に登場し、二人の男女の愛を飲み込んでしまおうとする展開が書き加えられたことで、文学を書く人と書かれる作品相互の影響や緊張関係は、男女の愛憎に加え国家権力による憎悪をも取り込み深められることによって、一層鮮明に表現されている。

旧作において、文学は、男女の愛憎を根本的モチーフとして描くものであったが、新作においては、男女の愛憎関係を一層複雑にするものとして国家権力の介入をも合わせて表現することによって、文学表現の射程距離が、男女の愛憎本来の姿を歪めていく国家権力の生態にまで深められうることを、武郎は暗示したのではないか。『大洪水の前』のヤペテとナアマにおいては、まだ無自覚にしか表現されていなかった互いの愛憎が、『サムソンとデリラ』の二人にあっては、意識的自覚的に互いの愛憎を照らし合いながら運命の取っ手を自身の力で引き寄せている。ヤペテとナアマの運命は受動的に導かれたものであるのに比して、サムソンとデリラの運命は、それぞれが犯した過誤によるものではあっても、最後は自身の力によって導いたものである。サムソンが、デリラを赦し、自分自身の命とともにペリシテ人の権力構造全体を破壊し尽くす最後の場面は、意識的自覚的に創造したカタストロフ（破局）であり、かつ、そのことによってカタルシス（浄化）となり得たことを示している。これは、文学における作家と作品が、創作行為によってカタストロフとカタルシスをともに招き導いていく関係にあることを暗示していると、読むことができるのではないか。

ところで、「三部曲」（大正8年12月）が『或る女』（大正8年6月）の次作として発表されたことは、武郎にとってどのような意味を持っていたのだろうか。『或る女』では、主人公の葉子が独り破滅に追い込まれていった。しかし、それは、作者である武郎自身の深層を予感させるものでもあった。そのことは、必然的に、ヤペテとナアマを介して、サムソンとデリラの運命に武郎自身を重ねることとなった。ヤペテとナアマがそうであったように、サムソンとデリラもともに武郎自身であり、愛と権力の中で闘い破れることの中から救われる道を文学に託そうとした足掻きが、二人の主人公の運命に暗示されているのではないだろうか。

3．新作において旧約聖書の世界を復活

『サムソンとデリラ』は、『旧約聖書』士師記の第13章から第16章に描かれた物語を踏んでいるが、相違点も多い。その詳細については触れないが、『サムソンとデリラ』旧作と新作に共通する部分は、士師記ともほぼ同じである。サムソンは、ダン族をペリシテ族の支配から解放して20年にわたってイスラエルを治めたが、そのイスラエルをペリシテ族は再び支配しようと目論み、その最大の障害となっているサムソンをデリラとの恋愛関係を利用して篭絡し捕え、イスラエルを再びその支配下に置くが、囚われたサムソンは、自分に蘇った力によって自らとともにペリシテを滅ぼした戦いの物語が、士師記に描かれている。

『サムソンとデリラ』旧作は士師記の該当部分から、デリラとサムソンの愛憎の激しい確執に焦点を当てて展開しているが、新作では、その背景である集団間の争闘を大きな骨格として士師記から復活させて用い、国家権力が男女の愛を利用し踏みにじり、人間の尊厳の全てを破壊しようとする現実実態のアナロジーとして描いている。これは、文学作品として充実を図る構成であったのはもちろんのことだが、武郎自身の思想的屹立も関係していた改作だったのではないだろうか。彼は、国家権力に対しては一貫して批判的な生き方をした人であった。武郎が模索していた文学は、このように、愛と闘いの中で生まれ変貌しつつ貫かれる深い矛盾を、暗喩によって

描こうともがく行為であった。

4．サムソンの秘密とは、何を暗示するのか

デリラが探り当てたサムソンの強さの秘密は、サムソンの生誕に遡る神の託宣にあった。それは、頭髪をカミソリで剃ってはならない、ということだった。これが、士師記と二つの『サムソンとデリラ』全てに共通するモチーフである。サムソンのこの秘密は、一体何を暗示するものだろう。この暗示こそが、武郎が士師記に拠ってこの物語を紡いだ原点だったはずである。

『サムソンとデリラ』旧作が「白樺」に発表された1915（大正4）年9月から約2年後の1917（大正6）年6月、武郎は『惜しみなく愛は奪ふ』初稿版を発表し、その第2章に次のようなことを書いている。言葉は人の心を言い表し得る大きな力を持っているように思われがちだが、その言葉は往往にしてその言葉を用いる当人をも裏切ることがある、と述べた後で、武郎は次のように言う。

　かかる言葉に依頼して私はどうして自分自身を誤りなく言い表すことが出来よう。私は已を得ず言葉に潜む暗示により多くの頼みをかけなければならない。言葉は私を言い現してくれないとしても、その後ろにつつましやかに隠れているあの叡智の独子なる暗示こそは、裏切ることなく私を求めるものに伝えてくれるだろう。暗示こそは、人に与えられた子等の中、最も優れた娘の一人だ。（『惜しみなく愛は奪ふ』より）

サムソンの頭髪にカミソリを当てて剃ってはいけないという秘密は、「叡智の独り子である暗示という娘」のことを「暗示」していると読むのは、少々乱暴かもしれないが、当たらずといえど遠からずではないかと思う。文学は、言葉を尽くしても直接言い表すことのできない世界の真実、そしてつまりは、自分自身の心の真実、文

字にすればするほど混乱と虚偽の渦に飲み込まれてしまう矛盾の闇こそが愛であり、心の真実であることを文学は追い求めるが故に、文学にとって言葉は唯一の武器であると同時に、刃が装着されたブーメランのごとくに、発した者自身を切り刻む。科学にとっての言葉、哲学にとっての言葉、日常会話としての言葉、報道にとっての言葉などとは全く次元の異なる「文学にとっての言葉」とは、発する者自身にとってのみ真実であるような暗示、暗喩によってしか、成り立たないものである。

しかし、そのように書かれた文学の言葉から、そこに秘された著者の真実を盗み取るがごとくに読み解こうとするのが、文学読みの性《さが》である。著者への愛がなければ、そこには一体どんな益があるというのだろうか。著者の心の真実を我が占有物にしたいという欲求がなければ、読者は己が身にも降りかかる火の粉を覚悟しつつ著者の心を盗むがごとく心を傾けて読むなどということはしないだろう。私が有島武郎を読むのは、彼の秘密を盗み取って我が物にしたい、そのように彼の真実を奪いたい、そのことによって自分自身の心に巣くった謎を解き明かしたい、と切望するからである。

デリラが欲し、ペリシテ族の権力が欲したのは、サムソンの真実、サムソンの隠された暗示であった。デリラは、サムソンのそれを知ることで、サムソンへの愛ゆえにサムソンを独占しようとし、ペリシテ族の権力者たちは、サムソンへの怖れ故にサムソンの秘密を手中にすることで、サムソンを抑え込み封圧しようとしたのである。サムソンの暗示は、いったんデリラに開示されるや否や、暗示の深い真実はその闇の質量を失い、暗示の力は白日の光に解体され無に帰した。文学に秘められた暗示は、作者と読者の闇で交わされる葛藤の中でこそ、無尽蔵の光を湛え、作者と作品の謎が読者に多様な光と闇をもたらす。しかし、国家権力がその暗示を封圧し暗示表現の自由を破壊することによって、文学は一旦その暴力に屈する。しかし、サムソンの頭髪が伸びたように、暗示の地下茎は至る所に再び張り巡らされ、暗示の柔らかく強靭な力が再生し台頭して圧迫を跳ね返すということを、サムソンは最後のカタストロフ、カタルシスによって物語ったのである。旧作が書かれた時期、「白樺」

からの文学的脱皮を期して密かに悶え苦しんでいた武郎。新作が書かれた時期、『或る女』以降に向けて新たな文学を模索し苦しんでいた武郎。サムソンの秘密を暴こうとしたデリラとサムソンの愛の葛藤は、それぞれの時期における文学再生を暗示するモチーフだった。

私の、この妄想にも似た強引な読書感想もまた、武郎の頭髪にカミソリを当てる行為なのだろうか。いやいや、その懸念は無用だろう。私も、デリラのように武郎の文学の秘密を暴き、自分の愛の中に独占したい気持ちはあるが、しかし、私の独占欲は、デリラのそれほど、純粋で一途なものではない。デリラのごとく、サムソンの暗示に気づく鋭敏な感性を持ち合わせてもいない。しかし反面、それ故に幸いだと感じている。自分を破滅させてでもその愛を奪いたいと希う一方で、逃げ水のように届かない愛を求め続ける切ない生き方に沈んでいたい、と思う自己撞着も受け止めているからである。

5．秘密の鍵

『サムソンとデリラ』の旧作にも新作にも、その冒頭に『旧約聖書』創世記からの次の一節が付されている。

「神婦に言ひたまひけるは我れ大に汝の懐妊の苦労を増すべし」（『旧約聖書』創世記より）

私は『旧約聖書』の熱心な読者ではないので、この一節が創世記のどのような文脈の中で語られたものなのか、わからない。そこで、自身の怠惰にかこつけて、敢えて強引で身勝手な読み方を重ねてみた。この一節が創世記の中でどのようなメッセージをもたらしているのかと関わりなく、武郎がこの一節を作品のシンボルとして冒頭に掲げた狙いは『サムソンとデリラ』の作中にその謎を解く鍵がある。彼が他の作品においても時々採用するこのような表現手法は、作品全体の暗喩性を一言で端的に象徴する意図に発しているはずである。そのように受け止めると、この一節が暗示しているものは明らかであるように思われる。文学を書き文学を読む苦悩と喜びは、命をかけて愛し懐妊する神秘と等しいものだ、ということなのだろう。旧作においても新作においても、文学を書くことの壮絶な闘いに臨んで、武郎は、おそらく創世記のこの一節に励まされ、叱咤されて、自分自身の危機を乗り越えてきたと思われる。それがいかに死ぬほどの苦しみであっても、書くことに賭けた自分の命運を彼は真正面から受け止めていたのではないだろうか。

15 『聖餐』ただ一人の読者に託したもの

有島武郎の「三部曲」（大正8年）第3曲『聖餐』は、新約聖書第22章が描くイエスの「過越の食事」、いわゆる「最後の晩餐」をモチーフにしているが、物語の展開は新約聖書と大きく異なっている。この作品は、「三部曲」の前2曲とは、主人公がイエスその人であるという点で異質である。そのことによって、旧約聖書から題材をとった『大洪水の前』『サムソンとデリラ』とは、ある意味でバランスを欠き、「三部曲」全体としてのテーマが見えにくくなっている。前2曲が1915・1916（大正4年・5年）年初出作品の改稿であることに比べ、3曲目の『聖餐』は1919（大正8）年に書き加えられた作品であるが、しかし、それがアンバランスの原因であるとは言えない。なぜなら、『聖餐』も他2曲と同様1915（大正4）年の時点ですでに構想されていたものの、妻安子の病状など身辺の大きな出来事によって筆が進まなかったことが原因で発表されなかった作品だったからである。当初から、一連の作品群として構想されていたのである。

それにしても、なぜ3曲目だけが「新約聖書」からの題材だったのか、という疑問が残る。『聖餐』の発表当時この点に疑問を投げかけた読者もいたようで、武郎はそのことについて、書簡の中でこのように答えている。

あなたが私の『聖餐』は抹殺するがいいとの御考えは一面よく理解ができますが、一面私はそれに服従することのできないのを悲しみます。あなたは旧約聖書と新約聖書とを峻別なさいますが、わたしにはそれがわかりません。旧約に空想を挿む余地があるなら新約にも同時にあらねばならないし……（以下略）……（大

正9年3月11日　竹崎八十雄宛書簡より）

これは、読者からの疑問、批判に対して真正面から答えていない反論のように見えるが、実は、ここに『聖餐』に託した武郎の狙い、ひいては、「三部曲」をなぜ書いたかという本質的な問題が潜んでいる。一言でいえば、武郎にとって、聖書は人間の本質が描かれている芸術的表現物、つまり文学であって、信者にとっての侵すべからざる聖典として自分は接しているのではない、ということである。それは、どういうことか。「三部曲」の原型を構想し書き始めた1915（大正4）年のほぼ1年後に、武郎は、自分にとって「聖書」がどのようなものかについて、青年時代における生の理想と性欲の葛藤を振り返りながら、次のように書いている。

何と言っても私を強く感動させるものは大きな芸術です。然し聖書の内容は畢竟凡ての芸術以上に私を動かします。芸術と宗教とを併説する私の態度が間違っているのか、聖書を一個の芸術とのみ見得ない私が間違っているのか私は知りません。（『聖書』の権威』より大正5年10月）

そのように受け止めれば、イエスの物語も文学として違和感を覚えずに読める心持ちになるのだから、私たち読者というものは都合のいい立ち位置だと思う。しかし、この「読者」という位相、「著者と読者」という関係も、この『聖餐』に託されたもう一つの本質ではないかと、私は感じた。それはほとんど妄想に近い勝手な思い入れだが、私自身にとっては、かなり真剣なものなのである。それはどういうことなのかをこの文章で少しなりとも言い表してみたいと思うが、武郎自身が『聖餐』の意図をどのように考えていたかについては、前述の竹崎八十雄宛の書簡にも述べられているし、読売新聞に寄せた小文（『聖餐』大正10年2月）にも書かれているので、関心のある方はぜひお読みいただきたいと思う。ただ私自身は、著者である有島武郎には申し訳ないが、彼自身が明かすこのような観点とは違う読み方にこだわって想いを深めたので、著者への最低限の敬意は、その文章の所在に触れることでご容赦いただき、論を先に進めたいと思う。

1．イエスとユダとマリヤ

新約聖書第22章の冒頭で、ユダが次のように描かれている。

そのとき、十二弟子のひとりで、イスカリオテと呼ばれていたユダに、サタンがはいった。すなわち、彼は祭祀長たちや宮守がしらたちのところへ行って、どうしてイエスを彼らに渡そうかと、その方法について協議した。彼らは喜んで、ユダに金を与える取り決めをした。ユダはそれを承諾した。そして、群衆のいないときにイエスを引き渡そうと、機会をねらっていた。（『口語訳新約聖書』より日本聖書協会）

武郎は、『聖餐』第2幕の概ね同じこの場面で、ユダに次のように言わせている。

ユダ——（独白）面白い。事は急になってきた。これほどの迫害に遭ってはいかにイエスでも怒りを起こさずにはいられまい。わが主のために……早く御国を来らせるために、私はあらゆる策略をめぐらさねばならぬ。（『聖餐』より）

『聖餐』におけるユダは、パリサイ人による権力支配から民衆を解放するためにイエスの信望を利用しようと策略を謀るトリックスターとして描かれている。このことを責めるマグダラのマリヤに対して、ユダは自身の考えを正当化する。

マリヤ――（ユダを恐るる如く離れたる所より見やりて）あなたはイエス様のお心と違った道を歩んでおいでになります。
ユダ――主が私達主を信ずる者の心と違った道を歩もうとしていられるのだ。（同書）

ユダが理解し得ないイエスの心とは、どのようなものか。ユダとマリヤの会話はさらに続き、その核心に向かっていく。

マリヤ――「笛を吹いてもお前たちは踊らない」と悲しそうに主の仰有ったお言葉が今になって私にはわかります。
ユダ――主は私達が踊り得るような笛の調べを奏でようとはなさらない。
マリヤ――「一度死ななければ人は神の国に生まれ出ることができない」とたった今仰有った主の御心が私にはわかります。
ユダ――神の国に生まれるものは義人だけです。
マリヤ――神の国に生まれるものは罪人だけです。……私にはあなたのお心持ちが悲しまれます。……イエス様はただ獨りでいらっしゃる……。おゝ寂しいそのお姿！（同書）

民衆を救うために奇跡を顕すイエスに対するユダの期待は、十二弟子の期待と戸惑いを代表するものとして描かれているが、ユダのその期待がイエス自身の想いと決定的に乖離していることを認識し得たのは、マリヤただ一人であった。

イエス——（弟子達に向ひ）人々はささやかな天の徴候を見て魂を消すまでに驚いているけれども、イエスが与えようとする心の兆候を見て驚こうとするものは一人もいない。笛を吹いたり、太鼓を叩いたりすると、それに合わせて踊る人をよく往来で見かけるが、私が笛を吹いても、あなた方は踊ってくれようとはしないのだね。（同書）

イエス——……（中略）……その時には全て死んだものが、その墓の中から生き返って来るだろう。眼のあたりそれを見ないでそれを信ずることのできる人達は幸せな人達だ。マリヤ、あなたはそれを信ずることが出来るか。
マリヤ——私の救主なるイエス様。私にはその誓言ははっきりとは判りかねます。
イエス——あなたは甦らされたではないか。
マリヤ——それは兄の、ここにいるラザロでございます。
イエス——あなたもだ。
男甲——（傍人に）マリヤも一度死んだことがあるのかな。
イエス——（その男の言葉を聞き）人は一度死ななければ新たな命に生れ代ることは出来ない。一度死ななければ……そうだ。一度死ななければ新たな命を得ることはできない。一粒の麦が地に落されて死ねばこそ、幾十倍もの麦が秋のみのりとなることが出来るのだ。（同書）

イエスのこの言葉に接したマリヤは、イエスの心をすぐには理解できなかったが、ユダの心が間違っていると感じたその瞬間にイエスの心を理解した。

イエスの言葉は、深い暗示、暗喩に包まれていて、容易には理解しがたい。その場では即座に理解することができなかったマリヤは、ユダとの対峙の中でイエスの言葉の意味を初めて理解し得たが、これは、非なるものとの対比の中で理解の扉が微かに開くといった、暗示に導かれた啓示にも似た体験によって得られたものである。言い方を変えれば、イエスとマリヤとユダが絡み合う「物語」の中で初めて理解の道筋が見えてきた、ということであろう。聖書の直感的な表現に潜む暗示、暗喩を、武郎は、「物語」として戯曲に展開し直したのである。これが、聖書の中に文学を見る武郎の眼であり、心であり、手法である。

イエスとマリヤのこのような関係は、第3幕で、いっそう深い暗示に進んでいく。

2. 死と復活、そして、愛と孤独

マリヤ―私には主のいらっしゃる所が朧げに分かったやうな気が致します。不思議に痛み悲しむ私の心がそれを私に知らせるやうに思ひます。

イエス―何処に行くと思ふのだ。

マリヤ―私はそれを申すのを憚ります。主のお口から承りたう御座います。

イエス―私はゲヘナの谷間を通って死の国に行くのだ。

(マリヤは自分の窃かに危める所が的中せるを驚きもし恨みもするが如く、答もなく思はずイエスにすり寄る)

イエス―（静かな威厳を以て）而し天なる懐に帰るのだ。……驚く事はない。又悲しむ事もない。私が行った後にはあなたを慰めるものが天から送られるだろう。……（略）……（同書）

イエスの死と復活が予言される場面だが、先の「一粒の麦」の暗喩で触れたように、死による復活とは、同じものの単なる復元ではない。新たな命、つまり新たな価値が増殖し進化して再現する、ということを指している。これは、命が「生物個体」だけではなく「系統全体」にも潜在しているということを意味していると受け止めることも可能だが、ここではそうではなく、もう少し違う意味でイエスの言葉を考えてみたい。その前に、もう一つの観点にも触れておく。

イエス——……（略）……永世を持ったイエスは、私が死んだ後にあなたに遣はされて、いつまでもあなたの伴侶となるだろう。……あなたの心には愛が満ちている。だから私の云う事がおぼろげながら分かるのだ。……（略）……

マリヤ——主は本當に孤独な寂しい方でいらっしゃいます。

イエス——孤独ではない。天の父は常に私と共にいますのだ。而してあなたが私には與へられている。（同書）

愛があるから、おぼろげながらわかる……私は、これを読んで熱いものが胸にこみ上げ、眼も手も心も一瞬動かなくなった。思えば、折に触れて何度この涙に襲われたことだろう。そう、おぼろげながらわかるからこそ、その真実に心が打たれるのだ。それは、愛がなければ、わからないことなのだ。愛によってわかることは、深い暗示を含んでいる。この喜びは、愛によってはもちろんのこと、文学の暗示からももたらされる。

イエスは、それは天の父とともにいる喜びだと言ったが、マリヤは、それを寂しい孤独と感じた。神の子でもあるイエスにとっては喜びかもしれないが、人の子であるマリヤがそれを孤独と感じるのは当然のことだろう。しかし、その孤独は確かに寂しいものだが、おぼろげながらわかることで得られる喜びも感じる孤独である。武郎も、このおぼろげながらに感じる感情の全てを込めて、「三部曲」の最後につぶやいている。それは、もう少し後で述べたい。

イエスとマリヤの会話は、天の父を介しておぼろげながらも共有される喜びが浸透する宗教的余韻を感じさせるが、それ以上に、そこには男女の愛による熱い余韻も感じさせる。イエスは人の子でもあるのだから、「あなたが私には與へられている」という感情は男女の愛にも思え、文学のみならず、生きて行く上で得られる至福の感情の表明でもある。ここにも、聖書を文学として読む武郎の生き方がある。

3．たったひとりの読者

イエスは、たったひとりの理解者マリヤに、天と人を結びつける仕事を託している。

> イエス―凡ての人が失望する間にあなただけは失望してはいけない。私が留守の間にあなたはそのかよわい、やさしい手で天と人とを結びつけてくれなければならない。……それは苦しい仕事だ。私はそれを知っている。けれども天の父はそれをなし遂げる愛の力をあなたに送って下さるだろう。
>
> （同書）

イエスがマリヤに託した仕事とは、一体何を指しているのだろう。ここから先は、私の妄想の範疇になる。神と人の子であるイエスが人の子マリヤに託したものは、聖書の中に生きる神と現世に生きる人を結びつけること、言い換えれば、人の心に存する神的なものと人的なものの矛盾を文学において融合することだったのではないか。武郎は、文学の中で、そのように神的な生の理想と人的な様々な欲望との間の矛盾を混沌の中で統合し、克服したいと思っていたはずである。それは、十二弟子には無理なことであって、ただひとりマリヤにのみ託すことが可能だった。それは、ただひとりで行う心の中の孤独な仕事である。

比喩的に言えば、文学を書く営為は作品として固定されることで一旦死を迎え、様々な読者に読まれることで復活の機会が訪れる。その復活は、作者の心と通じた読者のおぼろげな共感によって可能であり、作品の中で死を装いその機会を待っている作者の心と、そんな作者の心をおぼろげに感受した読者の心が一つになる時に、復活は成就するのであり、イエスがマリヤに託した仕事が完遂したことになる。イエスは、その期待をマリヤに託していることをペテロに告げる。そして、イエスのこの言葉は、『聖餐』の冒頭にも掲げられ、武郎がイエスの言葉を借りてこの作品の読者に送るメッセージとなっている。読者の中にたったひとりのマリヤ、読者それぞれのマリヤが、存在してほしいと願っているメッセージである。

イエス――……（略）……私はあなた方に告げておく。私のあなた方に教え傳へた事が傳へられる所には、何処でもマリヤのしてくれた事も永久に宣べ傳へられるだろう。……（略）……（同書）

マリヤは、作品の最後で、イエスの捕縛と死を確信し、イエスの言葉のおぼろげな意味を何度も何度も自分の裡に語りかける。

マリヤ――……（略）……主よ信じさせて下さいまし。あなたが限りなく生き給ふ事を信じさせて下さいまし。……静かに……静かに……もっと静かに……若し見る事が出来なければ……凡てが聞こえるやうに……おゝ世界が闇になって行く……

（マリヤ唇のみ動かせど言葉出ず。他の三人の兄姉は唯呆れてマリヤを見やる。極度の静寂）（同書）

マリヤのこのセリフに、私は、武郎が文学作品に託す命を絞り出すような願いを感じ、それが作品を読む自分の苦しさと喜びを導いていることを感じる。武郎の作品は、そのように読まれることで、読者一人一人の心の中で復活する。新約聖書のイエスがそのようにマリヤと結びついて死と復活を遂げたように、文学作品に命を吹き込むことを武郎は読者に託しているのではないだろうか。重ねて言うが、これは、もちろん私の妄想である。

4．最後に……怒りを超えて

物語のきっかけは、最初に引用したユダの次のセリフであった。

ユダ――（独白）面白い。事は急になってきた。これほどの迫害に遭ってはいかにイエスでも怒りを起こさずにはいられまい。わが主のために……早く御国を来らせるために、私はあらゆる策略をめぐらさねばならぬ。（同書）

ユダは、イエスに「怒り」を抱かせることで、権力闘争に立ち上がらせようと画策した。しかし、イエスは怒りを抱くことをせず、悲しみをたたえた苦しみの彼方に永遠の喜びを感じることによって、死と復活を迎えた。武郎も、文学の中でこそ国家と向き合うことを選択し、権力への怒りを超えて、悲しみと苦しみと喜びの愛を描き続けることを、「三部曲」の中で改めて決意したのではないだろうか。

私はこれまで、「怒り」の人生を辿ってきたような気がする。その果ての自分は、いったい今どのような存在なのだろう。イエスのように、そしておそらく武郎のように、怒りの感情の彼方に歩んで行きたい。そんな独りの読者、マリヤでありたい。

16

「三部曲」で脱ぎ捨てた「旧衣」

1919（大正8）年に発表された「三部曲」を構成している『大洪水の前』『サムソンとデリラ』『聖餐』をそれぞれ読み終わって「三部曲」全体を俯瞰し直した時、最初に思い浮かんだのは、有島武郎が吹田順助に宛てた書簡の一節である。

「三部曲」が出来ましたから別便で御届けします。これが私の舊衣を脱する最後のものです。この次には論文、それから来年の8月頃「新小説」に何か長いものを書かねばならぬかと思っています。その中では新しい衣装を着て見たいと思っています。（大正8年12月16日　吹田順助宛）

ここで言及している「論文」はおそらく『惜しみなく愛は奪ふ』であり、「新小説」に寄せるつもりの長編は『白官舎』（大正10年7月『星座』に改題）であろう。つまり、「三部曲」はそれまでの作品群の総決算、「舊衣を脱する最後のもの」として書かれ、その後に書かれる『星座』が「新しい衣装」を担うものとなることに対置されている。この「旧衣」「新しい衣装」とは、何を意味しているのだろうか。三つの作品を個々それぞれにこだわりながら読み進め、最後の『聖餐』を読み終えた時に、「あ、そうか……」と気づいたことがある。

1. 神と人の子の死

旧約聖書と新約聖書からテーマをとった三曲（三つの作品）それぞれの主人公は、男女の対となっている。ナアマとヤペテ（『大洪水の前』）、サムソンとデリラ（『サムソンとデリラ』）、イエスとマリヤ（『聖餐』）であるが、それぞれのうち、ナアマ、サムソン、イエスは、神と人の間に生まれた子である。神によって身ごもった人間の母が産んだ子であることから、神と人の双方に対する愛と欲を自らの裡に内包している登場人物である。そして、この3人はそれぞれ、物語の中で特別の意味を帯びた非業の死を遂げる。神と人の子の死、この謎に、三曲に通底する深い意味がある。作者有島武郎がこの「三部曲」に託した意図が、この3人の運命の中に描かれていると読むことができる。

「三部曲」の原型は1915（大正4）年から5年にかけて初稿が書かれ、1919（大正8）年に改稿された。『聖餐』のみは1919（大正8）年に初めて発表されたが、大正5年の時点で既に着想されていたことが足助素一宛ての武郎の書簡（大正5年3月22日）に記されているので、「三部曲」を一つのまとまりとしてこのように言い切って構わないだろう。同じ1916（大正5）年に、武郎は『『聖書』の権威』（大正5年10月）と題する小文を書いているが、この中に「三部曲」の謎を解くヒントが示されている。

……（略）……私の心の中では聖書と性欲とが激しい争闘をしました。……（略）……芸術的の衝動は性欲に加担し、道義的の衝動は聖書に加担しました。私の熱情はその間を如何う調和すべきかを知りませんでした。而して悩みました。その頃の聖書は如何に強烈な権威を以て私を感動させましたらう。……（略）……神学と伝説から切り放された救世の姿がおぼろげながら私の心の中に描かれてくるのを覚えます。感動の潜入とでも云えばいいのですか。（『『聖書』の権威』より大正5年10月）

若かりし武郎の、内面における二律背反に苦しんだ姿が表されている。そしてこの小文からは、その葛藤を超えるべく芸術的視点から聖書を読み直している武郎の姿が垣間見えてくる。吹田順助への書簡に書いた「旧衣と新しい衣装」の最初の変化がこの時点、すなわち、三部曲の最初の二つの稿が発表された1916（大正5）年に訪れていると受け止めることもできるが、それは強引すぎる遡及だろう。それらの作品を一括改稿し「三部曲」として発表した1919（大正8）年の時点で、「旧衣と新しい衣装」がより濃密で明確な意味を帯びて、彼を次の段階へと誘っていることを示したのが、吹田への書簡（大正8年）だったのではないだろうか。その具体相を、作品の中にもう少し探ってみたい。

天使と人間の母の間に生まれたナアマは、ノアの息子ヤペテと天使サミアサの二人を愛した。ナアマは、ヤペテを殺そうとしたヤバルの剣に襲われ、ヤペテの身代わりに死んだ。二人を同時に愛したナアマはその苦しみから解き放たれるが如く、死を受け入れた。その死に自らも重ねようとしたヤペテは、エホバの意思によって死が妨げられ、その絶望のうちに生き続ける運命を余儀なくされる。（『大洪水の前』より）

エホバによって石婦であった母から生まれたサムソンは、ペリシテ人の支配からダン族を解放する使命を帯びその道を歩んだが、デリダと愛し合うことでペリシテ人の策謀に堕ち、エホバの使命に応えるべく、自らが囚われていたペリシテ人の神殿もろとも、最後の力を振り絞ってペリシテ人支配者たちを道連れに滅んでいく。デリダも、サムソンへの愛ゆえにその最後を共にする。（『サムソンとデリラ』より）

天の父によってマリアが生んだイエスは、パリサイ人の支配に苦しんでいた民衆を救うために奇跡をもたらしながら、人々に心の解放を説いた。イエスの母と同じ名前のマグダラのマリアは、イエスの真意を愛するただ一人の理解者として、イエスの捕縛と死を予感する。ただ一人自分を理解するマリアを愛したイエスは、自らの死によって、マリアと民衆の心の中で永遠に生きるために復活することを告げる。（『聖餐』より）

神と人間の子として生まれたナアマとサムソンとイエス、彼らは何か。新旧の聖書の中に描かれたサムソンとイエスは、神の意思によって人間の女性から生まれたと記され、自らの裡に神と人間の双方を内存している存在である。ナアマは、武郎によって同じような存在として作品の中に創造された主人公である。この三人に共通しているのは、「性の要求と生の疑問」（『『聖書』の権威』より）という深い葛藤を裡に抱えながらも、引き裂かれるがごとき自己矛盾を避けることなく真正面から向き合い見つめ生きようとした運命である。これは人としての、そして、作家としての有島武郎そのものの実相であっただろう。彼自身は、自らをそのように認識していたはずだ。ただイエスだけは、この境地から抜け出ているように描かれている。この違いは、それぞれの死の迎え方とその死の意味の違いとして表現されている。

ナアマの死は、自ら望んでいたことが外からやって来た、消極的な「滅び」の死である。サムソンの死は、起死回生の手段として自ら招き寄せた、積極的な「怒り」の死である。ベクトルの方向は異なっているが、双方とも自己実現の手段としての死であった。しかし、イエスの死は、大きく異なる。自己実現というよりも、民衆の苦しみと永遠に共にあろうとする死であり、ユダが期待した「怒り」の自己実現を超え、解放の夢を永遠に抱き続けその心に寄り添う民衆への愛を再生し続ける、「復活」をもたらす死であった。武郎にとって、「三部曲」の原型であった大正4、5年の作品発表順序を変更して、ナアマの「滅び」の死、サムソンの「怒り」の死、そして、イエスの「復活」の死へと展開し直したことは、極めて大きな意味を持っていただろう。

私は『カインの末裔』の広岡仁右衛門と『或る女』の早月葉子の運命に、ナアマの「滅び」の死とサムソンの「怒り」の死が共に重なって感じられる。さらに、旧約聖書の世界を大きく支配しているエホバが「義」と「怒り」の神であり、そのことによって累々と「滅び」の死を連ねてきた人間の歴史を忘れるわけにはいかない。『大洪水の前』も『サムソンとデリラ』も、「怒り」が通奏低音を奏でている作品である。しかし、他方でイエスの「復活」の死は、まだ見ぬ新たな主人公たちを予感させる。それは、一人の、もしくは二人の主人公に仮託された「滅び」や「怒り」に依存するだけでは、武郎が何としても小説の中に表現することで、その矛盾の煉獄から解放されたいと希求していた芸術的境地に至ることはできないのではないか、と痛感したからに他ならない。そこからの脱却、そこからの解放、その可能性を暗示したのが、イエスの「復活」の死だった。復活によってイエスが共にあろうと寄り添う愛の対象はマリアであるが、イエスのたった一人の理解者であるマリアとは、武郎にとっては、読まれることで「復活」し姿が顕れる「作品」を愛する「読者」を暗示していたのではないだろうか。

この妄想は、かなり強引な、狭くて歪んだものかもしれない。もっと豊かな、深くて大きい暗示が、「マリア」に託されているのかもしれない。きっとそうなのだろうと、思う。しかし、その豊かな暗示の一隅を占める小さな場所に私の妄想が排除されずに含まれているとしたら、私にとってそれは幸いなことだ。

2. 旧衣と新たな装い

改めて自問する。吹田順助に書いた「旧衣と新たな装い」とは、何か。

『聖餐』のイエスは、マリアと向き合っている限りにおいては、極めて人間的である。人間としての、女性への深い愛が感じられる。他方で、ナアマやサムソンのように、愛ゆえの自己矛盾に壊れていくような破綻は見せない。既に述べたように、「旧衣」は、生の理想と性の欲望の自己矛盾を、自分の中で先鋭化しつつその解決を図ろうと苦しんだ、武郎のそれまでの葛藤の有りようを指していて、それを文学として作品に物象化し、広岡仁右衛門や早月葉子を生んだ。しかし、彼が抱え続けていた自己矛盾の複合体は、一人もしくは二人の作中人物に仮託するだけではその実相に迫りきれないだけでなく、その解決を作品の中に見出すこともできなかった。『カインの末裔』『或る女』は、その限界の証であったのではないか。武郎にとって、自分の文学における限界意識というのは、この点にあったのではないか。テーマやモチーフや展開や表現における手詰まり感としての限界ということではなく、それまでの自己仮託の手法だけでは限界を感じるほど、彼の問題意識はその深度を極めてきた、ということなのではないか。しかし、彼はその限界を超えていきたかった。と言うか、超えないことには、彼は自分の命に納得することができなかった。彼は、この矛盾に翻弄されて妻安子を愛しきれなかったと言う悔恨を抱えていただろうし、それを突き詰めるがために書き続けて来た「奇跡の三年」を経ても、なお自分の中の虚しさを満たすことができなかったのではないだろうか。その原因が「旧衣」であり、その打開策が「新たな衣装」であっただろう。

また同じ自問にぶつかった。その「旧衣」とは、「新たな衣装」とは、結局何なのか？　暗示的に言えば、次のようになろうか。ナアマとサムソンの自己矛盾はイエスも体現していたが、武郎は、イエスの死と復活を描くことによって、イエスの分身たるマリア、そして自分自身を、『星座』の途上人物たちに分散仮託し、自らの死と復活を実現しようとした。それが、「新たな衣装」なのではないか。

何やら恐ろしげな暗示を含む文を書いてしまったところで、一旦筆を置きたい。

17 『クロポトキンの印象と彼の主義及び思想について』『革命心理の前に横はる二岐路』『ホイットマンに就いて』

自己否定を更新し続けるローファーという生き方

「自己否定」としての有島の「階級移行否定論」は、彼自身のアイデンティティにまつわる存在論でもあり、永遠の反逆として継続されるべく宿命づけられている。そこには、彼がアメリカに留学したとき学んだ、クロポトキンとホイットマンそれぞれの影響があり、同時代人にはほとんど見ることのない独自の思想として刻印されている。有島に対する二人の影響の違いは、クロポトキンの影響を受けて書かれた『或る女のグリンプス』(大正2年3月)から、ホイットマンを意識して書き直されたという『或る女(後編)』(大正8年6月)への推移に象徴される。その詳細については、別のノートで課題とした。ここでは、有島の評論を中心に、クロポトキンの「無政府主義」と、ホイットマンの「ローファー」について理解を深めたい。『クロポトキンの印象と彼の主義及び思想について』(大正9年1月)、『革命心理の前に横はる二岐路』(大正12年2月)、『ホイットマンに就いて』(大正10年3月)を対象に、読み解いてみる。

1.『クロポトキンの印象と彼の主義及び思想について』

読売新聞社の企画に応じて、1920(大正9)年1月に寄せた談話筆記である。有島は、1916(大正5)年7月にも同じテーマで「新潮」に一文『クロポトキン』を書いている。1906(明治39)年2月、有島武郎は3年に亘るアメリカ留学の帰路、ロンドンでクロポトキンを訪ねている。その時のアットホームなクロポトキン一家との懐かしい想い出を、紀行文風の穏やかな文章に託して公表したのが、この二つの小文である。それぞれ出版社の企画に応じたものではあるが、この時期になって何故クロポトキンのことを書いたか、ということにも、その内容とともに関心を寄せておきたい。

クロポトキンから幸徳秋水の消息を聞かれ、幸徳宛の書簡を託された有島は、帰国して数年後、１９１０（明治43）年に起きた疑獄事件により幸徳秋水が処刑されたことを知って、強い衝撃を受けた。弟の壬生馬宛ての書簡の中で「黙して云ハざるの一事を選ぶの外なかるべくに……」（明治43年8月9日）と書いたように、クロポトキンを無政府主義者として最大級の危険人物扱いしていた当時の明治政府に対する懸念から、有島はクロポトキン訪問について、しばらくの間詳らかにはしなかったようだ。帰国してから『クロポトキン』（大正5年7月）までの期間に、有島がこのことについてどのような言及をしたのか、しなかったのか、まだ詳細には調べていないが、札幌農学校に於ける有島武郎自身も既に北海道庁から危険人物視されていたことを思うと、積極的に言及しなかったのはやむを得ないことだったと思う。それが、大正5年になって、新潮社の企画「親しく会った海外芸術家の印象」に寄せて『クロポトキン』を書いたのには、国家の思想統制状況が多少緩くなったことや、この企画の前号著者が与謝野晶子でありロダンのことを書いていたことなどにも気持ちが惹かれたのかも知れない。また、妻安子と父武それぞれの病状が悪化していたこの時期の武郎の真情が複雑に影響していたことも考えられる。

しかし、１９２０（大正9）年1月の『クロポトキンの印象と彼の主義及び思想について』は、背景の状況とそれに対する彼の対応が多少違っていたようだ。この小文は読売新聞社の依頼に応じたものだが、読売新聞の意図としては、ちょうどその時に起こった筆禍事件で、「クロポトキンの社会思想の研究」を著した東京帝国大学助教授森戸辰男と同職大内兵衛が休職処分を受けたことに伴い、クロポトキンについての意見を求められたことによるものだろう。この時の有島の立ち位置は、この筆禍事件に同情を寄せている一人として、公判の傍聴印象を友人宛の書簡で述べたり、同年3月の『改造』に寄せた文章にも書いているように、国家にも、そしてその意向に唯々諾々と従う国民の風潮にも強い不快感を漏らしている。

始めて法廷というものをしみじみ見ました。あすこでやっていることは皆うそですね。うそつきに限って物々しい顔つきをしているものだ。法廷の顔付きの物々しさよ。（『改造』大正9年3月より）

然し国外の時勢の変化につれて何の苦もなくこう変わって行く日本人の明敏な頭脳を私は賛美していいのか、恥ずべきなのか、恐らくかかる問題の宣伝に従事した主義者達は余りのあっけなさに背負い投げを喰ったように思っているのではあるまいか。（同書）

なんとも痛烈な批判ではないか。そして彼はこの小文を、次のように深い想い入れを込めて結んでいる。この先の有島の行方に大きな関心を払わざるを得なくなった読者も、当時多かったのではないだろうか。

私は意気地なしでかかる言葉を云うに値しない人間だけれど、必要は私をそこまで連れて行かないとも限らない。恐ろしいその期待が同時に又願わしい事だ。（同書）

このような時代の推移を考えると、『クロポトキン』（大正5年7月）から『クロポトキンの印象と彼の主義及び思想について』（大正9年1月）に至る時代背景の変化（大正デモクラシーの高揚など）に加え、『或る女』が前年の1919（大正8）年に上梓されて有島文学創作上の絶頂期を迎えていたことも、彼の文学と思想に何がしかの確信を与えていたと想像できる。この二つの小文は、クロポトキンの穏やかな側面を強調するという狙いで共通の表現意図が感じられ、クロポトキンを危険人物視する国家に対するアンチテーゼを明確にしているとも読める。そして、「クロポトキン」というと「無政府主義」というレッテルがつきまとうが、その視点にも触れつつ、しかしどちらかと言えば、「相互扶助論」を提唱した科学者、思想家という側面を強調したかったとも読める。

話の込み入り候につれ、又私が読みたる氏の著書殊に「相互扶助論」に対する質問に答うる為め、氏は私を招いて二階なるその書斎に登られ候。（『クロポトキン』より）

また、この小文の中で有島は、与謝野晶子が書いたロダンと自分が書いているクロポトキンを比較し、あたかもホイットマンを思わせる、温かくも奥行きの深い感想を記していることにも、注目しておきたい。

されど詮ずる所ロダンの報いたるも良き事に候。クロポトキンの報いられざるも亦よき事に候べし。天才の価値に比して報わるるも報われざるも余りに些々たる小事件に過ぎず候べし。（同書）

さて、１９１６（大正５）年の『クロポトキン』に記述が少し偏りすぎたので、本ノートの狙いである『クロポトキンの印象と彼の主義及び思想について』に移り、読み込んでみたい。先に述べたようなこの談話筆記の企画の狙いを意識したからか、有島は、クロポトキンの無政府主義思想について、少し踏み込んだ理解を示している。

クロポトキンの著書は一通り読みました。可なり沢山あって特に宣伝用のパンフレットはなかなか善く書いてあります。翁の無政府主義といふのは、簡単に言へば、コンミュニティを小さなものにして其の各々が共産の形をとるのです。（『クロポトキンの印象と彼の主義及び思想について』より）

このような理解と表現は、クロポトキンの「相互扶助論」を理解していた有島だったから可能になったことであって、世の一般的な無政府主義理解とは一線を画するものであったように思う。

ケスレルの意見は、自然界には相互闘争の法則の外に相互扶助の法則があって、この法則の方が生存競争上の成功のためにも、またことに種の進歩的進化のためにも、相互闘争の法則よりは遥かに重要なものである、と言うにあった。この暗示は、実はダーウィン自身がその『人類の進化』の中に述べた思想を少しく敷衍したものに過ぎないのであるが、私にはそれが非常に正鵠な、そしてまた非常に重大な事のように思われた。（『相互扶助論』クロポトキン著 大杉栄訳より）

「相互扶助」については、また機会を新たに「有島読書ノート」としたいが、クロポトキンは、小さな氏族内部に於ける相互扶助が、次第にその基本理念を広げて人類全体を覆う大きな「道徳的進歩」に発展すべきであると考えていた。有島が、クロポトキンのその最終結論についてどのように考えているのかは、明言されていないが、『クロポトキンの印象と彼の主義及び思想について』の次のくだりには、その暗示が見られる。有島がクロポトキンから学んだ「相互扶助」と「無政府主義」は、根本的に相互に敷衍できる密接に関連した概念として受け止められているような気がする。言い換えれば、「相互扶助」を第一義的なコミュニティ原理とする社会組織が「無政府主義」であろうという理解である。このように受け止めると、後年、有島の農場解放に於ける思想表現の重要なキーワードとなった「相互扶助」を、国家権力が何故嫌ったのか、納得できる。そうだとすると、権力の読みの深さにも、今さらながらに驚かされる。

そのような理解に立って有島は、クロポトキンの無政府主義思想の限界について、そしてそれは裏返すと、ボルシェビキに牽引された当時のロシア革命の路線の根本的問題についても、控えめにではあるが、その困難性について認識している事を証している。

然しクロポトキンのさういう小さなコンミュニティーを作るといふ無政府主義の理想は、それは全世界がさうならなければ出来ないことで、仮令露西亜一国がさうなっても他の國が今のままでは行われないでせう。そして全世界がさうなるといふことは畢竟空想に近いと思はれることかも知れません。（『クロポトキンの印象と彼の主義及び思想について』より）

1919（大正8）年にロシア革命が起こり、日本の多くの知識人もその未来に明るい可能性を信じていたこの時期に、自身もかなりラジカルな社会主義者であった有島武郎が、一国社会主義の革命の未来を必ずしも信じていなかった事が表明されているわけだが、その思考の根底に、クロポトキンの相互扶助論への理解と彼の無政府主義に対する批判的同情が据えられていることが見て取れる。

では、同時代の思潮傾向を越えたところに築くことが出来た有島の思想的深みは、どこに所以しているのだろうか。上記引用文の中に、小さなコミュニティに於ける無政府主義、言い換えれば、小さな規模の相互扶助が、気の遠くなるような永続的歩みを重ねることで、全人類的理想に到達したいと言う絶望的なまでの想いが表明されており、これは政治的プログラムとしては不可能に近い、という認識が基づいていると思われる。にもかかわらず、この理想を決して諦めているようには読めない所に、有島の思想の粘着性が見られる。それはおそらく、ホイットマンの「ローファー」を意識した有島独自の「無政府主義」理解によるものではないだろうか。この観点についてその可否を考えるために、ホイットマンに触れた評論を読むが、その前に、有島の立ち位置を今一度再確認の意味をこめてみておきたい。

2.『革命心理の前に横はる二岐路』

副題に「私は何れを選ぶか」と付された『革命心理の前に横はる二岐路』（大正12年2月）は、読売新聞社による談話筆記だが、タイトルに見られるように、自身の考えを簡潔に率直に表明したものである。と同時に、彼の思想の深まり（あるいは混迷？）を示唆するような不明瞭さをも示している。

私の立場から云えば、――私は自分自身を決してボルシェビズムの条文の中に當てはめようと考へないし、またアナーキズムの中に見出さうとも思っていないが―従ってそれらの総てを否定するものでもなく、……（略）……自分自身の行くべき道に順応して進退しつつあるものであるが、強ひてその何れに属するかを問はるれば、アナーキストであると答へるに躊躇しないものである。さうして云ふ迄もなく私の立場は、現在ロシアに於ける二派のアナーキズムの中の何れに属するかと云へば、完く妥協のない即ち現在のボルシェヴィズムの如き独裁を絶対に避けるものである。然しそれかと云って、アナーキストの群れによって絶対独裁のない理想国が建設されようとは信じられないものである。（『革命心理の前に横はる二岐路』より）

表現は明瞭であるが、言おうとするところははっきりしない。しかし、それは有島自身が不明瞭なのではなく、この二者選択自体が明瞭な答えを用意できない類いのものだからである。

尚ほ私としては前述の意味からボルシェヴィズムの世界を経ないアナーキズムの世界を渇望するとしても、その実現に就ては全く確信を持てないものである。（同書）

透徹した洞察力で時代の悲劇を見据えていることが、表われている。当面の選択肢を前に、安易に自分自身を欺瞞しようとは思わない分、有島の苦悩は深い。しかし、絶望に沈んでいるわけではない。むしろ、ある種の突き抜けた明るさのようなものすら感じられる。なぜだろう。その謎を解く鍵は、現実に実現するとは思えない究極の制度イメージとしてのアナーキズムに、制度を超えた永遠の人類解放イメージを託しているからではないだろうか。言い換えれば、クロポトキンの内在的世界観に閉じ込められない、開放系の思想的根拠を手中にしていたからではないだろうか。

従って私としては自己のテンペラメントの上に進退するより外に途はないのである。（同書）

彼の「テンペラメント」、それは、彼がアメリカ留学中に出会い、生涯を通じて心の中で慈しんできた、自分自身の在り方としての理想像、ホイットマンの「ローファー」であろう。

3.『ホイットマンに就いて』

アメリカ留学中に出会った詩集『草の葉』の著者ホイットマンについて、有島武郎は折に触れて言及し、1919（大正8）年には軽井沢の夏季大学でホイットマンに関する講義をし、1921（大正10）年には、ホイットマンの詩集『草の葉』を訳し出版している。したがって、この『ホイットマンに就いて』（大正10年3月）は、有島武郎が生涯の中で最も深く集中的にホイットマンについて考えていた時期の講演記録である。

ところで、ホイットマンの「ローファー」とは何か。1922（大正11）年7月に小樽新聞に寄せた『独り行く者（ローファーと主義者との争闘）』の中で、有島は「ローファー」について、次のように定義している。

私が米国遊学中に女学生からLoaferだと云われた事がある。ローファーとは倦怠者流浪者とかの意であるが俗語では何事に依らず通暁して居る人、天真にして気取らざる者を云うのである。（『独り行く者』より）

有島自身にとって、女学生から言われたこの呼称は、恐らく密かに自慢のことだったろうと思う。また、『ホイットマンに就いて』の中では、「ローファー」は次のように定義されている。

主義の人又は理想家のやうに、外面的にはっきりした輪郭を持って居りませぬので、謂はばうろついて歩いている人なのです。……（略）……だからローファー型の人はどっちかと言ふと、何時でも自分といふものが中心となっています。（『ホイットマンに就いて』より）

この定義だけでは、まだよくわからない。

ここにLoaferと私の称する人があります。彼れはいつでもたった一人で歩こうとしている人です。自分が絶対の自由の中に住みたいが故に、他人にも絶対の自由を許さないではいられない人です。又彼れ自身が目指している所に到着すると、直ちにそこから無終の道にさまよひ出ます。彼がいつでも一番大切に思ふところのものは彼れ自身です。彼れの已みがたい希望欲求、それは一見所謂理想とか主義とか同じもののようには見えますが、その実現と形式化を拒んでいる所に所謂理想とか主義とかいふものと異なったものがあります。いつでも彼れの希望が実現されると彼れはもうそこには足を停めていません。……（略）……彼れはいつでもインステチューションを通しての人間と人間の交渉を避けて、端的な人間と人間との交渉を求めます。かくの如き人は常に何等かの意味に於て被迫害者です。（同書）

さらに、より象徴的な類例として、イエスがローファーそのものであったと定義している。

私の眼から見ると、基督教会の創始者と称さへられている基督その人は絶大なるLoaferの一人であったと思ふのです。……（略）……彼の死を以て守ろうとしたものは、故郷でもなく、肉親でもなく、故国でもなく、同志でもなく、彼れの正しい存在そのものであったのではありませんか。彼れの正しい存在が不可能であらうとする所にのみ彼れは戦いました。……（略）……而して彼れは死ぬまで迫害を受けて孤独に死にました。それが基督の生まれつきだったのです。已むを得ざる要求だったのです。（同書）

このようなローファーは、「常習的反逆者」であるとも言い換え、有島は、ローファーと主義者との違いを次のように再定義する。

かうなると社会主義的制度を実現しようと勉めるのと、凡ての制度的生活から解放されようと望むのとは、性格の根本的相違であるといふことに帰する外ありません。前者は即ち主義理想の人の主張であり、後者はLoaferの願望であります。そこにはいづれにも功過があり、いづれにも実現に難易がありませう。Loaferとは常習的反逆者と称することが出来るかも知れません。（同書）

さらに、根源的な意味に於けるプロレタリアートとローファーを重ねあわせて理解しようとしていたとも受け止めることができる。

淫欲と邪悪とを私は退けない、
私は犯罪者と共にあって燃えるやうな愛を覚える、
私のその仲間だと私は感じる―私自身が罪囚であり漁淫であるからだ。
而して私はこれから彼等を退けることをしまい―私は如何して自分自身を退け得ようぞ。（同書）

ここでは、ローファーと無政府主義者を重ねて、その本質的な意義を探ろうとする有島独自の思想的営みを感ずることが出来る。ローファーも無政府主義者も、永続的反逆と言う点では意味合いを共有している。ただ、ローファーと無政府主義者の本質的な違いは、それぞれの実行者であり代弁者であるホイットマンとクロポトキンの相違ということにもなろうが、ローファーがその存在の根源に個人を据えていることに比し、無政府主義者は小さなコミュニティに存立基盤を置いている、という相違であろう。確かに、どちらもインステチューション〈制度〉を極力排除した生活様式であることは同じだが、やはり本質的な相違を感じる。ローファーは、制度と無縁に個人が生きる可能性を追求するベクトルであり〈非制度〉とも言えるかもしれない。一方無政府主義は、制度のない制度を目指す〈反制度〉というベクトルとも言える。有島は、両方に親近感を抱きつつ、〈反制度〉としての無政府主義にある種の自縄自縛のニュアンスを消しがたく感じたのではないか。それは、〈制度＝インステチューション〉の底知れぬ権力的誘惑から自由になることの絶望的困難の匂いを嗅ぎ分けたからではないかと思う。同時代で進行していたロシア革命という歴史的大実験の経過にも、早くからこの虚偽の匂いを感じ取っていたからこそ、クロポトキンの無政府主義に未練を感じつつ、ホイットマンのローファーに自分自身の生き方としての最後の活路を感じていたのではないかと思う。永続的反逆者としての無政府主義も極めて困難であることを知りつつ、しかし、ローファーはそれ以上に困難ではないかと私は思うが、有島にとっては、ホイットマンという実在の大先輩の実存が何といっても勇気づけられることであったのだろう。それは、ホイットマンの存在、生き方そのものに起源している心強さでもあったろうが、何より、ホイットマンの詩の世界、文学の世界に限りない共感の深みと、自分自身の文学への恵みを感じたからではないだろうか。しかし、そのようなホイットマンへの深い共感は、次のような心情に由来していることを感じることによって、その共感は有島の孤独感を一層深めることになっていく。

彼の内部生活の中には誰もが這入り込めない様な淋しいものがあった様です。さうして彼は其為に人知れず深い苦しみと、一種の飢えとを感じていた事は其当時の手記の中に探り出す事が出来ます。(同書)

存在の淋しさ、とも言うべき有島武郎自身の終生のテーマを、敬愛すべきホイットマンの内面にも感じた有島は、存在の淋しさの癒しがたい孤独感を、一層募らせることになったのだろう。しかし、それはまだ、ホイットマンのほんの一部しか理解できていないことに起因しているのを、彼はわかっていた。

ホイットマンの次の詩を紹介している。

私は制度を破壊せんともとめていると攻撃されているのを聞かされる。
然し私は制度に賛成するものでも反対するものでもない、
(私と制度とは何のかかわりがあろうぞ、またその破壊と何のかかはりがあろうぞ)
ただ私はマンハタナに、及び内地と海沿ひとを問はず諸州の凡ての町に、
畑と森に、水を切って往来する大小の船の上に、
建物も、規約も、委員も、理屈もなく、
仲間同志の親密な愛の制度を建てようとするばかりだ。(同書)

有島は、このホイットマンの詩に、ローファーとしての孤独の背景と、その孤独故に、同様の生き方を模索している仲間同志が互いに求めあう愛の可能性を感じていることを告げている。有島は、ホイットマンが詩う、そのような者同士の愛を絆とした新たな結びつきに、深い喜びと共感を感じているのである。その確信が、無政府主義についての有島の迷いを払拭する可能性について、彼はホイットマンから次のように学ぶことが出来たので

ある。

彼れのこの愛は隣人から隣人に及んで遂にデモクラシーを称道させました。彼れは神聖なる平民（Divine Average）を賛美しました。彼れはこの平民の出現の為めに、その平民の間に完全な理解が成立つためには、いかなる革命をも余り高価過ぎるとは思ひませんでした。（同書）

有島は、ホイットマンのローファーから、人と人の、それぞれが完全に自立し独立した一個の「平民」同志の魂の結びつきが互いに確信できる時、そこに始めて制度に拘束されない革命の成就があり得ると理解したのだろう。そして、そのように結びつくことの出来る相手は、なにもホイットマンその人に限定されるものではないことも、ホイットマンの詩の中から確信できたのである。問題は、そのような人と、どのように出会えるのか、ということである。そのことに触れた詩が、この講演の最後に紹介されている。

一度私を捕らえそこなっても失望してはいけない、
尋ねあてなかったならほかを尋ねて御覧、
私は君を待って必ず何所かにいるのだから（同書）

この詩を読んだら、誰しも心に深い希望が湧いてくるはずだ。ホイットマンの「ローファー」が、有島武郎自身の心に深く根を下ろしていた底なしの存在の淋しさを、どれほど癒し励ましたことか。この講演の中で紹介したホイットマンの詩を読むと、彼のその心象の一端について、私自身も確信できるような気がする。彼が、クロポトキンに感じた隘路を、ホイットマンの詩と生き方の中で解決できそうな希望に出会えたことも、理解できそうな気がする。そのようにホイットマンのローファーを考えると、彼の自死が、諸事の清算としての後ろ向きの意味合いではない、ある種の明るさを感じさせるのは、私の大いなる勘違いでしかないのだろうか。ここまで想いと思考を進めてくると、もはや、「自己否定」にこだわる必要もないように思えてくる。自死の直前6月8日、彼が弟と妹に宛てた最後の手紙の文面に、ホイットマンのローファーの面影を感じるのは、余りにも不謹慎だろうか。

私のあなた方に告げ得るよろこびは死が外界の圧迫によって寸毫もうながされてハいないという事です。私達は最も自由に歓喜して死を迎えるのです。軽井沢に列車の到着せんとする今も私達は笑ひながら楽しく語り合っています。如何か暫らく私達を世の習慣から引放して考へて下さい。（弟妹宛の遺書より 大正12年6月8日）

しかし、たとえそうだとしても、それでもやはり、死が謎だらけであることに変わりはない。

18 『惜しみなく愛は奪ふ』ローファーのマニフェスト

1．なぜ、『惜しみなく愛は奪ふ』を読んだか

この作品を読むのは、初めてである。タイトルに気恥ずかしさを感じて、今まで無意識のうちに避けてきたのかもしれない。しかし、有島武郎が凝縮した作品をあまり書かなくなっていく1920（大正9）年の発表であるから、やはり気になる。意を決して読み出したところ、その冒頭から、読む前の先入観を打ち砕く展開が始まる。彼の自己探究を対象化する「哲学」の書、と一言で言って良いだろう。その内容は後述するが、読後気になって、この作品に関連して彼が書いた評論や書簡にも、いくつか目を通してみた。『惜しみなく愛は奪ふ』が彼にとって何だったのか、おぼろげながら少しずつ浮かび上がってくる。『惜しみなく愛は奪ふ』の1920（大正9）年稿が、1917（大正6）年6月号『新潮』に発表された同表題の初稿版に加筆補充された定稿版であることを知って、少なからず驚いた。このことにまつわる経緯の概要を予め整理しておきたい。

初稿版の『惜しみなく愛は奪ふ』が『新潮』に発表されたのは、1917（大正6）年6月。一方、有島武郎が作家として本格的に認められることになった画期的な作品『カインの末裔』は、同年の『新小説』7月号に発表されているので、ほぼ並行して書き進められた可能性が高い。つまり、『カインの末裔』の思想的背景が、『惜しみなく愛は奪ふ』初稿版に表明されていると受け止められるし、事実、初稿版を『カインの末裔』と関連づけて読むことによって、双方の作品理解がより深くなるような気がする。この初稿版は、定稿版の第15章から第19章

に該当する内容となっている。
そしてこの定稿版が、自身の『著作集』に収録される形で発表された1920（大正9）年6月といえば、彼の代表作と言われる『或る女』の後編が発表されて、ちょうど1年経った頃である。この1年という期間は、相互の関連性について云々するにはやや隔たりがあるような印象もあるが、『或る女』前編・後編が発表された1919（大正8）年の3月〜6月とほぼ同時期、同年2月〜4月にかけて発表された彼の『リビングストン伝第四版序言』の中で、次のような予告がなされていることに注意を払いたい。

私が自己に立帰ってからの後の感想は断片的ではあるが時々種々な雑誌に発表した。同時に芸術というものに対する考えも発表しておいた。物好きな読者は併せて読んで頂きたい。その中に私は私の考えを『惜しみなく愛は奪う』という表題の下に、まとめて一冊の書物とする積もりでいる。今の私の態度を委しく説明する事はその書物に譲る事にする。（『リビングストン伝第四版序言』より）

ここで言及している『惜しみなく愛は奪ふ』が、定稿版である。つまり、定稿版の出版を予告した『リビングストン伝第四版序言』が、『或る女』とほぼ同時進行していたことを思うと、『或る女』と『惜しみなく愛は奪ふ』定稿版の関係についても、その意味を考えざるを得なくなってくる。その後の武郎の創作活動は、翌1921（大正10）年7月に『白官舎』の題で発表され、1922（大正11）年5月に『星座』と改題されて出版された未完の長編作品が目立つ程度で、その後は、1923（大正12）年に彼の生前最後の創作作品である『親子』が書かれるまで、目立った作品は発表されていないと言って良い。つまり、「奇跡の年」とよく言われる、1917（大正6）年から1919（大正8）年にかけて生み出された数々の作品群を最初に支え、そして最後に支えたのが、この『惜しみなく愛は奪ふ』の初稿版と定稿版だった。この理解はやや図式的にすぎるとは言え、その背景に潜むものを探りたいと思うモチベーションを刺激するには、十分過ぎる経緯である。少々極端に偏った問題提起をするならば、有島武郎の最も凝縮された作品群、則ち有島文学の真髄となる作品群を支えたのが、『惜しみなく愛は奪ふ』初稿版と定稿版だったのではないか。そしてそれは、どのような内容と意味を有していたのか。

この問題意識をもう一つ裏返して言うと、『惜しみなく愛は奪ふ』と密接に関連しながら創作活動が維持された「奇跡の年」が経過した後、そのような凝縮した創作活動がなされなくなって以降、自殺に至る経緯の中で、『惜しみなく愛は奪ふ』は何らかの内在的関連性を秘めていたのだろうか。そんな疑問もわいてくる。もっとあからさまに言えば、彼が何故自殺したのか、その背景や理由のヒントが、『惜しみなく愛は奪ふ』に潜んでいるのではないか。それこそが、自分が有島に惹かれてきた理由を解き明かす鍵となるのではないか。そんな、妄想にも似た期待を込めて、この作品を何度か読み返してみたのである。この作品を読んだ大きな動機は、そこにある。

2.『惜しみなく愛は奪ふ』（定稿版）の内容構成

⑴

全体で29章構成だが、第1章と第2章で、この作品全体の命題が暗示される。

然し私は生れ出た。私はそれを知る。私自身がこの事実を知る主体である以上、この私の生命は何といっても私のものだ。私はこの生命を私の思うように生きることができるのだ。私の唯一の所有よ。（第1章より）

思えばそれは淋しい道である。最も無力なる私は私自身にたよる外の何ものをも持っていない。自己に矛盾し、自己に蹉跌し、自己に困迷する、それに何の不思議があろうぞ。（第1章より）

有島武郎は、アメリカ留学を経ることで、社会主義思想における私有財産制度否定の思想を身につけて帰国した。それは、社会科学的、イデオロギー的な思想ではあったが、その根底には、彼独自のマルクス理解にもとづく、人間の存在そのものに付着する疎外や物象化に関する考察が据えられていた。また、それだけではなく、ホイットマンのローファーに象徴される徹底した自由主義にもとづく、本能としての個性の追求が欠くべからざるものとして位置づけられてもいた。それを撚り直して1本の縦糸となしたのが、自分が生きているという実感に支えられ、その自分を自由に生きようという意思であり、そのような自分を自分自身が自由に所有するということであり、それは、全ての「私」に認められ、他者から侵害されるべきではない、唯一の尊厳たるべき「所有」であるという信念であった。私的所有制度を否定し、後に有島農場の無償解放に繋げていく彼の思想のもっとも基盤をなす原型が、ここに示されている。「私の生命こそが私の唯一の所有だ」と喝破する武郎は、然し同時に、この所有の意味するものがどんなに厳しい前途、いばらの道、「淋しい道」となるのか、冷徹に見抜いてもいた。しかも、自らを率直に表現しようと言う「言葉」さえもが、表現主体である自分自身を裏切ることが少なくないということも、熟知していた。

言葉は意味を表すために案じ出された。然しそれは当初の目的から段々に堕落した。心の要求が言葉を創った。然し今は物がそれを占有する。吃る事なしには私達は自分の心を語る事が出来ない。恋人の耳にさやかれる言葉はいつでも流暢であるためしがない。心から心に通うためには、何という不完全な乗物に私達は乗らねばならぬのであろう。のみならず言葉は不従順な僕(しもべ)である。私達は屢々言葉のために裏切られる。私達の発した言葉は、私達が針ほどの誤謬を犯すや否や、すぐに刃を反して私達に切ってかかる。私達は自分の言葉故に人の前に高慢となり、卑屈となり、狡智となり、魯鈍となる。かかる言葉に依頼して私はどうして私自身を誤りなく云い表わすことが出来よう。私はやむを得ず言葉に潜む暗示により多くの頼みをかけなければならない。言葉は私を云い現してくれないとしても、その後ろにつつましやかに隠れているあの叡智の独子なる暗示こそは、裏切る事なく私を求める者に伝えてくれるだろう。暗示こそは人に与えられた子等の中、最も優れた娘の一人だ。……（第2章より）

言い換えれば、「言葉」はその外皮に付着している表層的指示性がわかりやすいことが災いして、その「言葉」の内奥に潜んで秘かに内面を示唆する機能を、結果的に見えにくくすることが多い。それに比して、「暗示」は、表層的指示性が仮の姿であることを前提として始めから宣言して用いられるので、否応なくその表層の背後に潜んでいる真実の意味を、感受性を研ぎ澄ませて探る必要に迫られる分、正しい理解に辿り着く傾向が強い、と言っているのである。

この1章、2章では、表層的な私的所有世界に惑わされることなく、その背後に潜む真の「私の所有」が、自分自身の生命を自由に生きることに根源を有していること、そして、そのことは、「言葉」そのものではなく、言葉の背後に控え隠れている「暗示」によってのみ的確に表現される、ということを示している。この認識が、『惜しみなく愛は奪ふ』理解の第一歩だろう。

(2)

第3章から第11章まで、表層的自分と個性としての自分の二元的分裂とその克服について、様々な側面から論を進めている。第1章で、自分の生命を所有しているのは自分自身なのだから、それが一見どんなに弱くみすぼらしく見えても、その自分を肯定的に自由に生きることが、人間存在の根源的な尊厳であることを示した有島武郎は、自分自身というものについて、二つの側面から考察を深めていく。考察の道筋を、まずはそのまま辿ってみたい。この流れが、彼の考察の深化であろう。

私がある。而して私がある以上は私に対立して外界がある。外界は私の内部に明らかにその影を投げている。従って私の心の働きは二つの極の間を往来しなければならない。而してそれが何故悪いのだ。(第4章より)

よし私は矛盾の中に住み通そうとも、人生の味わいの凡てを味わい尽くさなければならぬ。相反して見ゆる二つの極の間に彷徨うために、内部に必然的に起る不安を得ようとも、それに忍んで両極を恐れることなく掴まねばならぬ。(第4章より)

ここでは、武郎は、自分と外界の対立的矛盾の只中で、その相克に揉まれ苦しみながらも、その情況を安易に避けることはすまい、と決意のほどを示している。これは、武郎の元来の潔癖性における矜持だろう。しかし、この自尊心は本質的な解決能力を有していないことが、この先の展開ですぐに露呈することとなる。

けれども私はそこにも満足を得ることが出来なかった。私は思いも寄らぬ物足らぬ発見をせねばならなかった。両極の観察者になろうとした時、私の力はどんどん私から遁れ去ってしまったのだ。(第5章より)

矢張り私はその長い廻り道の後に私に帰って来た。然し何というみじめな情けない私の姿だろう。私は凡てを捨ててこの私に頼らねばならぬだろうか。私の過去には何十年の遠きに亘る歴史がある。……(略)……大きな力強い自然が私の周囲を十囲二十囲に取巻いている。これらのものの絶大なる重圧はこの憐れな私をおびえさすのに十分過ぎる。私が今まで自分自身に帰り得ないで、あらん限りの躊躇をしていたのも、思えばこの外界の威力の前に調和し若しくは妥協しようとさえ試みていたのだった。然もそれは私の場合に於いては凡て失敗に終わった。(第5章より)

第5章の二つ目の引用は、『カインの末裔』を彷彿とさせる。主人公の広岡仁右衛門は、前述の武郎の在りようと正反対の道筋を辿ったものの、結局同じような敗北を喫したのだから。武郎の場合は、外界と調和しようとして結局失敗し、自分に帰らざるを得ない自身を見出したが、仁右衛門は、外界と対決して結局敗北し、再び元々の自分に戻って外界から退場したのが、物語の結末であった。この第5章は、初稿にはなかった部分なので、定稿段階で、武郎は『カインの末裔』のテーマについても何らかの振り返りの必要性を感じていたことを示唆しているような気がする。いずれにしても、武郎も仁右衛門も、外界との二極関係をうまく解決できなかったという点で共通しており、そのことも、「仁右衛門は実は私だ」と武郎に言わしめた（作品への自註）背景の一端であろう。この失敗を経たことによって、武郎は次の内省的考察に歩を進めていく。外界に敗北して、帰るべき自分とは、一体どのような郷里なのか。

私の個性は私に告げてこう云う。……（略）……お前は私が如何なるものであるかを本当に知らない間は、お前の外界を見る眼はその正しい機能を失っているのだ。……（略）……お前に取って私以上に完全なものはない。そういったとて、その意味は、世の中の人が概念的に案出する神や仏のように、完全であろうというのではない。……（略）……私は人間のように人間的だ。……（略）……いかにさもしくとも力なくとも人間は人間であることによってのみ尊い。……（略）……この尊さから退くことは、お前を死滅に導くのみならず、お前の奉仕しようとしている社界そのものを死滅に導く。……（略）……外部ばかりに気を取られていずに、少しは此方を向いて見るがいい。而して本当のお前自身なるお前の個性がここにいるのを思い出せ。……（略）……個性に立帰れ。今までのお前の名誉と、功績と、誇りとの凡てを捨てて私に立帰れ。お前は生まれるとから外界と接触し、外界の要求によって育て上げられて来た。外界は謂わばお前の皮膚を包む皮膚のようになっている（第6章より）

少し長く、断片的な引用となったが、外界から帰るべき自分とは、外界に虚飾された皮膚の上の皮膚としての自分ではなく、自分そのものといえる内的な「個性」を指していることがわかる。実相がどうであれ、紛れもない自分自身が、帰るべき自分、個性である。このように整理すると、再び『カインの末裔』に触れるが、仁右衛門が外界との闘いに敗れて帰るべき自分自身というのは、農場コミュニティの中で一時夢見た社会的成功や功利性を身につけた存在ではなく、また、外のコミュニティ構成員と歩調を合わせた良き地域住民でもなく、やはり、地域社会に溶け込めないまま、自然との交渉に自らの自由を追求する自然児としての個性であったと言えるだろう。それは、武郎自身とはまったく異なる個性ではあるが、個性の具体像はともかくとして、そのように自分自身を矜持できる存在として外界と渡り合っていく生き方を、作品の中で模索した、ということであろう。このように仁右衛門を読むと、彼の「自然から掘り出されたばかりの存在」としての個性そのものが主題というより、そのような個性が外界と対峙しながら生きていく道は外界に馴染むことではなく、本来の個性を拠り所にして生きる他道はない、ということを描こうとしたのであろう。その可能性こそが、武郎自身の生きる方向性としての願望であっただろうし、彼が本来目指したローファーとしての自由な生きる姿であり、それを許容する社会の到来こそが目指すべき理想郷であると言うマニフェストであったのではないか。しかし、この作品の中では、その可能性を仮託された仁右衛門は、結局敗北せざるを得なかった。ある意味では、然るべき敗北であったと言えるのかもしれない。彼の闘いと祈りの道は、まだまだ、先が長いのであるから。

お前は私にこの長い言葉を無駄に云わせてはならない。私は温かい手を拡げてお前の来るのを待っているぞよ。私の個性は私にかく告げてしずかに口をつぐんだ。（第7章より）

有島武郎にしては、少しお茶目な文章だが、読者をこの先に誘っているのであろう。それは、どんなところなのか。

それは必至なある力がそこまで連れて来たという外はない。誰れでもがこの同じ必至の力に促されていつか一度はその人自身に帰って行くのだ。少なくても死が間近に彼に近づくときには必ずその力が来るに違いない。一人として早晩個性との遭遇を避け得るものはない。私も亦人間として人間並みにこの時個性と顔を見合わしたに過ぎない。（第8章より）

おもわず、ドキリとする。自分が追い求めていたテーマの解答が、予想外にほんの少し早く、顔を見せたようだ。自分自身の「個性」を無視しては、生を全うすることが出来ない。必ずや、自分自身に戻る意思と心情に強く働きかけられる時が来る、と、図らずも武郎自身の未来を予言したような言及だ。この予感めいたイメージの断片が、『或る女』脱稿時、既に彼の思考の中にあったろうことを思うと、切ない気持ちになってくる。これが、文学を歴史の中で振り返るということなのだろうか。残酷な気持ち、と言い直したいほどだ。

唯私は、過去未来によって私の現在を見ようとはせずに、現在の私の中に過去と未来とを摂取しようとするものだ。私の現在が、私の過去であり、同時に未来であらせようとするものだ。則ち、過去に対しては勘定の自由を獲得し、未来に対しては意思の自由を主張し、現在の中にのみ必然の規範を立しようとするものだ。……（略）……私には生命に対する生命自身の把握ということが一番尊く思われる。（第9章より）

しかし、武郎の思想は、そんな観客としての読者の思いを遥かに超えたところに、屹立している。〈過去〉や〈未来〉は、人間の表層に関わり規定する要因のひとつだが、〈現在〉は、個性そのものとして姿を現す、とも言い換えられる。この含意によって、武郎の個性は、時間軸で変貌する表層を全てその中に取り込んでいるのであって、異質なものとして排除しているのではない、とも言っているのである。変わりうる〈未来〉をも含むことによって、個性はそれ自体で完全なものである、というのである。「生命の把握」とも言い換えている。有島武郎がベルグソンの実存主義に傾倒した時期もあったことから、その影響も読みとれるが、武郎の場合、個性に対する信頼の深さという点に於いて、独自の立ち位置を感じる。この〈個性〉は、その立ち位置をどのように展開していくのだろうか。彼の議論は、さらに先に進む。

外界との接触から自由であることの出来ない私の個性は、縦令自主的な生活を築きつつあっても、常に外界に対して何等かの角度を保ってその存在を持続しなければならない。(第10章より)
外界の刺激をそのまま受入れる生活を私は仮に習性的生活(habitual life)と呼ぶ。(第10章より)
然しかかる生活は私の個性からいうと、個性の中に属させたらいいものかわるいものかが疑われる。何故ならば私の個性は厳密に現在に執着しようとし、かかる生活は過去の集積が私の個性とは連絡なく私にあって働いているというに過ぎないから。その上かかる生活の内容自体は甚だ不安定な状態にある。……(略)……而して私がこれからいおうとする智的生活の圏内に這入ってしまう。私は安んじてこの生活によりかかっていることが出来ない。又本能として自己の表現を欲求する個性は、習性的生活にのみ依頼して生存するに堪えない。単なる過去の繰返しによって満足していることが出来ない。何故ならそこには自己がなくしてただ習性があるばかりだから。(第10章より)

〈個性〉が、外界に対してどのように対応し、どのように関係しているのかの違いによって、彼は、「習性的生活」と「智的生活」の二つの異なるあり方を検討していく。外界世界との関係や過去の集積によって規定されたままの没主体的な個性のあり方が「習性的生活」であり、そこから脱却していく個性のあり方を「智的生活」としている。後者については、次章の具体的展開となるが、「個性」の有り様が立体的に構造化されていくことになる。個性に戻れ、と彼が主張する、戻る先の個性の在り様をより明確にしようというのである。

智的生活は反省の生活であるばかりでなく努力の生活だ。人類はここに長い経験の結果を総合して、相共に依拠すべき範律を作り、その範律に則って自己を生活しなければならぬ。（第11章より）

武郎は、自分自身の生き方として、個性が外界を常に革新し続けていく「智的生活」を心掛けてきた。彼の歩みは、そのことを十分に可視化してきた軌跡だと言って良いだろう。その成果、その実績が彼の作品群であり、作品に形を変えた彼の生きる意思そのものと言えるだろう。しかし武郎は、さらに前進すべく、そこには安住できないと言う。

私は長い廻り道の末に、尋ねあぐねた故郷を私の個性に見出した。この個性は外界によって十重二十重に囲まれているにもかかわらず、個性自身に於いて満ちたらねばならぬ。その要求が成就されるまでは絶対に飽きることがない。智的生活はそれを私に満たしてくれたか。満たしてはくれなかった。何故ならば智的生活は何といっても二元の生活であるからだ。そこはいつでも個性と外界との対立が必要とされる。私は自然若しくは人に対してある身構えをせねばならぬ。経験する私と経験を強いる外界とがあって智識は生れ出る。努力せんとする私とその対象たる外界があって道徳は発生する。私が智識そのものではなく道徳そのものではない。それらは私と外界とを合理的に繋ぐ橋梁に過ぎない。（第11章）

武郎は、これまでの『カインの末裔』を書く前までの自分自身の個性、すなわち、智的生活のダイナミズムにより外界を自身の内部に取り込んで革新していこうとする地平を、さらに超えていこうとしている。このアグレッシブな意欲、意志に支えられながら創造されたのが、「奇跡の年」3年間における作品群である。そして、『或る女』以降の創作活動に向けた自分自身の再活性化を目論んだマニフェストでもあった。

私が私自身になり切る一元の生活、それを私は久しく憧れていた。私は今その神殿に徐に進みよったように思う。（第11章より）

武郎は、自分が切望している境地の直近にいるという高揚感とともに、自らの位置についての冷静な認識も得ているようだ。大正9年の定稿版で書き加えたこの箇所において、彼は、1917（大正6）年の初稿段階でもっとも深遠な認識に至った自身の思考を振り返り、それを再確認することで、『或る女』以降の自身の創造力再活性化に向けた、自信を取り戻そうとしているかのように読める。しかし同時に、底知れぬ痛々しさをも感じてしまうのは、この後の武郎の行く末を知る読者としての特権だろうか、それとも、読者といえど控えるべき奢りだろうか。

（3）

第12章から第14章までは、本能的生活についての問題提起と展開が行われる。

然しこれから私が書き連ねる言葉は、恐らく私の使役に反抗するだろう。……（略）……私は言葉の堕落をも咎めまい。かすかな暗示的表出をたよりにして兎に角私は自身を言い表わしてみよう。（第12章より）

すでに第2章で予め触れてあった、言葉による表現の限界と暗示による表現への期待がようやく具体化する場面が、ここに来て登場する。

無限から二元に、二元から一元に。……（略）……則ち個性は外界の刺激によらず、自己必然の衝動によって自分の生活を開始する。私はこれを本能的生活（Impulsive Life）と仮称しよう。（第12章より）

そこにはもう自他の区別はない。二元的な対立はない。これこそは本当の生命の赤裸々な表現ではないか。私の個性は永くこの境地への帰還にあこがれていたのだ。（第12章より）

その場合私は比喩と讃美によってわずかにこの尊い生活を偲ぶより外に道がないだろう。（第12章より）

武郎は、ここで情熱的に「本能的生活」の至上の価値を主張し、「慣習的生活」「智的生活」それぞれの価値を超えていく究極的な意義を表明している。弁証法にも似たこの展開を、我々が日常の世事にまつわる経験上から批判するのは、難しくないだろう。しかし、それは、武郎自身も先刻承知の上で、おそらく自分自身に対して語りかけているのである。もうしばらく、我々読者もその言葉の彼方に垣間見える暗喩の世界に、心を預けてみようではないか。

本能という言葉……（略）……は殊に科学によってその正しい意味から堕落させられている。……（略）……本能とは大自然の持っている意志を指すものとも考えることが出来る。（第14章より）

本能を「大自然の持っている意志」と喝破した武郎は、「本能的生活」を、人間社会の下世話な話題で用いられる用語としての〈本能〉と、明確に峻別している。この理解を逸すれば、『惜しみなく愛は奪ふ』の本旨をまったく見失うことになる。ここでいう「本能」について、より卑近に引き寄せて、しかも誰でも理解できるように、彼は別の言葉を用いて換言していく。そこから、『惜しみなく愛は奪ふ』における主張は、一層本質的な意味でラジカルになっていく。それは、次章の展開となる。

(4)

第15章から第19章までは、初稿版の再録である。いわば、『惜しみなく愛は奪ふ』の核心部分である。ここでは、これまで「本能的生活」として表現し始めた個性の在りようを、〈愛〉に置き換えて、より直感的に展開している。

人間によって切り取られた本能—それを人は一般に愛と呼ばないだろうか。(第15章より)

愛は人間に現れた純粋な本能の働きである。(第15章より)

私の体験は、縦しそれが貧弱なものであろうとも—愛の本質を、与える本能として感じることが出来ない。私の経験が私に告げるところによれば、愛は与える本能である代わりに奪う本能であり、放射するエネルギーである代わりに吸引するエネルギーである。(第15章より)

人口に膾炙《かいしゃ》しているところによると、「愛は惜しみなく与える」という理解が流布しているが、それは表層的な理解だ、と武郎は異議を唱え、自分の本能的生活の中で把握できた限りに於いては、「愛は惜しみなく奪ふ」ものだと主張する。これは、彼自身も言うように、一般的な理解からすると、最初は理解しがたい違和感が伴うかもしれないが、愛する時の心の動きを冷静に眺めてみよう、と我々読者に呼びかける。その具体的なメカニズムについては次章以降の展開となるが、ここでいう愛は、本能的生活としての個性の在りようから敷衍《ふえん》された心

の動きを指していることに、あらためて留意しておきたい。智的生活における心の動きでもなければ、まして
や、慣習的生活における心の姿態を指しているのでもない。愛の主体と客体を、本能的生活の中に如何に取り込
むのかという理解である。既に前述し論理的に整理して来たように、個性は本能的生活の中で外界を自身の内に
如何に取り込むのか、という命題であることを、今一度再確認した上で、次章に進もう。

私の愛は私の中にあって最上の生長と完成を欲する。私の愛は私自身の外に他の対象を求めはしない。私の個性はかくして生長と完成との道程に急ぐ。然らば私はどうしてその生長と完成を成就するか。それは奪うことによってである。愛の表現は惜しみなく与えるだろう。然し愛の本体は惜しみなく奪うものだ。（第16章より）

私が小鳥を愛すれば愛するほど、小鳥はより多く私そのものである。私にとって小鳥はもう私以外の存在ではない。小鳥ではない。小鳥は私だ。私が小鳥を活きるのだ。(The little birdis myself, and I live a bird.) 〃I live a bird.〃……英語にはこの適切な愛の発想法がある。……（略）……私は小鳥を生きるのだ。だから私は美しい籠と、新鮮な食餌と、やむことなき愛撫とを外物に恵み与えた覚えはない。私は明らかにそれらのものを私自身に与えているのだ。私は小鳥とその所有物の凡てを残すところなく外界から私の個性へ奪い取っているのだ。……（略）……愛は略奪する激しい力だ。（第16章より）

武郎が主張する「愛は惜しみなく奪ふ」ものだと言う論理構成は、小鳥の例によって具体的でわかりやすく表現されている。このこと自体への解説は、もはや不要であろう。要するに、「愛するものを奪う」と言っているのではない。愛するということ自体が、そもそも、奪うということなのだ、自分の個性に取り込んで、そのことによって一層豊かになった自分の個性を愛する生活がより一層深まるのだ、と言っているのである。このこと自

体は、特段奇異なことではないだろう。ある意味で、当たり前のことのような気がする。武郎も、当たり前のことだ、と言っているのであろう。では、このように表現することで、彼は何を狙っていたのだろうか。それは、この次の章で示唆される。

愛は自己への獲得である。愛は惜しみなく奪うものだ。愛せられるものは奪われてはいるが不思議なことには何物も奪われてはいない。然し愛するものは必ず奪っている。(第17章より)

ダンテはいかにビヤトリスから奪ったことぞ。彼れは一生の間にビヤトリスを浪費してなお余る程この愛人から奪っていたではないか。彼の生活は淋しかった。……(略)……ダンテはその愛の獲得の飽満さを自分一人では抱えきれずに、「新生」として「聖曲」として心外に吐き出した。……(略)……見よ愛がいかに奪うかを。愛は個性の飽満と自由とを成就することにのみ全力を尽くしているのだ。(第17条より)

愛は惜しみなく奪い自己の個性に取り込むものであることを、武郎は、ダンテやホイットマンを例に引きながら、熱く語る。そして、彼のその思いがどこに帰着するのか、垣間見せることになる。

ホイットマンも嘗てその可憐な即興詩の中に「自分は嘗て愛した。その愛は報われなかった。私の愛は無益に終わったろうか。否。私はそれによって詩を生んだ」と詠っている。(第17章より)

これが、武郎の「惜しみなく奪う愛」の究極の目的なのではないか。つまり、愛を個性の中に奪い続けることによって、彼の表現活動を維持していく、ということを明かしているような気がする。この場合の「愛」の対象は、作品の中に表現しようとする、特に主人公に仮託する存在である。たとえば『カインの末裔』であれば、主人公広岡仁右衛門のモデルとした広岡吉次郎氏のイメージ（つまり、実在の本人の実像というより、広岡吉次郎氏に関する取材から得られた情報をもとに武郎が組立て直した氏のイメージ）であり、彼を武郎が自らの中に取り込んで、自身の想いや主人公をどのような存在にしたかったという、武郎の根源的な創作意図が、「愛」の姿なのではないか。武郎は、『カインの末裔』自註解説の中で、「主人公広岡仁右衛門は実は自分である」と書いているが、その意味は、広岡吉次郎に対する「愛」を惜しみなく自分の中に奪い、そして、自分の個性と一体の主人公広岡仁右衛門として作品に表現した、という意味であろう。『或る女』であれば、佐々城信子という実在の女性への関心を「愛」として武郎の中に奪い、彼の個性と一体になった主人公として「早月葉子」を生み出した、ということではないか。「早月葉子は実は自分自身だ」ということになるのであろう。しかし、『或る女』においては、実は有島武郎自身をモデルとした登場人物（古藤）も登場させており、したがって、創作上の自己表出の構造はやや複雑になっている。この点については後述することにして、先に読み進めたい。

個性はその生長と自由とのために、愛によって外界から奪い取れるもの凡てを奪い取ろうとする。愛は手近い所からその事業を始めて、右往左往に戦利品を運び帰る。個性が強烈であればある程、愛の活動も亦目ざましい。若し私が愛するものを凡て奪い取り、愛せられるものが私を凡て奪い取るに至れば、その時に二人は一人だ。そこにはもう奪うべき何物もなく奪われるべき何物もない。だからその場合彼れが死ぬことは私が死ぬことだ。殉死とか情死とかはかくの如くして極めて自然であり得ることだ。……（略）……而して、その世界の持つ飽くことなき拡充性が、これまでの私の習慣を破り、生活を変え、遂には弱い、はかない私の肉体を打壊するのだ。破裂させてしまうのだ。（第18章より）

鳥肌が立つほどの直裁な表現ではないか。論は、核心に突入した。武郎自身のこの後の創作活動の〝臨界〟と

〝自死〟が予感される、と思うのは、読者のあまりに〝高慢な〟批評家根性だろうか。いや、それこそ「有島武郎」を「愛」し自分の中に奪い取ろうとしている読者としての私の個性がなせる精神営為であり、『惜しみなく愛は奪う』に込めた武郎のメッセージを正面から受け止めて継承しようと言う〝愛弟子〟の所業として、肯定的に受け止めて頂ける「感想」ではないだろうか。これは、剽窃《ひょうせつ》ではない。白熱の度を増してきた武郎の論は、まだ続く。

難者のいう自滅とは畢竟何をさすのであろう。……（略）……それは、個性の亡失ではない。肉体の破壊を伴うまでに生長し自由になった個の拡充を指しているのである。……（略）……愛あるが故に、個性の充実を完うして時ならざるに死ぬ人がいる。然しながら所謂定命の死、不時の死とは誰が完全に決めることが出来るのだ。愛が完うせられた時に死ぬ、即ち個性がその拡充性をなし遂げてなお余りある時に肉体を破る、それを定命の死といわないで何所に正しい定命の死があろう。愛したものの死ほど心安い潔い死はない。その他の死は凡て苦痛だ。それは他のために自滅するのではない。自滅するものの個性は死の瞬間に最上の生長に達しているのだ。即ち人間として奪い得る凡てのものを奪い取っているのだ。個性が充実して他に何の望むものなき境地を人は仮に没我というに過ぎぬ。（第18章より）

後年の武郎の自死は、情死として世間の耳目を集めた。しかし、その背景や理由は、今なお謎に包まれたままである。多様な分析が繰り返されてきたが、なお解明されたとは言いがたい。その中にあって、一読者としての私のこのような読み方が適切なものかどうか、それはわからない。しかし、その瞬間の武郎の境地に、ほんの微かではあっても触れることができた、という妄想が湧き起こる。武郎は、死への道行きの途中で、幾人かに最後の書簡をしたためているが、次のようなメッセージが書き込まれている。

如何戦っても私はこの運命からのがれる事が出来なくなったのですから、私は心からのよろこびを以てその運命に近づいてゆくのですから。（大正12年6月8日　有島武郎から有島幸子及三児宛の手紙）

私のあなた方に告げ得るよろこびは死が外界の圧迫によって寸毫もうながされてハいないといふ事です。私達は最も自由に歓喜して死を迎へるのです。軽井沢に列車の到着せんとする今も私達は笑ひながら楽しく語り合っています。如何か暫く私達を世の習慣から引放して考へてください。（大正12年6月8日　有島武郎から弟妹諸氏宛の手紙）

然し私達は遂に自然の大きな手で易々とかうまでさらはれてしまひました。（大正12年6月8日　有島武郎から波多野春房宛の手紙）

僕ハこの挙を少しも悔いず唯十全の満足の中にある。秋子も亦同様だ。私達を悲しまないで呉れ給へ。……（略）……実際私達は戯れつつある二人の小児に等しい。愛の前に死がかくまで無力なるものだとは此瞬間まで思ハなかった。（大正12年6月9日　有島武郎から足助素一宛の手紙）

私達ハ愛之絶頂に於る死を迎へる。他の強迫によるものではない。（大正12年6月9日　有島武郎から森本厚吉宛）

引用が少し多かったが、『惜しみなく愛は奪ふ』に展開されているキーワードがいくつか散見される。宛先にそって、少しづつニュアンスの異なるメッセージとなっているので、これらを総合することで、彼の自死の真相に少しは理解が届く可能性を感じる。しかし、この章では、武郎は、「惜しみなく奪う愛」と「死」の関係に論の主力を注入しているのではなさそうだ。

私が創作の衝動に駆られて容赦なく自己を検察したとき、見よそこには生気に充ち満ちた新しい世界が展開されたではないか。実生活の波乱に乏しい、孤独な道を踏んで来た私の衷に、思いもかけず、多数の個性を発見した時、私は眼を見張って驚かずにはいられなかったではないか。私が眼を据えて憚りなく自己を見つめれば見つめるほど、大きな真実な人間生活の諸相が明瞭に現れ出た。私の内部に充満して私の表現を待ち望んでいるこの不思議な世界、何だそれは。私は今にしてそれが何であるかを知る。それは私の祖先と私とが、愛によって外界から私の衷に連れ込んで来た、謂わば愛の捕虜の大きな群れなのだ。彼等は各自身の言葉を以て自身の一生を訴えている。而して私の心にさえよき準備ができているならば、それを聞き分け、見分け、その真の生命において再現するのは可能なことであるのを私は知る。私は既に十分を持っている。芸術制作の素材には一生かかって表現してもなお余りあるものを持っている。外界から奪い取る愛の働きを無視しては、どうしてこの明らさまな事実を説明する事が出来ようぞ。然も私の愛はなお足りることを知らずに奪おうとしている。何という飽くことを知らぬ激しいそれは力だろう。（第18章より）

このエネルギッシュな創作欲の源泉に関する分析と、将来に向けた自信に満ちた闘争宣言は、初稿段階のハイライトだと思う。『カインの末裔』における創作と表現の源泉をかくのごとく対象化し得たことが、この後の「奇跡の年」を支えることになるのは当然と思うが、一方で、定稿版の視点から言うと、『或る女』に至る凝縮した創作活動を振り返って得られた実感としての総括でもあっただろう。しかし、ここでもやはり、私たち読者の冒涜的な視線により、武郎の創作の危機に繋がる悪い予感を感じてしまうのはどうしようもない。後述したいが、武郎のこの熱いマニフェストは、１９２１（大正10）年に発表した『白官舍』（翌大正11年に『星座』と改題されて出版）の中で真価が試されることになるのである。

(5)

第20章から最後の第29章までは、初稿版になかった、定稿版で増補された部分である。ここには、『或る女』

の発表以降寄せられた、いくつかの反響に対して答える論述が展開されている。

私は澱みに来た。而して暫く渦紋を描いた。私は再び流れ出よう。私はまず、愛を出発点として芸術を考えて見る。凡ての思想凡ての行為は表象である。表象とは愛が己れ自ら表現するための煩悶である。その煩悶の結果が即ち創造である。（第21章より）

定稿版を著わした時の、武郎の創作エネルギーを的確に自己表白している。基本的には、生涯通じて抱えていた創作活動における産みの苦しみを吐露したものとも受け止められるが、就中、この時期（大正9年）の武郎があがき苦しんでいた課題を、必至に対象化しようとしている様子が伺える。必至にもがく行為として、この『惜しみなく愛は奪ふ』の定稿版を増補しているのであろう。しかし、初稿版（第15章から第19章まで）を一層深く掘り下げる、あるいは、大きな前進が見られる、という追補になっているかと言えば疑問だ。つまり、草稿段階の高揚した理論的構築の水準を超えて、次の新たな創作に向けた理論再構築に成功している内容かと言えば、否定的に感じざるを得ない。その中にあって、新たな展開と言えば、第23章の「男女の関係と家族生活」への敷衍である。

私は更らに愛を出発点として男女の関係と家族生活とを考えてみたい。（第23章より）どれ程長い時間の間に馴致されたことであるか分らない。然しながら人間の生活途上において女性は男性の奴隷となった。それは確かに筋肉労働の世界に奴隷が生じた時より古いことに相違ない。（第23章より）

武郎は、男女の関係における歴史的変遷を辿りながら、今日の男性優位の関係性を批判的に指摘する。その上で、男性と女性それぞれの問題点も指摘するが、それらは畢竟《ひっきょう》、男女関係の今日を固定化する社会制度の隅々に行き渡っているイデオロギーのなせる結果と断言し、その情況から如何に脱却するか、特に女性の解放を如何に進めたら良いか、論を進めていく。ここでは、暗に『或る女』の早月葉子の、男への愛と憎しみ、女としての闘い方を強く意識して、その普遍化を図る論述を深めていくような展開だ。明らかに、武郎は、早月葉子の生き方に強いシンパシーを寄せ、しかしながら、時代の中で登場が早すぎたことに起因する早月葉子の苦悩と敗北もまた必須のことであったとして、その問題点を社会の時代性の中に探っていく。

女性が今の文化生活に預かろうとする要求を私は無下に斥けようとする者ではない。それは然しその成就が完全な女性の独立とはなり得ないということを私は申出したい。若し女性が今の文化の制度を肯定して、全然それに順応することが出来たとしても、それは女性が男性の嗜好に降伏して自分達自らを男性化し得たという結果になるに過ぎない。それは女性の独立ではなく、女性の降伏だ。唯外面的にでも女性が自ら動くことの出来る余地を造っておいて、その上で女性の真要求を尋ね出す手段としてならば、私は女権運動を承認する。（第23章より）

現代において主張されている「男女同権」（これはもう古い概念？）や「男女共同参画」（これは少し胡散臭い？）と言うのは、武郎の概念整理で照らし出すと、「女性の男性化」であり「女性の降伏」に帰着する、ということになるだろう。確かに、武郎の時代と比べても、女性の社会進出は非常に進んできたが、ではその分、女性の自立が進み女性の権利が向上したかと言われれば、武郎の批判に反論できない状況にあることは否めない。女性が社会の中で男性と同じように働き、進出しているのであって、男性と異なる存在の仕方を確立しつつある、とは到底言えないだろう。では、どのような女性の在り方が望まれるのか。

それにも増して私が女性に望む所は、女性が力を合わせて女性の中から女性的天才を生み出さんことだ。男性から真に解放された女性の眼を以て、現代の文化を見直してくれる女性の出現を祈らんことだ。……（略）……男性と創り上げた文化と、女性のそれとの正しき抱擁によって、それによってのみ、私達凡ての翹望する文化は成り立つだろう。（第23章より）

この論理構成は、武郎の「第四階級論」と共通のものであることがわかる。第四階級の解放について、第三階級である自分は主体的には関与できないことだと割り切った武郎の〝潔癖性〟は、女性の解放についても、男性である自分自身は直接的には何も出来ないが、女性が自ら方針を打ち出せば、男性として真摯にそのことに向き合おう、という姿勢を見せている。これを武郎の限界ととるか、本質的に正しい方針と受け止めるか、我々にも同様の問いが投げかけられている。こうして、武郎のラジカル性は、男女の愛の根源性と社会制度との相克に関する主張の中で、より明確に表明される。

家族とは愛によって結びついた神聖な生活の単位である。これ以外の意味をそれに付け加えることは、その内容を混乱することである。法定の手続と結婚の儀式とによって家族は本当の意味に於て成立つと考えられているが、愛する男女にとっては、本質的にいうと、それは少しも必要な条件ではない。又離婚即ち家族の分散が法の認許によって成立つということも少しも必要な条件ではない。凡てかかる条件は、社界がその平安を保持するために案出して、これを凡ての男女に強制しているところのものだ。国家が今あるがままの状態で、民衆の生活を整理していくためには、家族が小国家の状態で強固に維持されることを極めて便利とする。また財産の私有を制度となさんためには、家族制度の存立と財産継承の習慣とが欠くべからざる必要時である。これらの外面的な情実から、家族は国家の柱石、資本主義の根拠地となっている。その為には、

縦令愛の失われた男女の間にも、家族たる形体を固守せしめる必要がある。（第23章より）

愛のある所には常に家族を成立せしめよ。愛のない所には必ず家族を分散せしめよ。この自由が許されることによってのみ、男女の生活はその忌むべき虚偽から解放され得る。自由恋愛から自由結婚へ。（第23章より）

彼の家族論は、男女の愛にのみ、その存立根拠を有する。社会が手続きとして確立した家族制度は、何ら必要不可欠なものではない、と切り捨てる。男女の愛は、本能的生活のひとつの最終形である以上、そこには、智的生活の導入も不要だし、いわんや、社会的手続きや制度などの慣習的生活は本来まったく不要のものであって、何等かの便宜的必要性への配慮がある場合に限って導入すれば事足りる程度の付属的なしきたり、ということであろう。このような整理は、武郎にとっては、論理的整合性の観点から言っても至極至当なことである。この認識をもとに、彼は、もう一つの家庭論を提起している。制度に縛られた家庭は、国家体制の基礎としてその一翼を担うべく拘束されている、と喝破している。これも、愛によってのみ成立する家庭が本能的生活であることから、国家権力のシステムといった智的生活や慣習的生活とは本来無縁であるはずだが、日本では（多くの国でもそうだが）、婚姻制度や私有財産制度などによって、国家機構にがんじがらめに縛られ、また家庭の側からもその拘束をもって家族の永続性を外在的力（国家）によって永続させようと言う打算が依拠する仕組みになっている。この論点は、武郎にとって、単なる理論的論点に留まらず、自分自身の父との関係や、農場における事実上の権力関係をもろに支えてきた観念であることから、破壊すべき共同幻想として強く意識した問題でもあった。このように、男女の愛の本質において家族を位置付け、いよいよ『惜しみなく愛は奪ふ』の最終結論に触れる。

更に又、私は恋愛そのものについて一言を付け加える。恋愛の前に個性の自己に対する深き要求があることを思え。正しくいうと個性の全的要求によってのみ、人は愛人を見出すことに誤謬なきことができる。

（第23章より）

恋愛と結婚が本能的生活において本来的に自由なもの、ということになると、世間では様々な不安と批判を繰り出してくる。予期されるそのような反対に向けて、彼は、本質的な反論を用意している。「惜しみなく奪う愛」は、個性が自らの裡に取り込むものであり、自分自身の魂と一体になることになるので、その対象を見定めるに際しても誠心誠意行わざるを得ない。制度によって拘束されたからではなく、自分の心が自身の尊厳と責任において奪う愛の対象を定めるのである以上、疎かには出来ないはずであり、誤謬も生じないよう努力するはず、と戒める。正直、やや性善説に肩入れしすぎている感もあるが、しかし、「愛」というのはそもそもそのような「全的」なものであるというのは確かなことだ。

第23章は、定稿版の1年ほど前に出版され様々な反響を巻き起こした『或る女』について、あらためてその根底にある有島武郎自身の想いを集約的に表現した文章でもある。『或る女』に関して彼に寄せられたいくつかの批評や批判に向けて、彼は書簡の中でも、『或る女』と『惜しみなく愛は奪ふ』を関連づけながら解説している。この二つの作品は、密接に関連しているといえる訳だが、その接点となるのが、第23章である。この第23章の論述で、『惜しみなく愛は奪ふ』の論理構成は完結する。「本能」を「愛」と置き換え、その対象を、男女の愛や家族の成立という論理的地平からさらに一歩進めて、芸術表現の対象や内容についての取材まで、論点を敷衍《ふえん》してきた。そして最後は、男女の愛や家族の根拠を再び〈個性〉に帰すことで人間存在の根源的責任を明らかにし、一貫した循環的論述をここで閉じているのである。

この後の残りの章では、いくつかの断片的な補足事項について触れているのみなので、言及は略す。

3.「奇跡の年」における『惜しみなく愛は奪ふ』の意義

(1)

既に述べたように、『惜しみなく愛は奪ふ』初稿版が発表されたのは、1917(大正6)年6月号の『新潮』であり、その後、1920(大正9)年6月に増補定稿版が『有島武郎著作集』第十一輯に収録された。この間の経緯について、発表した関連する主な作品を中心に、少し辿っておきたい。まず、年表。

・1917(大正6)年6月:『惜しみなく愛は奪ふ』(初稿版/定稿版の第15~19章に該当する部分)を『新潮』に発表(同時に、『ニュー・イースト』誌に英訳〝Love, the Plunderer〟に寄稿)
・1917(大正6)年7月:『カインの末裔』が『新小説』に発表され、「奇跡の年」の嚆矢となる
・1917(大正6)年10月:『芸術を生む胎』(『新潮』に発表)の中で、『惜しみなく愛は奪ふ』について言及し、関連の論旨を展開
・1917(大正6)年11月~12月:『自己の考察』(『北海タイムス』に発表)の中で、『惜しみなく愛は奪ふ』について言及し、関連の論旨を展開)
・1918(大正7)年3月~4月:『生れ出づる悩み』(『大阪毎日新聞』に連載)を発表
・1919(大正8)年2月~4月:『リビングストン第4版序言』(『東方時論』に発表)の中で、『惜しみなく愛は奪ふ』定稿版の予告
・1919(大正8)年3月:『或る女』前編を出版
・1919(大正8)年6月:『或る女』後編を出版
・1920(大正9)年6月:『惜しみなく愛は奪ふ』定稿版を『有島武郎著作集』第十一輯に発表
・1921(大正10)年7月:『白官舎』を発表

・1922（大正11）年3月：思想と実生活の一元化を求め、農場解放、邸宅、家財処理の意志を表明
・1922（大正11）年5月：『星座』（『白官舎』を改題）を出版
・1922（大正11）年7月：農場弥照神社にて、土地共有による農場の無償解放

年表からは、『惜しみなく愛は奪ふ』の初稿版が、『カインの末裔』とほぼ同時期に書かれ公表されていること、そして、定稿版が『或る女』発表の頃から増補部分が書き始められ、その1年後に定稿版が発表されていることを、読み取ることが出来る。この経過から、『惜しみなく愛は奪ふ』が有島武郎の「奇跡の年」に産み落とされた諸作品に密接に関連していることを想起することが出来る。内容としても、芸術の創造と深く関連する思想が見られたことから、創作作品との関連はありそうである。しかし、実際はどうなのだろうか。実は、この時期の書簡や日記から、この経緯の中にこれらのテーマを実証できる記述を検索したが、様々な記載はあったものの、確証は得られなかった。そこで、一読者としての推定を交えた〝仮説〟を提案して、論を終えたい。

⑵

「奇跡の年」の幕を開けた『カインの末裔』と、幕を閉めた『或る女』、そして、その後の有島武郎の方向性を占う未完の長編となった『星座』について、『惜しみなく愛は奪ふ』の観点から読み直してみる。『カインの末裔』は、主人公広岡仁右衛門の存在意義が最大のテーマである。彼は、まさしく「本能的生活」の象徴として描かれている。仁右衛門の個性の中に、彼を取り巻くすべての外界は取り込まれ、彼はその中で完《まっ》き自由人として傍若無人に行動する。しかし、そのことによって彼は農場コミュニティと対立し外界の凡てを敵に回し、最後は自らの本能故に外界から復讐を受けて打ちのめされ、農場から夜逃げせざるを得なくなる。ここには、本能的生活を強行することによる敗北が描かれている。仁右衛門に対する作者の〈愛〉がこのような結末を描いたのは、

何故だったか。仁右衛門の本能的生活は、外界を惜しみなく奪って成り立っていたように見えても、実は、それは〈愛〉によってではなかった。奪えば奪うほど、外界は失われていった。これは「惜しみなく愛は奪ふ」の在り方ではない。有島武郎が創作表現の中に奪った主人公仁右衛門の存在はどうだったか。武郎は仁右衛門を、ローファーにはなれない似非ローファーの象徴として対象化したことで、武郎が目指すローファーの実現困難性の暗喩とした。有島農場解放を既に決意していた自分の理想の射程が、極めて遠大なものであることをも自らに問いかけ、それでもなお実現に向けた決意を暗喩によって表現し、当面はそれが敗北するであろうことをも予言する作品とした。

『或る女』はどうか。主人公早月葉子は、女としての存在感が外界から容認されない疎外感と闘う術を、男を魅惑する性を武器に、外界の凡てを自分の個性の中に奪い続けて生きてきた。その外界の象徴が、倉地三吉である。葉子と倉地は、互いに奪い合って双方の個性はひとつになった。葉子は、仁右衛門と違って、自らが外界を敵に回すような生き方を重ねたのではない。彼女の生き方が、外界を結局離反させ、葉子と倉地を崩潰《ほうかい》せしめた。女の生き方として在りうべき姿のひとつであるにもかかわらず、時代がそのような女の生き方を認めなかった。仁右衛門は時代に歯向かって自滅した自然児だったが、葉子はその自由な愛の生き方が時代に認められず時代によって破壊されたローファーとなった。有島武郎は、この作品の中で、自らを古藤義一という登場人物として葉子の生き方に対置させたが、それは、葉子の本能的生活に対する智的生活を象徴する人物として対比させるためであった。有島自身は智的生活を体現する存在ではないが、敢えてそのような役回りとして配置した意味は、葉子という本能的生活者の可能性を検証するための指標として潜り込ませたと思われる。物語の進展の中で、葉子が古藤を超えていく流れを目標に書き進めていったものの、葉子は、古藤の愛を自分の個性に中に取り込めきれず、智的生活を止揚することが出来なかったのである。

有島武郎は、この二つの作品を通じて、『惜しみなく愛は奪ふ』ことによる文学創造に、実は満足できる成果を見出すことが出来なかったと、言わざるを得ない。仁右衛門と葉子それぞれの敗北の仕方が、そのことを象徴している。しかし、それは、本能的生活自体の不可能性を示しているのではない。ローファーの実現困難性は、いわば、永遠の叛逆《はんぎゃく》によってのみ克服可能であり、当面の農場解放にしても失敗する可能性が極めて大きいことを自らに語りかけているのである。それでもなおかつ、進まざるを得ない道であること、敗北の屍を踏み越えていかざるを得ない目標であることを自らに戒めながら、秘かな決意を表現しているのである。作品としての表現水準については、秘かな自負を盛り込みながらも、読者が果たして読み取ってくれるかどうかについては、自信を持っていなかったとも思われる。彼は、書簡の中で、度々その点について触れている。

畢竟私のあの作物は私に取っては荷が勝ち過ぎていたと言わねばなりません。私は全くそれを恥じます。(大正8年10月8日　浦上后三郎宛書簡より)

是は然し結果私の表現が十分でないから起ることでせう。……(略)……いつかはあの作品が女性に対する、従って人間生活の悲運に対する真相を読者に垣間見せ、而してその点に対する考へ直しをして貰へる時が来るやうにと祈るものです。私は芸術は已むにやまれぬ生の表現だと信ずるものです。私は自分の生の苦痛をあの作で叫んだのです。(大正8年10月19日　石坂養平宛書簡より)

その意味で、『或る女』は成功したとは言え、一般的な読者世界においては、問題提起が的確に理解されたとは言えない結果を招いた。では、『惜しみなく愛は奪ふ』に託した彼の芸術理念は、その後、彼の創作活動の中でどのように展開していったのか。ここでは、『或る女』以降に公表された彼の長編『星座』をみてみよう。とは言っても、この作品は未完であって、武郎は、この作品を完成することに絶望したように思われる。その意味に於いて、『惜しみなく愛は奪ふ』の果たした意義について、前二作とは異なる視点から総括を可視化したとも言える。
『星座』では、主人公が多数登場する。その一人一人が互いに絡み合いながら、それぞれの内面世界に別の主人公を取り込んでいく。つまり、『惜しみなく愛を奪ふ』関係性が多元的に輻輳していく物語である。それぞれの愛の姿が、それぞれの個性を豊かに変貌せしめていく。したがって、この作品に於いて、武郎は、「惜しみなく愛を奪う」生き方を多元的にする試みとして敢行したのであって、彼にとっては、最大の創造的挑戦を行ったのである。その結果は、その予兆としての魅力的な文学世界を描くことは出来たものの、おそらく、完成させる自らの力に、何等かの限界を感じたのではないだろうか。書簡の中に、そのことに懸念を引き寄せる記述がいくつか見られる。

何しろ今年に於而私は自分の生活をいよいよ少しちがへて見ようとおもっています。人としての私は今危機に臨んでいます。内部の生命が脅かされているやうで創作が出来ません。これは単に怠慢からばかり来ているものとは考へられません。寧ろ内部のものが私に怠惰を強ひるのです。白官舎の続きなる「星座」に既に執筆に着手してあるべくしてまだ着手していません。此頃小説のプロットなどを考へているのが変に気が引けてきました。もっと端的な表現に赴きたいといふ熱意が燃えます。矢張詩や音楽が羨ましいとおもひます。（大正11年1月19日　吹田順助宛書簡より）
『星座』といふのが出来ましたからお送りします。話の全体からいふと単々玄関口だけを現はしたのに過ぎないので読んで興味の薄いものと想ひますが不用な時間があった時お読みくだされば幸です。（大正11年6月4日　森本厚吉宛書簡から）

自身の精神状況を端的に吐露している。武郎は、書簡の中で、筆が進まないことを素直にこぼすことが多い。『星座』に関しては、結局筆は進まず、途中段階で出版することになった。この背景には様々な要因が絡んでいることを、彼の書簡から読み取れる。現にこの先、武郎の創作意欲はますます減退していくように推移する。存在感の強いまとまった作品が激減する。そして、この年、大正11年7月には、農場の無償解放宣言を行い、生活を大きく変えて、創作意欲の回復を期すことになるが、実現しないまま、さらに翌年を迎える。

有島武郎は、自死（6月9日）の直前、1923（大正12）年6月1日発行の有島武郎個人雑誌『泉』第二巻第6号に、『独断者の会話』を発表した。創作とは言いがたい作品であるが、暗喩のみで、彼自身の主要な思想的課題、創作上の課題、人生上の課題について、ある種の総括を試みたような内容になっていて、読んでいて鳥肌が立つような暗い予感に襲われる箇所が多い。自死に赴く思考の回路を最後に廻り切った出口を暗示しているのか、あるいは思考のラビエンスの深奥からの叫びなのか。いずれ格闘しなければならない作品であることは確かだ。

19 『ルベックとイリーネのその後』『イプセンの仕事振り』『一つの提案』

芸術と愛の相克

『運命の訴へ』（大正9年9月）とほぼ同じ頃、有島武郎はイプセンについていくつかの文章を書いている。『運命の訴へ』の中で覗き込んでしまい、その奈落に飲み込まれそうになって執筆の継続を断念した武郎の虚無とは何だったのか。イプセンの作品群に自らを重ね、イプセンの迷宮に正面から対峙している武郎の文章を取り上げ、『運命の訴へ』を未完・未刊とした彼の内奥に迷い込んでみたい。『ルベックとイリーネのその後』（大正9年1月）『イプセンの仕事ぶり』（大正9年7月）『一つの提案』（大正9年9月）を読む。

有島武郎の『An Incident』を読んだ時、自分にとっての有島武郎の意味がまたひとつ新たな膨らみを見せ始めた。共感、というのとは明らかに異なる精神の澱みと混乱の予感を、共有したものどおしの相憐れみに似た、限りなく後退し続けるスパイラルに陥ったような陰鬱である。それは、どこから来る心象なのか。武郎は、次のように明かしている。主人公の心の嵐は、夜泣きを止めない子供に向かうようでいて、実は妻に向けて荒れ狂う。

外套掛けからは命を絞り出すやうな子供の詫びる聲が聞こえていた。彼れはもう一度妻を見て、妻がさつきからその聲に気を採られていると云う事に気がついた。苦い敵愾心がまた胸に突き上げて来た―嫉妬と云ふ言葉ででも著すべき敵愾心が―（『An Incident』より）

後悔しない心、それが欲しいのだ。色々と思ひまはした末にここまで来ると、彼れはそこに生甲斐のない自分を見出した。敗亡の苦がい淋しさが、彼れを石の枕でもしているやうに思はせた。彼れの心は本統に石ころのやうに冷たく、冷え込む冬の夜寒の中にこちんとしていた。（同書）

武郎は、アメリカ留学の間に傾倒した作家のひとりイプセンについて、後年いくつかの評論を書いている。ここでは、その作品を取り上げてノートを書くが、その数年前に発表した『An Incident』は、イプセンの『人形の家』を強く意識して書かれた作品のように思われてならない。

ヘルマー：それで家も夫も子供も振り捨てようなんて、お前は世間の思はくというものを考へていない。
ノラ：そんなことには構っていられません。私はただしようと思ふことは是非しなくちゃならないと思ってるばかりです。
ヘルマー：言語同断だ、お前は全體そんな風にしてお前の一番神聖な義務を捨てることが出来るのか？
ノラ：私の一番神聖な義務といふのは何でせう？
ヘルマー：それを私に尋ねるのかい。夫に対し子供に対するお前の義務を。
ノラ：私には同じやうに神聖な義務が他にあります。
ヘルマー：そんなものがあるものか、どんな義務だといふのだ。
ノラ：私自身に対する義務ですよ。
ヘルマー：何よりか第一に、お前は妻であり母である。
ノラ：そんなこともう信じません。何よりも第一に私は人間です。丁度あなたと同じ人間です。無論、世間の人は大抵あなたに同意するでしょう。書物の中にもさう書いてあるでせう。けれどもこれからもう、私は大抵の人のいふことや書物の中にあることで満足してはいられません。自分で何でも考

え究めて明らかにしておかなくちゃなりません。（イプセン『人形の家』より）

イプセンは、『人形の家』の終幕で、夫ヘルマーの本質を見抜いてしまった妻のノラが、夫に別れの決意とその理由を告げる緊迫したダイアローグを据えている。イプセンは、ここでノラの側から、共同幻想に浸り切っている夫に向けて鋭い言葉を次々と冷静に放っている。ノラの静かに燃える業火に対し為す術もなく混乱しているヘルマーの心の奥隅に、イプセンは男としての自分自身の心情を重ねて、冷徹にその醜さを凝視しているかのような場面である。対して、武郎の『An Incident』では、武郎自身と思える主人公が自らの心の中の暴虐な嵐を内省的に観察しつつ、妻への対幻想の中で、夫としての暴力性に忘我の境を彷徨う自失の男を描いている。イプセンは妻の目から男を射抜き、武郎は夫の目から妻を媒介して自分自身の男を射抜いた、と言えば良いだろうか。いずれの作品においても、描かれたのは、男の駄目さ加減であり、共同幻想に浸され切った男、対幻想に唯我独尊となった男の姿である点で共通している。双方から、各々自分自身をその中に置いて、夫婦の関係性における男の問題を見据えようとした作家としての苦悩が痛いほど伝わってくる。そして、その彼等が描こうとした男の姿を、さらに何倍も何十倍も醜くしたのが、私自身ではないか。イプセンが描いたヘルマー、武郎が描いた彼自身、それらは、私自身の裡にも存在しているのではないか。そうだ、確かに存在しているのだ。だから、このように、私は有島武郎にもイプセンにも感動しているのだ。その武郎は、『一つの提案』の中で、次のように述懐している。

近頃これを読んで私は、自分でしたり顔に今まで主張してきたことが四十年前の昔にイプセンによって遺憾なく言い現わされているのを知って恥じずにはいられなかった。（『一つの提案』より）

であれば、それからさらに90年も後代の私は、恥じるだけでは済まないどのような心根を抱けば良いというのだろうか。

鬱いでいても仕方がない。武郎がイプセンについて書いた作品をまずは読むことから、始めるしかない。

1．『ルベックとイリーネのその後』

これは、有島武郎が、74歳のイプセンが苦悩の人生の最後に世に投じた戯曲『死者の復活する時』を論じて『文章世界』（大正9年1月）に寄せた評論である。武郎は、イプセンが書いた『人形の家』に始まる6つの戯曲の変遷に、イプセンの人生と芸術の苦悩を重ねて読み取る作品も書いているが（『イプセンの仕事振り』大正9年7月）、その半年程前に、武郎はイプセンの最晩年の作品から取り上げている。その作品『死者の復活する時』は、武郎にとって、どのような意味をもっていたのだろう。それは何よりも、イプセンの人生の終着点における彼自身の自己凝視と悔悟の姿、そして、そこから生み出された表現作品の奥深さへの共感を源泉として、武郎自身の在りようを析出しようとしていたからであろう。おそらく、武郎はこの時期、作家としての大きな曲がり角に立っていた。

イプセンは永久に沈黙する前に自己に就いての総勘定をした。彼れは老いても誤算をすることがなかった。又偽ることがなかった。いくら酒を飲んでも酔う事の出来ない物凄い冴え冴えしさがそこにはある。彼の周囲が凡て中途半端で物を片付けている間に、イプセンのみは眸を定めてじっと自分の人生を睨みつけている。而して回復する事の出来ない悔恨を以て、而かも無縁の人を糺弾する程の精刻さを以て、彼れ自身の事業の欠陥を暴露している（『ルベックとイリーネのその後』より）

このイプセン評が、いかにイプセンへの敬愛の念に根ざしたものであるか、また、いかに武郎自身にも向けられた刃であるか、私たちは十分に気付くことができる。武郎がこの時期、『或る女』（大正8年6月）を書き終え、『惜しみなく愛は奪ふ』（大正9年6月）に取りかかり始めており、自己を振り返る凝縮した思索を重ねる中で、その指針の一つとしてイプセンを強く意識していたことを示しているだろう。1919（大正8）年の秋から1920（大正9）年の春にかけて、武郎は同志社大学でイプセンに関する講義を行っていることも、その外化の一つであったろう。イプセンは、彼の最後の作品『死者の復活する時』で、芸術家ルベックと彼の作品のモデルとなって彼を深く愛したイリーネの緊迫したダイアローグを描いている。二人は、作品の完成と世間からの圧倒的な評価を契機に、二度に亘って、人生の根源的価値を巡る抜き差しのならない、イプセン自身が解決できなかったと思われる二者択一の深遠な問いを投げかけた。

ルベックがまさにその作品を完成しようとした時、彼はイリーネの手を温かく握った。イリーネは気息もつまる程の期待を以てそこに立った。その時ルベックの云った言葉は「今こそはイリーネ、私は心からお前に感謝する。この出来事は私にとって値踏みも出来ない程尊い一挿話だ」と云った。挿話――この一語を聞くや否やイリーネは突然ルベックの眼から姿を消してしまった。ルベックは無益にイリーネのありかを探した。而して彼れの上には再び前のような芸術的衝動は帰って来なくなった。彼れはいろいろ世評と云うようなものの空虚を痛感した。（同書）

しかし、この悲劇は、さらに決定的な形でこの二人を再び襲うことになる。老境を迎えたルベックは、幽霊のごとくにやせ衰えたイリーネと再会する。それは、ノラがヘルマーに決別の宣言した最後の場面のような来襲である。ノラとイリーネがヘルマーとルベックから遂に得ることの出来なかった「男が女を愛することの本質とその深淵」は、イプセン自身の作家人生数十年の暗闘を逆照射するものであったことを、彼自身が絶望の中で告白したかのような意味を呈している。武郎はこのことを、自分自身に向けて確認するかのように、ルベックとイリーネのダイアローグを書き出している。

イリーネ：そうです。血の燃え返る若さを捧げて私は仕えました。
ルベック：(感謝の表情) それはもうその通りだった。
イリーネ：私はあなたの足許に跪いてあなたに仕えました。(握り拳をアーノルドの前につき出し) それだのにあなたは……あなたは……あなたは……
ルベック：(ふさぐように) 私はお前に悪い事を仕向けた覚えはない。決して、イリーネ。
イリーネ：なさいました。あなたは私の胸の奥のまだ生まれ出ない天性を虐げなさいました。
ルゲック：(驚いて) 私が……
イリーネ：そうです。あなたが。私は思い切って洗いざらい私自身をあなたの眼に晒したのです……それにあなたは一度でも私に触ろうとはなさらなかった。

＊＊＊＊＊＊＊

ルベック：……崇高な思想でなら兎も角、決して実際に触れてはならぬ神聖なものだと私はお前を考えるようになっていた。その頃は私も若かったのだ。で、何となく、若し私がお前に触れたら、私の肉感的な考えの中にお前を引き込んだら、私の魂は汚されて、私が望んでいるような仕事は成就しまいと云う迷信を持っていたのだ。これには今でも多少の理屈はあると思うが……
イリーネ：(一寸蔑んだ風で) 芸術の仕事が第一……それから第二に人間ね。(同書)

結局、ここでも、イリーネとの再会は、ルベックにとって最後の挿話でしかなかった。その結果、二人に訪れたのは魂の喪失であり、優れた芸術を生み出したにもかかわらず、ルベックには空虚が残されたのみとなった。「地上生活に属する所の愛―美しい奇跡的なこの世の生活―たとしえないこの世の生活―それは二人の中に死に絶えてしまった」のである。しかし、ルベックは最後の努力として、イリーネとともに高山の頂きに生涯をかけて尋ね損ねた真の力を求めて登ったが、二人とも雪崩に巻き込まれてしまう。そして、全ての物語はここで終わった。

イプセンはこの戯曲を書いた後永久に沈黙してしまった。こんな峻烈な、無容赦な、傷ましい告白を私は嘗て聞いた事がないと云いたい。(同書)

然しルベックとイリーネは生きた問題として私達に残されている。ルベックはイリーネに対して芸術家である前に人間であらねばならぬだろうか。ルベックがイリーネに対して地上生活に属する所の愛に赴いた時、そこに芸術は生れ出るだろうか。如何にしてその愛に赴くべきだろうか。イプセンは謙虚にもこの恐ろしい謎を解くべき栄誉を私たちに頼んで、自分は未練げもなく沈黙した。(同書)

イプセンは、生涯かけて求め続けた人生における愛と芸術の二元論的止揚を遂に成し得ないまま、その問題解決を後世に託したのであろうか。然しイプセンは、その解答のありかは知っていた筈である。同時に武郎も、同じように知っていた筈である。しかし問題は、知ってはいても、解決することはまた別の領域の問題であるということだろう。なぜなら、イプセンもそして有島武郎も、芸術家であること、ルベックであり続けることから脱することに、自ら絶望もしくは諦めていたからであろう。ここで、私は関心の対象を武郎に絞ろうと思う。武郎の逡巡がどこにあるのか、言い淀んではいても、明白ではないか。かれは、イプセン同様、答えはわかっていても、その答えに素直に従いたくはないのだ。わかっている答えに背いてでも、メフィストテレスに魂を売り渡したファウストのように、自分は芸術の毒に惹かれ続けていく道を歩み続けるだろうことを、問わず語りに暗示しているように見える。しかし、自身のこのような密やかな決意に未だ自信を持てない武郎は、今しばらく、イプセンの仕事と人生の道行きを共に辿ってみようと決心したのではないだろうか。なぜなら、彼自身の密やかな決意を、作家生活の大きな曲がり角に立って、最後の結論はどうあれ、さらに深く検証せざるを得なかったからではないかと思う。そしてその検証は、半年後に書かれた評論に表現される事になる。

2.『イプセンの仕事振り』

『ルベックとイリーネのその後』が掲載された『文章世界』から半年程経って、『新潮』（大正9年7月）にこの評論が掲載された。この中で、武郎は、イプセンの6つの戯曲を発表年順ごとに取り上げ、イプセンの芸術と人生の営みに、思索の垂心を下ろしていく。イプセンが最初の戯曲『人形の家』を書いたのは、イプセン51歳の時、1879年である。

この作が読書界に莫大な反響を起し、劇界に重大な寄与であったのは勿論であるが、同時に作者に対する憎悪と酷評とが四方八方から起った有様は、イプセンの生涯に取って未曾有であった。虚無主義者、神聖なる家庭の破壊者、人情に対する低能者等の罵詈雑言はイプセンの身辺に十字火の如く集まった。（『イプセンの仕事振り』より）

武郎自身も、前年の1919（大正8）年6月に『或る女』を出版し、主人公早月葉子の生き方に読書界から様々な反響があり、その多くは当初批判的、攻撃的なものが多かった。その体験があったからか、武郎はイプセンに深い共感を寄せ、彼の作品の本質に無理解な反響に反発する。ここに、武郎がなぜ留学時代に傾倒したイプセンをこの時点で、改めて深く掘り下げる想いに至ったかを明かすヒントが潜んでいそうである。ホイットマンの思想に裏打ちされた武郎の文学表現の大きな一里塚としての『或る女』について、武郎自身が今一度自分自身の裡でその意義について自己確認しておきたかったということも、この時期にイプセンについて集中的に考察を深めることにした背景ではないだろうか。イプセンの『人形の家』を擁護すべく、武郎は、「イプセンがこの戯曲を書き下ろすに当たって、草稿の劈頭に書き記した言葉」を引用する。

世には二種類の精神的方向則ち二種の良心がある。その一つは男性の、而して他の一つは、男性のそれとは全然異質な女性の良心である。この二つの良心は相互の間に理解がない。而して実際生活に於ては女性はいつでも男性の法則によって判断せられている。それはまるで彼女は女性ではなくして男性であるかの如く。

女性は現在の社会にあっては、全然男性化した現在の社会にあっては彼女自身である事が出来ない。今の社会の法則は男性によって組立てられ、而してその法則制度の下にあっては、女性の行動は男性的見地からのみ批判される。

彼女は為替偽造を敢てし、而かもそこに誇りを感じた。何故ならば、彼女は良人の生命を救わんが為に、愛情によってそれをなしたからである。而かも良人なる人は凡下な名誉心なるものにかかずらって、法律の味方になり、問題を男性的な視角のみから見た。

精神的衝乱、主権に対する信念の為に圧倒せられ混乱せられて、彼女は道徳的権威に対する信念及び育児の能力に対する自信を失うに至った。(同書)

これが『人形の家』の思想を支える原点である、との認識に立っての引用だと思われるが、この引用は、まさしく武郎の「女性論」というより、彼自身の立ち位置からいえば、「男性論」を射抜く力強い〝同志〟もしくは先輩からのメッセージとして受け止めた筈である。一方、読者にもたらされる疑問は、50歳代になった作家イプセンにこのような強い決意を抱かせるようになった彼自身の人生とその思索の具体相は、いったい如何なるものなのか、ということである。しかし武郎は、その疑問の森には入り込まないよう注意を払いながら、イプセンの作品そのものの中から、その疑問に対する本質的な答えを得るべく論を進めていく。この手法は、私自身も深く学ぶべきだ。少なくても、私のこの書『有島武郎読書ノート』においては貫きたい。読書界からの無理解な批判的反響に対し、イプセンは、2年後に公にした戯曲『幽霊』において反論としての文学表現を行った。この二作目においてイプセンは、ノラのような破壊的な決断をした生き方とは対比的に、妻として母として耐え忍ぼうとした主人公を描き、彼女が「最後にいかなる収穫を刈り取らねばならなかったか」示した。私は『人形の家』以外の作品はまったく読んでいないので、詳細に触れることは出来ないが、武郎は次のように書いている。

ノルウェーの読書界はこの戯曲に対して、「人形の家」以上の敵意を示した。スカンディナビアのあらゆる劇場はこの劇の公演を拒んだ。一万部の初版は十二年目にようやく再販を出した。「私は「幽霊」に対する激昂は起りそうなことだと思っていた。然し起りそうだというので手加減をする気にはなれない。それは卑劣なことだ。」と彼れはその友人に書いている。（同書）

イプセンは、自身の考えを別の形で表現すべく、三作目の戯曲『人民の敵』を書いた。この作品の中で、「イプセンは自分の苦い経験の結果を詮じつめて疾呼した」と武郎は言う。

真理は功利的の結果と結びついた時にのみ真理として公認される。さもなければ、忽ち危険な厄介物として、資本家からも、中産階級からも、民衆そのものからも、否応なしに踏み躙られ、押し虐げられる。真理を見出したものは、唯独りになって真理を愛護する時に最も強い。」(同書)

さらに、第四作目『野鴨』を書く。そして、第五作目『ロスメルス・ホルム』、第六作目『海の夫人』へと続く。『海の夫人』に至って、イプセンは、始めて自らの裡で激しく燃えるあるべき姿への希求が、社会の道徳とどのような形で和解できる可能性があるのか示し得た。それは、既定道徳が革新に対して寛容になることだ、と告げている。おそらく、イプセンとしては精一杯の「寛容」な提案だったのであろう。イプセンのそれまでの生涯をかけた闘いの軌跡を振り返る時、胸にこみ上げてくるものを覚える。

イプセンは以上五編の戯曲に於て、宛ら大きな振子が揺れ動くように、一方の極から他方の極へと大きな弧を描いてその性格の内部を揺れ動いた。(同書)

『ロスメルス・ホルム』に於て私達は人生の内容を創造革新すべき創造的能力が、如何にして規定道徳の桎梏に虐げられ、創造的能力の死滅と共に、道徳そのものの退縮を来したかを描き示された。『海の夫人』に於て、創造的能力が既定道徳の寛容により、如何に正しく生活の境界内に沁み込み、そこに生活の新しき力となって働くに至るかを、イプセンは描き出した。(同書)

その場面を、武郎は、深い共感を持って引用している。それは、『人形の家』のノラとヘルマーの破局とは全く対偶の方向を目指すものであった。

エリーダの良人は遂に最後のけなげな決心に到達した。この上は良人たるの特権を捨てる外ない。エリーダに絶対の自由を与える他はない。そう彼れは思ったのだ。

エリーダ：あなたは私をここに留めておおきになれます。あなたはその権力を持っていらっしゃるから、それをお用いになるでしょう。然し私の心の——私の思想の全部——避けがたい憧がれと望み、それをあなたは縛っておおきにはなれません。私の心は私というものは創り出された不可知の世界を恋い慕って悶えます。それをあなたが妨げようとなさっても無駄です。

ワンゲル：（深く悲しんで）それはよく分るエリーダ！　一歩一歩あなたは私からすり抜けて行くのだ。絶大な無限——不測の世界——に対するあなたの憧憬は、このままではあなたを狂乱させそうにさえ見える。

エリーダ：そうですそうです。私はたしかにそう思います。何か真黒な音のない翼が私の上に迫って来ているようです。

ワンゲル：そんな結果にならせてはおけない。あなたを救い出す道はない——少なくとも私だけにはそう見える。だから——だから、この場で私は今までの関係を断絶しよう。さあ、今こそあなたは十分の存分の自由さで自分の行きたい道を決めるがいい。

……

エリーダ：今こそ私はあなたに帰ります。今こそそれが出来ます。私は自由にあなたに行けるのですもの。私自身の自由な意志で、而して私自身の責任で。（同書）

なんと感動的な結末だろう！

武郎は、『海の夫人』において、イプセンの闘いの事実上の終わりを見たのだった。それは、武郎が半年前に取り組んだイプセン最後の戯曲『死者の復活する時』に見られた、イプセン自身の二律背反の再燃とも思える深い矛盾を眼前にして途方に暮れた武郎の戸惑いをも超えて行く、解決の道としての期待を得たものであった。しかし、武郎のその後は、『星座』（大正11年5月）の公表とその後の続行不能、農場の解放（大正11年7月）を経て、自死（大正12年6月）へと続く道行きを振り返ると、イプセンが『海の夫人』から再び一転して『死者の復活する時』を書いたその内的ドラマに匹敵する暗闘が、武郎の『イプセンの仕事振り』以降の創作作品と人生の軌跡にも重なって見て取れることに、戦慄的な衝撃を受ける。イプセン最後の戯曲『死者の復活する時』は、その意味でも深い暗喩を幾重にも感じる表題だが、武郎がイプセンに導かれるように、自身の闘いの軌跡とその未来を深く吟味しようとした有様が、武郎自身の終焉と不吉に重なっていることに気付かざるを得ない。しかし武郎は、イプセンに達観者の境地を窺おうとしていたのではなさそうだ。あくまでも、ともに闘う先輩同士としての姿を見出そうとしているのだ。

イプセンはエリーダに於て人世の一人の闘士として民衆に訴えているのだ。あの傲岸な詩人が先ず自分から和睦の手を延ばすその心持ちを思いやると一種のしめやかさを覚えずにはいられない。そこに彼れの悲しい心持ちとすぐれた大きさとが忍ばれる。（同書）

そして、武郎は、その戦場に於いて再び自らを素直に振り返っている。

彼のこの絶大な仕事の前には私如きは如何に小さな侏儒であるよ。（同書）

これを読んで、私は自らをどのように振り返ればよいというのか。その足場すら感じ得ない気持ちになる。

3.『一つの提案』

イプセンについて書いた二つの評論を受けて、武郎はある問題提起を行った。それが、『一つの提案』（大正9年9月）である。この中で武郎は、男性社会の中から女性が自由になるというのはどういうことなのか、そして、そのことによって、女性のみならず男性も解放されるのだ、と提案している。その提案を導いた先達として、イプセンこそが、そのような、女にとっても男にとっても必要な矛盾の解決の道を指し示したのだ、と言っているのである。つまるところ、武郎は、自分自身が男性としてのこれまでの桎梏《しっこく》から解放され救われたいからこそ、女性自身による矛盾の解決が不可欠なのだ、と論じているのである。その論述を辿ってみよう。

　男性は知らず識らず女性に対して侮辱者となる（私自身が屢それであることを意識する。女性を男性の奴隷であるとして取扱おうとする誘惑は、既に血液の中に伝えられて私の心にも存在している。私は自分自身それを恐れるのだ。私は何も聖人だからかかる説を主張するのではない。私自身が先ずこの矛盾から救われたいから主張するのだ。……略……女性は知らず識らず男性を呪詛するか、その被征服者となって甘んずる。これらのことが隠約の中にどれ程私達の心を腐らしつつあるかは意想外のものである。）（『一つの提案』より）

武郎は、立論の前提として、批判対象の中に自分自身が含まれていることを明言することから始めている。この立ち位置は、当然のことであるとは言え、決して普通に出来ることではない。彼自身が付言しているように、他者の眼に自分を少しでも良く装い見せようとしてのことではない。イプセンの中に見出した武郎自身のあがき、自分の中に深く沈積している苦悩と矛盾の底なし沼からどうにかして抜け出たい、という切実な願望なのである。然らばこの矛盾を如何にしたらいいか。それはその矯正を女性に待つより仕方がない。産業制度に於いて、その革新の新しい希望が全部懸って労働者の手にあるように、社会生活に於いても、その根底的な革新は、今までの生活を創造した男性によるにはあらずして、実に奴隷の境遇に置かれていた女性によらねばならぬのだ。新しい見方は最早男性の間からは生れ出ようがない。男性は既に創造をなし終えた。而して女性の創造すべき順序が来なければならないのだ。

既に以前の『有島武郎読書ノート』で触れたように、第三階級は第四階級自身による解放の代わりを努めることは出来ないと、武郎は冷酷なまでに峻厳に男女の在り方を区別している。それと同じ論理によって、男である武郎は、男が女自身による解放の代わりを担うことは出来ないと断言しているのだ。そして、さらに言う。

度々いうことだが、女性がこれまで通りの社会生活の諸部門の活動にどれ程行き渡って参加し得る日が来た所が、それはそれだけのことでは結局男性が創造した社会生活の様式を堅固にするという結果を持来すに過ぎないことを知らねばならぬ。(同書)

現代の我々社会における例えば男女共同参画政策の中途半端さ、欺瞞さをも鋭く射抜くようなラジカルな指摘ではないか、90年も以前の時代に。いや、イプセンはそのさらに数十年も前に……。女性が男性並みの権利を得て同じ境遇を勝ち得るべきだなどと、問題の本質を外した弥縫《びほう》的なことを主張しているのではないのだ。まったく違う。未だ、「プロレタリアート(ここのロジックでは女性のこと)の解放」という根源的意味が、産業界や政治界におけるのみならず、家庭生活や社会生活においても全く理解されてはいない、という実相を晒しているとも言える。

女性は男性化して男性の創り上げた生活様式を乗っ取る代わりに、その様式を無くさねばならぬ。男性が悪いのではない。男性の創り上げた社会生活の様式が悪いのだ。その様式は上は政治宗教道徳から下は家庭生活、家の建て方、料理の器具に至るまで悪い。それは凡て片務的に出来上がっている。女性は先ずそれを打破せねばならぬ。而してその跡に女性の天才、本能が創り出した様式を打建てねばならぬ。而してそれが今まで男性の創り出して来た様式と互いに融合一致する時、甫めて完全な社会生活は生まれでてくるだろう。（同書）

武郎は、この「提案」を、自身の独創によるものではないと、繰り返し言っている。むしろ、イプセンの受け売りに過ぎないものであって、自分はそこから一歩も前進していないことを恥じている、とさえ言っている。それ自体はそうなのかもしれない。武郎自身は、そのことを謙虚に表明し得た潔さを密かに誇りに思っているのかといえば、おそらくそうではないだろう。イプセンが闘った相手はイプセン自身である。そのことを見抜いた武郎の内なる敵もまた、武郎自身であることを痛感し、彼の戦場が数十年前のイプセンの戦場と何一つ変わっていないことに、暗澹たる想いを噛みしめている、ということだろう。『或る女』で早月葉子を描いたその後に於いてなお、数十年前のイプセンの問題提起に答えられない自分がいる、ということに、武郎は忸怩たる想いを抱いていたのではないか。

四十年も前にイプセンが道破したことを繰返さねばならぬ私は少し馬鹿だ。私はもっと進んだ提案をせねばならぬ筈だ。けれどもこれ以上のことがまだ云えない。云える時が来たらまた云おう。（同書）

果たして、武郎にこの後、言える時が来たのだろうか。残された時間がもうわずかしかないことを、彼は知っていたのだろうか。読者である我々にわかることは、イプセンが『海の夫人』の後に『死者の復活する時』を書かざるを得なくなったような情況の変化が、武郎にも訪れたように思える、ということである。武郎が『ルベックとイリーネのその後』の後に『イプセンの仕事振り』を書き、さらに『一つの提案』で総括し得たかのように思える思索の道が、その実、元来た道に戻っていたのではないか、という背筋が冷たくなるような着想にいま襲われている。

20 『宣言一つ』『広津氏に答う』『片信』『「静思」を読んで倉田氏に』

階級移行否定論

未来を切り開くのは「第四階級」（プロレタリアート）のみであると、死の直前まで発言し続けた有島武郎は、自分自身が「第四階級」として生きることは到底出来ないことであって、出自たる「第三階級」（ブルジョア）の一人として滅びゆくほかないのだ、それは歴史的宿命なのだ、とも言い続けた。この潔癖すぎる程の「自己否定」は、彼の文学作品にも折に触れて噴出する地下深いマグマのような「思想」であった。彼はこの思想について、特に晩年、様々な機会を捉え「評論」として書き、公表している。それらを辿ってみたい。それらは、『宣言一つ』（大正11年1月）、『広津氏に答う』（大正11年1月）、『片信』（大正11年3月）、『「静思」を読んで倉田氏に』（大正11年11〜12月）、そして、『想片』（大正11年5月）などである。

1．『宣言一つ』

１９０３（明治36）年、25歳の有島武郎は留学のため渡米し、5年間に亘る海外生活の中で、それまで抱いていたキリスト教の信仰に疑問を感じ、欧米の様々な文学や思想を貪るように読みあさった。クロポトキンやマルクスもその対象であり、マルクスの『資本論』やクロポトキンの『相互扶助論』なども熱心に読み、大きな影響を受けた。なかでもクロポトキンの思想には強い共感を覚え、帰国の途中で、ロンドンに在住していたクロポトキンと会っている。そのクロポトキンやマルクスについて、有島は晩年、次のように書いている。これは『宣言一つ』の著述だが、この書の中で、有島は、河上肇との論争の経緯を紹介しながら、自分自身の「階級移行否定」

論について情熱的に語っている。

労働者がクロポトキン、マルクス其他の深奥な生活原理を理解して来るかも知れない。而してそこから一つの革命が成就されるかも知れない。然しそんなものが起ったら、私はその革命の本質を疑わずにはいられない。仏国が民衆のための革命として勃発したにもかかわらず、ルーソーやヴォルテールなどの思想が縁になって起った革命であっただけに、その結果は第三階級の利益に帰して、実際の民衆即ち第四階級は以前のままの状態で今日まで取残されてしまった。現在の露西亜の現況を見てもこの怨みはあるように見える。彼等は民衆を基礎として最後の革命を起こしたと称しているけれども、露西亜に於ける民衆の大多数なる農民は、その恩恵から除外され、若しくはその恩恵に対して風馬牛であるか、敵意さえ持っているように報告されている。真個の第四階級から発しない思想若しくは動機によって成就された改造運動は、当初の目的以外の所に行って停止する外はないだろう。それと同じように、現在の思想家や学者の所説に刺激され一つの運動が起ったとしても、而してその運動を起こす人が自ら第四階級に属すると主張した所が、その人は実際に於いて、第四階級と現在の支配階級との私生児に過ぎないだろう。（『宣言一つ』より）

非常に厳しい批判である。有島の「第四階級」論が外部に向かって放たれる時の、呵責《かしゃく》のない激しい苛立ちが迸っているようである。この激しい批判が彼の思想遍歴のどこに起因しているのか、興味深いテーマだが、ここでは遡ることをせずに先に行きたい。これを公表した１９２２（大正11）年というのは、大正デモクラシー高揚の最中にあって、様々な知識人たちが労働運動に積極的に関わっていく状況にあった。当然ながら、その活動路線をめぐる論争も活発化していた。しかし、それら渦中の様々な議論の中でも、有島の主張は、本質的な意味で、極めて過激なものであったといえる。その証拠に、『宣言一つ』公表後、多くの批判が有島に寄せられたのである。そのことについては少し後に述べるとして、『宣言一つ』が鮮明に表明した、彼の「第四階級論」のもう一つの側面について見てみよう。

私は第四階級以外の階級に生れ、育ち、教育を受けた。だから私は第四階級に対しては無縁の衆生の一人である。私は新興階級者になることが絶対に出来ない、ならして貰おうとも思わない。第四階級の為に弁解し、立論し、運動するそんな馬鹿げ切った虚偽も出来ない。今後私の生活が如何様に変わろうとも、私は結局在来の支配階級者の所産であるに相違ない……（略）……従って私の仕事は第四階級者以外の人々に訴える仕事として終始する外はあるまい。世に労働文芸というものが主張されている。又それを弁護し力説する評論家がいる。彼等は第四階級以外の階級者が発明した文字と、構想と、表現法とをもって、漫然と労働者の生活なるものを描く。彼等は第四階級以外の階級者が発明した論理と、思想と、検察法を以て、文芸的作品に臨み、労働文芸と然らざるものとを選り分ける。私はそうした態度を採ることは断じて出来ない。（同書）

やはり激しい論調だが、ここでは、有島自身の立ち位置と内面に関わる、極めて主体論的な論拠が述べられている。自分自身は第四階級にはなり得ない、という自己観照に基づく絶望的な結論を吐き出し、そこから必然的に導かれる結論として、自分は第四階級者に対して主体的に関わるなどという欺瞞は決して出来ない、と言う。自分に出来ることと言えば、第三階級者である自らに対してと、そして同じ立場の者たちに対して、第四階級者による未来の構築事業を決して阻害したり欺瞞的な同情を隠れ蓑にした歴史の簒奪《さんだつ》はせずに、自ら第三階級の滅亡に向かう歴史的宿命の到来を一刻も早めるよう、没落の促進に寄与すべきだ、と言う。

ここで、有島のこのような主張に対して、次のような疑問が呈されるかも知れない。「自分自身が、それまでの第三階級者としての全てを捨て、第四階級者になるべく主体の改造を行った方が、第三階級、第四階級の双方にとって意義あるのではないか」と。彼が、このような主体改造についてなぜ「絶対に出来ない」と断言しているのか、ということだが、この反論に対する答えが、『親子』の中に書かれている。有島武郎本人と思しき主人公の内面描写である。

それでも彼は能うかぎり小作人たちに対して心置きなく接していたいと願った。それは単にその場合のやりきれない気持ちから自分がのがれ出たかったからだ。小作人たちと自分とが、本当に人間らしい気持ちで互いに交えることができようとは、夢にも彼は望み得なかったのだ。彼といえどもさすがにそれほど自己を欺瞞することはできなかった。（『親子』より大正12年5月）

小作人が第四階級と同じ位置づけにあるのかどうか微妙だが、有島の心情の奥深いところで、アイデンティティが小作人と一致できないと諦めている自分を見詰めている箇所である。このような心情が滲み出ている表現は、他の作品にも感じる（例えば『酒狂』大正12年1月、そして、『カインの末裔』（大正6年7月）にも遡って読み取ることが出来る）ので、彼にとっては、自らに絶望すると同時に、第四階級への真情をかたちづくる譲れない一線だったのだろうと思われる。ある意味で潔癖すぎる、「窮屈な」（広津和郎）考え方であり、「潔い反面自己弁護」（片上伸）、「絶望の宣言」（堺利彦）と評された所以でもある。確かに性格としての潔癖さは、たとえば、『卑怯者』（大正9年11月）などを読んでもその面目躍如たる所以が窺える。しかし、それは彼の文学や思想の抜き難い基盤になっているだけでなく、生き方と死に方の双方に深く影響を与えている要因でもあるはずだ。有島武郎と言う存在に対する、好き嫌いの分かれ道になるところかもしれない。この潔癖さが、有島の「自己否定」思想の深淵を覗かせていると感じられる。その深淵は、このあとのいくつかの評論の中に於いても表現されている。

『宣言一つ』のこのような潔癖な思想と過激な表現は、当然ながら(?)、同時代の様々な方面の知識人たちから批判的な評価を浴びることになった。しかし、それぞれの批判に対して、有島は丁寧な反論と議論を寄せている。その中で書かれたいくつかの評論に、彼の「階級移行否定論」と「自己否定論」がより具体的に表現されているので、追ってみたい。

2.『広津氏に答う』

芸術論の立場から有島を批判した広津和郎に対して、有島は『広津氏に答う』(大正11年1月)で反論している。

文芸の上に階級意識がそう顕著に働くものではないと云う理屈は概念的には成立つけれども、実際の歴史的事実を観察するものは、事実として、階級意識がどれ程強く、文芸の上にも影響するかを驚かずにはいられまい。それを、事実上に即したものが文芸にたずさわろうとする以上は、如何なる階級に自分が実際に属しているかを厳密に考察せずにはいられなくなる筈だ。しからば、……(略)……私は、なぜプロレタリアの芸術家として、プロレタリアに訴えるべき作品を産もうとはしないのか。出来るならば私はそれがしたい。しかしながら、私の生れ且育った境遇と、私の素質とは、それをさせない事を十分に意識するが故に、私は、あえて越ゆべからざる埒を越えようとは思わないのだ。(『広津氏に答う』より)

自分のアイデンティティを、「境遇と素質」に見ている有島にとって、それは彼の文学そのものの立脚点であると同時に、生き方そのものを規定する逃れられない宿命であることが示されている。そして、その観点から彼は、当時まだ多くの知識人が幻想に囚われていたロシア革命の限界を鋭く指摘している。当時としては、希有な時代認識だったのではないか。

もし、私の零細な知識が、私をいつわらないならば、ロシアの最近の革命の結果から云うと、ロシアの啓蒙運動は、むしろ民衆の真の勃興にさまたげをなしていると云っても差し支えない様だ。（同書）

これは、状況に対する情報や知識の問題ではない。状況に向き合う自分自身をいかに真剣に客観的に見つめながら、いかに正直に自身の生き方を問うているのかといった、人間としての本質的な在り方に関わる問題である。有島は、このことを喝破しているのである。そして、このように断言できる立論過程も、簡潔に説明している。

思想は事実を芸術化することである。歴史をその純粋な現れにまで還元することである。……（略）……而してこの思想がかくばかり早く説え出されたということは、決して無益でも徒労でもないといいたい。何故ならばかくばかり純粋な人の心の傾向がなかったならば、社会政策も温情主義も人間の心には起こりえなかったであろうから。（同書）

人の心をいつも見つめている有島武郎ならではの、鋭くも美しい言葉で、自身の文学と思想における譲れない根源について語っている。

この立場からして私は何といっても自分がブルジョアジーの生活に浸潤し切った人間である以上、濫りに他の階級の人に訴えるような芸術を心掛けることの危険を感じ、自分の立場を明らかにしておく必要を見るに至ったものだ。そう考えるのが窮屈だというのなら、私は自分の立場の窮屈に甘んじようとするものだ。（同書）

彼の潔癖さは、揶揄すべきことではない。むしろ、今日のような戦争前夜の政治情況や社会思潮の渦の中にあっては、自らと家族、そして社会そのものを最悪の陥穽《かんせい》から遠ざける、最も基本となる生き方、姿勢そのものではないかとすら思う。彼の決然とした思想と文学と生き方の表明は、他の批判者に対しても向けられる。

3．『片信』

有島は、死の直前まで自らの全てを率直に伝えた友人、足助素一に宛てた書簡のかたちを模して、『宣言一つ』に対する批判への反論を包括的に述べている。この『片信』（大正11年5月）は、いわば『宣言一つ』が投げかけた思想闘争に託し、戦友に向けたメッセージとして、自己分析を披瀝したのである。本心を素直に語れる友人にあてた書簡という形式を採用しただけあって、彼は、この中で「あの宣言なるものは僕一個の芸術家としての立場を決めるための宣言であって、それを凡ての他の人にまであてはめて云おうとしているのではない」と言明している。しかし、この時点で問われているのは、有島武郎ではない。読者である我々一人一人が試されているのだ、という自覚が必要だ。

ところが芸術にたずさわっているものとしての僕は、ブルジョアの生活に孕まれ、そこに学び、そこに行い、そこに考えるような境遇にあって今日まで過ごして来たので不幸にもプロレタリアの生活思想に同化することに殆ど絶望的な困難を感じる。生活や思想にはある程度まで近づくことが出来るとしても、その感情にまで自分を仕向けていくことは不可能といって差し支えない。而かも僕はブルジョアは必ず消滅して、プロレタリアの生活、従って文化が新たに起らねばならぬと考えているものだ。ここに至って僕は何所に立つべきであるかということを定める立場を選ばねばならぬ。僕は芸術家としてプロレタリアトを代表する作品を製作するに適していない。だから当然消滅せねばならぬブルジョアの一人として、そうした覚悟を以てブルジョアに訴えることに自分を用いねばならぬ。これが大体僕の主張なのである。僕にとってはこれ程明白な簡単な宣言はないのだ。（『片信』）

有島にとっての自己否定の意味合いが、簡潔だが明瞭に語られている。否定の対象としている自己とは、何と言っても自らの出自と現存の在りようであり、それを否定するがために、彼は否定する主体としての自身のこれまでに生きた軌跡を、その集約としての芸術つまり文学を武器に、滅びに向かって突き詰めていると言うのである。自らを消滅せしめるための自分自身に向けた刃が、自らの文学なのである。自分自身に向かうこの対自的構造は、同じブルジョアである他者にそのまま即自的に適用されるわけではなく、有島のように自分自身に真摯に向き合う者のみが、そのような自己否定を介して、第四階級の歴史的到来に寄与し得るのだ、と言っている。だからこそ、読者である我々一人一人が、この突きつけをどう受け止めるのか、試されているというわけだ。避けるのも自由、拒否するのも自由だが、選択自体を拒否したり嘲笑することは許されない。そのような場所に、読者を引き立たせているのが、有島武郎の文学の到達点なのかもしれない。と言いつつ、有島は、『片信』の最後で、作家としての本音を足助宛に漏らしている。ここに、当為論だけではない、自分の弱さを常に意識している人間有島武郎を見ることが出来る。彼の「自己否定」は、自身が築いたその内的論理そのものを常に自己浸蝕しようと油断なく窺っている厄介な思想であることも、問わず語りに白状している。であるが故に、「永遠の反逆」が自分には必要だ、と言っているのである。これが、有島武郎という人間なのだろう。

兄は僕が創作が出来ないのをどうしたというが、あの『宣言一つ』一つを吐き出すまでにもいい加減胸がつかえていたので出来なかったのだ。僕の生活にも春が来たら或は何か出来るかも知れない。反対に出来ないかも知れない。春が来たら花位は咲きそうなものだと思ってはいるが。（同書）

この余韻のとおり、彼の創作活動の成果は、暗中模索のまま「自己否定」の結末として表現されることになるが、まだまだ彼の苦悩の道行きに同行する必要を排するわけにはいかない。

『想片』（大正11年5月）に於いて、有島は、マルクスの唯物論に深く言及する中で「第四階級」論を再度展開している。ここでは、有島の自己否定についてこれまでとは少し異なる視点からの著述に眼を向けておきたい。

4. 『想片』

> 従来の言説に於ては私は個性の内的衝動に殆ど凡ての重点をおいて物をいっていた。各自が自己をこの上なく愛し、それを真の自由と尊貴とに導き行くべき道によって、突き進んで行く外に、人間の正しい生活というものはあり得ないと私自身を発表して来た。
>
> ……（略）……人間には誰にもこの本能が大事に心の中に隠されていると私は信じている。この本能が環境の不調和によって伸び切らない時、即ちこの本能の欲求が物質的換算法によって取扱われようとする時、そこに所謂社会問題なるものが生じてくるのだ。（『想片』）

マルクスの唯物論については、有島は「物象化」の問題（「物質的換算法」などと表現している）として展開している。人間本来の解放された心の動き、つまり「エス」（「イド」とも言う）は、社会的分業体制の中で物質的に換算されて固定化を蒙り、心の奥底に封印して表面化しないよう、閉じ込められてしまう。しかし、人間が人間である限り、「エス」を圧殺し切ることは不可能で、その全的解放を可能にすることが、人間性の本質的解放であり、それは、社会的分業体制が根底から破壊される革命による外なく、その担い手たる主人公が「第四階級」である。再度触れておくが、有島は、その「エス」の解放者を、広岡仁右衛門や早月葉子にイメージとして重ね創造したのである。したがって、第三階級者としての自分自身をいかに「自己否定」するかと言う有島にとっての主体的課題は、「第四階級者」たるべく期待を寄せた象徴である、広岡仁右衛門などの自己解放を妨げる第三階級由来の物象化された社会的分業体制の自己解体でもあった。社会的分業体制を作ったのは、第三階級だからである。物象化された社会的分業体制が第四階級にとって自らの解放に向けて打破すべき対象であると同時に、第三階級である有島自身にとっても、その自己解体を通じて階級所属の多くの「類・有島」に向けてメッセージを発する必要があり、そのメッセージの破壊力を内に貯めるものとして「自己否定」という諸刃の剣を提示しているのではないか。

ここで思い出したが、1970年代の大学闘争の中で、全共闘が掲げた「大学解体!」というのは、まさに社会的分業により物象化された大学に於ける学生や教官たちの「自己否定」そのもののオータナティブなスローガンであった。有島にとっての「大学解体」は、どのようなスローガンたりえたのだろうか。ブルジョア文学でしかあり得ない自らの文学、「有島文学解体!」、だったのだろうか。

5.『「静思」を読んで倉田氏に』

有島は、『想片』の文末を、「既にいい加減閑文字を羅列したことを恥じる。私は当分この問題に関しては物を言うまいと思っている。」と結んでいる。しかし、その半年後、やはり『宣言一つ』に関連してもうひとつの評論を公表している。屋上を重ねる誹りを覚悟して敢えて著したその作品について、私も同じ誹りを前もって甘受した上で、今少し書き進めてみたい。有島のその作品とは、『「静思」を読んで倉田氏に』(大正11年11月~12月)である。この著述の中で、思想家である倉田氏を批判し、有島は自らが信ずる思想家としての在りようを述べている。

何故なら、厳密な意味に於ける思想の創造者は、その思想を自分の体験から搾り出さねばならぬのだから、自分の生活と言葉との間には到底完全な分離作用が行われ難く、従って言葉ばかりを通してはその人の表現しようとする思想の全体が十分に第三者には観望し得ないからです。（『「静思」を読んで倉田氏に』より）

極めて当然のことを言っているわけだが、実はこれが、有島の思想家としての特質を最も明瞭に表明している、ということに着目しなければいけない。なぜなら、この潔癖なまでの立脚点の固持が、有島の「階級移行否定論」と「自己否定」を支える、揺るぎない基盤であり、かつ、実は彼の最も脆弱なウイークポイントでもあったからである。彼の「階級移行否定論」と「自己否定」が単なる〝ユニークな〟言説ではなく、彼の存在そのものをかけた〝譲ることの出来ない〟闘いであったことは、彼の人生の最後に立証されることになる。とまで言い切るのは、結論の独断的先取りに過ぎるかも知れない。しかし、有島の「自己否定」が、単なる観念論的危うさや自死を招かざるを得ない情緒的ペシミズムとも一線を画していたことは、さらに別の側面から彼の論述を読み込むことによって、もう少し明らかになってくる。

21 『御柱』 冥利の咎

『御柱』（大正10年10月）は、芸術表現と向き合う有島武郎の誠意が、迸《ほとばし》るように表出された作品である。一幕もののこの戯曲に込められた作品世界としての想い、そして、この戯曲が成立した背景と経緯に伴う武郎の意図、二つの面から武郎のこの時期（大正10年）における文学との葛藤について述べてみたい。

1．作品から読み取れること

粗筋の紹介は省くが、この作品の肝は、彫物大工平四郎と堂宮大工嘉助が対峙する会話部分である。

平四郎久和蔵の持ち帰りたる彫刻物を嘉助の前に置く。嘉助初めは軽蔑の態度を示せしが、段々と牽きつけられるやうになって、それを熟視する。

平四郎―よっく見ろ……見えたか……手前もそれが見えぬ程のみじめな腕ではねえ筈だ。……それでもまだ頭が下がらねえか……口の先では何とでもいへ、手前づれが俺れと肩を並べられる大工かさうでねえか、胸に手をあてて思案して見ろ……たはけたこんだわ。……末代までも國の寶とならづものを、手前はよくも一晩の中に灰にしたな。（没義道に嘉助の膝許から彫刻物を奪ひ取る。嘉助その言葉に思はずぎょっとして平四郎を見守る）手前がへえ己一人の愚かさから國の寶を滅しただぞ。（『御柱』より）

対峙する二人の前提となる、確執の背景に関する描写部分である。平四郎は嘉助に対して、仕事における二人の技術の差異を客観的に提示し、そのことの率直な認識を迫る。しかし、嘉助はその事実を認めようとはしない。

嘉助—飛んでもねえ。聞き捨てならねえよまひ言をほざく上は、俺れにも俺れの覚悟がある。老の繰言と思って黙って控へていれば方図のねえ。

平四郎—俺れの言葉がまだ胸にはこたへねえか。仕事づくで争ひも得ねえ畜生はかうしてくれるわ。久和蔵、釿をよこせ。

久和蔵素早く釿を平四郎に渡し、己も獲物を取り上げる。嘉助も懐に手を差し入れて身構える。平四郎釿を手にし、やや暫く嘉助を睨みつけていたが、突然憤を発して自分の彫刻物を滅多打ちに打って微塵に砕く。一同思はず片唾を呑む。

仙太郎その物音に眼を覚まし、大声に泣出す。お初小間にかけこむ。久和蔵その場にくづれて男泣きに泣く。

平四郎—(釿をがらりと投げ棄てて)偖て俺れも年を喰ったなあ。愚に返り腐ったわやれ。……久和蔵、明日は俺れは在所に帰るぞ……(同書)

この物語の真髄に触れる場面である。平四郎は、なぜ自分が心血注いだ彫刻物を自ら釿で破壊したのか。平四郎と嘉助のやりとりはこの点に収斂し、物語のクライマックスを迎える。引用が少し長くなる。

平四郎—……(中略)……嘉助親方。俺れも今は、ひとむきに腹を立てた。歳を取るとこらへ性が失せるでなあ。……お前はさっき魔がさしたといったが、まったくだ。人間冥利をぶつ越えた仕事をしたばっかに焼け終へたとおもへば、腹を立てるでもなかっただ。
嘉助――親方……平四郎親方……私や今になって始めて眼が覚めやした。済まねえことを仕でかしてえしまひやした。
仙太郎驚きて平四郎よりお初の膝に移る。
平四郎――眼が覚めたか。
嘉助――ええ私や何てぃふ人非人だ。我が身の腕の足らねえのは棚に上げて、町の人も村の衆も親方の仕事ばかりに眼をつけるのを腹にすえかねて、かうして普請が出来上がった上、二人の名前が末代まで刻んだら、死んでも死にきれねえ業曝しだと一図に思ひ込んだその揚句が……何をお隠し申しませう、親方、仕事場一帯に……
平四郎――魔がさしただよ、誰の科でもねえわやれ。
喜助――さういって安閑としては居られません。私は……
久和蔵――したら手前が
お初――むごい事をし腐る人畜生……
平四郎――(押しへだて)何んの、魔がさしただといふによ。……その魔性の奴の可哀さはやれ。……俺れはへえかうしたやくざな爺だが、一芸にはまり込んでこの長い年月を苦労したばっかで、その魔性のものの殊勝さがしみじみと胸にこたへますだ。……お前様の心持ちも今になると俺れにはよっく分かる。手前だ、お前だと呼ばれる人間では無え、お前様は矢張りお前様だ。……お前様はまだお生ひ先が長いだから、念にかけて早まったことをするではねえぞ。
嘉助――……(同書)

舞台と観客の間では、御涙頂戴の場面であろう。しかし、武郎が表現したかったのはそんな愁嘆場ではない。重ねて引用する。

人間冥利をぶつ越えた仕事をしたばっかに焼け終へたとおもへば、腹を立てるでもなかっただ。その魔性の奴の可哀さはやれ。……俺れはへえかうしたやくざな爺だが、一芸にはまり込んでこの長い年月を苦労したばっかで、その魔性のものの殊勝さがしみじみと胸にこたへますだ。……お前様の心持ちも今になると俺れにはよっく分かる。（同書）

ここには、武郎自身の深い自省とやりきれない困惑が込められているように読める。冥利を超えた仕事をしたばかりに、人間の魔性を誘い出してしまい全てを水疱に帰した、という平四郎の悔恨は、嘉助の咎を責めているというより、むしろ、自身のありようを後悔しているような自省である。「冥利」というのは、知らぬうちに神仏からの恵みを受けるということである。平四郎にしてみると、自身の努力によって得られた彫り師としての作品の実績やそのことに対する評価が、自身の力量によるというよりも神仏の加護により得られたものだったのではないか、という自省である。平四郎は、嘉助の付け火により全てが灰になって初めてこの事を悟ったというのである。

芸術作品は、自身の力によってのみ成就されるものではない。神仏の加護としか言いようのない、聖なるものの力によって初めて可能になるという実感であろう。俗によく言う「ひらめく」「降りてくる」などの表現も、このことを指すと言える。いずれにしても、彫物や堂宮などの大工も芸術作品としての神秘性を謙虚に受け止めるべきだという思いが、平四郎にこのような言葉をもたらした。平四郎のこの言葉によって、嘉助も自身の創造性に本来の謙虚さを取り戻すことができた。そして、人間の魔性、つまり、奢り、虚栄、嫉妬、妬み、攻撃、復讐などといった誰にも普通に見られる感情を、そのまま受け止めつつもそこに居直ることをせず、そのような魔性を誘い出す状況から自らを解放しようとする決断が、平四郎の老境を祝福するかのように訪れたのである。

平四郎――……（中略）……火の元は大工衆のあづかりだで、火事を仕でかしたは、何処までもお前様のあやまちだが、過ちは誰が身の上にもあるものだでなあ。……（中略）……お前様の仕事も念の入った素晴らしいもんだったに、それを無残無残と焼き遂へたお前様の心を思ふと、老ぼれは涙もろいで、貰い泣きになり腐りますだ（同上書）

平四郎――……（中略）……仙太、これからな、おぢいさまはへえ仕事はやめて、ゆるりとお前と遊び暮らすだ。へえ元のやうには腹は立てねえぞ。……お前だけを可哀がるおとなしいおぢいさまになるらよ。（同書）

『凱旋』の老将軍を思わせる、平四郎の台詞である。これは、作者武郎のどのような心境、状況を指している表現だろうか。平四郎の台詞にあった冥利を超えた仕事の咎とは、武郎にとっては何なのか。

奇跡の3年と言われた1917（大正6）年から8年にかけて、質量とも充実していたかに見えた武郎の作家冥利が、実は自分の力だけで出来たことではなかったのではないかという自らへの懐疑が、1921（大正10）年この時期になって重く意識されるようになった、ということなのだろうか。現に、この時期に挑んだ大作『星座』も『運命の訴へ』も、取り組み時の意欲に反して創作を継続することができなかった。このことは、言い換えれば、自分のこの3年間の創作活動のどこかに冥利を犯す無理があったのではないだろうか、作家冥利がもはや自分には訪れないことの前兆なのかもしれない……と、そのように感じたことを意味するのではないだろうか。このような自身の状況において、武郎は『御柱』の中でどのような想いと格闘したのだろうか。『御柱』が書かれるに至った背景や経緯における、武郎の内面の葛藤について辿ってみよう。

2. 作品が描かれる背景から読み取れること

武郎は、『御柱』に関して、少なくとも5つの自註を書いている。『老匠と頭梁』(大正10年9月)、『私の新作一幕劇「御柱」上演に就て』(大正10年10月)、『脚本と材題』(大正10年10月)、『「御柱」の舞台を観て』(大正10年11月)、『「御柱」劇余談』(大正10年12月)である。しかし、武郎は本来、多くの作家がそうであるように自作について自らが多くを語るということは基本的にしない作家だった。

> 内容については、この一幕劇の中に私が何を盛ろうとしたかについては茲に管管しくいふ必要はない。成功しているにせよ、失敗しているにせよ、それは舞台上の芸術が説服すべき筈のものだから。(『私の新作一幕劇「御柱」上演に就て』より)

では、この作品において、なぜここまで自註の機会を重ねたのか。

> 此の脚本およびその上演に対して、私はこんな披露をするのを恥かしくさへ思っている。然し今度の試みは私に可なり豊かな教訓を與へてくれたようだ。(同書)

この「豊かな教訓」とは、何だったのだろう。その疑問の答えを探る前に、これらの自註から読み取れる『御柱』成立の背景について辿ってみる。

「御柱」と云ふあの芝居は、前から書いて見度いと思っていました所に、恰度吉右衛門から、何か脚本を書いて貰ひたいと頼まれたので書いたのです。（『「御柱」劇余談』より）

ここで、「前から書いて見度いと思っていました」という事情については、彼が『脚本と材題』に書いた次のような経験を指している。

この春、私は千葉県の方へ旅行しました。その時千葉神社に参詣をした。ふと境内を見ると、穢い掘立小屋があったので、何だろうと思って中に入ってみると神社の欄間や梁に使う彫刻、唐獅子、力士─等の木彫がたくさん並べてありました。その彫刻は、子供が悪戯の道具にしたり、雨ざらしにしたと見えて、黒くすすけて、穢れた古びきったものでした。私の鑑賞眼で見ると、それぞれ、しっかりした力の籠った、大したものだと思はれました。私はこんな所に、かうした立派な彫刻があるのを不思議に思って、其辺にいた老爺に訊ねて見ました。（『脚本と材題』より）

この時にその場にいた老爺から聞いた話をもとに、武郎は其時其處《そのときそこ》から着想した「暗示」（『老匠と棟梁』）を創造の種として、中村吉右衛門に頼まれた戯曲を書いたという。その「暗示」とは何か？　先に述べた疑問「豊かな教訓」と合わせて、どのように理解したら良いだろうか。武郎の自註五文章の中では、「暗示」についても「豊かな教訓」についても直接触れてはいない。直接触れないのは、下記に書かれているように当然のことだろう。

作者との関係、之れは勿論普通の場合は一旦書いた物が芝居の人の手に渡って上演される以上、その人々の解釈に従うのが当然でしょう。（『「御柱」劇余談』より）

この作品について、作者武郎は例外的に思えるほど、様々な機会を捉えて自註を書いている。また、書簡の中で触れている頻度も多い方だ。つまり、作者はこの作品に深い思い入れがあった、とみて間違いはないだろう。であれば、なおさらのこと、「暗示」と「豊かな教訓」が気になる。そして、その謎を解くのは読者に託された冥利であると受け止めるべきだろう。そう、その「冥利」が問題を解く鍵ではないか。その理由は、次の点にある。現在でも諏訪では評判の残っている立川和四郎という実在の彫刻大工の作品が、一夜にして不審火によって焼失され、その残骸が今なお現地に打ち捨てられている実態を武郎が偶然目にしたことで、創作の種が芽吹いたという。この創作の芽とは、何か。このことについては、ヒントがある。

平四郎が畢世の仕事として仕上げたものが一夜の中に灰塵になった時、丁度その翌日故郷で執行さるべき御柱の祭を感慨深く連想すると云ふのは、伝統的な、而して緊迫した心の姿を絵にして見せ得ると私は考へた。それ故それを題にした。（『私の新作一幕劇「御柱」上演に就て』より）

武郎自身による解題によると、「御柱」が「暗示」のヒントである。「御柱」がヒントだとすると、それは何を意味する暗喩なのか？　この祭りについて、武郎はいくつかの起源説を述べた上で、次の起源説に関心を示している。

……（中略）……タケミカヅチの尊に追われて遁げて来た大国主の尊の子タケミナカタの尊が、信州まで来た時に降伏的な和睦を申し出た結果信州を所領に与えられたけれどもその境以外には足を踏み出さない条件で、自分の居城の周囲に柵をめぐらした。その柵の心を今日まで伝えたのだと云ふ解釈もあるらしい。どれが考古学的に正しい解釈であるか知らないが、最後の考方が一番伝奇的でもあり、都合も良かったので私

はその解釈を採用した。（『私の新作一幕劇「御柱」上演に就て』より）

武郎にとって「都合も良かった」その解釈によると、信州の彫刻大工立川和四郎が郷里の信州を出て千葉神社の普請に力を注いだことは「御柱祭」の禁を犯したことになり、しかも彼の創作表現行為が神仏をも驚かせるほどの評判を呼んだということがもとで、彼は「冥利」を超えた所業の神罰を受けて焼失した、ということになる。その神罰の担い手として堂宮大工嘉助による付け火が構想された、ということではないのか。もちろん、これはかなり穿った見方であり、根拠は明示できない。しかし、そのように考えることによって、その意味合いとして浮上してくるキーワードが、「冥利」である。「冥利」を超えた所業としての優れた彫刻作品、つまり芸術作品の創造行為を、神仏という聖的力における「冥利」の観点から語るのではなく、「嘉助」という人間性に着火した「魔」が平四郎の「冥利」を超えた創造作品に咎を与える物語として可視化したのが、この作品である。これは、人間の性《さが》に関する文学上のテーマを、「冥利」を「暗喩・暗示」として表現したものである。そして、このような暗喩もしくは暗示は、作品世界の中で奥行きを示す仕掛けであると同時に、作者武郎自身にとっても、作家活動における悲劇的な自省の種を埋め込むことになった。このことが、武郎自身にとって「豊かな教訓」となったという意味である。

そして、若し感違ひされないやうに云っておきたいのは、嘉助に対する平四郎の気持ちが、許すと云ふよりもあきらめの方がより強く働いていることなのです。……（中略）……つまり、平四郎はもうこの上将来に光明を見出すことは出来ないで、絶望的からあきらめの心境へ入って、つひに凡てを放擲する心持ちになったのです。（『「御柱」の舞台を観て』より）

作者自身によるこのような作品解釈の提示は、極めて異例のことだろう。なぜ、武郎はここまで踏み込んだことを書いたのだろう。この時期、武郎は、『星座』も『運命の訴へ』も、最後まで書き貫くことはできなかった。この時の、創造と表現における彼の苦悩は、どのようなものであったろう。ここは他者が軽々しく踏み込んではいけない芸術創造の領域であるが、彼自身は、自らの状況を極めて冷静に、誠実に、客観的に見つめようとしていたに違いない。武郎は、平四郎と嘉助を、彼自身の内部矛盾を仮託した存在として描くことで、彼自身の奇跡の3年間が「冥利」を超えてしまった所業であり、それが原因となってその後、咎・罰が自分に下されたと、奇跡の3年に続く自分自身をそのまま受け入れようとし始めていたのではないか。いや、作家として生き続けようとした彼にとって、それが受け入れ難いことであっても、そのように虚心に向き合いたい、という想いが、この作品を産んだ影の動機であり、そのことを創作作品としてそれなりの形にできた、つまり、劇として上演されるに至ったという、満足感をささやかな喜びとすることができたのではないだろうか。

舞台の上の出来栄は、先ずあれで私は満足していいと思ひます（『「御柱」劇余談』より）
作品としてはともかく、上演しては「死とその前後」よりも「御柱」の方が良かったかもしれませんね（同書）
御柱も御蔭で見物に深い印象を与える事が出来、早千秋楽に近づきました。（大正10年10月27日　山内英夫宛書簡）

本音においては必ずしも上演内容に満足していなかった武郎が、このような肯定的な評価を舞台に献じているのは、そこに彼自身にとっての祈りのような願いが託されているからではないだろうか。私は、文学の創造にまつわる「冥利」に苦しむ作家有島武郎が、そのような自分自身と向き合う誠意を創作活動の縁《えにし》にしている姿を愛さざるをえない。平四郎と嘉助に注がれた作者の愛情は、武郎が自らに注ぐ妥協のない苦悩から生まれたものであるように思えた。そして同時に、読者である私の生き方に私自身が振り下ろすべき「釿」がもたらす魂の痛みを想像することにもなった。幸か不幸か、私には「冥利」の訪れがないまま、生を終えることになりそうだ。しかし、それはそれで幸福なことなのかもしれない。『凱旋』の老将軍や『御柱』の平四郎が、意識的に迎え容れようとした老境の幸福。でも本音を言えば、幸であっても不幸であっても、僭越なことだが武郎と同じ苦悩を抱いて生の末路を歩みたいと思う。たとえ妄想に近いことであるとしても。

22

『星座』とホイットマン　存在の淋しさに似てもっと深いもの

『星座』について、3年程前に書いた文章を読み直してみた。「あゝ、そうだった……」今の自分を導くような読み方をしていたことを思い出して、少しびっくりした。それは、作品冒頭と微妙な関連を伺わせる、巻頭のホイットマンの詩を羅針盤に作品を読み解こうとした文章だった。思い返せば、3・11以降、私はこの詩の世界に苦しんできた。自分のしていることや、周りの世界との関係にリアリティを感じなくなって、かと言って、独りで存在しているという納得にも遠かった。その頃の私は、周りからも自分自身からも遊離していて、おそらく取り付く島が見えない雰囲気を漂わせていただろうと思う。存在の淋しさに漠然と怯え、ずっとイライラしていたことを思い出す。

この作品は、有島武郎晩年の1921（大正10）年に冒頭の一部が『白官舎』と題して『新潮』に発表され、翌1922（大正11）年に書き加えられて『星座』と改題され、ひとまとまりの作品として出版された。武郎の構想としては、全体でこの5倍にあたる長編になるはずだったというのだから、遂に実現されず幻に終わった〝未完の大作〟ということになる。しかし、未完といっても、余韻を含んだまとまりのある世界観が描かれ、それに何と言っても、おそらく当時の文壇にあっては画期的と言える実験的試みが導入された点においても、彼の作品中にあって傑作の一つと思う。作中の舞台はそのほとんどが札幌で、一部千歳と小樽が登場する。

まずは、物語の流れを追ってみたい。

この作品の最大の特徴は、プッチーニの「ボエーム」を思わせるボヘミアンのような複数の登場人物の内面的描写を中心に、場面を追って順次主人公が入れ替わるように登場しながら、作品全体のテーマとストーリーが紡ぎ出される、多元展開になっていることだろう。物語が進むにしたがって、内面が描写される人物が入れ替わり、その人物が、異なる場面では別の登場人物の内面描写の外部に存在する描写対象となる。この手法は、おそらく現代の小説においては普通に見られることなのかもしれない。たとえば最近読んだものでは、高村薫の『晴子情歌』『新リヤ王』にも用いられている。しかし、高村の作品のように、骨太でがっちりと安定した構成を示している事例と比べると、まだまだナイーブでちょっと不安定な新鮮な印象を受ける。たとえば、渡瀬とおぬいが英語の個人授業で交わす心理の緊迫したやりとりの場面において、有島は最初、おぬいをその場面の主人公として渡瀬に相対する彼女の心理ドラマを描き、そのすぐあとに、今度は時間を戻して、まったく同じ場面を、渡瀬の側からの心理劇として表現してみせる。発表当時、この場面について、作者の校閲不足を指摘する評があったというほど、ある意味、読者の意表をつく表現だったようだ。事実、高村の作品を既に読んで多元的展開に慣れていた自分にとってすら、この場面には衝撃を覚えたほどである。そのような特徴を有するこの作品は、したがって、複数の登場人物に、ある程度同じ重さの存在感と、それ故に明確に描き分けられた多様な個性と境遇が付与されている。

ここで、この表題の『星座』の意味に触れておいた方が良いかもしれない。既に気がついていると思うが、登場人物の多彩な輝きと互いに密接に絡み合って展開するこの繋がりが「星座」に暗喩されていることはもちろんである。しかし、表面的なアナロジーとしてのそれだけではなく、有島は、作品の冒頭でその秘密を明かしている。それは、有島が生涯を通して心酔していたアメリカの詩人、ウォルト・ホイットマンの詩集から引用した一節である。有島が意図したその意味するところについては、作品全体を読み進めながら、ゆっくり考えてみたい。

私は星座等が更に近くにあるべき必要を見ない、
私はそれらが極めて正しい所にあるのを知る、
それらに属するものはそれらに満足しているのを知る。
（「大道の歌」有島武郎訳『ホイットマン詩集』第一輯所収より 大正10年11月11日刊）

舞台は、1898（明治31）年秋から1899（明治32）年冬までの、札幌農学校の寄宿舎「白官舎」と札幌市中であり、そこに生活する学生たちとその周辺の人々が、互いに繋がりながらそれぞれに人生の軌跡を暗中模索し、様々な悩みを深めていく物語である。この時代設定は、有島武郎自身が札幌農学校に在籍していた年代である。自身の回顧と重ねてそこに自分を未来に投影する照射を得ようとしている作者の目論見を感じるが、それも作品の本質の一つかもしれない。

様々な登場人物の中で、内面描写の対象となって、いわば星座を構成していると思われるのは、星野、園、渡瀬、西山、柿江の5人の学生と、おぬい、おせいの2人の若い女性である。北斗七星のような構成になっているのは、意図的なことだったのだろうか。星野清逸は、学業だけでなく深い洞察力などにおいても学内随一の存在で、白官舎のみなにも尊敬されているが、肺結核を患い、千歳にある貧しい実家に居を移し、自身の学業をさらに磨くため上京を企て、家族の協力も願い出ながら、自身は中央からの評価を得るため論文『折焚く柴の記と新井白石』に全力を注ぐ。札幌を去るにあたって、星野は、親友の園に、自分が想いを寄せ英語を教えていた女性三隅ぬいに対する個人教授の引き継ぎを依頼する。自分の想いを諦め、心のどこかで、園とおぬいが慕わしい関係を深めることに期待しての、辛い決断でもあった。彼が戻った貧しい実家では、知恵遅れの弟との確執や、小樽の奉公先で苦労している妹おせいを大切に想う一方で、東京への進学希望が家族全体に大きなしわ寄せを深めることに心を痛めつつも、自身の持てる力を解放したいと願う心に、喀血しながら苦しみ続ける。星野清逸のモデルは、ほぼ近い実像で実在していた。有島武郎の農学校の同級であった星野純逸氏であり、有島は早逝した畏友を偲ぶ一周忌を催しているので、この登場人物に深い思いを寄せていることは、作品中の描写からも感じ取れる。作品は、星野の死を予感させる余韻を最後に残している。

星野からだけでなく、全ての登場人物から好感を寄せられている園も、星野に近い、まじめで心優しい優秀な学生である。文学に強く心魅かれながら科学への道を決意するのだが、園がその決意を固めた時計台内部でシラーの詩を読む場面は、時計台の静寂な形而上的流れと、その時を刻む歯車の形而下的動態との衝撃的な融合を示唆する描写によって、作品中の白眉の一つとなっている。

夢中になってシラーの詩に読み耽っていた園は、想いも寄らぬ不安に襲われて詩集から眼を放して機械を見つめた。今まで安らかに単調に秒を刻んでいた歯車は、急に息苦しそうにきしみ始めていた。と思う間もなく突然暗い物隅から細長い鉄製らしい棒が走り出て、眼の前の鐘を発矢と打った。狭い機械室の中は響きだけになった。園の身体は強い細かい空気の振動で四方から押さえつけられた……（略）……あまりの厳粛さに園はしばらく茫然としていた。……（略）……園は、時間というものをこれほどまじまじと見つめたことはなかった。（『星座』より）

園は、一旦は、星野の依頼であるおぬいに対する個人教授を断る。おぬいに対する星野の心を大切に思う園は、やはりおぬいを想う自分の心にどうしても素直になれない。おぬいの個人教授は、渡瀬に代わるが、その後結局、園が引き受けざるを得ない状況になったある日のこと、園に父が急死したことが知らされる。星野からの上京に関する依頼のハガキと同時に受けとった、家族からの急報を開封しないまま、実家のある東京に急遽戻る決心をした園は、同時にもう一つの決意を固める。それは、自分の中でとどめようもなく深まっていくおぬいに対する想いを、おぬい自身と彼女の母親に告白しようという決意であった。何度も自問しながら固めた深い決意を二人に告げた園は、戸惑い混乱するおぬいと彼女の母に帰京を告げて、夜汽車に乗る。駅までの道、園は告白した自分の行為を振り返り思い返し、熱い涙を眼に溜めながら、自分を責め苛む後悔と、しかしながら自身の愛を肯定しようとする「魍魎の巣の中を喘ぎ喘ぎ歩いていくもののように歩いた」。

科学者らしい雄々しさを持て。真理の前には何事を犠牲にしても、微笑していられるだけの熱情を持て。その熱情を誰にも見えない胸の深みに静かに抱いていろ。おぬいさんを愛するのを止めるというのではない。貴様の愛し方は間違っているとはいえない。その愛がその人の前に明らかに表明された以上、貴様の心は朗らかに晴れて行かねばならぬはずだ。それだのに結果は反対ではないか。なんという愚かな苦しみを喜ぼうとしているのだ。……貴様の科学は今どこに行ってしまったのだ。そんな風に園は無茶苦茶に停車場の方に向いて歩きながら、自分で自分を鞭うってみた。（同書）

このように、未完の大作はひとまず終わっている。星野とぬいから始まった物語は、園とおぬいで一つの大きな区切りがつけられている。星野と園の〝友情〟と、それぞれが抱くおぬいに対する〝清純な愛〟は、もう一人の登場人物によってその輝きが一層増していくように、有島は用意周到に筆を運んでいる。それは、同じように、おぬいに魅力を感じながらも、自分自身の性格故にそのこと自体に傷つき自分を貶め退いた渡瀬の存在である。

大人との色恋にも長けた渡瀬は、おぬいの個人授業を引き受けたことから、おぬいの純粋な心に付け入るような心理の葛藤を交わす。しかし、おぬいの物事や人間を真っ正面から素直に見据えて、自分自身を保つ自恃のしなやかな強さを前にし、自分自身の心の在りようを深く顧みることになり、自虐的な気持ちの中でおぬいに対する愛を感じるにつれ、おぬいを諦める心の中で、自暴自棄の行動に沈んでいく。泥酔した渡瀬は、白官舎に行き、おぬいに対する個人授業と愛情を園に託す。この作品の中で、最も感動的な場面の一つだと私は思う。愛を想う時、人は誰でも、自身を深く振り返ることになる。そして、自らを貶め、どうしても、喜びより苦しみの総量が増えていく。その点では、星野も園も渡瀬も、本質的に同じだ。そして、おぬいはどうなのか。星野に対する信頼が、渡瀬との葛藤を経て、園に対する深い愛へと目覚めていくのではないか、と、幻の続編に想いを馳せてしまう。星野も渡瀬も園も、おそらく、有島武郎自身の本質の一部を仮託した存在であろう。

作中でもうひとり、重要な存在感を示しているのが、西山と柿江である。特に西山は、現実社会への関心を深め、社会の矛盾に身を投ずるべく、星野に先んじて上京を果たす。東京で自分の道の足掛かりを得た西山は、星野への手紙の中で、自分の状況を誇らしげに語る。それはしかし、自慢ではなく、星野を元気づけようとする彼なりの友情であろう。

他にも、触れなかった星座の星たちの輝きも描かれている。特に、星野の妹のおせいにも、作者の愛情を感じる。苦しい家庭の事情故に、高利貸しとの結婚を迫る父に対し、兄清逸の励ましも得て必至の抵抗を示し、自分の人生を見据えようとするおせいには、おぬいとは違うタイプの純な強さを感じる。まさしく星座のひとつとして、孤高に輝いている。これらの星たちは、作者にとってどのような創作上の意味をもっているのだろうか。ここで、もう一度、ホイットマンの詩に戻ってみたい。

星座の星たちは、互いに近くに寄り添っているから繋がっているのではない。それぞれの自立した輝きが他の星の同じような輝きと相照らし合うから、繋がりが見えてくるのだ。それは個々の星の輝きが、それぞれの条件に基づいて精一杯輝いているからこそ、自ずと互いに敬意と愛とを育むことができる。ホイットマンの詩をそのように読み替えると、『星座』の星たちが、傷つきながらも精一杯生きているその輝きが、読者に対して『星座』

として認識できる啓示となっていることに気がつく。ホイットマンを師と仰ぎ、文学においても、あるいは国家に対する思想的立ち位置においても、その本質に基づいて自らを律していた有島武郎が、『或る女』以降、創作に苦しんでいた自身の作家情況の起死回生を賭けた大きな挑戦が、『星座』であったと想われる。星座のように多様な輝きを放つ複数の多彩な主人公たちのそれぞれに自らを投影し、自らにとってのあるべき方向性を作品の中に模索した、いや、模索しようとしたのが、この『星座』であろうと思う。しかし、この登場人物たちの輝きと繋がりに深い影を落とす陰影が示されていること、つまり星と星の間を埋める深い闇があってこそ「星座」の存在が納得できるという、逆説としての真実を垣間見せているような気がする。そこには、「存在の淋しさ」と言い得る、根源的な諦念がある。有島武郎が抱えていた、深い闇のような心の欠乏感に、想いを至らす他ない。園と星野、おせいの内面の寂寥感の描写として作中の随所に出てくる、作者の吐息……。

園の手は自分でも気付かないうちに、外套と制服の釦をはずして、内衣嚢の中の星野から託された手紙に触れていた。表に「三隅ぬい様」、裏に「星野」とばかり書いてあるその封筒は、滑らかな西洋紙の触覚を手に伝えて、膚ぬくみになっていた。園は淋しく思った。そして気がついてゆるみかかった歩調を早めた。（同書）

エルムは立っていた。独り、寂かに、大きく、淋しく……大密林だった札幌原野の昔を語り伝えようとするもののごとく、黄ばんだ葉にうっそうと飾られて……（同書）

実際清逸に見やられる自然は、清逸とはなんのかかわりもないもののように、ただ忙しく夜につながろうとしていた。河は思ひ存分に流れていた。空は思ひ存分に暗くなりまさっていた。木の葉は思ひ存分に散っていた。枯枝は思ひ存分に強直していた。その間には何等の連絡もないもののように、清逸は深い淋しさを感じた。（同書）

人間っていうものはやはりこんな離れ離れな心で生きていくものなのだ。底のないような孤独を感じて彼女はそう思った。（同書）

ふと眼を挙げるとそこにおぬいさんの眼があった。何の恐れげもなく、平和に、純潔な、そして園の心におのずと涙ぐましさを誘うような淋しさ、—淋しさではない。淋しさということはできない。淋しさに似てもっと深いもの、いい言葉はない—を籠めた、黒目勝ちな眼、慎み深い顔の中にその眼だけがほのかにほほえんで、そこにつぎつぎに開けていく世界を頼り深く眺めようとするように見えた、おぬいさんのその眼があった。（同書）

そう、この「淋しさに似てもっと深いもの」を探し求めている有島の深い渇望が、この作品全体を淋しく押し出している。では、このような意欲的な、あるいは切迫した意図を抱えたこの作品が、なぜその1年後に、作者の自殺という形で前途が断念されたのだろうか。もちろん、それは、誰にもわからないことだが、やはり、私は知りたいと思う。有島武郎に魅せられるその深さに応じて、その闇のような謎に心が惹かれていく。『星座』脱稿直前の1922（大正11）年3月4日、武郎はティルダ・ヘック宛の手紙で次のように書いている。

……私は目下新しい小説に全力を尽くして居ります。随分長くかかりますが、その成長を楽しんでいます。それは私の若い時の学生生活をモデルとしたものです。そこには私が黙して居られない沢山の喜ばしい、又悲しい追憶があります。（大正11年3月4日　ティルダ・ヘック宛書簡）

ティルダ宛の書簡だから、と言う点を割り引いても、どちらかといえば明るい気持ちが漂っている文面だが、その後の書簡を見ると、打って変わってくる。脱稿以降、有島の心境は次のように反転している。

……あと千枚ほども書いたら多少目鼻のつくものが出来るかとおもいますが、ああいったものを書く気が少し退縮し始めましたから果たして完結し得るか如何か疑問です。（大正11年4月27日　牧山正彦宛書簡）

……「星座」を書くについても、私にはまだ本当のところに自分が立っていないという感じがしてならなかった。然し考えていることが必ずしも常によいことではない。ぶつかっていくことも大切だと考えた。

（『芸術の生活』書後」より　大正11年7月）

しかし、実は武郎は、この作品の執筆中から、迷いを感じながら筆を進めていたことが、別の書簡からは明らかになっている。先のティルダへの手紙は、ティルダへの想いによって幾分か癒された、バイアスの掛かった気持ちの吐露ではなかったのか。

……人としての私は今危機に臨んでいます。内部の生命が脅かされているようで創作ができません。これは単に怠惰からばかり来ているものとは考えられません。寧ろ内部のものが私に怠惰を強いるのです。「白官舎」の続きなる「星座」に既に業に執筆に着手してあるべくしてまだ着手していません。近頃小説のプロットなど考えているのが変に気が引けてきました。（大正11年1月19日　吹田順助宛書簡）

『或る女』以降の創作意欲の減退が、『星座』執筆によってもなお回復していない情況が伺われる。しかし、『星座』において実験的に取り組んだ多元的な主体の心理描写は、有島武郎の晩年の最後の創作作品『独断者の会話』とも相通じる試みとして、作家としての内面の危機を乗り越えるための起死回生の策であることは疑いようもないと思われる。そのことが、後世の文学における心理描写の多元的展開の嚆矢となったと言えることからも、有島武郎の根源的な苦しみが後世の文学に大きな影響を与えたという点で、この作品は、有島個人の悩みの枠から普遍性の世界に滲み出ていった大きな文学史的意義を有するものと言って良いのではないか。

最後に、『星座』をあえて羊蹄山麓の文学に列して読んだ私の想い入れを少し書きたい。この作品は、既に触れたように、1921（大正10）年から1922（大正11）年にかけて書かれた、札幌を舞台にした作品である。この時、狩太の有島農場ではどのようなことが進んでいたか。現象的にはお互い関係のないこととは言え、有島武郎の中では、作品世界と現実世界は密接に結びついていたと想定できる。有島はこの時期、既に心の中で有島農場の解放を決意していた。解放後の営農の安定を期すため、畑作主体の農場経営から水田主体の営農に切り替えることを吉川銀之丞と諮り、1919（大正8）年から水稲栽培の実験に成功していた。栽培面積を順次拡大するとともに、1921（大正10）年からは、水田の水利に向けて灌漑溝の建設に取り組む。1921（大正10）年5月に着工し、同年10月竣工。翌1922（大正11）年5月に北海道の補助金の処理をすませている。丁度、『白官舎』から『星座』を執筆していた時期と、灌漑溝の工期が重なっている。そして、1922（大正11）年の7月に農場解放の宣言を発したのである。つまり、武郎にとって、灌漑溝の工事は、既に踏み出してしまった新たな道を対外的にも可視化する投企である。その決意のほどは、自分自身の中でも容易には消化し切れていない中での事業ではなかったか。そして、『星座』のとりあえずの終幕における、ぬいに対する園の愛の告白。どちらも、逡巡しながらの、自身の未来を雄々しく創造するための「投企」である点で、文学者であり農場経営者であった有島武郎の中で何らかの必然的な連動性がなかったとは思えない、大きな判断であったはずである、と私は思う。

そしてもうひとつ。「存在の淋しさ」、いや、「淋しさに似てもっと深いもの」が、人間関係の中に投影される深い存在論的な隘路であることを認識した有島は、その拠って来る所の源泉の一つに、自然の厳然たる自立した存在を感じていることも、星野の心理描写の中に埋め込んでいる。そして、そのことに気付いた有島武郎は、北海道の自然の中にこそ、自らを表現するのがふさわしいと考えたはずである。有島武郎の文学世界は、北海道の自然によって育まれたものであることは、彼自身によっても、また後代に有島文学を分析した評価の中においても、定立されている。であれば、彼の作品の系譜が、北海道の厳しい自然や農場の矛盾に満ちた農場経営と生活実態、その背後から厳然と圧迫し続けてくる国家権力の動向と、どのように格闘し続けてきたのか、という疑問が残る。その疑問を解くため、少なくても、『秋』『星座』『親子』そして『独断者の会話』へと続く有島武郎の最後の心の叫びに、私たちはもっと耳と眼を澄ませてみるべきであろう。そこにはきっと、マッカリヌプリの裾野に広がる狩太の大自然と、有島農場の困窮の生活実態が、深い音色の音楽として流れていたはずである。

23 『小作人への告別』、『農場開放顛末』など「自己否定」で得ようとしたもの

有島武郎の農場解放については、高山亮二氏の緻密で詳細な研究成果（『有島武郎研究―農場解放の理想と現実―』昭和47年9月、『有島武郎のもう一つの死』平成8年5月など）があり、そのアグレッシブな問題意識と展開手法には、読み返すたびに心打たれる。このテーマについてこの先、新たに出来ることはあるのか、という諦めのような気持ちも拭えないが、自分自身の内面の軸線を明確にするためには、高山氏の研究成果から一旦離れて、有島武郎の関連著作のみを読み直すことだと、一読者としての想いを定めた。『小作人への告別』（『泉』大正11年10月）、『農場開放顛末』（『帝国大学新聞』大正12年3月）を中心に、『私有農場から共産農場へ』（大正12年3月）、『農村問題の帰結』（大正12年4月）、『狩太農場の解放』（大正12年5月）、『農民文化といふこと』（大正12年6月）も合わせて読む。

1.『小作人への告別』

この小文は、1922（大正11）年7月18日、有島農場内の弥照神社に集まった小作人たちに、有島武郎が農場解放の真意を伝えた時の内容を後日、武郎の個人雑誌『泉』1922（大正11）年11月号（創刊号）に掲載したものである。小文の冒頭にその経緯について触れた短い文章を添え、解放宣言以降新聞紙上などでも報道されているので、誤謬が生じないよう、自分の所見を発表しておきたいと述べている。また、農場解放は「謂わば私の私事」とも言い添えているが、何故農場解放なのか、という世間の耳目に対して、その背景や立ち位置を明確にしておきたいという意図も感じられる。ただ、この小文を書くに至った前述のようないきさつについての説明に

は、武郎なりの計算も含まれているように思える。農場解放宣言当日、7月18日の彼の日記は、次のように結ばれている。

最後に第二農場の人々が集まった所で、私は立ち止まって大體左のようなやうな趣旨のことをいった。(趣旨については「泉」第一號を見よ)農民達は不思議な面持ちを以而私に耳傾けていた。この日も何やら蒸し暑い半曇りの日であった。(『日記』7月18日)

有島武郎の日記は、いかにも小説家のものという風情を感じる。自己表出の最たる媒体である「日記」の中にあっても、どこか他者の目を意識しているような表現性が漂っている。そこが、日記であれ作品としての卓越性を感じる所以なのだが、この日記によると、武郎は、解放宣言すると同時に、その趣旨を公表する準備も進めていたことになる。しかも、その公表の場が、武郎自身の作品だけを掲載する個人雑誌『泉』の創刊号であると告げているのだから、彼の並々ならぬ決意のほどと、ある種の戦略性が伺える。特に、農場解放は「私事」と言い添えていることに、さりげなく装いながらも逆に農場解放に秘めた志の深さを垣間みることができる。そしてその志の深さは、柔らかい語り口調ながら、この評論『小作人への告別』全体の構成の中にしっかりと骨太に示されている。つまり、この小文は、少々大げさにいうと、「有島農場解放宣言綱領」といった趣を感じなくもないのである。そこで、このような視点、つまり「解放宣言綱領」的目線から、この作品を改めて読んでみる。

(1) 農場解放を決意した背景

親心としてこれは難有い親心だと私は今でも考えています。けれども、私は親から譲られたこの農場を持ち続けて行く気持ちが無くなってしまったのです。で、私は母や弟妹に私の心持ちを打明けた上、その了解を得て、この土地全部を無償で諸君の所有に移すことになったのです。（『小作人への告別』より）

「私事」と称した背景の一端を述べているわけだが、有島武郎の農場解放や東京の私邸処分については、早くから彼自身がその意思について表明していたこともあり、新聞社など世間の関心も高く、またその結果、国家権力からも、また他の大農場地主からも、様々な形で圧力と妨害の動きがなされていた。つまり、彼の直接の意思に関わらず、単に「私事」と言い切れない大きな社会的影響が予測されてもいたのである。したがって、武郎の決断は、そのような社会的、政治的な背景に対しても、自身の立ち位置の明確化が迫られていたはずである。

ところで、武郎が農場の解放を考えるようになったのは、彼自身の表明によると、アメリカ留学から帰国する時期に端を発していたようである。

明治四十年頃に私はこの農場を投げ出すことを言いましたがそれは実行が困難でありそれに父に対して、たといこのことが父のためにも恩恵を与えることになるとは知っていましたが、徒に悲しませることになると思ったのでともかく父の生きている間は黙っていることにしたのでした。（『農場開放顛末』より）

しかし、クロポトキンの社会主義思想などに基づく農場解放の実行を後年に至るまで封印せざるを得なかったのは、彼を取り巻く直接的な社会・政治的事情というよりは、むしろ肉親に対する配慮によるものであることを、武郎はここでも表明している。ただ、「農場解放における私事」というのは、日本社会における家庭の家父長的な共同幻想をも示唆しているのであって、単なる個人的事情といったレベルの話ではない。社会的、政治的桎梏《しっこく》から農場を解放するためには、まずもってその社会的、制度的制約が根深く浸透している家庭内共同幻想を打破しなければできないことであると、武郎は言外に告げているのである。そしてこの闘いに、彼は十数年要した。父武が１９１６（大正５）年に逝ったあとも母との確執が続き、解放宣言の時に至っても、母の了解は得られていなかった。したがって、完全に家庭内共同幻想を解決した上での実行と言うにはほど遠く、彼としては、彼自身に関わる別の切実な要因との関係で、家庭内調整についてはギリギリの見切り発車であったのだろう。しかし、武郎のこのような「私事」重視の姿勢は、当時の他の社会主義者たちが示した家庭無視の行動と比べると、人間的な弱さもしなやかさも持ち合わせたケースだったのであり、そのような彼の人間性に対しては共感せざるを得ない。

いずれにしても、武郎は、農場解放の背景として、家庭に内在している国家主義的社会の共同幻想との闘いと、そのような身内の利害を超える「自己否定的投企」の両面について、表白しているのである。

（2）土地の自然的価値認識にもとづく私有財産制の批判的位置付け

こう申出たとて、誤解をして貰いたくないのは、この土地を諸君の頭数に分割して、諸君の私有にするという意味ではないのです。諸君が合同してこの土地全体を共有するようにお願いするのです。誰でも少し物を考える力のある人ならすぐ分ることだと思いますが、生産の大本となる自然物、即ち空気、水、土、の如き類のものは、人間全体で使用すべきもので、或はその使用の結果が人間全体に役立つようし向けられなければならないもので、一個人の利益ばかりの為に、個人によって私有されるべきものではありません。然るに今の世の中では、土地は役に立つようなところは大部分個人によって私有されている有様です。そこから人類に大害をなすような事柄が数えきれない程生まれています。それ故この農場も、諸君全体の共有にして、諸君全体がこの土地に責任を感じ助け合ってその生産を計るよう仕向けていって貰いたいと願うのです。（『小作人への告別』より）

有島武郎の、社会主義的というより、共産主義的思想の根源にあたる世界観が示されている。それは、自然界が分割し得ないひとつの有機的体系として、人間全体に価値創造の源泉をもたらすという視点であり、農場の土地全体を自然界に見立てた「コモンズ」として共同運営すべきことを訴えている。この視座から、私有財産制に対して批判を投げかけ、その克服に向けて、土地の共産的共同経営とその運営理念としての相互扶助を提唱している。コモンズを運営していく相互扶助が、解放後の農場を支える最も重要な理念である、と言っているのである。

(3) 土地の社会的価値認識に基づく私有財産制の批判的位置付け

それから開墾当時の地価と、今日の地価との大きな相違はどうして起って来たかと考えて見ると、それは勿論私の父の勤労や投入資金の利子やが計上された結果として、価格の高まったことになったには違いありませんが、それればかりが唯一の原因と考えるのは大きな間違いであって、外界の事情が進むに従って、こちらでは手を束ねている中に、いつか知らず地価が高まった結果を来しているのです。かく高まった地価というものは、謂わば社会が生み出してくれたもので、私の功績でないばかりでなく、諸君の功績だともいい兼ねる性質のものです。このことを考えて見れば、土地を私有する理屈は益々立たないわけになるのです。

(同書)

農場解放はもちろん私有財産制度を否定する行為なので、武郎はその理由について明確に述べようとしている。先の自然的価値認識に基づく批判に続いて、ここでは、もうひとつの重要な視点を提示している。それは、経済構造に基づく物象化された価値はどのように生まれているのか、という観点からである。土地の価値に反映されるそれは、単にその土地に関わった地主や小作の労働によってのみ創出されるものではないということ、つまり、労働の搾取や金融経済等、資本主義経済社会全体の構造によって土地の貨幣的価値が高められているので、自身の労働以外によって膨らんだ土地の価値は、土地を所有しているということを理由にして私物化して良いものではない、ということである。この観点は、武郎が留学時代にマルクスなどから学んだ世界観に基づいている。これはとりもなおさず、農地の無償解放を受けて自作農となることを期待している小作人に対して、価値創造についての認識を根本的に改めて欲しい、という期待を込めた要請である。汗水流して働けばその分自分自身に帰する価値は高まるという考え方は、自作農、言い換えればプチブルジョアの基本的なイデオロギーだが、それは社会全体の仕組みから言えば一種の幻想であって、実態構造としてはそのようになってはいない、という示唆である。むしろ、価値創造の行為もその享受も社会全体が主体となるべきであって、個人が主体とはなり得ないものだから、少なくとも農地は農場構成員全体が共同所有する形で解放するのだ、と言っているのである。武郎は、この観点が自然的価値認識に匹敵するほどラジカルなものであることを十分認識した上で、理想論的な理念として提示しているように見える。当時のロシアに於ける一国社会主義革命の前途に幻想を抱いていなかった武郎の冷静な状勢分析は、自らの農場解放の行く末に対しても同じように適用せざるを得ないことを、痛いほど知っているにも関わらず、しかし一方では、このように未来への希望を託さざるを得なかったのである。ここにも、アジテーターとしての社会主義者とは一線を画する、武郎の深いジレンマがある。

(4) 相互の未済の貸借を平等と共同の原則のもとで処理する経過措置

大体以上の理由のもとに、私はこの土地の全体を諸君全体に無償で譲渡します。但し正確に言うと、私の徴収した小作料の中過剰な分をも諸君に返済せねば無償ということができぬのですが、それはこの際勘弁し

ていただくことにしたいと思います。(同書)

なおこの土地に住んで居る人の中にも、永く住んでいる人、極めて短い人、勤勉であった人、勤勉であることのできなかった人等の差別がある訳ですが、それらを多少斟酌して、この際私からお礼をするつもりで居ます。但し、一旦この土地を共有した以上は、かかる差別は消滅して、共に平等の立場に立つのだということを覚悟して貰わなければなりません。(同書)

また私に対して負債をして居られる向きもあって、その高は相当の額に達しています。これは適当の方法を以て必ず皆返済していただかねばなりません。私はそれを諸君全体に寄附して、向後の費途に充てるよう取計らう積もりでいます。(同書)

これまでの地主・小作制度の中で蓄積されてきた矛盾や貸借関係を、今後の新たな共産的農場経営に向けて、どのように処理するのか、その経過措置について述べている。ここに挙げているのは過度的段階に於ける措置ではあるが、ここでも武郎は、できるだけ目指すべき原則、すなわち農場構成員の平等な関与を念頭において提案している。ここで武郎は、これまでに徴収した過剰分、つまり搾取した分については返済するのが当然なのだがあえてそれを免除して欲しいと言っているが、既に、1921(大正10)年に造成した灌漑溝にかかる費用に関する銀行の融資分は武郎自身が返済していく予定でいたので、いわば、過去の搾取分についての埋め合わせとして位置づけていたのではないかと思われる。もっとも、この銀行返済分は、武郎の自殺によって、結局返済義務が共生農団に転嫁されることになったので、武郎の意図からすると画竜点睛を欠くこととなったと言わざるを得ない。いずれにしても、武郎の人間性としての律儀さを垣間見せているところである。

(5) 民主的な指導体制と透明な意思決定プロセスの保障

つまり今後の諸君のこの土地に於ける生活は、諸君が組織する自由な組合というような形になると思いますが、その運用には相当の修練が必要です。それには、従来永年この農場の差配を担任してきた監督の吉川氏が、諸君の境遇も知悉し、周囲の事情にも明らかなことですから、幾年かの間氏を累わして(固より一組合員の資格を以て)実務に当って貰うのが一番いいかと私は思っています。(同書)

けれどもこれ等巨細に亘った施設に関しては、札幌農科大学経済部に依頼し、具体案を作成して貰うことになっていますから、それが出来上がった時、諸君がそれを研究して、適当だと思ったらそれを採用されたなら、少なからず実際の上に便利でしょう。具体案が出来上がったら、私は全然この農場から手を引くことにします。(同書)

新たな農場運営組織の制度設計とその運営について、徹底した民主的手続に基づいて行うべきことを提案している。民主的組織は民主的手続によってしか保障されないことを、武郎は熟知していたかのようである。新しい組織が、はたして解放された小作人たちによって適切に設立され運営されるのか、不安を抱えながらも踏み切ったことであろうし、武郎がその制度設計案の作成を委嘱した札幌農科大学経済部の教授にして親友であった森本厚吉もまた、はたして小作人たちが解放された農場を武郎の理念に沿って首尾よく運営できるか、はなはだ懐疑的だったようである。実際には、農民たちは後年、その森本も驚く程見事に農団の運営を成就していく訳だが、その背後に吉川銀之丞の苦労があったことも確かなことであった。しかし、他の構成員たちがその吉川の粉骨砕身をどのように評価していたのか、多少心もとない後日談が聞こえていたのも事実である。だが、それは責められることではない。何といっても、希有な歴史的事業を遂行した「狩太共生農団」の四半世紀がこの後続いたのだから。

(6) 内部における運営哲学の確立と対外的な波及効果への期待

終わりに臨んで諸君の将来が、協力一致と相互扶助との観念によって導かれ、現代の悪制度の中にあっても、それに動かされないだけの堅固な基礎を作り、諸君の精神と生活とが、自然に周囲に働いて、周囲の状況をも変化する結果になるようにと祈ります。(同書)

これは、有島農場のあったニセコ町におけるまちづくりの根本的理念として称揚されている「相互扶助」が明確に打ち出されている、武郎渾身のマニフェストである。農場経営における根本理念としての相互扶助が、自ずと周囲に敷衍し、その未来に全人類の相互扶助を夢見たいと言う、武郎の究極の「見果てぬ夢」が語られている。クロポトキン由来の理想的将来像を見据えながらも、至る道のりの歩み方については、ホイットマンのごとき究極の自由にもとづいて積み重ねていきたい、という武郎の晩年の思想的地平を明確に感じさせる実践宣言である。このような、周囲への波及を祈るこの姿勢が、当時の国家権力にとって危険思想でなかった筈がない。『泉』創刊号に掲載されたこの『小作人への告別』が官憲にマークされていたからであろう、翌1923(大正12年3月から4月にかけて、吉川銀之丞が突然警察に呼び出され、灌漑溝工事の補助金の件で取り調べを受け、立件されることになった。高山亮二氏が推論している(『有島武郎のもう一つの死』平成7年6月)ように、この「補助金騙取事件」立件が、農場解放によって宣言された武郎のラジカルな社会主義思想への弾圧であることは、極めて至当な分析のように思える。

農場解放への感謝の念と解放の精神を後代に伝えたいと言う農民たちの要請に応え、武郎は「農場解放記念碑文」を寄せたが、この内容と表現の殆どは、『小作人への告別』から引用されている。つまり、この作品が、武郎の思想的営みの最終的なマニフェストであったということである。であったが故に、この「碑文」は官憲の許可を得ることができず、１９２４（大正13）年に建立された記念碑の碑文は、結局、弟の生馬による現状のものに差し替えざるを得なかった。武郎自身による「農場解放記念碑文」は、武郎の死後、共生農団事務所内部に掲げられ、現在の有島記念館の最も中心的な展示物として、記念館訪問者にその情熱的な理想を語りかけている。

この土地を諸君の頭数に分割してお譲りするという意味ではありません。諸君が合同してこの土地全體を共有するやうにお願ひするのです。誰れでも少し物を考へる力のある人ならすぐ分ることだと思ひますが、生産の大本となる自然物即ち空気、水、土の如き類いのものは、人間全體で使ふべきもので、或はその使用の結果が人間全體の役に立つやう仕向けられなければならないもので、一個人の利益ばかりのために、個人によって私有されるべきものではありません。それ故この農場も、諸君全體が共有し、この土地に責任を感じ、互ひに助け合ってその生産を計るやうにと願ひます。諸君の将来が、協力一致と相互扶助との観念によって導かれ、現代の不備な制度の中にあっても、それに動かされないだけの堅固な基礎を作り、諸君の正しい精神と生活とが、自然に周囲に働いて、周囲の状況をも変化する結果になるやうにと祈ります。

以上は農場主有島武郎氏が大正十一年八月十七日（※ママ）この農場を我等に開放した時の告別の言葉の一節である。

刻して記念とする。（『農場解放記念碑文』より）

大正十一年十一月　狩太共生農團

2.『農場開放顛末』

1923(大正12)年3月発行の『帝国大学新聞』に掲載した、これも短い評論である。農場解放の時点で書いた『小作人への告別』以降の状況を追補し、特に「小作権」と共生農団の組織形態について、有島武郎がどのように考え、悩みを深めていたか、そして、その中から農場解放後の展望をどのように描いていたのか、簡潔ではあるが率直に表現している。

(1) 農場解放を決意した背景について、再び

農場を解放するに至った武郎の内面世界を、『小作人への告別』より具体的に表明している。特に、家族の間に財産問題があることによって家族の人間関係がどのように変質を余儀なくされるのか、家庭内共同幻想に濃密な影を落とす資本経済の影響を、自身の場合に引き寄せて論難している。

人は財産があるがために親子の間の愛情は深められるといいますが私はまったく反対だと思うのです。本能としての愛で愛し合ってこその愛情が純粋さを保つのであって経済関係が這入れば這入るほど鎖のようなつながりに親子の間はなるのであるとこう信ぜられるのであります。私の家庭では毫も父によって圧迫を感じさせられたことはなかったのでしたが、私自身にとって親子の間に私有財産が存在するということが常に一つの圧迫として私にはたらいていました。(『農場開放顛末』より)

ホイットマンに共感している武郎の心情がまっすぐ吐露されている文章である。このような家族愛を希求し続けたが故に、農場の解放を願いながらも、そのことが家族を悲しませるというジレンマの中で、十数年に亘り農場解放を封印し続けてきた武郎が、では何故、この時点で解放に踏み切ったのか。武郎は、二つの理由を挙げ、

自身の文学と思想に関わる抜き差しならない切迫した自身の胸の内を明かす。

私が自分自身の為仕事を見出したということもこの抛棄の決心を固めさせてくれました。文学というところに落ち着くことが出来た。それでその自分の為仕事を妨げようとするものはすべてかいやりたくなってしまったのです。(同書)

それからもう一つは農民の状態をみるとどうしてもこのままにしておけない、このことも強く自分に迫って参ったのでした。(同書)

狩太農場を解放するに至りました動機、それをたずねてみましたら先ず以上のようなものであります。(同書)

家族の中に不労所得の源泉である農場を抱えることで、資本主義に侵された共同幻想が家族の人間関係に悪影響を及ぼすことに苦しみ続けてきた武郎は、譲ることの出来ない「自己否定」の貫徹こそが、苦境に陥っていた自身の文学上の隘路を打開する必要不可欠の策であったこと、そして、自身の良心を苛み続けてきた小作人の窮状を解消する途であったことを、祈るような気持ちで追い求めた様子が、切々と伝わってくる。この断行が、彼ののっぴきならない期待に対してどのような結果作用をもたらしたのか、それはまた別の機会に読み込んでみたい。

(2)「小作権(小作株)」を残した共生農団に託した想い

小作人は、所持する「小作権」を売買しながら農場を転々と移る。その過程で土地そのものを購入できて自作農に転ずるものもいれば、逆に、「小作権」の目減りや喪失を経て、より零落した状態に身を落としていく農民もいた。武郎の農場でも、小作権の売買によって小作人の転入出は行われていたが、その実態は武郎の心をいつも悩ませていた。

二十四五年たちました今は七十戸ほどに増していますがその内で障子をたてたりして幾分でも住居らしくなった家は、小作をしながら小金をためて他の小作へ金を貸したりした人のもので、農業ばかりしていた小作人の家はいつまでたっても草葺の掘建て小屋なのであります。この農場の小作人の出入りは随分激しく最初からの人はなく始めて七年後に入ったのが一人あります。併し他と比べて私の農場は変わらない方なのです。（同書）

私は明治二十七八年頃（※ママ）から小作人の生活をみていますが実に悲惨なものでありまして、そのため私の農場の附近は現在小作権というものに殆ど値がつかないのであります。（同書）

小作人の世界の中でも、資本主義経済システムの再生産が行われ、プチブルとプロレタリアートの輩出源になっていることが説明されている。有島農場の場合、その活性化度合いが他の農場より少ないということであり、それは、農業生産にのみ従事する小作人の割合が多かったことを意味し、その分貧しく、小作権の売買も小作人に都合良い方向には活性化しなかったのだろう。しかし反面、あるいは、農場解放後は共生農団内部の定着度の高さにもつながったのかもしれない。小作権というのは、所有権ではなく、一種の「使用権」のようなものと思うが、この小作権の額的多寡は、そのままある意味で小作人内部の貧富の差を招くことになるので、武郎はこの小作権をどうにかして解消させたいと思ったようである。しかし、森本厚吉から出てきた農団の組織案の中には、小作権が温存されていた。この点については、おそらく議論もなされたのであろうが、結局「小作権」は残された。そのことについての武郎の考え方は、いかにも彼らしいものである。

今度出てきた施行案は土地は皆のものであるとして小作株というのを持たしてあるので、そのため公有になっても実際の状態は私有制度だといわれるのであります。忠告してくれる人はその小作株は一応買取ってしまってそれの転売をも防ぎ利益配当の不平等もなくするように――そして名実ともに公有にせよといってくれるのであります。土地の利益と持株の利益とを別にしてしまうことも必要と思っていますが、兎も角充分に案に付き練りました上で、農団の総会に提出したいと考えているのです。農民自身が自身をトレインするものでもっと自由な共産的規約に致してきたく思っています。今迄に例がないのでクリエイトするより仕方ありません。この農場は共産農園と名付けることを望んだのでしたが共生農園（※ママ）という名になりました。（同書）

武郎は、社会主義的組織そのものの意義に、幻想を持っていなかった。その組織がどれ程理想的に見える仕組みを採っていても、いつかその形式の固陋《ころう》化に侵される権力的弊害が生まれると認識していた。だから、組織形態の完成度には拘らずに、むしろ、あえて不完全性や課題を抱え込みながら、その改善とさらなる改良に向けた永続的な変革、そのための自由な「自己否定」的取り組み自体を重視した。「小作株」についても、すんなり解消できるなら解決しておきたいと思ったには違いないだろうが、それは断念して、将来のトレインやクリエイトの対象としたのかもしれない。「小作株」を解消することで私有制度否定の姿に一層近づくことについても、それを望むと同時に、「小作株」の解消自体を望み続ける権利所有者自らが「自己否定」するトレイン課題として逆に残すよう、武郎は敢えてどこかで妥協もしくは戦術的に仕込んだのかもしれない。これは、憶測に過ぎない。しかし、実際に、共生農団が設立する段階で、小作人たちの数名は、この未来イメージを共有できずにこの農場を去ったのであり、農団設立後も様々な形で去った農民もいたのであろう。逆に言えば、残った農民は、共生農団の未来に自分の将来を重ねた人々であり、武郎のトレイン戦略は一定程度実を結んだとも評価できるのである。共生農団が、第二次世界大戦後の農地解放政策によって、GHQから解散が指示されるまで維持されたことは、農団構成員の様々な努力の賜物であるが、武郎の読みの深さや戦略性についても、改めて評価の物差しを当てる必要があるだろう。

（3）共生農団に永続的な自己否定を託した武郎の想い

この小文を、武郎は、彼自身の思想的深淵を表出する内容で結んでいる。

私はこの共生農園の将来を決して楽観していない。それが四分八裂して遂に再び資本家の掌中に入ることは残念だが観念している。……（略）……私の農園は予備知識のない人々の集まりで而も狼の如き資本家の中に存在するのであります。併し現在の状態では共産的精神は周囲がそうでない場合にその実行が結局不可能で自滅せねばならない、かく完全なプランの下でも駄目なものだ―この一つのプルーフを得るだけで私は満足するものでこの将来がどうあるかということはエッセンシャルなこととは思っていないものでありま す。（同書）

武郎の、ある意味で諦念とも言える想いの中に込めたこの密やかな期待を、どのように受け止めたら良いのだろうか。先の引用でも触れたように、先ず一つの意味合いとしては、単独の社会主義的コミュニティ建設の試みは、それ自体が完璧を目指したところで、コミュニティの持続性を保障しはしない、ということである。「将来像」という言葉で言い替えるとしたら、将来像とは、静的な理想的姿ではなく、常に革新され更新される自己否定的な永続的反逆の動的エネルギーを指すものだ、ということだろう。コンテンツではなく、コンテキストに近い。この姿勢は、限りなくラジカルであり、自らに不完全性を宿命づけ、安住できる楽園もなければ物象化された理想郷のイメージも拒むものである。日々の自己否定とその本質的な囚われの無さに保障された全くの自由そのものである。まさに、ホイットマンのローファーの境地である。無政府主義にもとづく理想社会の姿を追い求めたクロポトキンに倣いながらも、すでにその射程距離を超えて、理想とする自由な生き方を導く逃げ水の如き道標を見定めつつ生きていく覚悟を定めた、武郎の幻姿を見ることができる。然らば、実際に共生農団の歩みはどうだったのか。武郎の想い入れと想定に対し、如何なる方向性と内容によって報いたのか。これは、現在の有島謝恩会の姿につながるup to dateな問題なので、別のノートとしたい。

3.『私有農場から共産農場へ』

『解放』の1923（大正12）年3月号に掲載されたインタビュー記事である。同時期に発表された『農場開放顛末』とほぼ同じ論点について述べられているが、重複を厭わず、その内の一つだけ核心的なフレーズを引用しておく。

資本主義政府の下で、縦令ば一箇所や二箇所で共産組織をしたところで、それは直ぐ資本家に喰ひ入られ終ふか、又は私が寄附した土地をその人達が売ったりして、幾人かのプチブルジョアが多くなる位の結果になりはしないか。結極、私のやることが無駄になりはしないか。といふやうな反対意見があったのです。然し、私は私のやったことが画餅に帰するほど、現代の資本主義組織が何の程度まで頑固なものであるか、何の程度まで悪い結果を生むものであるか、そればかりではなく、折角私が無償で土地を寄附しても、それですら尚農民達は幸福になれないのだといふことが、人々にはっきり分って良いのではないかと思ふのです。私は、その試練になるだけでも満足です。（『私有農場から共産農場へ』より）

多少ニュアンスの異なることを述べている部分として、「折角私が無償で土地を寄附しても、それですら尚農民達は幸福になれないのだといふことが、人々にはっきり分って良いのではないかと思ふのです。」という吐露がある。マスコミや世間話のレベルでは、有島の農場解放も、せいぜい一種の「善行」として捉えられ、その限りで社会的には歓迎されもしている。しかし、そのような理解は問題の本質的な解決に結びつくものではないことを社会に理解してもらいたい、この農場解放が、本質的な解決に至る途について真剣に考えトライする機会となって欲しいと言う、有島の思想的、運動論的考え方が提示されている。つまり、農場解放というのは、彼のそうした生き方そのものの可視化であって、農場解放自体が永遠の反逆、永遠の自己否定の、単なるひとつのステップに過ぎないことを表明しているのである。これで終わることではない、始まりのほんの一歩としての生き方を示したに過ぎない。「たかが、されど」の生き方を率直に示した、ということであろう。

4.『農村問題の帰結』

『青年』1923（大正12）年4月号に掲載された小文である。それまでの小文でも述べてきた農場解放の理由について、少し踏み込んだ視点を提供しているので、確認しておこう。

……（略）……今に地主と小作人との間が崩潰する時が来るだろうと云う事だけは云へると思ひます。（『農村問題の帰結』）

百姓が貧乏する、地価が低落する、従って資本のない小地主は次第に倒れていきます。小地主は小作人と大地主の間で安全弁のやうな役をしているのでありますが、小地主が倒れて大地主対小作人の問題になると、資本家対労働者と同じやうに利害関係で折衝するやうになります。其処で何うしても崩潰をまぬがれない事になります。（同書）

國有でも社会有でも良い兎も角土地が私有でなくなるのが大切なことだと思います。（同書）

農場の共同所有を条件に無償解放しても、農民はいずれ自作農に転じていくのではないか、との批判が周囲からあったが、武郎自身はそうであってもよいのだ、と達観的な見通しに立っていたことが『私有農場から共産農場へ』の中に述べられていた。この『農村問題の帰結』では、そのパースペクティブの射程距離をさらに延ばして、それは結局のところ、小作農が一時自作農になっても、大地主と小作農の極限的な関係性に落ち込んでいかざるを得ず、プチブルジョアに成り損ねる小作農は、さらに労働者同様、第四階級の担い手として、私有農場を止揚して共産農場にしていくことが歴史的に避けられない筈だ、と確信のほどを示している。そして、その歴史的必然性を学び、途中段階における甘い幻想に惑わされないようにすべきだ、と警告し、その担い手として農村青年に期待を寄せている。

それでは現在の社会制度のもとで、何うすれば農民が救はれるか、私は農村の青年が他から騙されないやうに自分自身で自分の救済法を講ずるより道はないと思ひます。（同書）

頼るべきは、第四階級以外の指導者でもなく、何等かの融和的な制度や組織でもなく、最後は自分で自分を律する孤独で自由な闘いを志向しながら、その上で互いに結びつけば良い、と、メッセージを送っている。この「自分の救済法」は、自ら獲得する自由によってのみ実現可能であることも言外に含んでいるが、そのことについては、次の『狩太農場の解放』の中で少しく触れたい。

5.『狩太農場の解放』

1923（大正12）年5月、『小樽新聞』に寄せた小文である。これまで発表された関連小文と比べ、いくつかの点でさらに踏み込んだ考えを表明している。一つは農場解放の理由である自身の文学創作上の情況であり、もう一つは、小作農に託す自由獲得と克己の激励である。

夫れで私自身が何等労働するの結果でもなく小作人から労働の結果を搾取する事は私の良心をどうしても満足せしめる事が出来なかった。で其の結果は私の文芸上の作品を大変に汚す事になり自己矛盾に陥って苦しんで来たのである。そこで私は私の土地を小作人達に興へたもので私としては、土地解放に依って永らく悩まされて居た実際生活と思想との不調和より来る大煩悶から逃れたもので、晴晴しい心地に今日なり得たのは全く土地解放の結果です。（『狩太農場の解放』より）

農地所有が、彼の良心と思想だけでなく、文学創造の上でもいかに自己矛盾を苛む要因だったのか、率直に語っている。彼の作品上でその痕跡を具体的に辿ってみることは今後の課題にするとして、例えば『カインの末裔』『親子』等の作品は、彼自身の良心と精神を苛んだ農場所有という自己矛盾意識がなければ生まれなかったであろう事を考えると、作者とは別の位相から、一読者としても複雑な想いに囚われてしまう。この問題は、非常に奥の深いことだと思うので、機会を改めて作品を読み込み考えてみたい。ただ、いずれにしても、農場所有という、彼個人に留まらない家族全体にとっての抜き差しならない状況が、彼の思想と文学と生き方そのものを決定的に規定し、左右してきたものである事は間違いないだろう。であるからこそ、農場解放は、彼にとって、文学創作上の悩みを根底から解消するための起死回生の策として目論まれたのである。我々としては、その問題意識の多面的なそしてラジカルな意義を、心の奥深いところで感動の念を持って受け止めるのであるが、同時に、文学者有島武郎と農場所有という、恐らく本人も扱いかねたほど大きく重いテーマの存在に、改めて真正面から向き合う必要があるように思われてくる。それは、武郎や自分や多くの和人にとっての北海道、という歴史的原罪とも言うべき、とてつもなく深いテーマに向き合うことをも迫り続けている、という認識を意味している。そこに求められるのは、まだまだゴールの影すら見えない永遠の「自己否定」の積み重ねであるのかもしれない。そして、それを可能にするのは、武郎の言う「自由の獲得」であろう。

最近勃興せる水平社運動の標語の中に『与へられる自由はない』と言ふのがある。私は其の通りだと思ふ。迚も痛切なる自覚せる結果に依って獲得したる制度なり習慣なり権利でなくては真に獲得者が之を我物として活用する事は不可能である。（同書）

武郎が永続的な反逆を主張するその根幹にあるのは、制度面からのイデオロギーとしてではなく、「自由」そのものであり、「自由」は、たとえその保障を趣旨とするものであっても制度化されることによって劣化は避けられないものである、という認識である。ホイットマンのローファーに限りない愛着と共感を寄せ続けたのは、それが「自由」のかくのごとき実現の難しさを慰め、その可能性を一人一人の生き方の中にこそ見出すことが出来るという確実な実例であり、可視化された芸術的真実の一つであるからだろう。武郎にとって、農場の解放は、ローファーを目指す道標の一つに過ぎなかったとも言える。しかし、その道標一つにしても、そこを過ぎ超えて歩み続けることが、いかに深い悩みと周囲の無理解と自身の創造の苦悶を伴うことであったか。本人もそうかもしれないが、読者たる我々にとっても、日常の中では背負いきれないほどの重い課題として迫ってくる。とは言え、武郎は、そこに、手が届きそうな明るい灯明をそっと置いてくれている。それは、読者に向けた武郎特有の優しさなのかもしれないが、「ともに歩んで欲しい」という、切なるメッセージなのかもしれない。それは、「自分の良心を満足せしむる」ということである。この小文は、次のように結ばれている。

私は結局自分の行った土地解放が如何なる結果になるか分らない。只自分の土地解放は決して自ら尊敬されたり仁人を気取る為の行動ではなく自分の良心を満足せしむる為めの已むを得ない一の出来事であった事を了解して欲しいと思ふ。（同書）

6．『農民文化といふこと』

『文化生活の基礎』（大正12年6月）に掲載された小文である。農場解放後、発言を求められた一連の機会に寄せたものであろうけれど、その機会を重ねるごとに、武郎の主張はより簡潔に、より鮮明に、よりラジカルに深められているように思える。この小文では、私有財産制度を滅する過程で農民自らが自由を獲得しない限り、農民の文化というのはあり得ない、と断じている。武郎が解放した狩太農場のその後の展望に向けた、率直なメッセージと言うべきである。

ではこの私有財産制度から、如何にして解放せらるべきかと云うことが問題でありますが、これは先ず私達が機械化された生活から自由を回復しなくてはなりませぬ。……（略）……けれども兎に角今日の私有制度を滅さねばならぬという云ふこと丈は云ひ得ると思ひます。（『農民文化といふこと』）

武郎が、自らの所論を必ず自身の立ち位置を考えながら展開していることは、この小文においても明らかである。特に、小作人の解放に結びつく農場解放において、その後の文字どおりの全的解放に向けていかに自由が大切であるかを説く武郎は、自由を自らの力で奪い取ることを農民に勧めている。と同時に、彼等の主体的な行動に対して、第三階級である自分自身がいかに連携できるか、ということについても基本的な方向性を示している点で、この小文は大きな意義を有している。この『農民文化といふこと』以降、武郎は農場解放に触れる文章を公にしていない。しかし、『農民文化といふこと』において小作農の解放に向けた未来のプログラムイメージとして、階級意識をより鮮明にすることになるだろうという見通しに沿って受け止めると、『両階級の関係に対する私の考』(大正12年6月)、『行詰れるブルジョア』(大正12年7月)、『唯物史観と文学』(大正12年7月)など、自死の直前まで、武郎は自らのラジカルな思想について表明し続けるのである。

例え漸進主義的方法を採用するにしても、恩情的に文化を或は自由を与えようとするやうなことなく自由を持たざる人が自己に目醒めて、進んで自由を掴得したいと頭を擡げて来た時に、その気勢を看取して、それに充分の力を添へてやると云ふ方法を採ることが大切であると思ひます。(同書)

24

『ドモ又の死』芸術と愛、もうひとつの止揚

『ドモ又の死』は、画家を目指す5人のボヘミアンが、仕事においても生活においても不遇から脱することができない中で、その状況を打開すべくひと芝居を打つ、一幕もの喜劇の戯曲である。1922（大正11）年10月に発表しているので、有島武郎にとっては晩年にあたるが、描かれた世界が『星座』に近い青春群像であることから、明るい雰囲気が漂う。人物描写に淀みがなく、世相に対する皮肉に関してもさほどの棘がなく、何らかの暗示や暗喩が仕込まれた風の引っ掛かりも、あまり感じられない。つまり、別の言い方で言うと、有島作品らしからぬ、捉えどころがない薄味の読後感を残す。

1．マークトウェイン作との差異

しかし、そうとばかりも言えなさそうだ。例によって、彼はさりげなく、作品の謎解きを誘う仕掛けを忍ばせている。作品の冒頭に、次のようなエピグラフがある。

これはマークトウェインの小品から暗示を得て書いたものだ。（『ドモ又の死』より）

『ドモ又の死』の解題を参照したところ、マークトウェインの〝Is He Living or is He Dead?〟の翻案と紹介され、この二つの作品の主な類似点と相違点は次のとおりとされている。マークトウェインの原作を読んでいな

いので、解題から紹介する。

類似点は、物語全体の基本構成そのものである。自らの表現世界を追い求める無名の若き画家たちが、貧しい共同生活を送りながらも、芸術家精神において深い友情で結ばれている。しかし、深刻を増す飢餓の危機に瀕して一計を案ずる。仲間の一人を夭折する天才画家に仕立て上げ、その作品を宣伝してマーケットに高く売りつけようと画策する。

相違点は、原作には登場しないモデルのとも子が武郎の作品では重要な役回りを演ずることである。5人のボヘミアンは全員がとも子を好いているが、夭折することになる画家は、結婚したい相手としてとも子自身が選ぶことで決まるという仕掛けであり、ドモ又（戸部）が選ばれる。この相違点こそが、武郎がマークトウェインを翻案する創作的意図そのものと言える。武郎のこの奇想天外な着想は、物語全体の中で用意周到に仕込まれ、密かに愛し合う二人の感情のもつれと顕在化の綾が物語の展開を推進していく。ドモ又（戸部）だけが他の4人のボヘミアンとは異なるニュアンスで、とも子に絡んでいくシーンが何箇所かあるので、引用する。

澤本――ぢゃ矢張ドモ又がいったやうに、君は何処かに岸をかへるんだな。
とも子――さあねえ、さうするより仕方がないわね。私は一体画伯とか先生とかのくっ付いた画かきが大嫌ひなんだけども、……いやよ、本当にあいつらは……何んていふと、お高くとまる癖に、ひとの体にさはって見たがったりして……けれどもお金にはなるわね。あなた方見たいに食べるものもなくなっちゃ私は半日だってやり切れないわ。大の男が五人も寄ってる癖に全くあなた方は甲斐性なしだわ。
戸部――畜生……出て行け、今出て行け。
とも子――だから余計なお世話だってさっきも云ったじゃないの。いやな戸部さん。（悔しそうに涙を眼にため

る）

戸部うなる。

云われなくたって、出たけりゃ勝手に出ますわ、あなたのお内儀さんぢゃあるまいし。

戸部―俺達の仕事が認められないからって、裏切りをするやうな奴は……出て行け。（同書）

戸部―貴様は（瀬古を指し）こいつの顔を見たいばかりで……

とも子―焼餅やき。

戸部―馬鹿（うなる）（同書）

二人は相思相愛なのだが、相互に悟られないよう意地を張っている様子が、手に取るように伝わってくる。武郎ほどの筆力がなくても可能な表現かもしれないが、この戯曲を通して流れる二人の絡み合いの行く末を予感させる自然な描写である。４人は金持ち堂脇の娘を賞賛し、モデルとして描きたいと口々に言うが、それを聞いたとも子の複雑な反応を懸念する戸部は、４人とは異なる反応をする。

とも子―今日はもう私、用がないやうだから帰りますわ。

戸部―俺れ、用があるよ。くだらないことばかりいってやがる。俺れが描くから……

とも子―又うなり立てて、床の上にへたばるんじゃなくって。

戸部―いいから……こいつら、うっちゃっておけ。

戸部ひとりだけとも子をモデルにして描きはじめる。その間に次の会話が行われる。（同書）

そして、皆に選択を迫られたとも子は、結婚相手に戸部を選ぶ。

とも子――……（中略）……

（急に戸部の前にかけ寄り、ぴったりそこに座り頭を下げる）戸部さん、私あなたのお内儀さんになります。怒らないで頂戴よ。私あなたのことを思ふと、変に悲しくなって、泣いちまふんですもの……

戸部――君……冗談いふない、冗談を……（同書）

とも子――……（中略）……花田さんが私の旦那さんに誰でも選んでいいといった時は、本当は随分嬉しかったけれど、あなたは屹度私が嫌らひなんだと思って随分心配したわ。

戸部――何しろ俺れは幸福だ。俺れは自分の芸術の外には望みはないよ。……俺れはもう君を殴らないよ（同書）

この展開は、恋する二人の心理描写に止まらない、武郎がこの作品に込めた真意を示唆している。特に注意したいことの一つは、相手を選ぶのが男の側ではなく女性、とも子であるということだ。そしてもう一つは、引用最後の戸部のセリフ。この結婚の前提として、戸部は死を偽装した上で全作品を放棄することを約束している、つまり、芸術より愛を選んだと言う偽装である。その上で、にもかかわらず、結婚後は生まれ変わった別の存在として再び芸術を追求していくという決意を表明したことである。このことは、芸術と愛の相剋を単純な二律相反に閉じ込めることをせず、「偽装された死」を媒介することによって両立を図るという、いわば、「もう一つの止揚」の可能性を示唆したものと言える。

この二つの視点は、武郎がイプセンの作品「死者の復活する時」を論じた評論『ルベックとイリーネのその後』（大正9年1月）を強く連想させる。この連想は、一見強引に思われるかもしれない。しかし、芸術（文学）と愛の相剋は、武郎にとって形而上学的・観念的な論点ではなく、『幻想』（大正3年8月）において妻安子との愛の在りようをめぐって極めて深刻な二律相反として意識していたことを嚆矢に、その後、安子の死後も一貫して自身のうちに刻み続け、作品の中にも表現し続けた問題意識であった。

このことからもわかるように、文学と愛の相剋と女性の自立は、イプセンを改めて深掘りすることにおいても貫かれた抜き差しならないテーマであった。したがって、『ドモ又の死』もその系譜に位置付けて受け止めることがふさわしく思われる仕掛けを作中に読みとることは、必ずしも強引なことではない。「死者の復活する時」の中で、イプセンは芸術と愛の二律相反を止揚できなかったことを人生最後の作品の中で告白した。『ルベックとイリーネのその後』の中でイプセン最後の告白を受けて、武郎がその解決を目指し試みた場が『ドモ又の死』であった、と言えないだろうか。若きボヘミアン戸部が死を偽装して自身の芸術を一旦放棄することによってとも子との愛を得るというトリックの中で、愛を得たのち別人としての人生の中で改めて愛と両立する芸術創作を目指す決意を表明した。つまり、死を介在することで、芸術と愛の二律相反を仮想的に止揚したことを、作品として表現したのである。これは、「死者の復活する時」の中でルベックとイリーネが芸術と愛を両立させるための最後の行為として、山に登り雪崩に遭って死ぬことを意識した、武郎の構成上の仕掛けであったとも言える。

また、イプセンの『人形の家』のノラが夫と別れることを決意し告げたように、とも子が戸部を主体的に選んだことも、イプセンの挑戦的な女性自立の姿勢を踏襲したコンテキストであり、女性が自らを解放していく自己表現の一つ、主体的な愛の告白を指し示したものであろう。この点からも、武郎は安子の愛に応えられなかった自分自身への悔恨をこの作品に託したと読んで良いように思う。作中のとも子について、武郎は、女優の唐沢秀子に宛てた手紙の中で、次のように言っている。

「ドモ又」についての御感想ありがとう。出過ぎた申事だとは思いますが実は私もとも子をあなたにやっておもらひしたらいいだろうなと思っていたのです。あなたの生地と幾分共通したものをとも子は持っていると思うのです。どこかに野生と反逆性とがあってその癖すなおに物に感ずると捨身にほろりとなってしまう……片意地でつむじ曲りで……失礼失礼。（大正11年9月29日　唐澤秀子宛書簡）

武郎が唐澤秀子をモデルとして意識し、彼女の女性としての自立性をとも子に託していたことがわかる。唐沢秀子は武郎の親しい友人の一人だったが、実際に彼女が「野生と反逆性とがあって……」という女性であったかどうかというより、唐沢秀子をそのような女性として想定し、とも子にその存在意義を仮託した、という創作上の位置付けが重要だろう。そもそも創作におけるモデルとは、そのような存在である。

この二つの観点こそが、とも子と戸部の愛の過程に潜む、武郎の思想と文学の真の意味であったと言ってよいのではないか。

2. 偽装された死の意味するもの

このような読み方を可能にしたドモ又の偽装された死は、しかしながら、単なるモチーフとしての仕掛けにとどまらない暗示を示している。5人のボヘミアンとモデルのとも子によって描かれた自己再生の戦略を担い、ドモ又とともも子は死を偽装することで転生を図った。その過程で、芸術（絵）と愛の相剋が止揚されることになった。しかし、転生を図ったのは、登場人物の人生だけではない。武郎は、自身の文学創作を発表する場として、それまでの様々な雑誌をやめて自分の作品だけを発表する個人雑誌「泉」を発行することにし、1922（大正11）年10月1日に足助素一の叢文閣から第1巻第1号を発行した。これは、自身の文学創造における起死回生を賭けた事業であった。この第1巻第1号に掲載した作品が、『ドモ又の死』と『小作人への告別』他であったことの意味を考えてみよう。

この二つの作品は、どちらも、武郎自身の「死による回生」を象徴している。『ドモ又の死』は画家戸部に仮託された文学者有島武郎自身の回生を、『小作人への告別』は農場無償解放による第三階級地主有島武郎の回生を意味している作品であることは、これまでにも述べた通りである。それらが個人雑誌「泉」の発行宣言とも等しい位置付けとして発表されたことは、武郎のこれまでの人生の総決算としての「回生」が暗示された事績であることを示している。作品中に仕組まれたドモ又転生の戦略は、作者有島武郎自身の芸術と生き方の回生を暗示したのである。武郎のこの回生戦略が表現された媒体「泉」は、第二巻第7号（大正12年8月）において武郎の追悼特集が組まれ終刊となるが、その間ほぼ1年間における「泉」を場とした、武郎の回生戦略の展開はどのようなものであったのか、それはまた別の稿とする。

ここでは、「泉」が、武郎が秋子と出会い心中を遂げるまでの魂の彷徨が表現される媒体となった、ということを記すにとどめておきたい。

25　『酒狂』『或る施療患者』『骨』　見果てぬ夢の明るさ

1923（大正12）年1月から4月にかけて、有島武郎の個人雑誌『泉』第2巻の1号、2号、4号のそれぞれに発表された、『酒狂』（大正12年1月）、『或る施療患者』（大正12年2月）、『骨』（大正12年4月）を一つのまとまりとして読んだ。この三作品とこの後に発表された『親子』は、武郎没後に発行された著作集第十六輯には所収されていない。その理由はわからないが、いずれにしてもこの時期、つまり「三部曲」（大正8年12月）で「旧衣」を脱ぎ捨て、『星座』（大正11年7月）で「新たな衣装」を身に付け、一方で農場を無償解放（大正11年7月18日）したあとの武郎の創作活動と精神性が、何らかの新たな兆候を滲み出していると思われる時期の作品群である。

「酒狂」に対する御感想をうれしく拝見しました。私之芸術之道もああいう方向に新しい曙光を生み出して行くかと思っています。（大正11年12月28日　今野賢三宛有島武郎の書簡）

『三部曲』で総括した後の「新たな衣装」がどのような展開を見せつつあったのかを視座に据えて読み、彼の最晩年にあたるこの時期の作品が何を表現しようとしていたのか、考えてみたい。

1．『酒狂』

深夜、主人公の元に泥酔した友人Bが訪れ、切り刻むような独断的な会話で主人公を悩ませる。避けようもなく余儀なくされた一夜の切迫した状況が、主人公のみならず読者の心をも不安定なものへと追い込んでいく。この訪問者Bは、有島武郎の友人田所篤三郎がモデルになっているが、例によって、この作品によってモデルの具体像を推し量ってはいけない。二人のやりとりを読み進めていくうちに、その関係性が、次第に有島武郎自身と思われる主人公の内面へと転移していくように感じられてくる。

惨めな男だなと憐みたい気になった。それが私を不快にもし、不満足にもした。私は黙ったままそっぽを向いてBが悪いのか私が悪いのかと自分に問い詰めていた。（『酒狂』より）

対面している相手に対する感情を善悪の観点から振り返る性向が、主人公の心理展開の出発点となっている。それが、著者武郎に特有の限界を暗示している。

誰によってでもあれ、私の生活が無理強いにゆすぶられるほど不愉快なものは私にはなかった。Bは明らさまにそれを敢えてしているのだ。（同書）

自己防衛の意識が対人感情に影を落としていく主人公の心理は、この後の展開の前提であり、かつ、この物語の表層でもあり深層でもある。かつて初めてBに出会った時からこの一夜の出来事が既に始まっていたことが、短い回想の中で揺り起こされる。

人は彼を気違ひと疑ったであろう。初対面の私にBは初めから終りまで圧迫的だった。よろよろと千鳥足を踏んで彼が帰り去ったあと、私には妙な淋しさが残された。それは何であるか自分でもはっきりしない。

然し確かに、見ずにおきたいものを見てしまったといふ淋しさだった。(同書)

Bの存在感が主人公の自己意識の中にも潜在していることに気づきながらも、そんな自分自身を受け止めることが未だにできていない。「見ずにおきたいものを見てしまった」という後悔は、相手のそのような面を意識してしまう自己嫌悪に繋がっている。それを、武郎は「淋しい」と表現した。この言葉は、私にとってはある切実な思いに繋がっていくものだが、ここでは触れないでおく。Bの言葉にかき回されながら、主人公の混乱は、次第にある領域に迷い込んでいく。それは、Bが恐ろしい力を込めて主人公に訴えた、自分自身の虚無感に対する恐怖だった。

「おい、お前ごまかしても駄目だでや……俺らもお前も、この地球も何もかも、消えて無くなるのだよ。いいか。これも、これも、あれもあれも皆んな皆んな……何一つ残るべさ。皆んな破れてなあ……崩れてなあ……皆んな無くなって、無くなって、あとにたんだ一つ残るものは……おお死だ、死だ、死だ、Deathだ。俺らはおっかねえ。何んにも無え、何もかも無え……胡魔かしているんだ。人間は皆んな皆んな……俺ら何も無え……死だけが、おい、確かなものはなあ死だけが……」

Bの手は力なく私から離れた。彼の首はくづをれた胸の上に埋まる程垂れ下がった。(同書)

「何も無え……何も無え……欺瞞もごまかしも何も無えよう。俺らも生れた。秀子も生れた。そんだ、何の為に生れた。俺ら知らねえ。……人間の作った神で無えか。仏でねえか。人間が死んだら神も仏も何も無えんだ。みんな独りだ。からっぽだ。なあ……」(同書)

自分も、愛するものも、神も仏も、あらゆるものが虚しい、と訴えるBの虚無感は、Bだけのものだろうか。

主人公は、武郎はどうだったのだろう。この虚無感は、しかし、それ自体として独特のものとは言えないかもしれない。哲学においても、文学においても、あらゆる芸術の中において、いや日常の生活の中でも常に意識され苦しんできた観念、むしろ実存といって良いかもしれない深淵だったはずである。Bは、そしてこの場にいる主人公は、この虚無感への怯えを共有しながら、にも関わらず互いに深い孤独のまま繋がることができないと感じ、互いに求め合いつつ相対しているのではないのだろうか。この絶望的な孤独、虚無感は、どこにいくのか。

兎にも角にもその何の姿でも憐れを誘ふものとして考へられた。けれどもそんなことに頓着なく、私の心の底には自分自身に対する憐みと嫌悪との情が一緒くたになって澱んでいた。(同書)

結局、Bとの葛藤は主人公自身の心の中に澱み沈んでいく。Bとの確執が現実実際のことであれ、あるいは、主人公の妄想の世界のことであれ、結局は、創作表現の中で著者自身の心に還流していく。

あの無神経に他人の領分を侵して来るやうな物腰、それは考えただけで不快だった。別れてしまうと、どうして不快な気持ちを見せてしまったらうと心から悔いられる癖に、会うとなると不快な心の陰影なしには会えない、それがBに対して持つ私の関係なのだ。(同書)

武郎らしい潔癖な関係意識だが、その根底には、強い自立意識との背中合わせに、相手、他者に限りなく自分を同一化し、そのことによって自身の虚無意識と孤独感から逃れたいと無意識に願う心理があるのではないか。それが、Bという登場人物への自己仮託ではないのか。著者である武郎の精神は、他者と一つの共同性を共有することは決して志向しないものの、それでも、そのように他者を希求し続ける自己内部の分裂した矛盾を抱えていたのではないだろうか。特に、底辺労働者や小作人などへの共感と嫌悪がない混ざった心の闇は、自分自身を分裂させ目標自体をも見失わせる虚無感に帰結していったのでないだろうか。モデルを介して自分自身を仮託する登場人物を書き続けた武郎は、その一人であるBに虚無の孤独を語らせることによって、一旦は『星座』の中で複数の登場人物それぞれに、自分の多様な内部矛盾を仮託してそれらの絡み合いを創造し表現したものの、それらの行く末に明確なイメージも見出せない虚無感に襲われ続けるようになったのではないだろうか。Bが深夜に訪れる、というのは、そういう暗喩なのではないか。私の自問が限りなく続いたが、作中でBに吐露させたこの虚無感にはもう一つの伏線が描かれている。

「俺ら今日山川のところさ行った。お前は労働問題を論ずるそうだが、お前にその資格があるのか。お前は労働者か。だら今日は何を働いて、いくら儲けたといってくれた。」(同書)

「解る？（Bは皮肉に声高く笑った）俺らにも解らねえことがお前に解るか。お前は芸術家だべさ、その点で。……ぼうっと頭の中で人間のこと考えていればそれでいいんでねえか。」(同書)

作中の山川は、武郎が『惜しみなく愛は奪ふ』や『宣言一つ』で書いている「階級移行否定論」に絡ませながら、Bを批判している。そのように批判されそのことに納得できたかのように見えるBは、自分が切られたその同じ刃で今度は主人公を批判し、芸術家が底辺労働者のことなどわかるはずがない、という。ここでは、山川もBも、実は主人公である武郎の『宣言一つ』と同じところに立っているように描かれており、そのすべてが武郎の自己否定として帰結している。『酒狂』発表の1年前の1922（大正11）年1月、武郎は『改造』に『宣言一つ』を発表し、大きな反響を呼んだ。反響の多くは武郎への批判であったが、武郎の立論を的確に批判したものはなかなか現れなかった。なぜなら、『宣言一つ』は政治イデオロギー的思想や運動論を述べたものではなく、存在と意識の根源に関わる思想を述べたものであるにも関わらず、そのように受け止めた上で議論を深めるという状況には、当時の論壇も政治運動の思潮も成熟していなかったからである。

私は第四階級以外の階級に生まれ、育ち、教育を受けた。だから私は第四階級に対しては無縁の衆生の一人である。私は新興階級者になることが絶対にできないから、ならして貰おうとも思わない。第四階級の為に弁解し、立論し、運動するそんな馬鹿げ切った虚偽も出来ないことは、……（略）……（『宣言一つ』より）

『宣言一つ』に対する論壇からの批判の多くは、武郎が自らをブルジョアジーと自己規定したことを一種の開き直りと受け止めたことに起因する議論であった。しかし、武郎は、ブルジョアジーである自身を根元的に自己否定しているのであって、自己否定した自分に何ができるか真摯に向き合おうとしているのである。武郎は、このことが理解できない論難に対しても誠意をもって答え反論している。この著作が招いた論争によって、武郎は孤独、孤立を余儀なくされたのではないかと思われるが、それは、他者からの影響に左右されず自立している状態のそれではなく、武郎の真意を受け止めることができない他者から関係を拒まれた閉塞感であり、したがって、自立した者同士の充足した孤独からは程遠い「どうにもならない」疎外感であって、それがBに仮託された虚無感を醸し出している。Bという登場人物、そして主人公とBとの関係は、主人公に「虚無感」をもたらす存在、関係であり、主人公の内部を撹乱する「非自分」「反自分」の表出である。つまり、自分自身の中に存在する非融和的な自己が、Bの存在感を介して虚無感をもたらしているのである。

私は暫らくそこに立ったまま淋しい気持ちで、行ってしまったBの上を考へた。（『酒狂』より）

主人公は、Bによって、そして自分自身によって余儀なくされた虚無感に押し包まれながらも、その意味を捉え返そうとしている。しかし、その意味をまだ的確に捉えることができず、そこに佇んでいることしかできない。

2.『或る施療患者』

この作品に取り掛かっていた同じ頃、少し先行して『ホイットマン詩集—草の葉—第2輯』の翻訳に携わっていた有島武郎は、その発行に寄せて書いた小文『ワルト・ホイットマン』（大正12年2月）の末尾を、次のように結んでいる。

> 彼れ（※ホイットマンのこと）はかくて先行者を有せず、従って追随者を退けた。彼れの追随者たらんとするものは、その瞬間に彼れを見失ったであらう。彼れは自由の中に住む人間の可能性がどこまで行き得るかを彼自身に於て表現したのだ。
> 然しもう私は彼れを離れて行かう。彼れの時代には、彼れがなければならなかった。而して今の時代には、それにふさわしい詩人が要求されている。人は常に生きつつ常に死につつあらねばならぬ。而して常に死につつ生きつつあらねばならぬ。
> 彼れをして彼れの道を行かしめよ。それを妨げるな。私たちは私たちの道を行かう。彼れをしてそれを妨げしめるな。（『草の葉』所収『ワルト・ホイットマン』より／有島武郎訳）

武郎にとってホイットマンがどのような存在だったのかを想い起こしながらこの末尾の宣言に接した私は、思いもかけない衝撃を受けた。様々な想いを込めながらも、この時期に至って、武郎はホイットマンからの自立を自らに課していたのだ。孤独、孤高の詩人ホイットマンからの自立を自らに課すことを宣言した武郎は、どのように生きかつ死のうとしたのだろうか。『或る施療患者』に感じた粘着力を伴う奇妙な浮遊感は、武郎のホイットマンからの自立宣言と関連がありそうに感じた。

『或る施療患者』は、不運かつ不幸な境遇に生まれた主人公が、為すこと成すことの全てが悪い方向に展開し、ついに不治の病を患い絶望的な状況を迎えるという顛末を描いた作品である。この作品には、これまでの有島作品とは際立って異なる、二つの特徴を感じた。ひとつは、その極めて特異な文章表現である。例えば、

画かきが孕み女の裸体を描いている間に、あの可憐な小雀どもは生まれる間も遅しと自害する。名もない雑草がそのほこりがに生ひ育っている野の果から誘拐されて、見事な片端に育てあげられ、貴婦人の胸に飾られ、その情夫との抱擁の間に、意味もなく焼け爛れて萎んでしまふ。誰でもが誰かに何かしなければ生きていられないといふのだ。それが森羅万象に誓言として書かれている。乱世でなくて何んだろう。（『或る施療患者』より）

主人公が生まれた状況を表現主義的な散文詩のように描いた、暗喩に満ちた表現であり、主人公の人生を暗示するかのような人間関係への依存傾向がもたらす暗い予感を漂わせている。このような暗示、暗喩に満ちた表現が、この作品の随所にあふれている。しかも、この作品の主人公のように、社会的底辺に生き自らを破滅に向かわしめた登場人物に視座を据えて表現を凝らしたことは、これまでの武郎にとっての見果てぬ夢をより過激に追い求める姿勢を見せたものである。この時期、武郎は高橋新吉のダダイズムによる詩に深い関心を寄せており、心理描写を物質的モチーフによって破壊的に描写する表現主義と重ねながら、自身の表現の可能性を探っていたであろうし、この作品の中で試みがなされていたということなのだろう。

関連するもうひとつの特徴は、どんなにあがいても決して好転しない境遇に絶望しながらも、受け入れるしか

ないと諦めを深める主人公の人生。苦悩に足掻いているもう一人のカインの末裔が、ここにもいる。生きることが生きることを否定していくという皮肉の悪循環が、この主人公の運命に凝縮されている。

私はすっかり分った。悲しいことだがすっかり分った。実際この世の中では踏み倒して生きる外には生きやうがないんだ。私はそれを前から知らないわけではなかった。けれどもそれと併行するもう一つのものがあると思っていた。……そんなものがあるものか。「情けは人のためならず」だ。(同書)

希望に微かな期待を寄せていたその分だけ絶望がより深まったのが、主人公の人生だった。これは、武郎とはそのまま重なることがないように見えて、しかし、重なることがないということ自体が、境遇の異なる他者への共感を自らに求めていた武郎の絶望を深めることになり、結果的に主人公の絶望に仮託できる自分自身を見出していた。『惜しみなく愛は奪ふ』の中でも、『宣言一つ』の中でも、そして『親子』の中でも、底辺を余儀なくされた労働者や小作人などと自分との間に、社会的な階級や意識などの面で超えがたいアイデンティティの壁があることを表明していた武郎の自己否定は、主人公の悲劇を極限まで突き詰めることによってそこに反転攻勢のチャンスを伺っていた。自己否定を成就することによって、逃げ水のような自己肯定を垣間見ようと、奇跡のようなターニングポイントを探っていたのである。しかし、この作品の中では、そのようなきっかけは実現していない。実現してはいないが、そのことへの妄想は、その爆発力を内に秘めながらその機を窺っている。

唯うつらうつらとするやうな朝夕が私の眼の前に続いた。その間に時折り、一閃の火で全存在を空に帰する爆弾の形が私の眼の底にひらめきはじめた。何に向けて投下さるべきだか知らない。けれども何かに向けて……而してその壊滅するものの中には常に私自身が加わって。(同書)

爆弾によって壊滅されるものの中に自分自身が入っているという想念が、いざという場合の最後の砦であり、自己否定による業火の中で再生する不死鳥を夢見る武郎が、そこにいる。この爆弾のイメージが、不安定ながら武郎を支える最後のメタファーであった。

私は決心した。無害な平凡な良民であるべき私は決心した。治るといったら治ってやろう。而して乱世にふさわしい立派な人間さまに生まれ代わって、やれるところまでやってやろう。……そうだ私はいつか爆弾の空想を描いたことがあったが……（同書）

自らを滅ぼす爆弾によって、崩れつつある自分自身を立て直そうとしているギリギリの矛盾が、この主人公を支えている。しかし、それはもともと不可能な幻想でしかないことを、主人公は知っている。破壊すべき明確な対象もわからぬまま自爆に至るしかないことを、この作品の文末は示している。爆弾とは、ここに立ち至ってしまったことへの攻撃的怒りを内包した、虚無感の象徴であろう。そこには、まったく先の見えない絶望的な虚無の世界が広がっているだけである。

ここで、もう一度、冒頭で触れたホイットマンからの自立に、立ち戻りたい。青年期の武郎が渡米中に出会ったホイットマンは、彼の人生のいついかなる時においても、最も心を寄せる指針であり続けた。そのホイットマンに心酔すればするほど、ホイットマンへの追随から身を律して離れなければならないという自己否定に踏み出さざるを得なくなる。おそらく理念的にはそのことを心に刻みつつ生きてきたであろう人生の最も苦しい時期を迎え、今こそそれを形に表すべき最後の機会だと密かに確信したのが、１９２３（大正12）年初めのこの時期だったのではないか。武郎は、ホイットマンから離れる道を模索する中で、自分の中の最も惨めで卑しい自己、非自己、反自己の相貌をありのまま見つめるために反照しつつ描いた作品が、この『或る施療患者』だったのであろう。それは、自爆をも辞さない爆弾を抱えた、虚無感で充満した武郎自身を描くことだったのではないか。

3.『骨』

この作品は、ほぼ同時期に進行していたある一連の出来事をもとに書かれたものであることが知られている。

……（略）……今夜一人の男が九州に行くのを見送りました。それが悲しい男なので今夜は少し気が滅入っています。帰りに其友の友達なる一人のすりの卵なる未成年が一緒に飯を食ったら男の去ったのを淋しがって愛人が去った後のやうに泣きました。いつでも人殺しが出来るというすごい男です。其男がふっと懐中から母の遺骨を取り出して見せました。この寒空に。……（略）……（大正11年12月16日　有島武郎から唐沢秀子宛て書簡）

……（略）……田所はあれから大飛躍をして有頂天になったり地獄のやうに苦しんだりしております。昨日は彼が来て東京を落ちて行く名残を惜しみましたが、夜の十時にまた電話で呼び出してきたので神楽坂の或る家に行き芸者をあげて飲み其芸者にキスをしそれから待合にしけこみ相手の人と床の上で話をし悲しくなって泣き出し指も触れずに其人と其家を出でビシャモン様の処で別れ2時半ごろ家に帰りました。……（略）……（大正12年2月14日　有島武郎から唐沢秀子宛書簡）

書簡に記されたこれらの出来事が『骨』に反映されていることは、一目瞭然であろう。作品の解題によると、主要な登場人物には、実在のモデルがいる。「おんつあん」が『酒狂』の「B」こと田所篤三郎であり、「教凸」が十文字仁、「I」が岩瀬重五郎、そして「凸教」が有島武郎本人である。（『全集／第五巻』解題）しかし、やはり、モデルの実際と作品との間に、何ら本質的な関連はないと読むべきである。ただ、「おんつあん」と「教凸」の際立って特異な関係の在りようは想像による創造だけでは表現しえないものであろうと考えると、モデルの存在がいかに重要なきっかけとなっているのかということについて、改めて感慨を深めた。この「おんつあん」と「教凸」の特異な関係意識がこの作品の中心的モチーフであり、作品自体のテーマと深く関わっている。

「とても本物だよあいつは。俺れあいつが憎めて憎めて仕方がないべ。けれどあいつに『おんつあん』と来られると俺らぺっちゃんこさ。まるでよれよれになってるんだから駄目なもんだてば」と言葉を結んだが……」(『骨』より)

「俺れは何にもすることがないから何でもするさ。糞っ、何でもするぞ。見てれ。だどもおやじの生きてる中は矢張り駄目だ。俺れはあいつを憎んでいるども、あいつがいる間は矢張り駄目だ。……おんつあんがいねえばもう俺れは滅茶苦茶さ。……馬鹿野郎……」(同書)

おんつあんと教凸それぞれのせりふだが、この文面からは、ほとんど「共依存」と言っても良さそうな互いの関係意識が強く感じられる。互いに相手を不可欠の存在として求め合っている。しかし一方では、それぞれの強い自我に基づく自立した行動も遠慮仮借なく相手にぶつけていて、その複雑な絡み合いが二人をますます引き寄せ合う。

「おんつあんのとこさ行ったらおんつあんが言った。『お前今日から俺れんところに寄りつくんでねえぞ。俺れは俺れだしお前はお前だからな。お前おやぢのとこさ帰れ、よ。俺れの病気が伝染ったらお前御難を見るから。……俺れはお前のことで心配するのはもういやになった。自分一人を持てあましているんだよ俺れは』

俺れは何んにもいえなかった。寒い雨の降る日で、傘が無かったから俺頭からずっぽり濡れて足は泥っけさ。おんつあんがバケツに水を汲んで来て、お袋のやうに俺れの足を洗ってくれた。而して着物を着替えさせてくれた。俺れ太て腐れていたら、おんつあんが……いつもそうだべ、なあ……額に汗かきかき俺れのものを綺麗に風呂敷に包んで、さあ出て行けと俺れの座っているわきさおいてよ、自分はそっぽを向いてもう物をいはねえでねえか。……（中略）……俺れおんつあんの心持ちが分かり過ぎるくらい分かるんだから唯泣いてたった。」（同書）

共依存に堕ちそうになって、その一歩手前のギリギリのところで、二人とも自分自身が独り立ちしている孤独に立ち戻る。互いに求め合いながらも、相手に没入せず相手に没入させない瀬戸際を綱渡りしている。互いの孤独を敬愛しつつ求め合っているからこそ、そこを踏み外して侵入すれば、自分も相手も自らを喪失してしまうことがわかっている。わかっているということを互いにわかっている辛さもまた、わかっている。共依存に踏み越えて没入したところに見える光景は、自分も相手も疑心暗鬼に苛まれながらも、そのような自分を認めようとしない自己欺瞞にのたうち回る底なし沼であろう。そこは、互いに傷つけあいその血を舐め合う隠微な生暖かさに包まれてはいても、燭光の一つだに見えない遠近感を失った空虚な世界である。しかし、おんつあんも教凸も、その泥沼の岸辺でかろうじて踏みとどまっている。踏みとどまって垣間見ている光景は、自分と相手それぞれがただ一人で屹立している孤独な姿である。その孤独は、求めている相手も同じく一人で立っていることを互いに感じあい、そのように唯一人で佇んでいることに無限の誇りを感じ、相手もまた同じような強い自恃の心にあることを感じ合う、虚飾を剥いだ裸の内奥そのものであろう。その時に流す涙は、孤独に踏みとどまった自分と相手への愛そのものである。そこにいるのは、男も女もない、全ての属性を超えて一人と一人の人間が向き合っているだけのふたりである。とは言っても、ふたりが向き合っているその世界には、他の何物もない。自分以外には、やはり孤独な相手しか存在しない虚無を感じるだけである。その虚無は、自足した豊かな想いを誘う。「凸教」こと著者有島武郎は、二人のこの情況に惹かれていく。

教凸のさうした聲を聞くと私もよしといふやうな腹がすわった。而してさされる酒をぐいぐい飲んだ。些かの虚飾も上下もないのが私の普段の気持ちを全く解放したらしい。(同書)

しかし、存在の淋しさはさらにもっと深いところにある。そこは、容易に埋まることのない底なし沼である。武郎は、その世界に惹かれつつも、その手前で足がすくんでしまう。

私達はさういう風にして他愛もなく騒いだ。酔いがまわり切ると、おんつあんはいつものやうに凄惨な美声で松前追分を歌ひ始めた。それは彼の付け元気の断末魔の声だ。それから先にはその本音が物凄く現はれ始めるのだ。泣いてもいられない、笑ってもいられないやうな虚無の世界が、おんつあんの酔眼に朦朧と写り出す。おんつあんは肩息になって酔ひながらもだえるのだ。
「おい、凸教、ごまかしを除いたら、あとに何が残るんだ。何にも無えべ。だども、俺れずるいよ。自分でもごまかして他人のごまかしまで略奪して行きているで無えか。俺れ一番駄目なんだなあ」

かういふ段になると教凸の酔いは一時に醒めてしまふかのやうだ。彼はまるでじゃれ附く猫のやうに、おんつあんの上にのしかかって行って、芝居のせりふや活弁の文句でかき回してしまふのだ。それも私にはできない芸当だった。おんつあんは教凸にさう出られると、何時の間にか正体が崩れて、もとのままの酔いどれに変わっていた。それのみならず教凸がどれほどおんつあんを便りにし、その身の上をも懸念しているか

が感ぜられると、私は妙に涙ぐましい気分にさへなった。(同書)

凸教すなわち著者武郎は、この二人に深く魅せられ引き寄せられたが、結局は彼らの世界に入り込み共有することなど全くできなかったことが、感傷気味に語られる。武郎は、このようなふたりが共有している孤独の世界と自分が交わることは、決してありえないだろうことを痛感した。彼は、二人のこの世界にブラックホールのように吸い込まれそうになりながらも、自分の中の違和感が優っていたために、踏みとどまった。それは、この二人が求め合い充足し合えるその世界が武郎を充足せしめることは決してないと、自分でわかっていたからである。それが、武郎と二人の間に横たわって超えるなど絶望的に思えるアイデンティティの深淵であり、それ故に引き受けざるを得ない自分自身の存在の淋しさである。この二人と接することによって、自分自身の虚無感が一層際立って自覚されたのである。武郎は、自分がこれほど魅せられ揺り動かされた二人とすら、その孤独と交流することが叶わない無縁の存在であることを痛感したのである。教凸は、大切に所持していた母親の小さな骨を、何かの拍子に落としてしまった。探し回っても見つからず、教凸は落ち込むが、すぐにそんな自分をさりげなく押し隠して、なくした骨の代わりに芸者の名刺をガマ口に押し込んでその場をかわす。


「畜生? 駄目だ俺れ。おんつあん、俺れこの方が似合うべ、なあ」と呼びながら、がま口を懐に放りこんでその上を平手で軽く叩いた。而して風呂場へと立って行った。

おんつあんの顔が歪んだと思ふと、大粒の涙が流れ出てきた。

女達は不思議そうにおんつあんを見守っていた。(同書)

この骨は、教凸の孤独な心を底なしの虚無感からひととき遠ざけてくれる母親の暖かい思い出が籠っているものだった。それをなくしたことを悲しみ、諦め、より一層深い虚無感に自分を追い込んでいった教凸。そして、そんな彼の孤独と虚無感のさらなる深まりを、そのまま自分自身の孤独と虚無感の深まりに重ねて受け止めたおんつあんの二人の世界は、武郎にとっては、二人の孤独と虚無感によって隔てられた、一層空虚な自分の孤独の中で受け止める他ないことだった。心寄せる人とさえ互いの孤独を超えて心を交わすことができない、と知ることで、自分自身の存在の淋しさは堪え難いものとなる。そんな武郎の虚無感は、この時、自らの裡にどのような光景を眺めたのだろう。彼が眺めたその光景は文学により表現されるべきものであったが、彼はどのように描こうとしたのだろうか。

4．三つの作品の向こうに見える光景

『酒狂』（大正12年1月）の1年前に発表され大きな反響のあった『宣言一つ』（大正11年1月）の中で、武郎は、自分は来るべき革命の主体である「第四階級」にはなり得ない存在であると、厳しすぎる自己否定を表明した。その「第四階級」のリアルな姿と心を描こうとしたのが、『酒狂』『或る施療患者』『骨』三部作だったろう。その主人公たちは、生きることのどうしようもなさに苦しみながらも深いところで互いに心を通わす弱さと逞しさをともに抱える闇の塊である。彼らの存在の様相を知りその心に接することで、武郎は自らが引き裂いたアイデンティティへの強い愛憎を感じるものの、その愛憎ゆえに一層自らの孤独感が際立って感じられ、そんな自分自身を仮借なく包み込む虚無感に圧倒された。

「三部曲」（大正8年12月）でそれまでの自分を総括した武郎は、『星座』（大正11年5月）によって新たな文学的主体の再建に取り組んだが、その意欲的なコンセプトの展開が途中で挫折した理由の一つに、その多元的な主体表現のあまりの複雑さに構想と表現が追いつかなかったことがあったと思われる。しかし、『星座』を発表して半年を経た後に、武郎は『星座』の続きに着手しようとしていたことが、書簡に記されている。

ホイットマン詩集も近い中に生まれると思っています。今印刷所の方にまわっています。その上で「星座」の方にかかる目論見です。私の生活が其中徹底的に変わったら又少しは余計働く事が出来るでせうが今は中ぶらりんなものだから心が落ち着きません、加之今私は心の回転期にいます。私の生活は一と乱れ乱れなければ落付く所には出て行かないやうです。（大正12年1月19日　浅井三井宛有島武郎の書簡）

『星座』の執筆再開が彼の精神的不安定さの中で試みられていることを記しているが、彼が『星座』の続行にかけたものが何だったのか、そしてそれが全く手付かずに終わったのはどういうことだったのか、やはりこの時期の大きな問題を内包していたと思わざるを得ない。『星座』中断以降におそらく着想を得て、『星座』の続編を再開しようとしたその同時期に書いた『酒狂』など三部作は『星座』と何がしか関連していたと思われるが、それはどのようなことだったのだろうか。『星座』の末尾は、次のように終わっている。

車内の空気は固より腐敗し切って、油燈の灯が振動に調子を合わせて明るくなったり暗くなったりした。

（『星座』より）

この先、どのように展開していくのか先が見えないまま物語は一旦終わり、読者を不安な状態に置き去りにしている。この状況を受けて『酒狂』などが書かれ、そこには、『宣言一つ』で第四階級から切り離した自分自身の孤独を包む光景が描かれた。『星座』で多元的な主体の表現を試みたものの、『宣言一つ』の呪縛から自分を解放し新たな展開を見るまでには至らず、むしろ、それとは真逆の方向、つまり、多様な登場人物のどこかに据えたいと思った第四階級の主体性が、『星座』の主人公たちの展開から遠ざかっていくような危機感が最後に強く点滅したのではないだろうか。『星座』の最後の一文は、そのことを感じさせる。この危機感が、『星座』中断の大きな原因であったと思われ、その原因に真っ向から取り組んで超えていきたいという狙いから着想し執筆したのが、『酒狂』他三部作だったのではないだろうか。

しかし、『酒狂』他三部作をそのような目論見で書き進める中で、武郎は、自分の孤独が、心を寄せる主人公たちとは決して触れ合うことがないことを、予想を超える深度で痛感し、その絶望の中で一層先の見えない虚無感を深めてしまったような気がする。『宣言一つ』で表明した自己否定の射程距離がかくも茫洋としていることを痛感し、その茫漠とした闇の前で自失の様相で佇むことしかできない武郎の姿が見えてくる。『酒狂』他三部作で描き始めた主人公たちの世界をきっかけに『星座』の続きを書こうとした目論見が全く逆の結果をもたらし、いったん手にした筆をまた手から離してしまった武郎の姿が見えてくる。この直後に『親子』を書き、自分と父のこれまでの一大事業の総括を終えようとした武郎は、ここでも漆黒の闇を前に虚無感に包まれている自身を見出し、呆然としている。

北海道の山の奥の夜は深更へと深まっていた。大きな自然の姿が遠く彼の眼の前に広がっていた。（『親子』より）

書こうとして書けないという構想力や筆力の衰えへの絶望感、ではない、もっと根源的な自分の存在にまとわりつく絶望感。それは、生涯を通じて貫いてきた渾身の自己否定の先に見出してしまった足がすくみ心が凍ってしまう程の虚無感を前に、この先書き続けることの意味を見失ってしまった絶望感ではないだろうか。『宣言一つ』発表の余波である論壇との議論の中で、思想的にはますます自説に確信が持てるようになった反面、その血肉である実像としての人間の深淵に漂う虚無感がかくも絶望的なものなのか、と感じたのではないだろうか。その虚無感は、おんつあんや教凸によって実感させられたことであったが故に、彼らのあの突き抜けたある種の透明感に感染したからだろうか、武郎の絶望感は自分で笑ってしまうほど開き直った明るさに曝されてしまったのだろう。孤独と虚無と絶望に彩られた三部作も『親子』も、その底知れぬ闇を見つめすぎたが故に眼が暗闇に慣れ親しんでしまった奇妙な明るさを感じさせるのだろう。

それにしても、いくら読者の自由とは言っても、有島武郎の最晩期をこのように切り刻んでしまってよいものであろうか。最後に、彼の名誉のために、この読後感はまだ妄想の域を出ていないものであることを申し開いておきたい。

26

『芸術について思ふこと』『文化の末路』『永遠の反逆』

自らに課した末路としての表現主義

有島武郎の作品には「表現主義」的手法を感じるものが多く、それらは、主義集団への帰属志向とは異なる、全人格的な彼の人間そのものの表現を目指しているように見受けられる。彼の場合、それは表現技術を超えた文学に於ける「自己表出」であり、「死」をも見据えた妥協を許さない生き方そのものの表出、表現であることが、深い闇に向かう重い求心力を伴って私たち読み手に迫ってくる。

農場を解放した1922（大正11）年から自死に至る1923（大正12）年にかけて、有島武郎は、社会認識と芸術観を自分自身の潔癖な性分と重ねあわせ、その彼方に「死」の影が見え隠れする道行きを暗示しているかのようないくつかの著述を、世に送り出している。ここでは、最晩年に至るいくつかの評論、『芸術について思ふこと』（大正11年1月）、『文化の末路』（大正12年1月）、『永遠の叛逆』（大正12年3月）を中心に、ノートを記すことにしたい。その前に、『想片』（大正11年5月）最後のパラフレーズを、少し敷衍して引用し直すことから始めたい。

1.『想片』

マルクスの主張が詮じつめるとここにありとすれば、私が彼のこの点の主張に同意するのは不思議のないことであって、私の自己衝動の考え方と何等矛盾するものではない。生活から環境に働きかけて行く場合、凡ての人は意識的であると、無意識的であるとを問わなかったら、悉くこの衝動によって動かされていると感じるものである。私はかつて、この衝動の醇化された表現が芸術だと言った。……（略）……けれども私は衝動がそのまま芸術の萌芽であるといったことはない。その衝動の醇化が実現された場合のみが芸術の萌芽になりうるのだ。然らば現在に於いてどうすればその衝動は醇化されうるであろうか。……（略）……単なる理知の問題として考えずに、感情にまで潜り入って、従来の文化的教養を受け、兎にも角にもそれを受けるだけの社会的境遇に育って来たものが、果たして本当に醇化された衝動にたやすく達することが出来るものであろうか。それを私は疑うものである。（『想片』より）

有島武郎の芸術論が、マルクスの唯物論理解と軌を一にしていることが示されている。しかし、誤解してはならないことだが、だからと言って、有島武郎の芸術論が世に言うところの〈プロレタリア芸術〉〈プロレタリア文学〉の範疇に入るのかというと、まったく違う。むしろ、およそ真逆の方角に向かっている。この観点からも、彼のマルクス理解の独自性がうかがえる。いや、独自性というより、まったくの正統的理解だと、私には思える。『想片』の少し前に発表した小論『芸術について思ふこと』（大正11年1月）の中で、有島武郎は、自分が目指す芸術（文学）の方向性について、次のように述べている。

2.『芸術について思ふこと』

……（略）……この大きな変化は直ちに芸術家の本能と直感とに摂取されて自然主義となった。理想主義（即ち超自然主義）から自然主義となった。自然の相を直視するということの外に、人間の運命を安固に導く道はない。……（略）……自然の当体をあるがままに看取するとは、即ち人間に対して自然の与える印象をそのまま表現しようということである。この意味に於いて自然主義と印象主義とは異語同意であるといい得る。

然るに印象主義はそれ自身の中に破綻の芽を持っていた。それはその主義の客体たるべき自然なるものは、一見人間と対峙して不変の相を持っているように見えながら、実は人間そのものの投影に過ぎないからである。神が人を造ったのではなくして、人が神を造ったのだと誰かがいっていたように、自然が人間に印象を与えるのではなくして、人が自然から印象を切り取るからである。(『芸術について思うこと』より)

こうして、有島武郎は自然主義台頭の歴史的必然を認めながらも、その位置にとどまろうとはしない。彼は次のように考究を進める。

その対象として現代人が尋ねあてたものは自然の中に人自身を見出すことであった。自然即ち自己であることところの当体そのものを表すことであった。……(略)……自己解剖があるばかりである。……(略)……それ故芸術家が自己の印象を語らんとするには、自己を解剖することなく表現する外はない。即ち自己によって生きられる自己がそのまま芸術であらねばならぬ。……(略)……即ち求められつつある芸術とは表現の外ではない。

……(略)……表現それ自身に於いて芸術を成すのである。この立場が理解されれば、未来派といい、立体派といい、表現派と言われるものの立場が理解されるべきはずである。(同書)

彼は、「表現派」(表現主義)を志向すべきだと言っているわけだが、その意味するところについては、もう少し慎重に理解する必要がある。

それは(※表現主義)は外部的な印象によってものに生命を与えようとする代わりに、生命そのものの物を通しての直接の表現であろうとするのだ。誰でもたやく察することが出来るように、これらの凡ての流派（※未来派、立体派、表現派）の目指す所は、在来のあらゆる軌道に対する個性の反逆である。……（略）……個性に君臨しつつあった軌道に対して、逆に個性が君臨せんと企てた反逆である。（同上書）

個性の反逆をその真髄と見なす表現主義の方向性は、彼の中で、必然的に「第四階級」の可能性と重ねあわせ提示されることになる。

若し私の憶測が誤っていなかったとするならば、表現主義の芸術は在来芸術から能う限り乖離しようとしている点に於いて、現代の支配階級の生活とはかけ離れた芸術である。……（略）……然らば表現主義はどこにその存在の根をおろしているのだろう。私としては新興の第四階級を予想する外に見出すべきものがない。（同書）

しかし、彼は、手放しで楽観してはいない。

然し私は一歩を進める。現在あるところの表現主義の芸術が将来果たして世界的な芸術の基礎をなすであろうかどうだろう。ここまで来ると私は疑いをさしはさまずにはいられない。私には今の表現主義は、丁度学説宣伝時代の社会主義が成就せられたとはいえ、ユートピア的な社会主義から哲学的のそれになり、遂に科学的の社会主義が成就せられたとはいえ、学説としての社会主義は遂に第四階級自身の社会主義であることは出来ない。（「宣言一つ」を併読されたし）。それがどれほど科学的になったとはいえ、実際の第四階級に対する単なる模索の試みに過ぎない。それと同様にわが表現主義も第四階級ならざる畑に、人工的に作り上げら

れた一本の庭樹である。少なくともそういうように私には見える。（同書）

有島武郎にとっての「第四階級」の問題については、別のノートを起こす中で詳しく考えてみたいが、彼にとって、社会主義の視点も表現主義の望ましいあり方も、彼自身の生き方、「第三階級」としての在るべき生き方（というよりも、直截に言えば、第三階級としての自分自身の滅び方）と矛盾なく同期されるべきことが語られていることに、注目しておきたい。そして、「第四階級」の未来においても、「表現主義」の望ましい開花においても、その主体たる人間については「醇化された衝動」を体現する個性的存在を想定している。たとえば『カインの末裔』や『或る女』などにおいては、時代の抑圧的状況における登場人物たちの「醇化された衝動」をめぐる闘いが、暴力的かつ悲劇的に描かれていることにも、改めて目を向けておきたい。この「醇化された衝動」を体現する個性的存在の在り方については、『文化の末路』（大正12年1月）と『永遠の反逆』（大正12年3月）の中に辿ることが出来る。この中で、彼は個性の発揮を強く主張するが、しかし、無条件に、オポチュニズムを以て、というわけではない。

3．『文化の末路』

個性の要求の鋭く叫ばれる文化の到来を慎めよ。私達の持つ文化は実に極端なる個性の要求によって生み出されつつある文化ではないか。現在私達の持つ文化は利己主義の哲学によって胚胎され、生活の科学的分化となり、個人主義の経済学を擁し、天才主義英雄主義による人々と、その何者であるかを解し得ない人々との分離の溝を深くし、極端な分業を結果して遂に人間を物的価格にまで還元してしまった。（『文化の末路』より）

資本主義社会に於いて発現できる個性は、まだ本物ではないと言っているのである。だから、騙されてはいけない、と。この言及の中で、有島武郎は、資本主義経済における極端な分業が、人間の尊厳すら吹き飛ばして資本に隷属する他ない「物象化」された見かけだけの「個性」をもたらすと、警鐘を鳴らしている。そして彼は、強烈な個性の発揮が、第三階級のもとにおいては不可能であることを予見し、資本主義社会の文化に未来がないことを、自分自身の末路と重ねあわせて指摘する。

私は従来の生活の延長が破滅の深淵へのひた走りに過ぎないのを痛感する。私の生活は崩れて行かねばならぬ。而してそれは明らかに崩れてゆきつつある。私の個性への主張は、実に私の従来の生活への告別の宣言だった。私は不思議に朗らかな然し淋しい空の下に自分を見出している。……（略）……明らかに私達の文化の末路は来た。私は私と同じ境遇にある友等に対してこの伝言を送らずにはいられない。……（略）……生活は死ぬまでは続く。死ぬまでそれを徹底するように私は続けて行って見よう。（同書）

第四階級による表現主義の開花に向けて、第三階級である自分自身の末路を出来るだけ早めることが、自分に出来る最大限の歴史貢献、芸術の全的開花に向けた寄与であることを、明確に、淋しく宣言しているのである。このような形でしか、彼は自分自身の個性を全面解放できないと覚悟を固めているのである。では、その行程は如何なるものなのか。『永遠の反逆』に、次のように書いている。

4. 『永遠の反逆』

生活は如何なる瞬間にも革命を伴うものとして映ってくる。即ち如何なる瞬間の生活も、異常な、凶暴な、不吉な出来事であって、異常な、凶暴な、不吉なと考えられている革命によってのみ、それが覆されるのを知るのである。(『永遠の反逆』より)

有島が希求しその実現に奔走していた自分自身の「生活改善」が、どのような血みどろの闘いなのか、彼の覚悟の程がここに現れている。この文章を表した1923(大正12)年3月は、灌漑溝の補助金不正流用事件として吉川銀之丞が警察に立件される直前のことである。そのような国家権力による弾圧の風圧を予感していたかのような、重苦しい文章である。彼は、農場解放に向けた様々なことがらを煮詰る中で、自らが意図した解放思想の一部が貫徹できない(例えば、「共産農団」を「共生農団」にトーンダウンせざるを得なかったことなど)ことを痛感し、その挫折感に苛まれていた頃であろう。『永遠の反逆』の脱稿は、自死の約5ヶ月前、病気になった子供を看病しながらその傍らで書かれたものである。「異常な、凶暴な、不吉なと考えられている革命」の向かう先は、どのような境地なのか。

それ故に彼等は反逆者である。彼等は常に制度の存在するところに破壊を敢えてしようとする。彼等は彼等自身にさえ反逆する。それは生命がその機械化から自分自身を救い出そうとする煩悶に外ならない。それは永遠の反逆である。個性が存在する限りの反逆である。社会が存在する限りの反逆である。彼等は何ものをも成就しない。何等功績の承認を受けることが出来ない。彼等は個性としても社会の一員としても野獣のごとく孤独だ。(同書)

まさに、広岡仁右衛門であり、早月葉子の姿である。つまり、有島武郎が逃げ水のように追い求めた自己の姿であろう。社会においても時代においても認められることのない反逆者に、自らを重ねているのである。しかし、自らもその一人となりうるのかどうか、この書の中では、まだ彼には明確にわかっていないようだ。

だから時代をして社会をして反逆者を迫害せしめよ。その心の十分な満足にまで彼等を迫害せしめよ。これが恐らく彼等に対する最上の報酬であり承認であるだろう。永遠不断の反逆を肯うものの小さな群れは今日も私の前を行く。私はその群れに向かって私の好意をこめた握手の手をさし延ばそう。(同上書)

第三階級でしかあり得ない自分の限界を認めた有島武郎が、彼の憧れた「永遠の反逆者」に贈与できることは、確かに「握手の手を差し延べる」ことしかなかったであろう。それは、十字架を背負ったイエスへの限りなき同化ともとれる、彼自身の自己否定の最終的な決断の、一歩手前の姿だったのかもしれない。有島武郎は、この『永遠の反逆』の後、いくつかの評論・感想を書いて、人生を閉じる。『詩への逸脱』(大正12年4月)も、その一つである。

27 『断橋』と『或る女』 闇の明るさ

気になっているので何度か読むのだけれど、どうしてもモヤモヤが晴れない作品がある。有島武郎の最晩年の作品『断橋』（大正12年）も、私にとってはそのひとつだ。これは、『或る女』（大正8年）の第37章を中心とする同じ状況を、少し異なる観点から戯曲に表現し直した作品である。

1．二つの作品

『或る女』の第37章では、互いの感情のもつれが深みに嵌まり込んだ葉子と倉地が、久しぶりに一緒の旅に出て、かつて葉子が木部と暮らした鎌倉の滑川に来る。川沿いを歩きながら、かつてのことやこれからのことを会話する二人の声を聞いて、川沿いで釣りをしていた一人の男が葉子に声をかける。木部だった。驚く葉子を前に、木部は倉地に簡単な自己紹介をし、三人で川沿いを歩きながら何気ない会話を続ける木部に、最初は警戒心を抱いた葉子も、変わってしまった木部に次第に心が打ち解ける。木部は、Tという男の話を聞きながら日がな釣り糸を垂らしていると、近況を話す。葉子は、定子のことなどを伝えたくて木部に再会を求めるが、木部はそれを避ける。葉子と倉地が川の対岸に渡ろうとしていたことを知った木部は、橋が洪水で流されたからと、自分の田船で二人を対岸に渡す。船が向こう岸に着くと、木部は二人に別れを告げて去る。残された二人の間でなされた木部をめぐるやりとりの中で、葉子は、深い鬱屈に襲われて倉地を困らせる。

突如として又云いようのない淋しさ、哀しさ、口惜しさが暴風のように襲って来た。又来たと思ってもそれはもう遅かった。砂の上に突伏して、今にも絶え入りそうに身悶えする葉子を、倉地は聞えぬ程度に舌打ちしながら介抱せねばならなかった。（『或る女』後編第37章より）

葉子のこの状態は、宿に戻ってさらに深刻化し、その夜は、二人別々の床の中で葉子は絶望感を一層募らせて苦しむ。

『断橋』は、描写の主客が入れ替わって、木部が高橋という男と滑川の川縁に座って釣りをしている状況から始まる。木部は葉子との暮らしと別れについて話し、高橋は、愛し合って結婚した女が自分の実の妹であったことがわかり、それでも二人が深く愛し合っているが故に、その真相を伝えることが出来ぬままその運命を呪い、いつも川縁で一人酒を飲んでいるという身の上を話す。会話はどちらがより不幸か、というやりとりになっていく中で、川縁を歩いてくる男女の会話が聞こえる。木部はそれが葉子の声であることに気付き、葉子に声をかける。驚く葉子を尻目に、木部は倉地に、葉子と短い時間だけ話をさせて欲しいと頼み、倉地はそれを受けてその場を立ち去る。木部は、自分の近況もそこそこに、高橋の近親相姦の愛のエピソードを語る。その内容のおぞましさに身を震わせる葉子。葉子にとって、それは二人の過去に重なってくると思える内容だった。戻って来た倉地と葉子を、木部は自分の田船で対岸に渡してから、その場を去る。釣り場に戻った木部は、酔いの眠りから覚めた高橋に、久しぶりで自分の小説が書けそうだと告げて、幕が下りる。

木部：高橋さん、僕一つ久しぶりで小説が書いてみたくなりましたよ。（『断橋』より）

この二つの作品のどこが、自分にとってモヤモヤしながらも引っかかったまま離れないのか。

2. 書くことへの祈り

二つの作品を読み比べて最初に思ったことは、『或る女』に対する理解を深めるもう一つの道が『断橋』に示されているのではないか、という問題意識だった。そこで、共通する部分より、異なる部分に着目して比較し考えてみた。

些細な違いを除けば、大きな相違点は、高橋という男の悲劇的な運命に関するエピソードが、『断椅』の中心テーマとさえ言い得る程の重みを示していることである。比して『或る女』第37章では、木部と葉子の会話に具体的なモチーフは感じられず、木部の不意の出現によって心が乱された葉子の心境の変化が展開の軸になっている。つまり、『断橋』を書いた武郎の意図は、高橋のエピソード、これは国木田独歩の『運命論者』（明治36年）に依拠しているものだが、この挿話と葉子の人生を重ねてみることにあったのではないか。『断橋』の中で、木部からこの話を聞いた葉子は衝撃を受け、我が身に重ねて受け止め、木部にもっと話し合いたいと頼むが、木部はさりげなくその意図を逸らし、話題の接点を深めようとはしない。しかし、葉子の運命と高橋の運命を重ねてそこに新たな文学世界を描こうとしたと思われる武郎の意図がどこまで作品に凝縮されたかと言えば、何度読み返しても、ストンと理解の掌に落ちてくれない。自分の読解力のせいかもしれないが、しかし、この戯曲は発表された当時もさほど反響は良くなく、上演された舞台も成功しなかったことからすると、これは失敗作ということになるのだろうか。

そうかもしれない。それならばそれで仕方ないのだが、失敗作であったとしても、それがどうしてこんなに心に引っかかったまま、釈然としない気分を引きずるのだろうか。それは、武郎が作品として託した意図は成功しなかったものの、作家として追いつめられた危機的状況が滲み出るように表現されたが故に、心が打たれるからではないか。この鬱々とした感想を容易に追い払えないのは、作家武郎であり人間武郎である彼の苦しみが、不器用な形で吐露されているからだろう。そのことは、再びの引用になるが、次の表現に表われている。

木部：高橋さん、僕一つ久しぶりで小説が書いてみたくなりましたよ。（同書）

これは、木部（国木田独歩）に仮託した、武郎本人の心からの願望だったのではないか。『或る女』上梓以降、書きたくても書けない状況が続き、苦心して手がけた長編『星座』も『運命の訴へ』も書き続けることが出来なくて、未完に終わっている。この苦しみが芸術家にとっていかほど苦しいものか、私には想像を絶するものがある。しかし、そんな自身の情況が続いた最後の年（！）、自死の約半年前に、木部にこのように言わせた武郎の想いが奈辺にあったかを想像すると、心が押しつぶされるような苦しさを感じる。しかも、この絞り出すような言葉が一種の不思議な明るさをもって表現されていることに、鳥肌が立つような戦慄を覚える。彼の作品群中もっとも暗いと思われる『或る女』の変奏曲として、奇妙な明るさを漂わせながら書かれたこの作品に、作者の複雑な暗い闇を感じた。この印象の矛先は、『或る女』から『断橋』に向かうベクトルを示している。

武郎が佐々城信子と最初に出会った札幌農学校卒業の翌年（明治35年）から、『或る女のグリンプス』（大正2年）を経て『或る女』（大正8年）を上梓し、さらに自死の年（大正12年）に書いた『断橋』まで、武郎は、人生のほぼ全てを貫いて早月葉子（田鶴子）に関心を向け、その最後の最後に、こともあろうに国木田独歩の『運命論者』を重ねながら、闇の中の奇妙な明るさを絞り出したのである。この闇の中の奇妙な明るさは、自死の年に発表した他の作品群、『酒狂』『ある施療患者』『骨』『親子』にも共通して感じることが出来る。特に『親子』では、父（武と子（武郎）の先が見えない確執の行く末を、まさに闇の中に凝視した光として描き、最後の到達点を象徴する表現となっている。

厠に立った父の老いた後姿を見送りながら彼も立ち上がった。縁側に出て雨戸から外を眺めた。北海道の山の奥の夜は静かに深更へと深まっていた。大きな自然の姿が遠く彼の眼の前に広がっていた。（『親子』から）

この最後の闇夜の情景に、『断橋』の木部の言葉が重なってくるように感じるのは、私の妄想読みだろうか。武郎が、苦しんだ数年間の闇の中からもう一つの自分を生み出そうとする祈りのような、開き直ったかのような明るさを感じるのは、私の余りにも独断的な妄想だろうか。しかし、この祈りが現実に実ることは、ついになかった。起死回生を賭けた『運命の訴え』（大正9年／未発表）も『星座』（大正11年／未完発表）もすでに未完に終わっていて、奇しくもそれが後の彼自身の挫折を暗示するものとなった。武郎の絶望感は、絶筆となった『独断者の会話』（大正12年）の中で、絶え絶えに呟かれた。彼の最後の書簡群は、心中に向かう自分の心情を書き記した遺書となったが、その奇妙な明るさが、『断橋』などこの同じ年に発表された作品群に共通してみられることは、単なる偶然なのだろうか。

闇に眼が慣れた時に感じる奇妙な明るさ。そのように死んでいけるのだとしたら、最後の楽しみとして自分も与りたいものだと、秘かに思う。しかし、果たしてそうだったのだろうか。わからない。

28 最後の作品群から（1）

『独断者の会話』『詩への逸脱』『瞳なき眼』

虚無感による最後の翻弄

1923（大正12）年6月9日、有島武郎はそれぞれに宛てた遺書を残して、心中自殺した。その約1ヶ月前5月12日に書き終え6月発行の個人雑誌『泉』第2巻第6月号に発表した『独断者の会話』が、自筆創作最後の作品となった。また、そのさらに2ヶ月前4月発行の『泉』第2巻第4月号には、これも最後の自筆評論となった『詩への逸脱』と、武郎の最初で最後の詩集『瞳なき眼（其一）』が所収されている。『瞳なき眼（其二）』は、翌月発行の第2巻第5月号に発表された。これらの発表作品と、死後彼の書斎で発見された短歌十首、そして、書簡の形で書かれた遺書を合わせ、武郎の最後の闘いを振り返る作品群を読む。

武郎の生前最後の創造的死闘は、どのようなものだったのか。その思索と創作の光芒に、彼の人生の軌跡がどのように影を落としていたのだろうか。

1．アイデンティティの裂け目が走馬灯の如く駆け巡った『独断者の会話』（大正12年6月）

初めて読んだ時は、これが果たして文学作品なのだろうかと訝しんだが、今回何度目かに読み直して、これは紛れもなく武郎の魂の叫びが記された文学作品であると感じた。武郎自身も、「創作」と称している。強いて言えば、これは戯曲なのだろうと思う。仮装された「対話劇」か？　小説においては不可欠な地の情景描写を捨象し、登場人物の台詞に込められた心理、心の絡み合いのダイナミズムだけで情況を構築する表現形式となっている。武郎が終生憧れていた「詩」に最も近い叙事的表現である戯曲をここで書いた意味は、決して些細なものではない。何故なら、この作品は、武郎自身と思われる主人公Aが、様々な人物、B、C、D、E、F、Gそれぞれと対話を交わす一種のオムニバスとなっており、この対話劇風な構成そのものがこの作品が意味するものを示唆しているからである。もう少し正確に言えば、Aも含めてB、C、D、E、F、Gは、それぞれ別人格ではない。全て、登場人物A、すなわち作者有島武郎の、多様な分身のそれぞれである。特にBは、Aの裏面を逆照射する〈反A〉とも言える存在である。そして、C、D、E、F、Gは、それぞれ異なる属性として登場しているが、Aの内面を構成しているそれぞれの分野における〈別A〉である。

B——お前になり代って白状してやろうか。お前は生命といふものをしっかりと感じることが出来ないでいるのだ。空虚が——死のやうに恐ろしい空虚がお前の生命を蝕みはじめたのだ。その空虚が段々大きくなって行きはしないかといふ予感で、その予感だけで、お前は忍び得ない程慌てふためいてゐるのだ。（『独断者の会話』より）

作品の冒頭から、いきなり本質に切り込んできた。Aつまり武郎がこの時点でなお真正面から向き合い兼ねている自分自身の内面の虚無感を、Bというもう一人の武郎が暴いている。Aはなぜ、自らの虚無感を自分自身で語りたがらないのか。それは、虚無を自認することが「死」を招くことを感じているからである。ここで言う「死」は、比喩のようでいて実は比喩ではない。生きる力を蝕んでしまう文字通りの死を招く虚無感である。『運命の訴へ』で覗き込んでしまいその底に滑落して行った、自分自身のアイデンティティの裂け目。それは、第三階級である自分の存立基盤故に第四階級となることができないまま、アイデンティティとともに崩壊していくことを、運命として積極的に招き受け入れようとした時点で直感しただろう虚無感である。

第三階級としての存立基盤のなかで崩壊することに最も恐怖を抱いたのは、第三階級としての感性と思索と表現力で構築してきた自らの文学そのものの崩壊だったのではないか。自分自身に対しストイックで厳しい武郎のことだから、第三階級としての自己否定が、文学者としての崩壊を例外的に免除するとは考えられなかったろう。したがって、このことを自分にも他者にも表明することが如何に絶望的な自己否定を招くことになるのか、武郎と言えど死ぬほど苦しんだに違いない。いや、これも、比喩かどうか微妙な言い方だが。この作品の執筆に臨んでいたその時、その直感がより具体的で避けようのないリアリティで迫ってくるのを、避けることなく受け止めざるを得ない、と著者は覚悟していたのであろう。それが、Aの代わりにBが白状したという意味である。

A―貴様は残酷なやつだ。

B―私はお前の忠実な鏡に過ぎない。美しい顔は鏡を恵み深い神とも思うが、醜い顔はそれを残酷な悪魔と思ふかもしれない。

A―兎にも角にも私にはまだ餘まれた命がある。(同書)

この「忠実な鏡」は、このあと、Aつまり武郎の顔を、様々な側面C、D、E、F、Gから順次映し出していく。それが、「餘まれた命」の行程である。この行程で改めて凝視した自らの内奥を、武郎は、ひとつひとつ自己確認しているかのようだ。自分自身との対話劇は、これまでの人生、就中、文学の創作に賭けた人生の中で死闘を繰り広げてきた幾多の領域、主題に沿って、あたかも走馬灯のように巡って行く。

C―本当に今のこの子に取っては、私のやうなものでも神ですわね。

A―そうです。そうです。

C―さう思うと、この子を見ている中に涙が出てきますわ。

A―けれどもお互いが持ち合わせている神様の中に、あなたのやうな神様は一人もいません。

C―冗談を仰有っちゃ困りますわ。

A―冗談なものですか。私は腹立たしい程真面目で云いたい。世界の何処を探して歩いても、あなたのやうな神様は一人もいはしません。神の創造した世界に、基督ですらが罪を説きました。釈迦ですらが輪廻を説きました。而してさう説いた上で初めて救ひを教へています。……（中略）……

A―赤ちゃんを抱き上げてください。それを私に見せて下さい。何でもいいから。

C―そら、小父さん御覧なさい。如何なさったの。

A―気狂ひじみているが、泣いているんです。（同書）

武郎は、自身が陥っている虚無地獄の対極にある神の境地を、赤子と母親に透視しようとしている。人間が本来その中に存在していた生命誕生時の即自的充足から、いかに自分は遠く隔たってしまったことか……生きてきた軌跡の全てを、取り返すことのできない悔恨として受け止めている武郎の姿がここにある。他者はともあれ彼の人生は、神の国に生まれた即自の境地からアイデンティティの裂け目に落ちて行く落下の過程であり、基督や釈迦による救いも届かない不可逆の自己分裂の歩みであることを、自分自身の虚無感の動かしがたい実存として受け止めている。この虚無感を罪と称し輪廻と称した基督や釈迦ですら、武郎の虚無感を救うことが出来ないことを、彼自身はわかっている。それが、赤子と母親に仮託された意味だったろう。彼が意識したかどうかわからないが、この対話に安子と3人の子供が内在しているように読んでしまうのは、読者の勝手、穿ち過ぎだろうか。でも、走馬灯はそのように回転するものだろうと思う。

E―ドン・ジュアンのいるのは女性全体への侮辱です、挑戦です。

A—私から云はせると、恋愛の神聖といふものを口にする以上、ドン・ジュアン程の戦ひを戦はない男性は、明らかに女性を侮辱しているのです。何故なら彼れは、女性にいい加減の所で見切りをつけて、それに満足しているからです。恋愛道にたづさはる以上は……ドン・ジュアンをご覧なさい。理想と現実とを呑気にも離して考へることの出来ないものの悲劇的な崇高さをご覧なさい。

彼れは一人ひとりの女性に永遠なるものを求めて歩きます。而して彼れの女性に対する評価の高さのために失望させられます。彼れは焦立ちながら他の女性にそれを求め出さうとするのです。或は数人を同時に愛することによって、その要求を満たさうとするのです。けれども如何にも彼れの描いたやうな永遠の女性が見出されない時、彼れは捨鉢な態度で更に探見を続けて行くのです。彼は現実に凡ての女性を踏みにじっても、そこに女性のために永遠の聖像を刻み出さうとしているのです。—哀れなドン・ジュアンは、梅に行き、桜に行った後に、完全な花に行きたいと熱求しているのです。あなたはドン・ジュアン、従って押しなべての男性を多情だといひますが、ドン・ジュアンでも誰でも、男性はその多情から救はれて純情の恋の奴になりたいと希っているのですよ。

E—私達女性ははじめから異性といへば一人の人に凡てを與へる欲求しかありませんのに。

A—ドン・ジュアンはその点に於て呪われた迷子です。だから彼れは誰からも（密かには羨ましがられている癖に）爪弾きされます。然し考へて見ると、ドン・ジュアンは恋愛道にばかり活躍する一つの典型ではありませんね。（同書）

武郎の少しコミカルで真剣な（笑）この叙述を読んで連想したのは、当時社会主義派知識人たちがこぞって称揚したロシア革命に対して武郎が下した、極めて厳しい批判的評価である。それは、革命といえど政治の世界における現実妥協的所産に対する限りなき懐疑故に、そして理想追求故に可能な評価であり、しかもそれは、第三階級主導型の共産革命の未来に対する否定的予測にもとづくものであった。そしてそれは、第三階級である武郎自身が、第四階級の解放に寄与しうる可能性を見果てぬ夢として夢見ていたことにも関連してくる。つまり、ドン・ジュアンに暗喩された第三階級は、理想とする女性即ち第四階級に憧れながらも永遠に挫折を続ける運命にあることを武郎は達観しつつ、しかし諦めることができない第四階級への恋愛道を、ドン・ジュアンに託しているのである。

ドン・ジュアンは、理想の女性探求を永遠に続けることで、自らの裡に第四階級への同化を見果てぬ夢として夢見続け、自分自身の引き裂かれたアイデンティティの虚無を埋めようとしていたのであろう。これは、Cとの対話と対極にあたるテーマであり、もはやここには基督や釈迦の救いは登場しない、いわば、煉獄であり地獄である。アイデンティティのブラックホールが見えているだけである。このドン・ジュアンは、しかしながら、武郎の恋愛観や実際の恋愛を仮託した存在としても描かれているだろう。彼のそのような愛の姿もまた、見果てぬ夢だったのだろうか。その見果てぬ夢は、夢の限りにおいては永遠に生きる力となるが、しかしもし万が一、眼前の現実として登場してきたとしたら、それは、生きることを許すはずがなく、死の中でしかその夢は成就し得ないもののように思える。これは、仮定に基づいた観念的議論のように見えるが、この1ヶ月後に武郎を襲う現実のものとなることを、彼自身はこの時予知していたのであろうか。モーツアルトの『ドン・ジョバンニ』の悲劇の幕切れがチラチラと眼の前をかすっていくが、実際の彼の最後は、もっと複雑な謎に包まれているような気がする。

F──その代わりおやぢが死んだら、人一倍苦労するだらう。

A──この世の中は苦の世界だ。一日でも本当に呑気に暮らせたらそれでいいとして貰ふさ。子供の将来に目星をつけて、一生懸命にそっちに導いて行って、一旦それががらっと外れたとして見給へ。私にはそれは誰に対しても取返へしのつけやうのない悔恨だ。私はそんな重荷を背負ふだけの力強い肩を持合せていない。

F――盛んに臆病風を吹かすね。（同書）

ドン・ジュアンの理想を積極的に評価していた武郎は、育児と教育のことになると、一転して眼の前の今この現実のみをそのまま受け止めようとする。将来に向けた空虚な目標に向けて今現在を犠牲にするのは、虚無にのめり込んで行くしかない自分自身にとってすら、あまりにも無責任な空手形に思えたのであろうか。Cとの対話で垣間見た生命の誕生がもたらす即自の充足感から、その生まれた子供が次第に人間としてその内部に様々な矛盾と闇を抱え深めていく、育児や教育の失楽園に於いて、武郎は、避けることのできないそのプロセス途中の「今」を、そのまま生きる歓びに変換し受容することを子供に提供しようとしている。

これは、あたかも、出産後は自分自身の全てを子供の餌として提供する昆虫や植物の世代交代のように、アイデンティティ如何とは関わりなくそのまま受け入れたいと思う武郎の、穏やかな自己内対話を表出している。これが、子供の親としての武郎の誠実さなのであり、結果として自身のアイデンティティの裂け目を永遠に癒すものとして、虚無でしかない明日のためではなく、我が現身と子供の実存を確信させてくれる現在、この今を明日の今に繋いでいくことが唯一の希望である、と言っているのだ。この今しか、生きている命の実存はないのだ、と。事実、かくの如き武郎の子供への愛はこの対話のように引き継がれ、武郎の死後もそのように生き続けたのであろうと思う。

A――時々純粋の労働者が来てくれることがある。さういふ人に会ふと私は何んだか蘇生の思いをする。少しも悪擦れのしたところがなくて、眼の色に澄んだ誠が篭っていて、體からは健やかな力が涼しく溢れ出ている。偶にださういふ人に会うと、かういふ人だな、時代を救ってくれるのはと思ふ。而して少しでも長くいて貰ひたいやうな気がする。然しそんな人は偶にでなくては私のやうなところには来ない。

G—そんなことで君の仕事は妨げられないか。

A—妨げられもする。同時に刺激も受ける。

G—ぢゃ君も中々偉いところがあるんだね。

A—私は実際のところ、自分を偉いと思ふよりも、感心だと思ふよりも、気の毒だと思ふよりも、淋しいと思うよ。」（同書）

第三階級として自らの滅びを早めることで、第四階級に対する陰ながらの支援にひそやかな喜びを感じ、第四階級の未来に見果てぬ夢を託している武郎の複雑な想いを、ここでは「淋しい」という言葉で結んでいる。「存在の淋しさというよりもっと深いもの」が、武郎のアイデンティティの裂け目を表現する言葉として使われていたことを思い出す。「存在の淋しさ」は、単なる孤独感ではない。他者との繋がりを希求しつつも、根元的には諦めるしかないことを身に沁みて実感しただけではなく、そのことにより得られる「自由」の解放感の茫漠さをも含んだ実存感である。しかし、武郎のこの言葉には、もっと具体的な虚無感を感じる。それは、Gとのこの対話でAが表白したように、武郎が見果てぬ夢として精神の全てを傾けている第四階級にとって、第三階級である自分は所詮無縁の衆生でしかないと痛感するからである。わかっていたことだ、と、淋しく呟いている武郎の表情が見えてくるような気がする。

A—また来たな。

B――中々お前はよくしゃべったね。しゃべって見たら私の本體がわかったらう。

A――私はまだ貴様づれを相手にしては命を見限る気は起らない。(同書)

冒頭に対話を交わしたB、つまり〈反A〉の正体が、ここではっきりと現れる。それは、Aの中の様々な〈別A〉との自己対話によってアイデンティティの危機がより明瞭になり、その裂け目に抱え込んだ虚無が辿り着く向こう岸で、Aを待っているものであった。しかし、武郎は、向こう岸の世界をまだ素直に受け入れようとはしない。最後の力を振り絞って、叫ぶ。

A――この力を一点に吸い集める磁石のやうな美しい力が、早く私を救ひに来てくれ。(同書)

彼は、「生」に呼びかけているのだろうか。それとも、「死」に呼びかけているのだろうか。おそらくここでは、生に呼びかけているのである。武郎は、この作品で、自分に渡すべき引導を見てしまったものの、その受け取りはまだ拒んでいる。例えようもなく暗く重いこの作品は、しかし、生きることへの欲求をみなぎらせてもいる。いや、もっと深いデリカシーを込めて言えば、生と死の間で揺れ動きながら、生の可能性にすがっていたのである。

ここまで読んできた『独断者の会話』の武郎とその後心中自殺に踏み切った武郎の間に、道はまだまっすぐには結ばれてはいない。では、『独断者の会話』を書き終えた5月12日から心中する6月9日までのこの先1ヶ月の間に、武郎の心に何が起きたのか。この疑問について考える前に、そのためにも今少し回り道をして、『独断者の会話』執筆から1~2ヶ月ほど時を遡り、『詩への逸脱』と『瞳なき眼』に表現されたその時点における武郎の精神と心の光景を眺めてみたい。

2. 新たな表現の境地を目指した『詩への逸脱』と『瞳なき眼』（大正12年4〜5月）

『泉』第2巻第4月号（大正12年4月）に、評論『詩への逸脱』と詩集『瞳なき眼（其一）』が発表された。どちらも、3月に執筆された武郎の自筆最後の作品群の一部である。ちなみに『瞳なき眼（其二）』は、4月に執筆され、『泉』第2巻第5月号（大正12年5月）に発表されている。

然しながら人間がその存在の中に探り求めるあらゆる手段の中、死のみが辛うじて、凡てを撥無してもなほ飽き足らない恋人の熱情を髣髴させるのだ。恋人はその愛するものの胸に死の烙印もて彼自身を象徴するのだ。（『詩への逸脱』より）

愛が実際の生活と共存することが得られないにも拘らず、なおも互いに燃え求め合う時、そこには死のみが迎え待っている、というのは必ずしも普遍的な愛の形ではないだろう。しかし、武郎は、ここにこそ愛が到達すべき境地があると考え、自身へのその到来の予感をも隠していない。しかし、そのことが、文学者である彼にもう一つの意味をもたらすものであることを、今度はより高らかにうたいあげる。

人は自ら知らずして人類を恋している。彼の魂は直接に人類に対して自己を表現せんと悶えている。かくて彼れは彼自身を詩に於て象徴する。

私も亦長い間この憬れを持っていた。説明的であり理知的である小説や戯曲によって自分を表現するのでは如何しても物足らない衷心の要求を持っていた。けれども私は象徴にまで灼熱する力も才能もないのを思って今まで黙していた。

けれども或る機縁が私を促し立てた。私は前後を忘れて私を詩の形に鋳込もうとするに至った。どんなも

のが生まれ出るか私自身と雖もそれを知らない。私は或は私の参詣すべからざる聖堂を窺っているのかも知れない。（同書）

武郎は、白樺派の時代から一貫して小説と戯曲によって文学を創造してきた。それは、テーマやモチーフの展開において立体的で総合的な表現を要する点で、優れて第三階級的な芸術である。そのような小説を主たる形式として文学表現の道を歩み続けてきた武郎は、自らのアイデンティティの裂け目に起因する虚無感を乗り越えるためには、これまでのような小説の形式にだけ依拠していてはもはや不可能ではないかと感じたからこそ、それまで封印してきた「詩」に活路を見出そうとした。これは、選択のレベルを超えた、状況の変化による必然の道であっただろう。だからこそ、この最後の自筆評論を次のように結んでいるのである。

然し私にはもう凡てが已むを得ない。長くせきとめていた水が溢れ出たのだから。（同書）

容易ならざる状況を想像するほかないが、それはどのようなことなのだろう。それは、『詩への逸脱』とほぼ同時期に書かれた詩集『瞳なき眼』の中に探るしかない。

『瞳なき眼』は8編の詩によって構成されており、それぞれの末尾に、詩が書かれた月日が記されている。それによると、1923（大正12）年の3月に書かれた前半6編と、4月に書かれた後半2編に大きく分かれており、それぞれ『泉』の4月号と5月号に発表された。また、この二つのグループでは、作者武郎の情況が微妙に変化し異なって読めることに気がつく。その点に留意しながら、武郎がこの新しい表現手法に託したものは何だったのか、感じ取ってみたい。

あからさまに云はう。
大千世界は瞳のない眼だ。
見開いたまま瞬きをしない眼だ。
劫初から劫末へ、（「瞳なき眼（序詩）」3月11日より）
可憐な小さい一つの瞳が、
燃えかすれゆく隕石のやうに、
瞳のない眼の灰色の面に吸い込まれる。（同書）
おゝ可憐な小さい瞳が、
瞳の妄執に黒く燃え立つ小さい瞳が、
可憐な小さい瞳が……
淋しさ……せめては叫べ、ひと聲。瞳よ。（同書）

武郎の人生に灯された文学の炎が天地創造であり、失楽園である。彼は、自分の人生、文学、そして愛に、最後の一盛りの炎を燃やして存在の淋しさに抗う白鳥の歌を歌う。その歌は、悲壮な叫びを裡に籠めて忍び殺す。

孤独な淋しい神秘……
手……一つの手……（「手」3月9日より）
五つの指の淋しい群像、
何を彼らは考へ、
彼等は何をするのだ。

指さすべき何が……握りしむべき何が……
……
手は沈黙にまでもがいている。（同書）

武郎の中の様々な自己がどんなに絡み合ってみても、確かな言葉には結実しない。いやそれどころか、言葉はどんどん縊死を重ねていく。言葉にならない様々な自分。「五つの指」それぞれの淋しい孤独に煩悶する片「手」は、もう一つの片「手」を恋い求めるが、それは虚しく宙にもがくばかりだ。ここに描かれていないもう一つの「手」とは、誰の「手」なのか？　自らの？　それとも……？

……死を。
生の焼点なる死を、
若さの中に尋ね出された死を、
まがふかたなく捕へあてた死を、
目路のかなたに屈辱の凡てをかいやる死を、
我の外なる凡ての人にはただ愚かしい死を、
その黒い焔の中に親をも子をも焼きつくす死を、
……おゝ生を容赦なく踏みにじるその不可思議な生命を。（「死を」三月十日より）

「生」が最も凝縮されたその瞬間にその凡てを一瞬で昇華せしめる「死」を武郎は深く待望しながらも、なおも自らの裡に取り込めきれないもどかしさと苛立ちを感じている。その一方で、これまでと比べてはるかに近い間合いで「死」と向かい合っている「生」の儚さに、武郎は戸惑いを覚えている。
他者にとっては「ただ愚かしい」だけの死の幻影の手前で、彼は立ちすくんでいる。自身の死を「不思議な生命」として強く意識しながら、秋子にとってのそれに躊躇する武郎。奪い合う愛に戸惑う武郎の苦悩がここにある。

生命のうろつきの間に見えるなまけた幻影 ― 人生。（「人生」3月10日より）

必死に生きてきたこれまでの軌跡すら虚しく思える、回顧とも言えないほどの不確かな記憶が、この先の生きる意味を蝕み戦意を喪失させる。

何んでもない、
人は睦まじく生きたがっているじゃないか。
その祈りが横さまに飛び消える……ひらめき消える。（「電車の目が見た」3月10日より）

世間の喜怒哀楽は、それ自体がことさらの意味を必要とせずに充足している。自分はもはや、そんな喜怒哀楽の中にはいない。自分の中に係留のごとく無理に繋ぎ止めてきた即自の自分は、すでに実存していない。様々に交差する対自が、虚無の中で自失を極めている。

もう一握りの勇気、
一摘みのすてばち、

それが面紗をはぎ取る時、
おどろき
ふためき
酔いしれ
無——
ただ飛びかかって
眼くるめく抱擁。（「恐怖の面紗」3月11日より）
メデュサがほほえむ
ヴィーナスのように、（同書）

自分の真意を素直に表出できない自分が、まだそこにいる。そんな自分を覆っている自己抑制を打ち捨て、そのままの裸の自己を解放したいのに。しかし、その葛藤に決着は訪れない。いったい、武郎はいかなる真意を抑制し続けているのか。その答えは、悶々たるこれらの詩6編を書き終えた数日後に、彼自身の決意を伝えた一封の長い書簡の文面に書かれていた。

十五日の御手紙大変にいい御手紙。これですっかりあなたの御気持ちがわかりました。私の所謂ABのことがあなたのつきつめた心に実感となって現はれた事がよろこばしい。で今日あなたに約束した御宅に上がる事を私はひかひました。……（中略）……それは私が次ぎのやうな結論に達したからです。
愛人としてあなたとおつき合ひする事を私は断念する決心をしたからです。あなたにお会ひするとその決心がぐらつくのを恐れますから、今日は行かなかったのです。

……（中略）……

私の恋愛生活は恐らく是れが最後ではないかと思ひます。この次ぎに若し来るとしたらそれは恋愛と死との堅い結婚であるでせう。……（略）……（大正12年3月17日 波多野秋子宛）

素直に読む限り、武郎は、3月に書いたこれら6編の詩によって秋子との恋愛の苦悶に決着をつけ、秋子からの手紙への返信としてこの書簡を書くことができたのだと思える。秋子への長い返信の中で武郎は、断念したとは言え自分の愛の真実を十分に伝えることができたのであろうか。「私の所謂ＡＢのことが……」は、後日著した『独断者の会話』に登場する武郎自身の内部葛藤を秋子にも伝えたということだろう。そして、この相剋は秋子の状況でもあったのだろう。二人は、この迷いを共有していたが故に愛し合い、武郎は、であるが故にその愛の継続に迷いを感じていたということだろう。それはもちろん、その結末が見えていたからであり、そのことを秋子にも強いる結果になることをまだ受け入れることができかねていたからであろう。一読者として読む限りにおいて、武郎の真摯な愛に十分共鳴することが出来た。しかし、決然として、と言うには程遠い悶々たる迷いをひきずったままでの結論であっただろうと感じたのも、偽らざる読後感である。そのことは、この半月後に書かれた最後の2編の詩からも読み取ることができる。

永劫の冷却にもたじろがず火をふくむ、
黒く火をふくむ。
しなやかな白い手がそれを弄ぶ、
春にしめった紫の眼がそれを撫でまわす。
いたづらを慎め。（「石炭のかけら」 4月7日より）

この艶かしさへの抗議は、どのような彼がどのような対象に向けて発しているのか。否が応でも連想させるものがあるではないか。秋子との愛欲でなくて、一体何であろう。

火照った赤い唇を冷たさと黒さに近づけるな、
いざないに満ちた横顔で荒れくれた面に頬ずりするな、
いたづらを慎め。（同書）

秋子に返信をしたためたことが、秋子と武郎自身にどのような反応を招いたのか。武郎は、どのような情況に追い込まれたのか。

石炭は火だ。
火は破却だ。
いたづらを慎めよ。（同書）

彼は、望んでいるのか。望んでいないのか。恐らく、彼自身にもわからないのだ。彼の言葉は、絡み合った糸をほぐし悩みを慰め解決するのではなく、一層の深みに引きずり込もうとする。それが表現の宿命なのか。わかっていたはずの問いと答えが、その居場所を失い内奥の虚空に舞い乱れている。

美しい画を集めた書物から落ちて
突風にさらはれた二ひらの落丁。

一つは高く、
一つは低く、
見かはしながら、
見失いながら、
また遥かに見かはしながら、
乱れつゝ散る。（「思ひ」4月2日より）

逝き着こうとするしかない、と覚悟を定めたのだろうか。逝き着かずに、芸術の宿命に弄ばれながら虚無の中に永遠に舞っていようとしているのか。しかし、結局はどちらも同じことだ。武郎は目論見に反して、詩作によって裏切られたように読める。それをどこかで密かに予知しながら、表現の魔力と磁場に抗することができないままそこに赴いたのだろう。彼を蝕んでいた虚無は、小説であれ詩であれ、どのみち文学表現では救済できない道行へと繋がっていることを、彼は最後にまた思い知った。諦めをつぶやくように、武郎は、これらの詩を書きながら厳しい自己評価を下している。

詩――私のは駄目なのでせうね。自分でちっとも判断がつきません。無御遠慮鞭って下さい。（大正12年3月31日 唐澤秀子宛書簡）

武郎は、唐澤秀子とは、これまでも折々に率直な意見や思いを交換しあっている。この書面も、武郎の率直な思いを記していたのだろう。詩集『瞳なき眼』は、武郎と秋子との恋愛が抜き差しならないものになっていく運命にあることを、彼自身に証すことになった。それは、『惜しみなく愛は奪ふ』で触れた「暗示の娘」、詩のなせる必然の結果だった。生と死の岐路を前に、文学創作の中で垣間見てしまった虚無の奥底に秋子との愛も吸い込まれつつあることを、彼は素直に感じたに違いない。だからこそ、自分自身のその相貌を多面の合わせ鏡で最後に確認すべく、間をおかずに『独断者の会話』を書き進めたのだ。この時点で、武郎は、まだ、生とも死とも決めかねていたはずだ。それが、AとBの対話を書かせしめる動機になっていた。だとすれば、『独断者の会話』を書いたのちに、なお余地を残していた生の可能性が、その後の約一月の間に、どのように打ち消されることになったのか。

最後に彼の最後の心がもっとも生々しく表出された『短歌十首』と、「遺書」となった書簡を読むが、その背景を受け止めるため、合わせて、足助素一による追悼文『淋しい事実』にも触れる。

29
最後の作品群から(2)
「短歌十首」『淋しい事実』、そして「遺書」……
虚無感の向こうへ

有島武郎の個人雑誌『泉』の「終刊　有島武郎記念號」（大正12年8月発行）の巻頭に、彼の死後書斎で発見された十首の短歌が掲載されている。絶筆となるこの短歌十首には、死を予感させる武郎の内面が色濃く滲み出ているだけでなく、これらの短歌が書かれた状況をも推測させる表現を読み取ることができる。そのことは、彼が波多野秋子と心中に赴いた心の闇がどのようなものであったかを推し量る縁《よすが》を垣間見せており、死地から親しい人たちに寄せられた「遺書」に漂う、不思議な透明感の謎を解く鍵をも示していると考えることができる。

1．『短歌十首』に垣間見える死の予感

十首の短歌は全て、ある種の切羽詰まった緊迫感に包まれている。心の闇をそのまま晒すかのように前のめりで突き進んでいく鋭い角度に沿って、読者も強い力で引きずり込まれてしまう。しかし、一首ずつ丁寧に読むと、それらの中にいくつかのモチーフを感じることができる。

世の常のわか戀ならはかくはかりおそましき火に身はや焼くへき
修禅する人の如くに世にそむき静かに戀の門にのそまむ
さかしらに世に立てりける我かこれ神に似るまで愚かしき今
生れ来る人は持たすなわかうけし悲しき性とうれはしき道

この四首には、道ならぬ恋に突き進んでいる自らを、極限とも言えるほど強い調子で非難する表現が共通してみられ、詠み手の情況が端的に伝わってくる。武郎は、自分のこの恋をそのままま っすぐ肯定するのではなく、むしろ、社会からは非難、否定されて然るべき恋なのだと、自らに刃を突き立てている。もちろんそれは、波多野秋子との恋だからである。しかし、歌の波動からは、厳しい自己断罪の中にも、その激しさに拮抗するかのような毅然とした自己肯定の熱情を感じることも出来る。この激しく矛盾する内面の葛藤を、どのように受け止めたらよいのだろうか。この中の二首は、さらに別の側面からの不思議な自己表出を見せている。

修禅する人の如くに世にそむき静かに戀の門にのそまむ
さかしらに世に立てりける我かこれ神に似るまで愚かしき今

「修禅する人の如く」は、自身の心の裡にだけ根拠を見出すことができる想いによって、世に背くこの恋を肯定する、強い自負を表す言葉だろう。自分の身をも心をも痛めつけて研ぎ澄ます「修禅」に託した彼の想いは、何だったのだろう。さらに、彼のその想いは「神に似るまで愚かしき」ものであると自分自身を一層複雑に切り刻みながら、肯定とも否定ともつかないカオスの中をさらに深く降りていく。あたかも、死を受け入れることによって復活を遂げたイエスに自らを重ねようとするかのごとき、喜びと躊躇を心のどこかで自嘲する余裕がこの歌には感じられる。この矛盾に満ちた心境をさらに前のめりに突き進めようという決意が、次の歌に表れている。

道はなし世に道は無し心して荒野の土に汝が足を置け

世に認められるはずのない道を、自分の意思で切り開く覚悟を表明していると読むことができる。この覚悟は尋常ならざるものである、とも言っている。その道が何であるのかは表明していないが、強い意志によるものであることはひしひしと感じる。その道は、世に背く恋を自身の強い意志によって貫く決意を可視化するものである、ということか。そして、この決意の敢然さを心に刻み込む孤高の自恃を表現しているのが、次の歌である。

雲に入るみさこの如き一筋の戀とし知れは心は足りぬ

この歌で彼は、自分が納得できる道はすでに心の中に真っ直ぐ描かれている、と表明している。その道とは何か。それは、最後の三首に読むことができる。

蝉一つ樹をは離れて地に落ちぬ風なき秋の静かなるかな
明日知らぬ命の際に思ふこと色に出つらむあちさいの花
命断つ笞しあらは手に取りて世の見る前に我を打たまし

これほどはっきりと「死」を予言している彼の心根は、2ヶ月前に書いた詩「石炭のかけら」「思ひ」に表現された「愛の躊躇」と比べて大きく跳躍し、互いの間は深い溝で断絶されている。その変化の背景や理由は、何だったのだろう。

2.『淋しい事実』

個人雑誌『泉』の「終刊　有島武郎記念號」は、武郎の死を悼む10人の追悼文で構成されている。その冒頭に置かれたのは、叢文閣社主足助素一の追悼文「淋しい事実」である。これは、武郎が心中の旅に出る直前の6月

7日から二人の死体が発見された7月7日までの出来事を追いながら、生前最後の武郎との会話を詳細に辿りつつ、死に向かう武郎の心の推移を思い起こした文章である。その圧倒的なリアリティは、あたかも足助と武郎の往復書簡であるかのごとき存在感をもたらしている。これは足助素一の筆力によるところが大きいと思うが、武郎の想いが過不足なく足助に伝わっていたと思わせる優れた追悼文である。

その記述内容に触れる前に、前項の『短歌十首』がいつ書かれたものなのかについて考えてみたい。それは、短歌に表現された彼の死の覚悟が、いつのものだったかを知るためである。詩集『瞳なき眼』では秋子と別れて生き続ける意思を表明していた武郎のその気持ちが、その後約2ヶ月の間にどのような状況下で死への決意に変わったのか、その理由などを知りたいからである。

御依頼にまかせ短冊三十枚に悪歌をしたため差し出します。殊に悪筆ですがおゆるしください。最近一身上のごたごたがありますのでそれが面倒にならぬ中にと取急いだものですから猶更ら――（大正12年6月7日 桑田鳴海宛書簡『有島武郎全集第14巻』より）

この短冊三十枚（三十首）とは、『有島武郎全集第6巻』に所収されている、絶筆となった前述の十首を含む作品のことだと思う。この書簡を書いた6月7日の時点で、すでに身辺に面倒なことが起きていることを匂わせているが、これは後述するように、武郎と秋子のことが6月5日に秋子の夫波多野春房に知れて、追求が始まったことを意味している。しかし、この書簡の続きは、次のような文章になっている。

……（中略）……。かういふ事を諸方から頼まれると仕事の障りになりますから決して廣くは披露なさらぬやう願います。印は目下御依頼申すやうなものがありませんが又の機会に御願ひ申すやうなことがあった

ら何卒宜敷願ひます。（同書簡）

後日のやり取りに含みを持たせる書き方をしているくだりからは、短歌十首の切羽詰まった含意にも関わらず、死が即座に迫っているわけではないというニュアンスが伝わってくる。つまり、この短歌に表現された死の予感は、6月7日の段階では、ただちに実行するという状況ではなかったのだろう。それは、一体どういうことなのだろうか。

ここで、『淋しい事実』（大正12年7月17日）の記述に目を移してみたい。足助素一は、この追悼文を公にする意図を次のように述べている。

すべては大局に何らの関係がなかったとはいへ、また有島は十全の満足の中に逝いたとはいへ、下らぬ宣伝によって、故人を汚されることは、僕の堪へ得ぬ所だから、茲に蝋を噛む如きこの記述を公にする。（七月十七日）」（『淋しい事実』より）

有島武郎の死について触れる時、どうしても足助のこの想いを共有してしまう。同時に、自分もこの類に属してはいないだろうか、と自分自身に対する警戒心も生じ、緊張する。長い追悼文である。武郎の死を考えるとき、極めて重要な記述が随所に見受けられる文である。その中から、武郎の心情の推移をうかがわせる箇所を中心に、拾い読みしてみる。

「秋子は去年の冬頃から頻りに僕に近づいて来たんだ……最初僕は彼女に何だか恐ろしい気持ちがしたので避けていたんだが……春になってから、ますます執拗に迫るので、ぼくは秋子に「どんなに迫っても、僕

には友人以上の交際はできないから」と拒んでいたのだが……（同書）

武郎が、秋子に宛てて書いた3月17日の書簡、交際をやめようと伝えた書簡が、このような経緯の中で武郎が下した判断によるものであったろうことは、『瞳なき眼』の感想文の中でも触れた。しかし、武郎のこの時点の心境は、その後大きく転換することになった。

「たうとう……それほど僕を思ふのなら……姦夫になってやれ、って決心したんだ。4日、たうとう僕達は行く所まで行ったんだ……」（同書）

6月4日、行く所まで行った二人の心に、いったい何が起きたのだろうか？　その5日後に心中を遂げた二人の心は、本来なら覗かずにそっとしておきたい。他の誰であっても共有不可能な二人だけの世界だろうから、そこに踏み入るが如くに覗き込んではいけないのだ。でも自分は、その禁を犯してでも、二人の、特に武郎の真情を知りたい。自分の中に、心の闇に促された知りたいという切実な願いがある。その希求を満たしたいがために、武郎の作品をここまで読み続けてきたのだ。しかし、このことによって足助が懸念したように、ぼくも「故人を汚す」一人になるのかもしれない、という怖れも打ち消すことができない……が、許してほしいと思う。

「五日、帰宅後間もなく、秋子が駆け込んで来た。」（同書）

翌5日には波多野春房に事態が知られ、秋子は春房にことの次第を隠しきれず「自白」したことから、翌6日の朝、武郎は春房に呼ばれて三人の話し合いが持たれた。春房は、武郎に責任を迫り、金で解決することを提案するが、武郎はそれを二人に対する侮辱と受け止めて拒み、姦通罪で投獄される道を選ぶと告げる。その二つの道に折り合いがつかず、8日の午後まで結論が猶予される。この4日から5日にかけての武郎と秋子二人の交情に加えて、春房に対する闘いの意欲が、先に触れた『短歌十首』を産んだことは確かだろう。『短歌十首』からは、恍惚、罪悪感、自恃、克己、闘争心などを感じ取ることができる。そのような状況と今後の身の振り方を告げるために、武郎は、7日の夕刻足助が入院している病室を訪ねたのである。そこでの武郎と足助の会話は、武郎の真情と死への思いを生々しく伝える。

「こんなことをいふのも変だが……実は僕等は死ぬ目的を以て、この恋愛に入ったのだ。死にたい二人だったのだ。已に秋子は船橋で（※注：6月4日）死を迫ったが、僕は『人間には未練がないが、大自然には未練がある』も一度、寂しい秋の風景を見たかったのだ。それを十月まで延ばすことにしていたんだが、波多野にかうまで侮辱されて見ると、これは仲々死ねないなと思っている。……口惜しいからねえ……あいつに負けて死んだと思はれるのもいやだし、この上は意気張りだけにでも生きて見せる。」（同書）

いくつもの重要な告白をしている。武郎と秋子は「行くところまで行った」6月4日に死を決意し、それを10月に決行することにしていたが、翌6月5日以降は、波多野と闘うため、当面は生き抜くという状況にあったことがわかる。武郎は、秋子とここまで深く進んでことについて、足助に次のように言う。

「僕は今までは純潔を保って来たんだが……婦人には随分と用心して来たもんだが、……はじめて味わったこの気持ちを……君に毀されるのを恐れたんだ。」（同書）

短歌で表白した道ならぬ恋の真情が、ここで足助に語られる。秋子との恋が、彼のそれまでの人生の中でどのようなものだったのか、武郎は文学者らしからぬナイーブな表現で吐露している。しかし、そのように恋した秋子について、武郎は盲目ではなかった。

「併し……秋子とも永く同棲すると屹度倦怠すると思ふよ。倦怠しさうに考えられる女だよ。……倦怠する時の淋しさを思ふと……」(同書)

死を覚悟した秋子との恋は、結婚など現世の暮らしを望んでのものではなかった。これは、安子との結婚生活を振り返って呟いたことなのだろうか。『独断者の会話』で表象されたドン・ジュアンに繫がっていく、武郎が女性との愛に何を求めているのかを伝える嘆息だったろう。それは、『惜しみなく愛は奪ふ』の中で描いた、愛を求める見果てぬ夢であった。だが、秋子との愛がそのような愛だとまでは断言できない苛立ちもまた、武郎は隠そうとしない。

「……僕は全く行き詰まったんだ。僕の前面は真っ暗なんだ。子供だってどう教育すべきか分からないし、僕のやうなものになってはおしまひなんだから……」

「行き詰まった? 何が」

「だってさうじゃないか、僕は新興階級には無縁の衆生だ。生まれ代って来ない限り、第四階級に力を合はすことは出来ない。僅に、僕が働き得るのは第三階級にだが、第三階級は早晩滅亡するのだ。僕の力はその崩壊を内から助長することだけに限られている。崩壊のために働くものには死滅のみが残されているんだ」(同書)

「人間性といったって畢竟自分のものだけだから、また惜しみなく愛は奪うといって見たところで一向奪ひもせず……」

「君は何といふのだ……」」(同書)

これを、武郎の思想が実際面では破綻していたことを自ら認めたもの、と受け止める向きもあるだろうが、しかし、そうではない。第三階級と第四階級の狭間で自らのアイデンティティの裂け目を感じ、その裂け目に顔を覗かせる深淵が武郎に虚無感をもたらしていることは、『運命の訴へ』以降の多くの作品に通底している深刻なテーマであった。このことに武郎が死の直前まで悩み続けていたことが、ここにも表れている。このテーマは、武郎によって解決されないまま、現代の思想や芸術表現や社会活動にまで引き継がれており、様々な領域で困難な議論が断続的に継続されている。

もう一つのテーマ「惜しみなく愛は奪ふ」について、武郎は弱音を吐いているように見える。『惜しみなく愛は奪ふ』は、安子の死をきっかけに武郎が望む愛のあり方を描いたものだが、武郎の周辺の女性との間では実現することがなかったのであり、『独断者の対話』の中で描いた理想主義的な女性観として、改めて『惜しみなく愛は奪ふ』の理念を主張しているように見える。この中で、ドン・ジュアンがどこかパロディーの雰囲気を纏っているようにも読めることなど、武郎の中で愛の理想像が変容していることがうかがえる。理念として理想的な女性像を求めてきたこれまでの武郎にとって、つまり理想とする女性を追い求めたドン・ジュアン的な在りかたは、女性との愛の姿として必ずしも正しくないのではないか、という自問が深まっていたのではないか。その疑問をこの時期に彼に抱かせる契機となったのが、秋子の出現と武郎へのアプローチだったと言えないだろうか。つまり、愛すべき「理想」の女性との命をかけた「奪い合い」の理念を、初めて体現して眼前に出現したのが秋子だった。武郎は、自分が思い描いていた『惜しみなく愛は奪ふ』を一挙に超えた存在として立ち現れた秋子に、最初に恐怖感を抱いたものの、次第に魅き寄せられ、本能により奪い合う愛の実存を、秋子の中に見出したのではないだろうか。だからこそ、武郎は足助に次のように言い得たのだ。

「……『あんなものを』と人はいふかも知れないが、秋子は僕がはじめて会ひ得た女性なんだ」

「……」（同書）

愛し合う者同士の赤裸々な姿は、本人同士にしか決して見えないものだと思う。他者に見えるのは、何がしかの装いによるある一面だけの様相であって、本人同士が互いにそのまま受け止め合う闇と矛盾に満ちた壮絶な闘いを受容する愛は、見せようとも見ようとも、それは無理なことなのだ。武郎と秋子は、その世界を互いに受け止め合い認め合うことができたのだろう。足助は、そのことを理解したからこそ、この日の会話の最後を無言で飲み込むしかなかったのだ。

しかし、状況は、その翌日の6月8日に大きく転換する。翌6月8日の朝、足助は武郎の様子が気になり、訪ねていく。そこには、秋子と一緒の武郎がいた。足助は、初めて秋子を紹介される。武郎は、監獄に行く提案を波多野春房が承知しなかったので、止むを得ず金銭で解決する道を選ぶことを足助に告げる。このことで、争いは一時収束する見通しだと話す武郎は、どこか明るい。それは、解決の暁に、秋子と新しい生活を始められるから、ということではなく、念願の死地への旅が実現できるという見通しによる明るさだった。前日の会話の中では、春房から二人の尊厳を守るために勝利するまで生きて闘うと宣言した武郎だったが、一転して解決の見通しがついた途端に、近々の情死の決意を足助に匂わす。

「情死者の心理に、かういふ世界が一つあることを解って呉れ。外界の圧迫に余儀なくされて、死を急ぐのは普通の場合だが、はじめから、ちゃんと計画され、愛が飽満されたときに死ぬといふ境地を。死を享受するといふ境地を。……僕等二人は、今、次第に、この心境に進みつつあるのを。」（同書）

そして、武郎のこの発言を受けて、秋子は、武郎に次のように言う。

「二人で解ってさへ居ればいいのね」（同書）

秋子は、この同じ言葉をもう一度繰り返した。足助は、このような秋子を不愉快に思うが、武郎と秋子が共有しているこの会話の真情に、この時の足助は理解が届いていない。武郎は、二人で主体的に選んで赴く情死によってこそ、お互いがその存在を丸ごと奪い合う愛が全うされる、と言っているのだ。『惜しみなく愛は奪ふ』で自らが謳った理想の愛が、著述した当時は予想もできなかった展開によって実現することに、彼は恍惚とも言える感慨を覚えたに違いない。この情死の決意は、第三階級と第四階級のアイデンティティの裂け目に淀んでいた虚無感をも一挙に浄化して越えていけるという実感を伴ったろうし、『ルベックとイリーネのその後』の中で描いたルベックの芸術の虚無感を超えるイリーネの愛をも共有できるという予感もあっただろう。イプセンによようやく追いつける、という喜び。それらの全てが、秋子と愛し合う情死によってのみ可能であることを、武郎は確信したのであろう。武郎は、最後に足助に念を押す。

「これは僕が一期の頼みだよ。決して邪魔をして呉れるな……」

「……」（同書）

足助は、号泣しながら武郎の想いを受け止めるしかなかった。足助は、武郎を理解したのである。

「(どうせ死ぬものだったら、有島の取った最後の行為は誠に賢明だった。その数日を色々と迷ひながら純一な気持ちを遂に守り通して、死にまでの個性の充実を完ふしたのだから。……略……)」(同書)

そして、翌6月9日。足助は、再び武郎と会おうとするが、すでに前日の夜、秋子と二人で軽井沢に向かった武郎の消息は、ついに得ることができないままとなった。遺書を予感させる書簡をリアルタイムに受け取ったのは、6月7日付の有島壬生馬宛と、6月8日付の御園千代宛ての書簡だけであった。御園千代は、この書簡を手に足助の病室に駆け込んだが、すでに時は遅く、なす術は残っていなかった。

二人の腐乱した死体が発見された7月7日の軽井沢の浄月庵には、6通の遺書が残されていた。

3. 遺書

浄月庵に残されていた武郎の遺書は、次の6通だといわれている。ちなみに、秋子は3通の遺書を残していた。

①母上、行光、敏行、行三宛(6月8日 汽車中にて)
②弟妹宛(6月8日 夜列車中)
③森本厚吉宛(6月9日午前2時)
④足助素一宛(6月9日)
⑤波多野春房宛(6月8日 夜 列車中)

⑥財産ニ関スル覚書

死に赴く武郎の真情が素直に表現されていると思われる、上記の①②④⑤を読んでみる。いずれも、『有島武郎全集　第14巻〈書簡二〉』に所収されている書簡である。

「かうした行為が異常な行為であるのは心得ています。皆さんの怒りと悲しみとを感じないではありません。けれども仕方がありません。如何戦っても私は此運命からのがれることが出来なくなったのですから。私は心からのよろこびを以てその運命に近づいてゆくのですから。」（母上、行光、敏行、行三宛　6月8日汽車中にて）

『短歌十首』には、二人だけで交わした恍惚と厳粛に包まれた6月4日の愛と死の確信から一夜明けて、春房との引くに引けない戦いに臨んだ、高揚感を籠めた激しい内面性が濃密に表現されていたが、この遺書は、その戦いを経て彼方の目的地に到達できそうだという静謐な喜びに満たされた、二人だけが共有し得たカタルシスを感じさせる文面である。数年間にわたる後期の創作活動の中でずっと虚無感に苦しんできた武郎の、最期の穏やかな顔がここにある。アイデンティティの苦しみは、文学の中ではその矛盾の深淵をより深く見つめようとするあまり、その闇の深さが虚無感を招く体験をしてきた武郎は、女性との恋の中においてもアイデンティティの狭間を超えることはできないという思いから、安子ともその他の女性とも「奪い合う」愛を育みきれなかったのではないか。しかし、求める恋の激しさが往々にして招く互いの不信と不安の中で、それをも越えようとする6月4日の「惜しみなく奪い合う」行為によって、「肉」をも食い合う「愛」の中で相手と自分の実存が一つになるカタルシスを共有することができた武郎と秋子は、それが「死」を包含することで永遠の浄化を受けることを目指したのだと思う。これを「運命」として迎えることを知った愛がいかほど深い喜びに満たされたカタルシスであるか、私はこの二人を祝福せざるを得ない思いに捉われる。たとえ非難されようとも。この運命を勝ち得たのは、愛と社会正義に深く潜行した創作活動における虚無感との絶望的な闘いがあったからであろう。その運命をかくも喜びに満ちた面持ちで迎え入れようとする武郎と秋子。武郎は秋子を得たことで、初めてこの運命のカタルシスに浴することができたのだ。

あき子と愛し合ってから私は生まれてはじめて本当の生命につきあたりました。段々暗くなりつつあった人生観が一時に光明にかがやきました。それで十分。

私のあなた方に告げ得るよろこびは死が外界の圧迫によって寸毫もうながされてはいないといふ事です。私達は最も自由に歓喜して死を迎へるのです。軽井沢※に列車の到着せんとする今も私達は笑ひながら楽しく語り合っています。如何か暫く私達を世の習慣から引き放して考へて下さい。（弟妹宛　6月8日夜列車中）

※この手紙に「軽井沢」と記されていたのに、なぜ、兄弟たちは「浄月庵」を即捜索しなかったのだろうか。謎である。

外界つまり春房と戦って得た二人の自由な愛の解放がこの情死であるということは、武郎と秋子それぞれが潜在的に求め続けてきた死が、互いに出会うことによって、その意味を満たし実現することが出来たということである。「惜しみなく愛は奪ふ」を究極において実現したこの情死は、武郎と秋子の出会いによって初めて可能なことだった。それが、二人にとってどれほど深い喜びであったか、微かにではあるが、想像することができる。この想像が現実のものとなるのは、この二人のような運命的な出会いがなければ叶わないことだろうけれど、ふと、脈絡もなく、予知しながら死に赴いたイエスを連想してしまった。この妄想は、しかし、故あることではないかという気もする。武郎は棄教後もイエスを心に求め続けたが、そのことが彼をここまで連れてきたと言えるのではないだろうか。

さかしらに世に立てりける我かこれ神に似るまで愚かしき今（『短歌十首』から）

この「今」が、浄月庵のこの運命の日だったのではないか。

私達は運命に素直であったばかりです。（波多野春房宛　6月8日夜　列車中）

戦いの後の、浄化されたメッセージであろう。春房にもこの運命を受け止めてほしい、という心からの願いが読み取れる。

愛の前に死がかくまで無力なものだとは此瞬間まで思はなかった。（足助素一宛　6月9日）

直前に全てを話し受け止めてもらえた足助に対してだからこそ、その深い含意を直裁に伝えられた最後の一言である。したがって、この一言は、足助自身のつぶやきでもあったはずである。

「錨」も「力」も、その充実した愛の前には無に等しいものだったんだから（『淋しい事実―後記』より）

武郎は、幸せな男だった。最後の最後に、自分を理解し受け止めてくれた秋子と足助がいたのだから。

4．旅の終わりに

「有島読書ノート」を書き始めてから9年が経過した。その間に、自分の人生で最大級の大きな出来事があった。その時もそう思ったし、この旅の終わりを迎えた今も改めて思うことだが、有島武郎を読み、彼の内面に向き合い続けようとしてきたことが自分の精神の崩壊を防ぎ、自分自身の内面とも真正面から向き合うことを可能にしてきたような気がする。それは、有島武郎の人生が彼の文学にどのように反映しているかを読み解く過程で、そのように武郎に向き合っている自分が、その場でそのまま自分自身と向き合っているかのように感じることができたからである。

この旅は、武郎の精神情景が矛盾に満ちた闇を内包する大きな有機的な塊であることを教えてくれただけでなく、読んでいる自分自身にもそのような世界が内在していることを実感させてくれた。そんな旅の最後に、出発時点から目指していた到着点として、武郎と秋子の情死に辿り着いた。

比喩的に言えば、彼らの情死は、私自身を反照する合わせ鏡でもある。その内実と意味を、この最後の「有島読書ノート」に暗喩として書くことができた。私は、そのことに感謝している。

30
武郎はなぜ秋子と心中したのか

作品の中で「信仰」と「愛」そして「性愛」を相互に対立するものと捉えていた初期の傾向と比べ、ある時期から、有島武郎はそれらを一体的なものとして捉えようと変わっていったように思う。そのターニングポイントは、妻安子の肺結核発病と死（大正3―5年）だったろう。そのことが窺える作品としては、『宣言』（大正4年）『フランセスの顔』（大正5年）『クララの出家』（大正6年）『迷路』（大正5〜7年）などがあり、さらに『惜しみなく愛は奪ふ』（大正6・9年）は、そのことを体系的に理論展開しているように読める。『惜しみなく愛は奪ふ』において、武郎は二つの自己規定を試みている。

ひとつは、自らのアイデンティティを第三階級と規定し、第四階級の台頭を早めるために自らの滅亡を急ぐ道を歩もうとした階級論的な自己規定であり、それは思春期に萌芽した自身の出自への自己否定的な捉え返しであった。もうひとつは、安子の死が、階級論とは別の観点から「自分は何者なのか」という自問を喚起することになったことから、自分はどのような個性を有しているのか、つまり、ありのままの自分とはどのような存在なのかという、夫婦としての愛における自らの在りようを振り返り自問するものであった。それは、「愛するとはどういうことか」をその深部から問い返す中で、安子との愛と性愛の揺らぎを中心的な内容とする、安子生前の自分の在りように対する自己批判を育むものとなった。この二つの内省はいずれも、自己を肯定しきれないある種の虚無感を余儀なく招くことになり、アイデンティティの足元を不安定なものにしたであろう。このような虚無感を抱えていたことは、愛と性愛の相克とは異なるモチーフではあるが『運命の訴へ』（大正9年）にも表現され、その克服の展望が得られないまま作品は中断されており、その苦悶は『骨』（大正12年）『独断者の会話』（大正12年）にまで持ち越された。このようなアイデンティティの揺らぎと虚無感に晒された状態で、その克服に向けて1922（大正11）年には農場を解放し、その直後に波多野秋子と出会っている。

武郎は当初、秋子からのアプローチを意識的に避けていたことが足助素一の『淋しい事実』（大正12年）の中で明かされているが、アイデンティティの揺らぎと虚無感に囚われていた武郎の情況に秋子が深く絡んできそうな予感があってのことだったと思われる。それは、自身のアイデンティティの危機的な情況が秋子によって加速されそうな直感によるものであっただろう。武郎のアイデンティティの深淵が彼自身に虚無感をもたらしていたことは、彼の思想と文学の最も深い地下水脈として様々な作品に反映し変遷しているが、秋子との出会いはこの深層水に決定的な化学変化をもたらしたように思える。それは、どのようなことか。

『惜しみなく愛は奪ふ』に戻って考えてみる。『惜しみなく愛は奪ふ』の中で、彼は階級的アイデンティティに基づく自己否定と、個性に戻るアイデンティティ探究に基づく自己批判の二つを主たるテーマとしていたことを前述したが、この二つは、惜しみなく愛を奪う過程の中で突き詰めていくと、相矛盾することになるのではないか、と彼自身が自覚していたことが『淋しい事実』の中で示唆されている。

「君は両階級を縦串する人間性を認めないのか、例えば「惜しみなく愛は奪ふ」に盛られた思想も、第四階級の人々には無縁だといふのか」

「人間性といったって、ぼくにはさういう人間性といふものは認められないんだ。人間性といったって畢竟自分のものだけだから。また惜しみなく愛は奪ふといって見たところで一向に奪ひもせず……」

「君は何といふのだ……」

「……」

ぼくは話題を一転した。（『淋しい事実』足助素一より）

愛を奪い合う二人は遂には合一してひとつになる、と『惜しみなく愛は奪ふ』の根幹思想は述べているが、そのことと、階級移行を否定するその同じ論理によって、男女の相互理解の不可能性についても言及していることとの間に、深刻な矛盾がありはしないだろうか。一読者である自分はその齟齬に困惑するが、彼自身はどうだったのだろう。足助との会話では、そのことに気付いている様子が窺える。武郎が安子の死以降に出会いおそらく心が動いたであろう女性たちとも、結果的に深い展開を見せなかった背景には、彼自身の中にこの矛盾を直感しての躊躇があったであろうし、それ故にその溝を越えることのない人間関係に終始したのではないか。

その一方で、この矛盾を一気に越えてしまったのが、波多野秋子という存在だった。それは、他の女性たちとは全く異なる次元からの、おそらく武郎自身にとっても自らの盲点ともいうべき、それまで不可触であった境地からの、破壊的なアプローチによるものであったと思える。このことをどのように受け止めるべきか困惑を極めた武郎の心境は、詩集『瞳なき眼』や最後の短歌十首に表現されている。

波多野秋子という女性がどのような人間性を抱えた存在かということは、愛の関係に深く入っていく武郎の内面過程においてはもはや本質的なことではなかっただろう。恋愛感情に付着するさまざまなことがらは、愛の奥行きや広がり、高まりという側面において機能することではあっても、根源に芽生えてしまった愛そのものの情念にはおよそ関係のないものであったはずだ。自分が相手を欲し、相手も自分を求める。そのことに応える無上の喜びを双方が共有する実感が「愛」だとすると、波多野秋子に対する社会的評価や周辺からの眼は、二人にとって何ら本質的なことではなかっただろう。武郎にとって、秋子は周りからどのように言われる存在であろうと、『惜しみなく愛は奪ふ』における深刻な矛盾という、アポリアの解決を直観させる愛の対象として次第に深く受け止められていったのではないだろうか。既存の価値判断のモノサシでは測れない、特別の何かを感じる対象だったのではないだろうか。このことは、後世の我々がどのように分析しても知り得ることのできない二人にしかわかり得ない境地のはずだ。

自分が抗し難く魅力を感じる対象というものは、自分には無い何か、自分はそのようになれない何かを感じさせるが故に、それを奪って自分のものにし合一して一つになりたいと思う相手、ということである。『惜しみなく愛は奪う』は、そのように読むことができる。男女間の越えがたい存在の深淵、「淋しさに似てもっと深いもの」を感じる愛の対象を奪いたいと欲し求めても、自分と相手を隔てる不可侵の壁を越えることができないと感じることで存在の淋しさに心が傷つき、それ故に相手を一層強く求める心は、その不本意な情況への恨みを昂じていく。これは、多かれ少なかれ誰しもが経験している煩悶である。自分一人だけがそうだと思える煩悶が、相手の中にも同様にあることを認めることができた時、恨みによって塗り固められた不可侵の壁が一気に溶解する瞬間が二人を包むことがある。それがどのような情況においてなのかは、決まっているものではない。二人のそれぞれの情況によって導かれる境地であって、本人以外には知り得ないことだし、ひょっとしたら本人にも知り得ないまま迎えてしまう境地かもしれない。

その一つの可能態として、性的合一がある。その中で相手をも自分自身をも異次元から五感全てで感得し、合一を実感する。しかし、同時に、限りない虚しさ、淋しさを覚えることも避けられない。それは、互いの間にある不可視の深淵を一層鋭く実感するからであるが、それ故に求め合う感情を一層深めるものの、その深淵を埋めることは決して出来ないことを直感し、そのことを恨み、その相手を憎み、どうにもできない自分を嘆き、存在の淋しさに似てもっと深いものに打ちのめされる。普通は、そこで一定の納得のもとに関係の妥協的維持、もしくは解消にステップを進めるのだろうけれど、武郎の場合はどうだったのか。

安子との場合、婚約中も結婚後も性的合一にあまり深入りしない禁欲を自身に課していた武郎だったが、そのことが安子の求める愛の形を不安定にしていった経緯があり、安子の死に至る病の中でその悲劇の本質に初めて気がついたという悔恨が、武郎のその後の人生を最後まで苦しめることになった。彼の文学作品は、その悔恨を抜きには理解できない本質を抱えているように読める。武郎は、安子の死後出会った女性たちに心が動いても、結局安子との愛の悔恨が呪縛となって、存在の淋しさに似てもっと深いものの深淵を越えようとする衝動が遂に訪れないまま、惜しみなく奪う愛に挫折し続けたその延長で波多野秋子と邂逅した、ということだろう。『独断者の会話』（大正12年）の中に登場する「ドン・ジュアン」は、そんな自身を仮託した、安子によって背負わされた、十字架のごとき逃げ水に挫折し続ける運命を覚悟した彼の諦念を感じさせる暗喩である。武郎のそれまでに蓄積した思想の積み重ねからは演繹できない、何らかの啓示が訪れない限り解消不可能な安子との愛の原罪が、彼の桎梏となっていた。

『惜しみなく愛は奪ふ』は、習性的生活から智的生活へと進み、さらに本能的生活へと突き進むべきことを掲げているが、実際の武郎本人は、智的生活を本能的生活に深めることができていない。その自覚は、武郎本人にもあったはずで、そのことは、好ましく思う女性との関係において特に、自己抑制的な意識となっていたはずである。『独断者の会話』執筆の時期（大正12年6月1日以前）においてはまだその状況にあった。秋子との距離感に苦しんでいた頃だろう。そんな中で、武郎が秋子に対しメフィストフェレスの如き魅力を感じ、それまでの自らの思想的限界を越えられるかもしれないという、悪魔との契りの誘惑を直感しながら、ギリギリの迷いを綱渡りしていたことは、詩集や短歌集に隠しようもなく表現されている。『独断者の会話』も、そんな自己表出の一つであった。秋子という存在は、愛を共有することによって充実した生の生活が得られる相手かといえば、武郎は否定的に予測していた。

「併し……秋子とも永く同棲すると屹度倦怠すると思ふよ。倦怠しさうに考へられる女だよ。……倦怠す

るときの寂しさを思ふと……」（同書）

秋子とは、生きる展望に結びついた関係ではなく、死に至る同伴者でしかありえなかった。にもかかわらず、武郎はそのルビコン川を渡った。


「僕は最近波多野秋子と恋に陥ちたんだ。」

——秋子？　秋子は婦人公論の記者だ。波多野何某の妻なんだ。

「あきこは去年の冬頃から僕に近づいて来たんだ……最初僕は彼女が何だか恐ろしい気持ちがしたので逃げていたんだが……

「春になってから、益々執拗に迫るので、僕は秋子に『どんなに迫っても、僕には友人以上の交際は出来ないから』と拒んでいたのだが……

「たうとう……それほど僕を思ふのなら……姦夫になってやれ、」って決心したんだ。

「四日、たうとう僕達は行く所まで行ったんだ……」（同書）

武郎と秋子の関係を、足助が介した武郎の言葉によって如実に物語っている一文である。この中に、他者に向けて表現できるギリギリの全てが含まれていると、私は読んだ。秋子を自身の内部に受け入れる決意を固めたということは、武郎の思想のある意味での最後の賭けだったのではないか、と私は思う。それは、彼自身がそれまでイメージし志向していたベクトルとはまったく異なる、思いも掛けない闇から差し込まれた啓示であったと思うが、人によっては堕落に引き込む悪魔の囁きと評されるものでもあったろう。安子との愛で陥った悔恨、以降いく人かの女性との間で期待しつつ挫折した武郎自身の愛の限界が、ひょっとしたら越えられるかもしれないというルベックとイリーネの悲劇が、彼の脳裏を横切ったかもしれない。その結果が例えルベックとイリーネ同様のものであったとしてもイプセンの人生を継承する軌跡を辿りたい、という人生最後の投企を自身に課したのかもしれない。

武郎と秋子がそれぞれの潜在意識の中で求めていた境地を、明確に意識の支配下に治めることができたのが6月4日に二人が性的合一を図った時であることは、足助の証言にも示されている。その合一をそれぞれが自分の中に位置付け直し、その意味するものは死以外にないことも、おそらく素直に容易に受容できた結論だったろう。その死は、追い込まれての死ではなく、逃れゆく死でもなく、奪い合った愛の形として、それ以外にはあり得ない積極的な生き方の表現としての死であったろう。武郎にとって秋子は精神的には満足できない相手ではあっても、死を刻印しながら求め合う関係として、それぞれの持っている全てをそのまま受け入れるに足る相手と認めることができたのが、性的合一のときだった。その行為の中で、互いに憧れ魅力を奪い合うとともに、その行為故に見えてくる相手と自分の様々なエゴの醜さや、求め合い応え合っても埋めることのできない存在の淋しさがもたらす相手への恨み、互いを隔つ深淵に対する憎悪、それらの全てが愛おしく思えてくる矛盾に対する自分の素直な受容性もまた、性的合一に基づく確信であったろう。それらは、互いの孤独を一層深めることと同時に為し得た、双方の生命と引き換えに実現可能と思われた愛し合う合一の境地であった。武郎にとって秋子は、お互いの醜さも含めありのままをそのまま表現できる相手であり、そのような武郎をそのまま受容する秋子であった。その先にあるものは、愛と性そして生の究極の燃焼としての死しかあり得なかった。武郎は、そのように「惜しみなく愛は奪う」の奥底に垣間見てしまった自己矛盾を越えることができる予感を喜んだであろうし、存在の淋しさに似てもっと深いものを越えていける可能性に、思想家としての喜びを感じ取ったのではないだろうか。

私はそのように思うが、それも結局、武郎にしか、そして二人にしかわからないことだ。

31 或る女秋子

有島武郎の心中に寄せた各界人の追悼文が、『有島武郎全集／別巻』に所収されている。それらは、いずれも1923（大正12）年8月1日もしくは9月1日発行の雑誌に掲載されたものである。雑誌名のみ列記する。人数は、別巻の本文と解題から計算した。

有島武郎の個人雑誌『泉』終刊有島武郎記念號（友人9人＋諸家78人）、『文化生活』記念増大号「純真の人有島武郎」（25人）、『夕刊萬朝報』（2人）、『改造』特集「有島氏の問題」（5人）、『中央公論』（2人）、『早稲田文学』特集「有島武郎氏の死（追悼と批判）」（6人）、『女性改造』「有島武郎追悼号」（23人）、『婦人公論』特集「有島武郎氏情死事件批判」（30人）、『婦人の友』（5人）、『文化生活の基礎』（1人）、『明星』（1人）

単純に人数を数えると、187人。同じ人が雑誌によって異なる追悼文を寄せているのもあるが、いずれにしても多くの雑誌が追悼特集を組み、追悼あるいは批判の対象として、心中した二人に関心を寄せた様子が窺える。しかし、その追悼文のほとんどが、有島武郎の死に寄せられたものであり、波多野秋子に寄せた追悼文は9人にすぎない。それぞれの歩んできた道や、当時の社会的関心の在りようを反映した結果とも言えるが、それにしてもこの偏りは、この心中の特異性を表す大きな特徴と言ってもいいだろう。文壇の著名人であった有島武郎と比べ、編集業界だけの知る人ぞ知る無名に近かった波多野秋子の心中がいかなる社会的関心を惹いたのかは、数多くの追悼文中5％にも満たないその割合にも表れている。

私が有島武郎に関心を深めたのは、直接的には『或る女』の主人公早月葉子のモデル佐々城信子への関心からであったが、いくつもの作品を読み進めていくうちに、彼の農場解放と情死が作品を読み続ける大きな誘因になっていった。読み進める中で、武郎にとって「愛」と「階級」の問題が彼の文学と思想の中心的なテーマであり、そのテーマを推進していった彼自身ののっぴきならない自己矛盾が、彼自身の「アイデンティティの裂け目」として深刻化していったのではないだろうか、というのが、私の有島理解の中核となった。そして、この「アイデンティティの裂け目」が武郎の心中（「情死」と言った方がより適切だろう）を導いたのではないか、という私の有島理解を導くことになった。しかし、彼の死は、自死suicideと言っても、情死double suicide（love suicide）である。一人の自殺では果たし得ない動機が、二人の情死だからこそその本質を形成しえたはずである。

私は、有島武郎の作品を読み進める中で、彼の側からの情死の誘因を考えてきたが、相手の側から、つまり波多野秋子の側から二人の情死を受け止めることはできていなかった。一般的に言って、恋愛の行方に絶望しての死の誘惑があったとしても、double suicideを選ぶというのは極めて特異な背景や状況が伴わないとなし得ないだろう。ましてや有島武郎と波多野秋子の場合、恋愛の行方に対する絶望からの選択であったとは必ずしも言えない、極めて特殊なニュアンスが漂っているのである。私は、波多野秋子はなぜ有島武郎との情死を選択したのだろう、という、冥界に深く打ち込まれた謎を解きたい誘いを感じざるを得なくなった。この疑問についてこれまで多く言われてきたことは、「波多野秋子は死にたがっていた女性であり、有島武郎はその格好の相手として恋愛関係の中で彼女に引きこまれ、情死に至った」という、一種の流言である。そのような理解は、正しいのであろうか？

波多野秋子の死を考える場合、有島武郎と決定的に異なる状況の一つに、彼女自身の内面を深く読み込むことを可能にする第一次資料が極めて乏しい、ということがあるだろう。第一次資料といえるものは、死を前に秋子が夫波多野春房と友人石本静江それぞれに宛てた遺書のみである。しかもこの遺書は、武郎が残した遺書ほどには、本人たちの死を理解するための手がかりとして重視されずに現在に至っている。秋子の遺書は、彼女が武郎と情死を選択したその本質を理解する上で価値を有さない第一次資料なのだろうか？

秋子に対する追悼文を読み込む前にまず彼女の遺書を読んでみるが、その前に、武郎にとって秋子とはどのような存在だったのかについて、武郎の側から考えた私自身の問題意識を簡単に振り返っておきたい。私が書いた『有島読書ノート：武郎はなぜ秋子と心中したのか』（２０２０年3月）からの一部抜粋である。

「『独断者の会話』（大正12年）の中に登場する「ドン・ジュアン」は、そんな自身を仮託した、安子によって荷負わされた十字架のごとき逃げ水に挫折し続ける運命を覚悟した彼の諦念を感じさせる暗喩である。武郎のそれまでに蓄積した思想の積み重ねからは演繹できない、何らかの啓示が訪れない限り解消不可能な安子との愛の原罪が彼の桎梏となっていた。『惜しみなく愛は奪ふ』は、習性的生活から智的生活へと進みさらに本能的生活へと突き進むべきことを掲げているが、実際の武郎本人は、智的生活を本能的生活に深めることができていない。その自覚は、武郎本人にもあったはずで、そのことは、好ましく思う女性との関係において特に自己抑制的な意識となっていたはずである。『独断者の会話』執筆の時期（大正12年6月1日以前）においてはまだその状況にあった。秋子との距離感に苦しんでいた頃だろう。そんな中で、武郎が秋子に対しメフィストフェレスの如き魅力を感じ、それまでの自らの思想的限界を超えられるかもしれないという、悪魔との契りの誘惑を直感しながらギリギリの迷いを綱渡りしていたことは、詩集や短歌集に隠しようもなく表現されている。『独断者の会話』も、そんな自己表出の一つであった。」（前述文より）

「秋子を自身の内部に受け入れる決意を固めたということは、武郎の思想のある意味での最後の賭けだったのではないか、と私は思う。それは、彼自身がそれまでイメージし志向していたベクトルとは全く異なる、思いも掛けない闇から差し込まれた啓示であったと思うが、人によっては堕落に引き込む悪魔の囁きと評するものでもあったろう。安子との愛で陥った悔恨、以降いく人かの女性との間で期待しつつ挫折した武郎自身の愛の限界が、ひょっとしたら超えられるかもしれないというルベックとイリーネの悲劇が、彼の脳裏を横切ったかもしれない。その結果が例えルベックとイリーネ同様のものであったとしてもイプセンの人生を継承する軌跡を辿りたい、という人生最後の投企を自身に課したのかもしれない。」（前述文より）

「武郎にとって秋子は精神的には満足できない相手ではあっても、死を刻印しながら求め合う関係としてそれぞれの持っている全てをそのまま受け入れるに足る相手と認めることができたのが、性的合一のときだった。その行為の中で、互いに憧れ魅力を奪い合うとともに、その行為故に見えてくる相手と自分のさまざまなエゴの醜さや、求め合い応え合っても埋めることのできない存在の淋しさがもたらす相手への恨み、互いを隔つ深淵に対する憎悪、それらの全てが愛おしく思えてくる矛盾に対する自分の素直な受容性もまた、性的合一に基づく確信であったろう。それらは、互いの孤独を一層深めることと同時に為し得た、双方の生命と引き換えに実現可能と思われた合一の境地であった。武郎にとって秋子は、お互いの醜さも含めありのままをそのまま表現できる相手であり、そのような武郎をそのまま受容する秋子であった。その先にあるものは、愛と性そして生の究極の燃焼としての死しかあり得なかった。」（前述文より）

これらはかなり乱暴な私の直感であり、より具体的な論証を必要とする意見である。しかし、私にはそれはできていなかった。ここに引用した部分は、情死の背景に関する武郎の側からのものだが、秋子の内面がここでは見えてこない。その見え方いかんによっては、この仮説も大きく変わることは言うまでもないことだ。そこで、この点について、秋子に関する数少ない第一次資料からもう少し探ってみたい、というのがこの小文の意図である。

1．波多野秋子の遺書から

有島武郎の遺書は、次の六通である。〈母上、行光、敏行、行三宛〉〈弟、妹宛〉〈森本厚吉宛〉〈足助素一宛〉〈波多野春房宛〉〈財産に関する覚書〉。最後のもの以外は、引用される機会も多く、武郎が死を選んだ内因と死への向き合い方が凝縮されて表現されている。後で〈波多野春房宛〉についても触れたい。一方、波多野秋子の遺書は三通と言われているが、ここでは、夫波多野春房宛てと友人石本静江宛ての遺書を取り上げて考えてみる。残りもう一通については、私は把握していない。

春房様

とうとうかなしいお別れをする時がまいりました。おはなし申し上げた通りで、秋子の心はよくわかってくださることとぞんじます。私もあなたのお心がよくわかってをります。十二年のあいだ愛し抜いてくだすったことを、うれしくもったいなくぞんじます。

わがままのありったけをした挙句に、あなたを殺すやうなことになりました。それを思ふと堪りません。あなたをたった独りぼっちにしてゆくのが、可哀想で可哀想でたまりません。

秋子

六月九日午前一時半

夫春房に対する想いに溢れた文面である。しかし、この文面に対しては、職場（婦人公論）での彼女を高く評価していた上司瀧田哲太郎から手厳しい指摘がなされている。

波多野さんの遺書はどうも波多野さんとしては極めて不出来なもので、いつもの波多野さんの筆とは思はれぬ程まづい。あの中で、僕らの参考になるものは、有島さんとの関係が出来てから、二人とも、もうこれ切りで関係を絶たうと言ひ合ひながら、何時か知ら、どっちからともなく誓いを破っていたと云ふ一節丈で、他はどうも少ししらじらしいやうに感じられる。また「國民新聞」に石川六郎氏によって公にされた五六年前の波多野さんからの手紙を見れば、春房氏との結婚は恋からではないとか、春房氏をば父のやうに思ふけれどもお互いに恋は感じませんとか云っているが、之は春房氏への遺書にある「十二年を愛しぬいて」（記者曰く尤も恋しぬいてとは書いてないが）という字句とも矛盾する。要するに最後の波多野さんはいろいろと心痛から心身共に疲れ切ってもいたらうし、又ぼくの想像するやうな二つの原因が不知不識の間に自己判断の鏡を曇らしたものと見るのが本当じゃなからうかと思はれる」（瀧田哲太郎「有島さんと波多野さんの記念の為めに」／『中央公論』大正12年8月月号所収）

瀧田による秋子遺書の分析は、一見、雑誌編集者らしい客観性とバランス感覚によるものと受け止めることができる。しかし、その反面、春房に対する秋子の心情についての認識は、負のバイアスが強すぎるような気がする。それに、一部不審な箇所もある。「あの中で、僕らの参考になるものは、有島さんとの関係が出来てから、二人とも、もうこれ切りで関係を絶たうと言ひ合ひながら、何時か知ら、どっちからともなく誓いを破っていたと云ふ一節丈で……」という遺書からの引用については、私はその該当箇所を見出すことができなかった。私の調査不足によるズレなのかもしれないが、不思議なことだ。また、春房に対する秋子の想いが、遺書と石川六郎氏宛て書簡中の言及との間で矛盾がみられるという指摘もされているが、石本静江に宛てた秋子の遺書には、次のような箇所がある。これは、ネット検索で出会った資料で、おそらく遺書の一部だろう。

私の波多野に対する心持、武郎に対する心持はあなたははつきり解つて下さることと存じます（中略）私にはどうしても波多野を忘れられません　それでゐて私は武郎を捨てることは決して出来ないので御座います（中略）私といふ赤ん坊は年頃になつて恋を知りました。真剣な恋を致しました其の相手が武郎だつたのです。お互は結婚生活はあまり考へませんで愛すれば愛するほど死の誘惑が強くなつて行きました。

(https://ameblo.jp/blackcatbones0/entry-11640159222.html)

また、石本静江による秋子への追悼文中で引用されている秋子の遺書は、次のようになっている。

今から丁度十二年前程私は波多野に参りました。始めて生まれた赤子のやうに私を愛し教育して呉れました。十二年の永い間只の一度も私から愛が離れませんでした。只々此の世の中に私一人の為に生きている彼です。私もその通りで、彼の温かいふところにかたく抱かれ、溶けるやうな愛の生活をつづけ、子供の様な妹の様な心で今日まで参りました。波多野に生まれた私と云ふ赤んぼは年頃になって恋を知りました。真剣な恋を致しました。その相手が武郎だったのです（『有島武郎全集・別巻』より）

同一部分と異なる部分があるので、遺書全体からの引用箇所がそれぞれで異なるということなのだろうか。であれば、やはり全文を読みたいと思うが、この時点でそれはすぐには叶わないようなので、把握できた限りの引用に基づいて論を進めることにする。私は、春房に宛てた秋子の遺書を瀧田のようには読めない。文面の隅々にまで夫婦愛からの言葉と表現が滲み出ているように、私には読める。「私にはどうしても波多野を忘れられませんそれでゐて私は武郎を捨てることは決して出来ないので御座います」と言う言葉は、その率直な言葉であろう。生活に関わる様々な面で醸成される夫婦愛は、一時期に燃え上がる恋愛とは異なる情愛もあって、その双方が異なる相手に向けて併走することは十分にありうることだと思う。ここでは、「併走してはいけない」という社会通念からの批判はとりあえず措いて考えてみたい。その点については、のちに触れる。
秋子の遺書には、恋愛の対象である武郎に対する愛とは別次元の、恋愛に基づかずに成立した夫婦間に育まれた、肉親関係にも似た愛情が表現されている。それが、死に臨む間際に一気に溢れ出たからといって、いったいなんの不自然があるだろう。瀧田は、秋子が別の機会に夫春房に対する不信感を表明していたということについても指摘しているが、その指摘通り秋子が春房に対して不信感を抱いていたとしても、それが、春房に対する愛情と全面的に矛盾するとは言い切れまい。言い直すと、その不信感をも包み込んだ夫婦の愛というものは十分ありうる、と私は思う。石本静江宛ての遺書の文面が、春房への遺書の文面と比べて非常に整っている点にやや不自然な感は否めないが、自分を客観的に表現できる相手である友人と、心情が複雑に込み入ってしまう夫とでは、遺書を書く心持ちが大きく相違することも、十分ありうることだ。これらの観点から、秋子は、春房に対してと武郎に対してと、それぞれ別次元の（と言ってよいかどうかまだよくわからないが）愛によって接してきたのではないか、と思う。このことを間接的に傍証すると思われるので、武郎が春房に宛てた遺書も読んでみる。

波多野様
この期になつて何事も申しません。誰がいゝのでも悪いのでもない。善につれ悪につれそれは運命が負ふべきものゝやうです。私達は運命に素直であつたばかりです。それにしても私達はあなたの痛苦を切感せずにはゐられません。あなたの受けらるゝ手傷が少しでも早く薄らぎ癒えん事を願上げます。私達の取りかはした手紙の断片は私達が如何にあなたを感じてゐたかを少しく語るかと思ひます。然し私達は遂に自然の大きな手で易々とかうまでさらはれてしまひました。今私達は深い心から凡ての人に同感します。現世的の負担を全く償ふ事なくて此地を去る私達をどうかお許し下さい。（波多野春房宛六月八日夜）
大正十二年六月八日夜　列車内

武郎は、この中で具体的には書いていないが、自分と秋子の恋愛が、秋子と春房の夫婦愛と真っ向から矛盾するものではない、相容れないものではない、との認識を示唆しているように読める。「誰がい丶のでも悪いのでもない。善につれ悪につれそれは運命が負ふべきもの丶やうです。私達は運命に素直であつたばかりです。」というのは、そのことを指しているだろう。また、そのことが春房に与える影響についても「私達の取りかはした手紙の断片は私達が如何にあなたを感じてゐたかを少しく語るかと思ひます」と、春房による許容の願いを祈りに込めるように書いている。しかし社会は、武郎と秋子のそのような姿勢を許容するはずがなく、春房も強く拒んだことから、「然し私達は遂に自然の大きな手で易々とかうまでさらはれてしまひました。」という最終決断への理解を願う遺書となった。秋子の遺書も、武郎の遺書とほぼ同じ視点から書かれている。

おはなし申し上げた通りで、秋子の心はよくわかってくださることとぞんじます。私もあなたのお心がよくわかってをります。（波多野秋子の遺書より）

ここで、秋子が春房に訴えたのは、自分は春房を恋愛とは言えない肉親に近い存在として愛していて、武郎については恋愛の対象として愛している、ということであったろう。そのこと自体は、春房との間で了解されたかどうかはともかく、秋子のこのような二元的な愛の心について「あなたも、少なくても私の願いであることについては認識していましたよね」との訴えであった。その上で、春房からの理解を得られなかったことから、死をもって武郎との恋愛を貫くことによって余儀なくされる夫の精神的苦痛に対しても、許しを乞うている。

わがままのありったけをした挙句に、あなたを殺すやうなことになりました。それを思ふと堪りません。あなたをたった独りぼっちにしてゆくのが、可哀想で可哀想でたまりません（波多野秋子の遺書より）

また、石本静江宛ての遺書においても、春房に対する秋子の真情が見られる。

私にはどうしても波多野を忘れられません　それでゐて私は武郎を捨てることは決して出来ないので御座います（中略）私といふ赤ん坊は年頃になつて恋を知りました。真剣な恋を致しました其の相手が武郎だつたのです。

始めて生まれた赤子のやうに私を愛し教育して呉れました。十二年の永い間只の一度も私から愛が離れませんでした。只々此の世の中に私一人の為に生きている彼です。私もその通りで、彼の温かいふところにかたく抱かれ、溶けるやうな愛の生活をつづけ、子供の様な妹のような心で今日まで参りました。（波多野秋子の遺書より）

ここには、春房に対する愛が、男女間の恋愛とは異なる肉親の間柄における愛と同様のものであることが語られている。そして、男女間における恋愛が武郎との間に生まれたことは、自分にとってある種の成長の証なんだ、という自己主張を伝えている。おそらく秋子が主導して提示したこの二元の愛は、武郎にも受け入れられたのだろうと思う。秋子は、春房への夫婦愛と武郎との恋愛は別次元の愛であり、どちらも捨てられないとの思いであった。そして、武郎も、秋子のその二元の愛全体を受容しようとしたのだろう。しかし、二元の愛は、春房によって拒否されただけでなく、社会からも認められないことはわかりきったことであるが故に、二元の愛の双方がともに実現することは不可能なことで、情死によって二元そのものを貫徹する以外に方法はなかった、ということだったのではないか？　武郎と秋子が生き続けて夫婦になる道を選ぶことは、いくつもの理由で不可能な状況にあったし、本人たちも望んだ解決方法ではなかった。二人が望んだのは、二元の愛の両立であった。ここには、夫婦の愛を〈正〉とし、恋愛を〈反〉とし、その止揚による〈合〉の成立を情死によって図ろうとした弁償法的構図を見ることができる。そのような論理的整理を行ったとまでは言えないと思うが、少なくとも、二元の愛を実現するためには情死以外に術がない、という認識が直感的に二人を包み込んだのであろう。しかし、そうであったとして、それは、秋子、武郎それぞれにとって、どのような意味を持っていたのだろうか。

武郎にとっての意味は、以前書いた文章（『存在の淋しさ』所収「最後の作品群から（2）「短歌十種」「淋しい事実」そして「遺書」……虚無感の向こうへ」梅田）の中で試みてあるので、ここでは、秋子にとっての意味を考え、次に、それが武郎にどのように影響を与えたのか、というベクトルで考えてみたい。このことについて、秋子に対する追悼文から考えてみる。

2．波多野秋子への追悼文から

波多野秋子への追悼文は、冒頭紹介したように9件である。追悼文の筆者は、秋子の勤務先中央公論（婦人公論）の瀧田哲太郎と嶋中雄作をはじめとして、上司小剣、宇野浩二、生田長江、石本静江、長谷川如是閑、山川菊枝、足助素一である。ここでは特に、石本静江と足助素一の追悼文を取り上げる。波多野秋子の遺書に関連した内容が見られること、および、情死における有島武郎への秋子の影響に言及する内容が含まれているからである。

石本静江は、波多野秋子の親しい友人である。秋子から武郎との恋愛や情死の決意などを事前に聞かされていたにもかかわらず、その防止に向けた動きを一切しなかった危機管理判断の誤謬について、瀧田哲太郎は追悼文の中で石本を厳しく批判している。

そのことについての議論はさて措いて、ここでは、石本は追悼文の中で秋子からの書簡を披露しているので、その引用をもとに関連することがらについて考えてみたい。

ぎこちない胸を抱いて秋子さんは能く私に、恋愛に対する現在の道徳はほんたうに正しいものかどうか。愛する人を幾人も持ち得る場合、しかもみんな真剣である場合、例えば甲の人に感じ得ぬ美点を乙のものが持つ場合の心持、さうした人間の心持は許せるものであるか、と云ふ様な疑ひを持ている事を漏らした。こんな問題が私たち二人の間には何等の解決をつける事が出来ない中に、秋子さんはもう有島氏の真剣な恋の情熱をどうする事もできない様になって居たのでした。（石本静江「秋子さんの思ひ出」全集別巻より）

秋子の遺書を読む中で取り上げた二元の愛については、二元の愛に限らず同時並行の複数恋愛にも秋子の問題意識が及んでいたことが、示されている。秋子は、愛の対象として、春房を捨て武郎に移行していったのではなく、春房への愛と武郎への愛の二元の愛が同時に進行していたのであり、そのことに関する悩みが石本静江に語られていたということである。このことが当時の（いや、現代においても同様だが）道徳観においては、社会的に受け入れられないものであることを認識していたが故の、秋子の悩みであったことがわかる。この同時複数進行の愛については、今日ではポリアモリー polyamoryとして少しづつ社会的受容の傾向が生まれている（?）。尤も、ポリアモリーの場合は、関係する男女の全てが互いに複数の恋愛関係にあることを承認して、オープンに構築されることが必須条件であるが、秋子の場合は、本人は時代に先駆けてその問題意識を持っていたことが、石本の追悼文の中で明らかにされたものの、春房はそのような複数同時進行の愛を認めなかったので、そこではポリアモリーは成立していない。とは言っても、武郎に対する秋子の恋愛感情は、二元の愛の構図としてではあったが、ポリアモリーの可能態として表現されていたことになる。武郎は、おそらく（と言うのは、論証できる資料に出会えていないからであるが）この二元の愛、さらに、ポリアモリーとしての愛の在りかたを提示した、秋子の時代に先駆けた「特異性」に大きな魅力を感じたのではないだろうか。武郎自身がどうだったか、自らの性をそこまでオープンに解放できる感性を持ち合わせていたかどうかはわからないが、その事自体の可能性とその思想的展望を考え、胸がワクワクするような新たな地平を直感した可能性は高いと思う。特に、二元の愛もポリアモリーも、人間の愛の本能に関わる解放の在り方として、『惜しみなく愛は奪ふ』の本質にも叶う切り込みだったと言っても良いと思う。そうだと仮定すると、武郎がこの時点で当面していた深刻な自己矛盾、アイデンティティの裂け目（※「有島読書ノート：武郎はなぜ秋子と心中したのか」を参照のこと）についての新たな解決視点が、秋子によって提供されたも同然の状況が出現していたことになる。この点は、小文の中心的なテーマでもあるので、足助素一の追悼文に依ってもう少し別の観点から考えてみたい。

足助素一は、自身が主宰する有島武郎の個人雑誌『泉』終刊有島武郎記念號の中でも、巻頭を飾る追悼文「淋しい事実」を書いている。情死直前に武郎と会った時の緊迫したやりとりを軸に、武郎の文学と思想と人生を熟知している友人として、武郎最後の行動を分析した詳細な経過記述とその論旨は、極めて強い説得力を感じさせるものである。これについては、既に「有島読書ノート：最後の作品群から（2）」の中で触れたのでここでは重複を避け、『明星』に寄稿した追悼文「僕に取りての有島武郎」の中で言及されている波多野秋子に関する部分を取り上げる。

有島の底力は、これまで人力にはとてもと思はれる難関を切り拓いて来た。今度だけがその例に漏れやうか。

僕は秋子を憎む。秋子が出なかったら！　生命を投げかけて恋ひ慕ふ秋子が出なかったら！　その絶望に点火する秋子が表れはれ出なかったら！

僕は秋子を讃へる。有島の底力は、有島を絶望から救ったであらう。「時」は必ず有島を救ったであらう。だが、秋子が表れなかったら？　生命を投げかけて恋ひ慕ふ秋子が表はれ出なかったら？　仮令百年の天寿を全うしても、あの「感激」あの「十全の満足」を有島は果して味ひ得たであらうか？　秋子が出なかったら！　その百歳の天寿の一刹那でも、有島は果してあれほどの「生き甲斐」を感じ得たであらうか。

（足助素一「僕に取りての有島武郎」全集別巻より）

有島武郎にとっての波多野秋子出現の意味を、これほど的確に捉えた指摘を、私は他に読んだことがない。これ以上、屋上屋を重ねるような解説も論評も、一切が蛇足にしか思えない。しかし、二つの視点から、敢えて少し書き加えてみる。

武郎の生涯を貫いた苦悩は、「自分はいかなる存在なのか」という自問であった。それは、狩太農場を所有し経営した時点から現実的な苦悩になり、安子と結婚し夫婦の性愛のあり方に苦しみ続けたことが安子を失ってから以降も続く、もう一つの現実的な苦悩となった。第四階級になりえない自らに絶望した第三階級としての武郎が、自らの出自である第三階級の没落をいかに早めるかの自己滅亡を志向したその生き方は、半ば必然的にアイデンティティ崩壊の危機を招いた。安子との愛における悔恨は、安子没後の彼の恋愛を阻害した。安子との愛の悔恨を超えていく道として見出した「本能的生活」は、彼のアイデンティティそのものと言える「智的生活」の先に見える筈だったにもかかわらず、一向に見えてこなかった。いや、見えなかったのではなく、彼の感性が「本能的生活」を拒んでいた。彼の頭脳が「本能的生活」を受け入れても、心がそれを拒んでいた。それは、踏み越えようとする意欲を誘う「本能的生活」の実態的イメージが、湧いてこなかったからであろう。言い換えれば、そのようなイメージを与えてくれる恋愛の相手方が見えてこなかったのである。それまでに恋し恋された女性が、彼同様の「智的生活」者であったからだ。いつもある時点で、彼は逡巡して踵を返す繰り返しだった。それまでの「智的生活」を越えていける破壊力をもった女性に、出会えなかった。ドン・ジュアンの彷徨は、そのように続いた。「時」に解決を委ねるしかない倦怠の生が、無限循環を感じさせた。彼は自問したに違いない……いつか解決できるのだろうか、と。

そんなときに出会った波多野秋子は、彼女自身が深刻な矛盾として抱え続けていた二元の愛を、武郎に問いかけた。武郎にとって、それはメフィストテレスの如き悪魔との契りの誘惑であったろう。武郎は、安子との愛の限界がもたらしたその後の「本能的性愛」への挫折の繰り返しが、秋子による問いかけ、つまり、二元の愛によってこれまでの自分の限界が越えられるのではないかという啓示のような示唆を、秋子の中に見出した。秋子と新たな夫婦になる道ではなく、二元の愛として、春房と秋子の夫婦関係を破壊せずに、合意の上でもう一つの恋愛関係を築くという、社会制度の埒外に求められる「本能的生活」としての恋愛関係。これは、安子との夫婦愛と共存する二元の愛を、秋子の苦悩を受け入れることで自らも受容できることを意味した。しかしそれは、現世社会では受け入れられない愛の形であることはあまりにも明らかであり、二人にとっては、情死のみがそれを可能にするとの啓示でもあった。そしてそのことは、秋子が現れたことによって武郎が自身の思想と生き方の隘路を突破できる可能性が見えたことを意味した。それは、どのような可能性であったか。ここでもう一度、冒頭に述べた私自身の問題意識に戻る必要がある。

『有島武郎読書ノート：武郎はなぜ秋子と心中したのか』の中で、私は次のような暗示を自らに課した。『惜しみなく愛は奪ふ』のなかで彼は、階級的アイデンティティに基づく自己否定と個性に戻るアイデンティティ探究に基づく自己批判の二つを主たるテーマとしていたが、この二つは、惜しみなく愛を奪う過程の中で突き詰めていくと相矛盾することになるのではないか、と彼自身が自覚していた節があるように、足助素一による追悼文『淋しい事実』の中で示唆されている。左記引用での「ぼく」は足助素一で、「君」は有島武郎である。

「君は両階級を縦串する人間性を認めないのか、例えば「惜しみなく愛は奪ふ」に盛られた思想も、第四階級の人々には無縁だといふのか」

「人間性といったって、ぼくにはさういう人間性といふものは認められないんだ。人間性といったって畢竟自分のものだけだから。また惜しみなく愛は奪ふといって見たところで一向に奪ひもせず……」

「君は何といふのだ……」

「……」

ぼくは話題を一転した。(『淋しい事実』足助素一より)

愛を奪い合う二人は遂には合一してひとつになると『惜しみなく愛は奪ふ』の根幹思想は述べているが、そのことと、階級移行を否定する論理に準拠して男女間の相互理解の根源的不可能性についても言及していることとの間に、深刻な矛盾がありはしないだろうか……。足助との会話では、武郎はその矛盾に気付いている様子が窺える。彼の中で深まっていったアイデンティティの裂け目は、この矛盾を自覚することによって最深部に達していた。しかし、この矛盾は解決できるかもしれない、という啓示のような暗示を、秋子のいう二元の愛の中に武郎は直感したのではないか。それは、どういうことか。

第三階級から第四階級への移行が不可能な矛盾であるならば、男女間が究極的な相互理解に基づいて愛の社会的形態を得るということも実現不可能であるはずなのに、武郎が愛の究極的合一を目指す思想を掲げているのは重大で深刻な矛盾であろう、というのが武郎自身のアポリアであった。この深刻な矛盾は、彼自身の出自とそれによって形成された存在様態つまりアイデンティティを自己対象化することによって意識されたものであり、それは第三階級であることの自己嫌悪と、安子との愛に関する生涯にわたる悔恨によって、彼固有の独自のものとなっていた。しかし、その矛盾解決に向けて、彼はこれまで一貫した論理的整合性を自らに課していたが故に、その矛盾の解決に向けて農場解放と財産処分を敢行してきたのであった。しかし、矛盾の解決はそれらの論理的実践によっても達成されなかった。武郎のアイデンティティの危機は、極限にまで達していたはずである。秋子の「二元の愛」は、武郎のこのような隘路に一つの光明を射した。

秋子は、恋愛に依らない愛の対象であった波多野春房と、恋愛の対象となった有島武郎という矛盾について、論理的な整合性による解決を志向せず、二元の愛の両立を自らが主体的に求めることによって、その矛盾が人間の愛の本能に根ざしたものであると受け止め、その矛盾そのものを主体的に受容して良いのではないか、ということを武郎に（春房に対してもであったが）提起したのである。これは、矛盾の許容という点で武郎の論理的整合志向と異なるものであったが、武郎が「本能的生活」を頭の中では志向しつつ心がついていけなかったこれまでの限界が、秋子の二元の愛を根拠づけている彼女の「本能的生活」感を受容し、そのような二元の愛を受け止めることによって武郎自身の「本能的生活」感も覚醒されるのではないか、と直感したのではないだろうか。しかも、二元の愛がその時点では春房の拒絶によって現実のものにならないことがはっきりしていても、そのような現世における限界は、事情の多様化や時間の経過に基づく状況の変化によっては解決できる場合もあり得るので、そのような変動的猶予を含めて向き合うなら、必ずしも荒唐無稽な妄想とは言えない、と考えたであろう。

この啓示は、文字通り「啓示」に近い直感だったと思うが、武郎のこれまでの人生と思想と文学の根源的隘路を大きく切り開く光明に感じたはずである。しかし、春房の苦悩を尊重する限り、この世での実現は絶望視するほかなく、二元の愛という光明を来世において浴びることを二人は選択した。しかも、二人の愛の実現という歓喜を携えて。足助素一が「秋子を讃えた」のは、実にこの故である。この点で、秋子は武郎の限界を超えていくステップボードであり、同時に、そのボードを共に踏み越えていく「同志」でもあった。『或る女』の、もう一つの実像であった。そしてもう一つの観点は、「同伴者作家論」による「階級移行否定論」止揚の可能性を秋子との情死によって体現し得た、ということである。象徴的に、ではあるけれども。この論点については、いくつかの前提的議論が必要なので、今後の論考に託しておきたい。

3. 他山の石

波多野秋子への追悼文は、既に述べたように決して多くはない。足助素一の分析に見られたように、波多野秋子が有島武郎の最後の思想的飛躍に如何に重大で深刻な影響を与えたかを思うと、波多野秋子追悼の実状は当時の（現在もだが）文壇思想界の貧困さを露呈するものであったと言うほかない。唯一、足助素一の秋子追悼が、問題の真髄に深く打ち込まれた橋頭堡であった。それでは、このような文壇思想界の実態は、何を示唆しているのだろう。

波多野秋子追悼文の、質量の貧困だけではない。膨大な人数といってもよい識者による有島武郎追悼の文章にしても、私はその全てに目を通したが、心が揺さぶられ頭脳に緊張が走ったのは極めて少なかった。足助素一、木田金次郎、与謝野晶子、周作人……あとはどうであろうか。

足助素一が、追悼文「僕に取りての有島武郎」の中で、怒りをあらわにした一文を書いている。

私も、自らを省みたい。

批評！　その人の平生を知らず、知っても深く知らず。その人の作物を読まず、読んでも深く読まず。而かもその人が死ぬるや否や我れ勝ちに、先きを争ってその人の、その死の批評を書く！　批評！　この種の批評！　これらの批評！　はその人の聡明を誇る以外に何があるんだ。ジャーナリズムに累はされたといひ訳する前に、少しは己を顧みて、自己の軽薄に恥ぢるがいい

（足助素一「僕に取りての有島武郎」より）

アジアと通底するもの

余滴

32 有島武郎とアジア（1）巴金『家』と自己否定の彼方

巴金《ぱきん》の『家』（飯塚朗訳／岩波文庫版／上下）を読んだ。私が巴金の名を初めて知ったのは、台湾の蔡焜綸《さいこんりん》氏の文章からである。

……戦後台湾が国民党軍に占領され、我々過去日本人が国籍を中国に変え、懸命に北京語を習い始めた当初、若者の一番の愛読書となった《激流三部曲、家、春、秋》の著者巴金は、彼の「文学生活五十年」という一文の中で、自分に影響を及ぼした日本の文学者として、夏目漱石、田山花袋、芥川龍之介、武者小路実篤等の名を挙げながらも、特に有島武郎は、私は彼の作品を多くはよんでいないし、日本語もよく勉強していないが、何時でも彼の短編《小さき者へ》を口ずさみ暗誦していると告白した。有島武郎は中国では、戦前は魯迅、戦後は巴金という二人の偉大な作家によって紹介され、時代を越えて大きな影響を残し、戦後の台湾でも、白色テロの嵐に巻き込まれた人々の胸に生き続け、励まし続けてくれたのだ。（蔡焜霖『有島武郎と我が青春の遍歴』より／土香る会「会報」第7号2019年3月31日）

この文章に刺激され、私は有島武郎の『小さき者へ』（1918年）を読み直したのちに魯迅の文学作品を読み、特に『故郷』（1921）の暗示を心に留めながらその延長上に巴金の『家』（1931年）を読んだことで、この三人に共通する社会的、文学的光景を垣間見ることができたように思う。それは、武郎、魯迅、巴金に共通している社会的出自である地主階級としての自らを自己変革し、そのさらなる深化を次世代に託すことによって自己否定を介した社会正義と社会革命の実現を祈る、文学者としての魂の自画像である。巴金は作品『家』の中に武郎と魯迅へのオマージュを表現しているのではないか、とも感じた。巴金の『家』は、中国清時代からの名家「高家」の因習に抑圧されながらも、それぞれの生き方の中で苦しみ戦っている三人の兄弟、覚新《チュエシン》、覚民《チュエミン》、覚慧《チュエホエ》と、彼らが愛した女性たち、梅《メイ》、瑞珏《ルイチュエ》、琴《チン》、鳴鳳《ミンフォン》に襲いかかる「家」がもたらした悲劇と一縷の希望の物語である。

　長男覚新は「家」の因習を不本意ながらもそのまま受け容れる生き方を選び、愛し合っていた梅との結婚を諦めたことで悲嘆にくれた梅は結局病魔に侵され死ぬ。「家」に強いられた結婚でありながらも、覚新が愛した妻瑞珏もまた、「家」によって死に追い込まれた。三男覚慧は、愛し合っていた下働きの鳴鳳が「家」によって老人の妾として売られることを悲嘆した末の自殺を、一瞬のすれ違いが原因で救うことができなかった。ただ次男覚民のみは、愛し合う琴を「家」の抑圧から守るために徹底抗戦し、弟覚慧の支援も得て愛を成就する。様々な場面で「家」と徹頭徹尾戦い続けた三男覚慧は、その闘う意思と自己表現のしなやかさによって、遂に「家」権力の権化であった老太爺の考えを変えさせることに成功し、次男覚民と琴の愛を「家」に認めさせることができた。しかし、その老太爺の死後、三兄弟の父母たちの世代が「家」の因習と権力を行使し続けたことから、覚慧は崩壊寸前の「家」を捨て、新しい生き方を目指して上海に出立する。

「家」を構成する登場人物たちが多数登場して複雑な人間関係を呈するが、それぞれの行動と個性は鮮明でわかりやすい。特に、三人の兄弟、覚新、覚民、覚慧それぞれに異なる個性が、この物語全体の骨格を多彩に形成しており、「高家」という古い「家」コミュニティを崩壊に至らしめる多様な要因を担っている。三人それぞれが一見ステレオタイプなキャラクターとも見えるが、各自の内奥には豊穣な矛盾としての悩みと葛藤が深く根を下ろし、人間としての奥深さが十二分に表出されている。長男の覚新は、「家」そのものの内部葛藤を象徴的に体現する人物としてその悩みが随所に描かれている一方で、鳴鳳の自殺を防ぎきれなかった自分を責める三男覚慧の苦悩は、社会解放運動と愛の相克に苦しむ姿として、この物語の最深部に漂う闇と光明を垣間見せている。

……僕は彼女が死んでゆく時の気持ちを想像するのはいやだ。だけどやっぱり考えずにはいられないんだ。僕は永遠にそれを考えなければならない。だって僕が彼女を殺したんだもの。僕ばかりじゃない、僕らの家庭だ、僕らの社会が彼女を殺したんだ……（『家』下巻）

……彼女はいつも僕が彼女を救えると信じこんでいたのに、僕はとうとう彼女を棄ててしまった。僕はたしかに意気地がないんだ……僕は以前大哥や、あなたに意気地がないといって責めましたね。でも今はじめて、僕も同じだったとわかった。僕たちは同じ両親の生んだ子だ。一つの家庭で育ったんだ。僕たちはみんな意気地がないんだ……僕にはすべての人がうらめしい。自分自身が憎らしいんだ……（同書）

そして、覚慧ははっきりと自覚する。

「一人の女のためばかりじゃあない」それからまたやや激した声で「僕はこうした生活が根本からいやになったんです」（同書）

因習で閉塞している「家」つまり旧態たる中国社会の変革を目指す意思と感性を育んでいた覚慧が、その主体的闘いを自らの出自である「高家」の破壊に向けて先鋭化した瞬間が、ここに描かれている。言い換えれば、「家」の構成員である自分自身の自己否定を鮮明に意識した瞬間である。私は、この描写に接して、有島武郎が農場を解放するに至った彼自身の自己否定を想起せざるを得なかった。巴金は、武郎の農場解放を意識したはずである。それは、作中の覚慧に訪れた啓示であったと同時に、著者巴金自身にとっても自身の出自に対する自己否定の再確認であっただろう。覚慧のこの意識は、愛し合っていた鳴鳳を自分が殺したも同然だと深く認識したことによってもたらされたのであり、社会運動と愛の両立し難い確執からの表出でもあった。このことをさらに別の深淵から照射するもう一つの暗示的表現が、琴の読書に仮託して描かれている。

それはイプセンの戯曲「ノラ」（※「人形の家」）の一節であった。この数行の文句が彼女（※琴）に啓示を与え、眼前が急に明るくなった。彼女のこともけっして絶望ではないと悟った。成功するかしないかは彼女自身の努力如何による。……（略）……希望は自分自身にある、他人にあるのではない。そう考えると、一切の悲哀は消えていった。（同書上巻）

注意してページをくってゆくと、琴がこのごろ愛読している「人民の敵」という戯曲であった。彼女はきっとその中から激励と慰安をもとめていたのだろう。そう考えると微笑を禁じ得なかった。彼（※覚慧）はふり返って彼女を見た。彼女は覚民と一生けんめい話をしている。とても親しげに話しながら、彼女がもらす善意の微笑が、その面輪をさらに美しく見せて、もう先刻のあの憔悴の色はなかった。（同書下巻）

イプセンは、「家」の古い因習と戦い覚民との愛を貫こうとする琴を支える文学と思想の象徴として登場している。男性の愛に潜む錯誤を残忍なほど鋭く抉り出したイプセンが、この作品の中でかような形で登場したことに、私は大きな感動を覚えた。有島武郎の『ルベックとイリーネのその後』『イプセンの仕事振り』『一つの提案』など一連のイプセン論を思い出したからである。武郎は、『ルベックとイリーネのその後』の中で、イプセンの最後の戯曲『死者の復活する時』について次のように書いている。

イプセンはこの戯曲を書いた後永久に沈黙してしまった。こんな峻烈な、無容赦な、傷ましい告白を私は

嘗て聞いた事がないと云いたい。（『ルベックとイリーネのその後』より）

然しルベックとイリーネは生きた問題として私達に残されている。ルベックはイリーネに対して芸術家である前に人間であらねばならぬだろうか。ルベックがイリーネに対して地上生活に属する所の愛に赴いた時、そこに芸術は生れ出るだろうか。如何にしてその愛に赴くべきだろうか。イプセンは謙虚にもこの恐ろしい謎を解くべき栄誉を私たちに頼んで、自分は未練げもなく沈黙した。（同書）

イプセンは、生涯かけて求め続けた人生における愛と芸術の二元論的止揚を遂に成し得ないまま、その問題解決を後世に託したのであろうか。然し、イプセンは、その解答のありかは知っていた筈である。同時に、武郎も、同じように知っていた筈である。しかし問題は、知ってはいても、解決することはまた別の領域の問題であるということだろう。なぜなら、イプセンも、そして武郎も、芸術家であること、ルベックであり続けることから脱する事に、自ら絶望もしくは諦めていたからであろう。武郎のイプセンに対する絶望的なほど重苦しい敬意を、巴金がどのように受け止めていたのか、それはわからない。しかし、少なくてもイプセンの『死者の復活する時』を読んでいただろう巴金は、琴の愛と闘いを支えたイプセンが、いずれ、琴に対する覚民の愛の本質を検証する縁になるだろうことを予感していたということは、『家』の作品世界の最も深い水脈として暗示されたのであり、その水脈が『家』に続く「激流三部作」の『春』『秋』にも底流していることを期待させるに十分の文学的仕掛けであると感じた。「家」そして中国社会の変革に向けた戦いを続けるだろう覚慧、覚民、そして、琴と彼女に続く女性たちの戦いの中で、社会変革の闘いと愛がどのように相克し止揚をみていくのだろうか。このイプセンという文学的思想的仕掛けが琴の読書に仮託された意味は、かように深いものを感じさせるが、琴については、女学校における断髪の主張をめぐる同志であった親友のひとりが果敢に率先して断髪したことに衝撃を受ける内面の複雑さを見せたことも、琴の内面の屈折した矛盾の表現として、琴の人物像をいっそう奥深いものにしている。琴の躊躇は、断髪実践による社会からの指弾圧迫が母親に集中的に向かうことに対する迷いであり、それは、女性の自立をめぐるイプセンの孤独な戦いと共振する琴の深淵でもあった。このような、自立を目指して戦う女性の中における琴と親友の相違もまた、『家』における多様な人間像の描き分けとして、巴金の懐の深さを感じさせる。

琴の読書に託して、もう一人、私にとっては意外に思われた作家が言及されている。与謝野晶子である。政府軍と反乱軍の市街戦の余波が「高家」にも及びつつあった状況下で、兵士による狼藉を予感して恐怖に震える「家」の女性たちと同様、琴も、いざと言う場面で、これまで「家」と戦ってきた自分の思想的バックボーンがいかに無力なものかを悟らざるを得ない中で、自分を支えてきたイプセンと並び、与謝野晶子の思想も何の役にも立ちそうにないことを実感する。

　琴はだまって立ち上がって、部屋の中をゆっくり歩き廻っていた。彼女はその恐怖と戦っているのだ。彼女は心の中でそっと叫んだ。「決してそんなことはできない」彼女は一つの違った答えを探し出そうと思う。彼女は生命以外に別のものがあるはずだと思うのだが、このときはなんの新思想も、新刊書も、イプセンも、与謝野晶子もなかったのだ。彼女はあの偉大な恥辱が、獰猛な嘲笑を浴びて、彼女の眼の前にたちはだかっているのを見る。彼女にはプライドがある。生きてその恥辱をうけることはできない。（『家』上巻）

与謝野晶子は、自身の感性と思想を直截に歌に詠み評論を書き、反戦、反権力、そして人道的なその歌風と論陣によって、大正デモクラシーの中にあって女性解放の鮮明な旗手の一人として屹立していた。ここでは、晶子のそのような立ち位置が、巴金によって琴を支える作家として描かれたのだろう。しかし、巴金はまた同時に、与謝野晶子の昭和前期におけるやや体制翼賛的な傾向についても知っていたはずであり、そのような矛盾もまた、「家」と闘う女性たちの複雑な伴侶となる可能性をも示唆したものと考えられる。

このように、巴金は『家』の中で「家」と闘う若い男女一人一人の複雑な人間的思想的陰影を書き分けたことで、社会変革と愛に生きる次世代に向けて豊穣なエールを贈ったことが読み取れる。

詠み終わって、私は改めて、武郎と魯迅と巴金を想った。彼らの作品を思い起こした。


小さき者よ。不幸な而して同時にお前たちの父と母との祝福を胸にしめて人の世の旅に登れ。前途は遠い。而して恐れてはならぬ。恐れない者の前に路は開ける。行け。勇んで。小さき者よ。（有島武郎『小さき者へ』のエピローグより）

わたしは横になって船底のせせらぎを聴き、自分の道を走っていることを知った。わたしは遂に閏土と隔絶してこの位置まで来てしまった。けれど、わたしの後輩はやはり一脈の気を通わしているではないか。宏兒は水生を思念しているではないか。わたしは彼等の間に再び隔膜が出来ることを望まない。しかしながら彼等は一脈の気を求むるために、凡てがわたしのように辛苦展転して生活することを望まない。また彼等の凡てが閏土のように辛苦麻痺して生活することを望まない。また凡てが別人のように辛苦放埒して生活することを望まない。彼等はわたしどものまだ経験せざる新しき生活をしてこそ然るべきだ。私はそう思うとたちまち羞しくなった。閏土が香炉と燭台が要ると言った時、わたしは内々彼を笑っていた。彼はどうしても偶像崇拝で、いかなる時にもそれを忘れ去ることが出来ないと。ところが現在わたしのいわゆる希望はわたしの手製の偶像ではなかろうか。ただ彼の希望は遠くの方でぼんやりしているだけの相違だ。夢うつつの中に眼の前に野広い海辺の緑の沙地が展開してきた。上には深藍色の大空に掛るまんまろの月が黄金色であった。希望は本来有というものでもなく、無というものでもない。これこそ地上の道のように、初めから道があるのではないが、歩く人が多くなると初めて道が出来る。（魯迅『故郷』のエピローグより）

この水は、なんと祝福すべき水であろう。それは彼を、彼が十八年も住み慣れた家から、あの未知の城市、未知の群衆の中へ運んでいくのだ。彼はそう考えながら、前途の幻影に迷わされて、棄て去った過去十八年の生涯を悲しみ惜しむ余裕さえなかった。彼はこれを最後と振り返って、一声低く「さようなら」といった。そしてすぐに向き直って、その永遠に前方に向かって流れてゆき、一刻も止まることのない、緑の水を眺めやった。（巴金『家』のエピローグより）

私がこの三人の文学的光景に見たのは、それぞれが自らと次世代に託し贈った、暗く重い栄光の言葉が描く世界だった。その言葉は、それぞれの重苦しさを倍加して、読んだ私自身に返ってくる。私は、余命長くもないだろう時間の中で、その言葉の引力に惹かれている自分を感じている。

33 有島武郎とアジア(2)
『寒い夜』にみる巴金と武郎の自己否定

3・11以降、私の読書傾向はまったく変わってしまった。私にとっての文学には、劇薬になる作品もあれば、鎮痛剤になるものもある。きっと誰しもが、そうなのではないかと思う。自分の場合、後者を求めて読みはじめた場合でも、途中で前者に出会ってしまうと、激しい苦痛の中でその痛みをそのまま受け止めようとする自分に微かな自己肯定感を覚え、自身の最後の拠り所がそこにあるような、半ば自暴自棄に近いそんな妄想に恍惚を覚える。結果として、そこに鎮痛の兆しを感じる。巴金の『寒い夜』(立間祥介訳/岩波文庫)も、そんな作品だった。

若い夫婦、汪文宣(ワン・ウエンシュアン)と樹生(シューション)は、学生時代に恋愛して入籍しないまま結婚し、小宣(シャオシュアン)をもうけた。次世代の教育に理想と情熱を抱えた二人は、それぞれに仕事をしながら夢の実現に想いを馳せるが、同居している文宣の母と樹生はことごとく激しくぶつかる。文宣は、母も妻も愛し、二人の対立の間でなす術もない自分に嫌悪しながら、日本軍による中国侵略戦争が終われば事態は好転するはずだ、と二人をとりなす。母は古い教育を受けた価値観に縛られ、樹生は新しい時代の中で自らを解放して生きていくことを主張する。樹生は、そんな閉塞した家庭から心が離れ、勤め先の銀行の上司と次第に深い仲になり、家を開けることが増えていく。しかし、樹生は夫文宣を深く愛している。文宣は薄給の校正の仕事に甘んじ、厳しい労働の中で肺を病み悪化して血を吐くようになる。樹生は自分の収入で彼をしっかり療養させようとするが、文宣は苦しい生活費の中での高額な治療費を厭い、樹生の申し出を拒む。母は、息子の看病に性根尽きるまで力を尽くす。文宣は、病を押して勤務先に行くが、次第にそれも困難になる。樹生は、日本軍の侵入に押されて銀行が移転を余儀なくされるに従い、自分も上司と一緒に移転先に異動することを決意する。そのことで得られる高額の給与を文宣の治療と生活費にと月々の送金を約束する。上司と恋愛している樹生に激しく嫉妬する文宣だが、自分の力では彼女を幸せにできないことを思い知り、彼女の自由と幸せを託して彼女を異動先に送り出す。車で迎えに来た上司と一緒に文宣の前から去る前に、樹生は肺結核の感染を気にせず文宣に熱いキスを贈る。

移転先からの彼女の手紙も次第に遠のき、ある日、離婚を申し出る手紙が文宣の手元に届く。彼は、全てを失い死を受け入れる気持ちに染まっていく。母親の必死の看病にもかかわらず、文宣は衰弱を極め、死を迎える。そのことを知らぬまま久しぶりに家を訪ねた樹生は、彼が死に、残された母親と小宣がどこに消えたか消息を得ることができずに呆然とする。樹生は、その寒い夜の中で、それまで迷っていた上司からの求婚を受け入れる決意をする。

途中で、何度、この本をブン投げようとしたかわからない。憎悪で、心が張り裂けて壊れそうになった。たとえば『こころ』『宣言』『鍵』『きみの鳥はうたえる』などの作品でも、そうだった。読み続けることができないほどの苦しさで、気が狂いそうになった。やっと読み終えて数日後、気を取り直して改めて拾い読みしてみる。

彼はただ一つの考えにとりつかれていた。「みんなに申し訳ない。おれは罰せられなければならない。（巴金『寒い夜』）

文宣のこの自己破壊願望は、どこからくるのだろう。この作品は、冒頭から結末まで、文宣の自己否定で貫かれている。それが徹底している分だけ、それと矛盾する自己憐憫も顕著だ。

彼は自分の影を見たように思った。……ひとりぼっちになった、病弱なインテリの姿を。いまは……将来は……考えながら、彼は布団の下でウウッと泣き出した。(同書)

そして、胸の中で言った。「なぜおれはすべての禍を一人でひっかぶらなければならないんだ。なぜおれ一人ばかりが罰せられなければならないんだ。おれはいったいどんな間違いを犯したというんだ」答えはなかった。彼は公正な裁判官を捜しあてることができなかった。彼はこの時、自分の苦痛をわかちあってくれる一人の人すら捜しあてることができなかった。(同書)

この彼を、小賢しげな言葉で批判することは容易だろう。正論は、確かにそんな批判の中にあるだろう。しかし、その整った薄っぺらな言葉は、私の胸には響かない。離婚を告げる樹生の手紙は、そんな彼の苦悩を、救いようのないどん底に突き落とした。

私が腹を立ててばかりいるのに、あなたはいつも私に譲歩し、決して声を荒げたりせず、哀願するような目で私を見るばかりでした。私はあなたのそういう目を見るのが怖しかったのです。いえ、私はあなたのそんな目がいやでたまりませんでした。あなたはどうしてこう弱いのです。そんな時、私はあなたが私とやりあってくれることをどんなに望んでいたことでしょう。あなたが罵り、打ってくれたら、私はさっぱりしたと思います。それなのに、あなたはただ哀願するだけ、ただ溜息をつくだけ、ただ泣くだけでした。後で私はいつも後悔し、あなたに謝ろうと思ったものでした。私は自分に言い聞かせました。今後はあなたにもっとやさしくしよう、と。でも、私にはあなたを憐むことはできても、愛することはできませんでした。以前のあなたはこんなに弱虫ではありませんでした……(同書)

女は時にひどく気が弱くなるものです。私は本当に私自身が恐ろしい。私には私の弱点があります。それなのに私は私を支えてくれる知己というものがないのです。宣、私の宣、私はあなたが心から私を愛してくださっていることを知っています。それでしたらどうか私を去らせてください。自由にさせてください。これ以上私に〈妻〉という虚名を荷わせて、こんな矛盾した感情生活をせずとも済むよう、あなたのお母さまの憎しみのため私が不名誉な袋小路へ追い込まれずとも済むようにしてください……。（同書）

この、呼吸が止まるのではないかと思われるほど苦しい言葉の群れに押しつぶされ、思わず悲鳴を上げそうになった。どうにか押し留めてふっとため息を漏らした時、有島武郎『宣言』の中で「Y子」が「A」に宛てた、ほぼ同じ「告白」の手紙を思い出した。あれを読んだ時も、気が狂いそうだった。そして、「BよりAへ」宛てた手紙の、次の言葉も思い出した。

真裸かな運命の真実が二人の前に投げ出された。真に美しい、従って真に恐ろしいものをみせつけられたやうに、二人はおどおどして上の空になってしまった。「三人とも善良な人ばかりだのに如何してこんな悲劇が起きるのでせう」とY子さんがいった。「悪人栄えて善人滅ぶと云ふ様な事実は、悲劇の条件とはならない。それは体のいい茶番に過ぎない。人間の豫知を幾重にも裏切る恐ろしい力―神的なのか悪魔的なのか自分は知らない―によって、人が真実に目覚めて行くに従って、段々苦しい運命に這入り込んでしまふ場合にだけ、本当の意味の悲劇は成り立つのだ。（有島武郎『宣言』より）

文宣の母と和解不能に対立する樹生が、この時代の中国における旧時代と新時代の相入れない衝突を象徴していることは、読者の誰しもが気づく時代背景の暗示だが、この作品は、そんな歴史認知を切り裂き突き破る「悲劇」の本質をも露わにしている。樹生に対する文宣の愛は、樹生が文宣に求めていた愛ではなかった。そのことは、樹生が気付くもっと前に、文宣自身がおぼろげに気付いていた。いや、気付いていたという自覚を認めたくない自意識によって、もう一枚の被膜で覆っていた。この皮膜を剥ぎ取ったのが、樹生からの手紙だった。このような不本意な覚醒は、樹生と文宣相互の誠意によってそれまでは互いに封印され猶予されていただけであって、いずれ真正面から受け止めざるをえない残酷な真実なのだ。互いに「愛」と想っていたふたりは、その誠意の深さに相似た残酷さに襲われざるを得なかった。武郎の『宣言』で刻まれた「愛」の恨みが、こうして巴金の『寒い夜』にも浸透してくる。『寒い夜』では、「悲劇」は既に時を超えて出現していたのだ。どのような「愛」であろうが、互いの誠実が真正に合致しない限り、様々な形の「悲劇」として等しく襲われざるを得ない。この既視感は、作品の世界を超えてこれからやってくる現実の「悲劇」をも予感させる。

読み終えて呆然としていたその隙間に、ある妄想が忍び込んできた。主人公の汪文宣は、有島武郎『小さき者へ』に登場する「U氏」を敷衍した存在なのではないだろうか。

お前たちのあるものはかすかながらU氏一家の模様を覚えているだろう。死んだ細君から結核を伝えられたU氏があの理知的な性情を有ちながら、天理教を信じて、その御祈祷で病気を癒さうとしたその心持を考へると、私はたまらなくなる。薬がきくものか祈祷が聞くものかそれは知らない。然しU氏は医者の薬が飲みたかったのだ。然しそれができなかったのだ。U氏は毎日下血しながら役所に通った。ハンケチを巻き通した喉からは皺嗄れた声しか出なかった。働けば病気が重ることは知れ切っていた。それを知りながらU氏はご祈祷を頼みにして、老母と二人の子供との生活を続けるために、勇ましく飽くまで働いた。而して病気が重ってから、なけなしの金を出してして貰った古賀液の注射は、田舎の医師の不注意から静脈を外れて、激烈な熱を引起こした。而してU氏は無資産の老母と幼児とを後に残してその為に斃れてしまった。その人たちは私たちの隣に住んでいたのだ。何という運命の皮肉だ。お前たちは母上の死を思ひ出すと共に、U氏を思ひ出すことを忘れてはならない。而してこの恐ろしい溝を埋める工風をしなければならない。お前たちの母上の死はお前たちの愛をそこまで拡げさすに十分と思ふから私はいふのだ。（有島武郎『小さき者へ』より）

この連想は、妄想と言われても仕方がないものだ。しかし、U氏に対する武郎の愛情は、巴金によって『寒い夜』の汪文宣にも等しく注ぎ込まれているのを感じる。なぜなら、巴金は、武郎の『小さき者へ』を暗唱するほど愛読し、その中から様々な着想を得ていたと思われるからである。

巴金は、彼の「文学生活五十年」という一文の中で、自分に影響を及ぼした日本の文学者として、夏目漱石、田山花袋、芥川龍之介、武者小路実篤等の名を挙げながらも、特に有島武郎は、私は彼の作品を多くはよんでいないし、日本語もよく勉強していないが、何時でも彼の短編《小さき者へ》を口ずさみ暗誦していると告白した。（蔡焜霖『有島武郎とわが青春の遍歴』より）

この妄想が果たして的を得ているかどうか、それはわからない。しかし私には、この着想には深い根拠があるように思えてならない。それは、武郎と巴金、さらに言えば魯迅に共通する、彼らの出自とアイデンティティに関する深い闇の自覚があったろうと思われるからである。

巴金は、成都市内の官僚地主階級の旧家を出自としていた。彼の初期の代表作『家』は、自身の出自階級をモデルに書かれた作品だが、主人公である三男覚慧は巴金自身を仮託した人物として描かれている。作中の旧家「高家」の内部崩壊を早めるそれぞれの生き方を選ぶ三人の兄弟たち。巴金は、生家を出奔してから五四運動（1917年）の洗礼を受け、クロポトキンの『青年に告ぐ』と出会い、生涯を通してのアナーキズムに目覚めた。

その思想形成過程の渦中で書かれた『寒い夜』（1946～1947雑誌に連載）は、しかしながら、政治的主張には染まらず、激動期の中国社会において誠実に生きようとした若い男女の悲劇を真正面から描いた作品である。このような巴金の作品を読むことで、私は、有島武郎の思想と人生そして文学を改めて想起せざるを得ない気持ちになった。

官僚地主階級であった父から引き継がざるを得なかった出自とアイデンティティに、死の間際まで苦しみ抜いた武郎が、妻安子の死を受けてその愛を振り返って書いた渾身の短編『小さき者へ』に巴金が寄せた限りない共感は、巴金が生涯を賭けて自身のプチブル性を破壊し続けようとした文学創作活動の内面奥深く流れる自己否定性において、通底するものを感ぜざるを得ない。そして魯迅もまた、自身が地主階級の出自であることから、武郎に深い共感を寄せていたが、こうして、有島武郎、魯迅、巴金と続く革命における自己否定の系譜が、巴金の魂においては『家』を水源として『寒い夜』へと奔流していることを、心に突き刺す痛みと共に実感した。

しかし、自身のアイデンティティの蘇生を見ることなく死を急いだ主人公汪文宣は、結局敗北したのだろうか。そうだとも言えるし、そうではないとも言える。それは、汪文宣の自己否定が、樹生の自己解放と自己肯定に深い陰影を与えたからである。そのことによって、汪文宣は自らを破壊した後に解放される最愛の樹生の自己肯定を予感し、そのように彼女を愛し抜いたことに、最後のたった一つの、しかしこの上なく純度の高い自己満足を覚えたはずである。それは、そのように生きるしか術がなかった彼の、最後の孤高の誇りでもあっただろう。樹生への汲み尽くせない愛が彼女への限りない憎悪をも飲み込むものであったことは、彼にしか知り得ないカタルシスにも似た納得であったはずだ。このような汪文宣の自己否定に基づく死と、それをも自身の自己肯定に換えようと決意する樹生は、巴金が自身の再出発に賭けた飛翔の夢だったに違いない。

34

有島武郎とアジア(3)
パク・ソリョン『滞空女―屋根の上のモダンガール』　心中の系譜

『滞空女―屋根の上のモダンガール』(パク・ソリョン2020年9月)の中で思いがけず出会った、あるエピソードについて書いてみる。

帰り道、オギは周龍の初めて聞く歌を歌う。
それ何の歌なの。切ない曲ね。
今日、休み時間に友達が教えてくれた歌なんだ。
もういっぺん歌って。

漠たる荒野　駆くる生よ
汝の目指すは何処なるや
寂しき世　険しき苦海
汝は何を求めんとす
……(略)……
周龍は歌詞を反芻しつつやけに暗い表情だ。
題名は何ていうの。

尹心悳（ユン・シンドク）[※1]の歌う「死の賛美[※2]」

とっても哀しい歌だね。

そうでしょ。尹心悳って人、この歌をレコードに吹き込んで恋人と心中したんだって。

心中って何。

恋人どうし命を捨てることだって。

オギはなんてことないご近所の噂話でも伝えるような調子でさらりと言うが、その言葉の響きは周龍の胸の奥底を打つ。オギは周龍の思いなどお構いなしに自分の感傷を並べ立てる。

どれほど深く想い合っていたら、一緒に世を捨てる気になれるんだろう。あたしも一度でいいからそんな恋愛、できたらな。

死ぬほど想ったとて、本当に死んだら何が残るの。

周龍は全鉽のことを思いつつ言う。尋常ならざる言葉を聞いてはじめてオギは周龍の硬い表情を窺う。日頃話してた年下の旦那さんのことを思い出して傷付いたんだ、オギは察する。（『滞空女』より）

注が施されている。

※1：尹心悳（ユン・シンドク）
朝鮮初のソプラノ歌手として人気を博した声楽家、俳優（1897〜1926）。官費留学生として青山学院を経て東京音楽学校を初の朝鮮人留学生として卒業。早稲田大学に留学中だった妻子ある劇作家金祐鎮（キム・ウジン）と出会い、曲折を経て下関から釜山に向かう連絡船から飛び降りて心中する。（同書）

※2：死の賛美

曲はイヴァノヴィチ「ドナウ川の漣」。1991年には尹心悳（ユン・シンドク）と金祐鎮（キム・ウジン）の逸話をもとに同名の映画が制作された（金鎬善キムホソン監督）」（同書）

このエピソードに、私はこれで三度出会ったことになる。二度目の出会いは、昨年のことだが、後述するある論文ではじめて知ったこの悲話を韓国の友人にメールで伝え詳細を尋ねたところ、同名の映画の存在とその映画の断片をYouTubeで見ることができる旨教えてくれた。韓国の若い人の間で人気の映画だという。そのYouTubeの中で、金祐鎮は韓国人の俳優たちとある劇を練習していて、そこに尹心悳がたまたま居合わせて二人がはじめて出会うシーンがあった。その練習していた劇の「台本」が、有島武郎の『惜みなく愛は奪ふ』であった。ここで登場するこの「台本」が史実なのか脚本家による創作なのかはわからないが、私にとっては少なからぬ驚きであった。いずれにしても、そうか……と、想定外の符合に感動にも似た納得を覚えた。

そしてこのエピソード「玄界灘情死事件」をはじめて知ったのは、有島武郎と韓国の文学者との関わりについてネット検索してヒットしたある論文の中においてであった。この時なぜ有島武郎と韓国の文学者との関わりについて調べていたのかについては機会を改めて触れることにして、ここでは論を先に進める。

邂逅の場となった論文「有島武郎と朝鮮メディア1―情死事件を手がかりとして―」（丁貴連2015年）は、表題にあるように、武郎と秋子の心中事件が諸外国、特に韓国にどのように影響を与えたか、その社会的事象を新聞報道から分析したものである。その論点から、いくつか抽出してみる。

1923（大正12）年6月9日、有島武郎と波多野秋子の縊死心中は海外にも報道されたが、その国ごとに報道の関心は異なっていた。海外での第一報は、アメリカの「シカゴ・デイリー・トリビューン」そして「ザ・ニューヨーク・タイムズ」「フィラデルフィア・イブニイング・ブレデイン」だった。アメリカ留学の経験があるとはいえ、アメリカ国内で作品が翻訳出版されていたわけでもない無名の作家の、「心中」という特異な死への好奇心からであろうけれど（栗田廣美）、武郎と秋子それぞれと面識のあったマリアン・ルーシー女史は「ザ・ニューヨーク・タイムズ」に寄稿し、二人の文化的思想的背景ゆえの生と死に共感を寄せている。このような反応は、中国の周作人による追悼文（『晨報副鐫』より1923年7月17日所収）にも見られた。

われわれは彼らの死の由縁が知りたいが、判断を下したくはない。如何なる由縁であろうが、すでに自らの命で自己の感情または思想に報いた以上、ある種の厳粛さがわれわれの口を塞いでいる、われわれはもとより生を弄ぶべきではないが、それ故に死を侮蔑してはならない。（『有島武郎と朝鮮メディア』丁貴連による引用より）

周作人と兄の魯迅が有島武郎に如何なる関心と共感を寄せていたのかについては別稿としたいが、有島武郎とアジアを通底するもっとも深い地下水が、彼らの間に貫流していたのである。周作人と魯迅が有島武郎を含む日本の代表的作家の中国語訳作品集『現代日本小説集』を発行したのは、奇しくも武郎心中の年1923年だった。この符合自体は偶然であろうけれど、因縁を感じざるを得ない。

マリアン・ルーシーにしても周作人にしても、武郎と秋子の死に厳粛な共感を寄せていたことは、武郎の心中を捉え返そうとする現代の私たちにとっても、大きな導きとなっている。日本においても、武郎の死の直後に足助素一が発行した追悼集『泉　終刊　有島武郎記念號』（1923年8月）の中で、同様の想いを寄せている人は少なからずいた。彼らそれぞれの追悼文からは、「情死」一般への関心とは異なる、「武郎と秋子」の生と死への深い想いに佇んでいるそれぞれの姿が浮かんでくる。

しかし、日本における報道は次第にスキャンダラスな様相を強め、社会的に非難の論調を強めていった。死の

3ヶ月後に勃発した関東大震災の渦中で、武郎の友人でもあった大杉栄・伊藤野枝が多くの在日朝鮮人とともに官憲や自警団によって虐殺された。前年1922年の有島農場無償解放・共産的農場誕生に対する弾圧の機会を伺っていた国家権力にとって、有島武郎の影を社会から払拭するまたとない機会と受け止められただろう。国家権力の意向を反映したかのように、それまで教科書に取り上げられていた有島作品のほぼ全てが削除され、葬り去られた。

共感をもって有島文学を迎えた中国の魯迅、周作人と並び、同様の背景や理由から有島文学に心酔したのは、既に日本の植民地支配下にあった韓国(朝鮮)の若き文学者・知識人たちであった。「東亜日報」は、白樺派の柳宗悦と兼子夫人、そして有島武郎に対しては特別の思い入れをもって、それぞれの芸術活動を韓国に紹介していた。

中でも有島は、情死前から『死と其の前後』(1917)、『小さき者へ』(1918)が1920年と1921年に相次いで(韓国語に)翻訳されていたこと、新文学の旗手として文壇をリードしていた金東仁と廉想渉が自身の小説『心浅き者よ』(1919)、『暗夜』(1922)で有島の『宣言』(1915)と『生まれ出づる悩み』(1918)について言及していたこと、そして北海道の農場解放が知識人の間に波紋をもたらしていたことなどによって、当時の朝鮮で最も知名度の高い日本人文学者なのであった。(『有島武郎と朝鮮メディア』より丁貴連)

その有島の縊死心中を、東亜日報は他紙とは異なる姿勢と論調で報道し続けた。

最後に、置いていく三人の子供宛の遺書があった。これらの諸事情を総合すると、二人の情死は世間によくある前例と違い、武郎氏傑作『死と其の前後』の舞台裏を実現したような感じを起こさせてくれるものであった。（「東亜日報」1923年7年10日より）

しかし、武郎の心中について彼自身の思想的文学的背景に迫るような記事を報じたのは『東亜日報』のみで、他紙は一斉に沈黙し、それまで有島文学の紹介に積極的だった金東仁や廉想渉、朴鍾和すらも誰一人として追悼のコメントを書かなかった。例外的な「東亜日報」を除く韓国社会の世論は、知識人を中心として武郎の心中に対する眼差しは冷たいものであり続けた。この時代的推移の背景を考える上で、丁貴連は『有島武郎と朝鮮メディア』の中で1910年代以降の韓国社会における情死事件を統計的に分析し、次のように述べている。

1920年代半ばまでの朝鮮では情死は全く新しい見慣れない事件であったこと、朝鮮人による情死事件が本格的に起こり始めたのは1921年以降であること、女性情死者の約七割（19人）が娼妓（そのうち10人は日本人娼妓）であること、何よりも28件の情死事件のうち4割（11件）近くが日本人娼妓と在朝日本人の男性の間で決行された事件であり、そのほとんどが開港とともに日本から導入された遊郭で行われていたことだ。それゆえ当時の朝鮮の人々にとって情死は、日本人、しかも遊郭の娼妓とその恋人が起こすものであると見做されていた。

ところが、エリート文学者として日本は無論、「朝鮮の青年たちの間でも多くの敬愛を受けた有島武郎」が、英文学専攻の美貌のエリート婦人記者と軽井沢の別荘で縊死情死を遂げたのである。遊郭の娼妓の情死しか知らなかった朝鮮の知識人たちは、社会的に崇拝されていたインテリ男女が愛ゆえに自殺するという行為に衝撃を隠せなかった。とりわけ、恋愛や結婚に悩む世代が受けたショックは大きく、死を以って己の愛を貫いた有島の行為を賛美し、模倣するカップルまで現れた。（『有島武郎と朝鮮メディア』より丁貴連）

世論の変化を象徴するかのような社会的反響が見られたのが、「玄界灘情死事件」であった。尹心悳（ユン・シンドク）と金祐鎮（キム・ウジン）の情死事件に対する朝鮮社会の反応に底流する心情が、滲み出てくるかのように見えてくる。

有島の死から3年後の1926年8月4日、有島を崇拝していた日本留学帰りのエリートカップル、劇作家金祐鎮とソプラノ歌手尹心悳が不倫の愛を苦に玄界灘に身を投げた「玄界灘情死事件」はあまりにも有名な話である。世間は驚愕し、とりわけ情死を忌み嫌う知識人たちは一斉に金祐鎮と尹心悳を罵倒しただけではなく、二人に影響を及ぼした有島への批判を展開し始めたのである。（『有島武郎と朝鮮メディア』より丁貴連）

朝鮮の知識人たちが、1920年代になってから情死が頻発し、しかも在朝日本人中心の情死事件から次第に朝鮮人同士の情死が増えていく傾向に対して、同胞社会防衛的な危機感を深めていったことは十分理解できる。ほぼその同時代、『滞空女』の舞台となった時代（1930年代初頭）は、日本による植民地支配下にあった時代のことなので、現世社会への絶望的な時代の空気は通底していたと受け止めるのが自然である。植民地支配による閉塞的な時代の空気が背景にあったことは、間違いないだろう。その時代の中で『滞空女』の周龍とオギが交わす「玄界灘情死事件」にまつわる会話を当時の状況として受け止め、そしてそれから90年近い後の今日において映画『死の賛美』が若者たちの共感を誘っている中で、その文化思潮とほぼ同時代の現代においてパク・ソリョンが『滞空女』の中でこのエピソードに触れおそらく批判を託していることに、著者の深い想いを感じる。

幾重にも重層した裂け目を見せながら、武郎と秋子の心中は切り刻まれていく。共感も嫌悪も、追随も批判も、言葉も沈黙も、そしてそれらにまつわる諸々の全てを飲み込んで、濁流の如くに押し流されていった武郎の心中と朝鮮の情死たち。その傍らで息を呑んで立ち竦み、飲み込まれそうな自分を頼りない一線で踏みとどめているのは、「我々の口を塞ぐある種の厳粛さ」（周作人）である。

「コトバ」を見出そうと書き始めたこの一文も、結局は「言葉」が崩壊した光景を見ることになってしまった。深い闇も微かな光も、結局はそれぞれの二人にしか見えないものなのだろう。私には、見えていない。しかし、見えないからといって、遠いとは限らない。

35

有島武郎とアジア(4)
武郎と魯迅とトロツキー　階級移行否定論と同伴者作家論

魯迅が有島武郎に初めて強い関心を抱いたのは、1919（大正8）年、弟の周作人に紹介されて『小さき者へ』（1918年）を読んだ時である。武郎の『小さき者へ』は、中国から日本に留学していた魯迅や周作人同様、朝鮮からの留学生にも強い衝撃を与え、東アジアのこれら三つの国が当面していた共通の課題、前近代的な家族観の変革志向に大きな影響を及ぼした。そのことが中国や朝鮮の近代化の中でどのように波及していったのかについては、また稿を改めることにして、ここでは、『小さき者へ』をきっかけとして、魯迅の有島武郎理解が、中国革命の進展の中でどのように変容し深化していったのか辿ってみたい。

有島武郎の文学と思想は、中国革命とともに生きようとした魯迅によって、日本国内での理解とは異なる深みへと導かれ、武郎本人の意図を超えた形で中国革命の中に息づいていった。このことについては、これまで次のように言われていた。

武郎が晩年世に問うた『宣言一つ』（1922（大正11）年）の「階級移行否定論」は、日本国内の多くの文筆家から様々に批判され論争の大きなテーマとなったが、魯迅は武郎の「階級移行否定論」に深く共感し、中国の階級闘争における自らの根本思想としてこれを受容し論陣を張った。しかし、革命の状況が深化するにしたがって、魯迅は武郎の「階級移行否定論」からトロツキーの「同伴者作家論」へと自らを変容させていった。という説である。武郎の「階級移行否定論」は、トロツキーの「同伴者作家論」と比べると、実際に進行していた階級闘争を反映した思想のダイナミズムに欠けていたのではないか、との指摘もよくなされてきた。私自身もこれまではそのようにやや図式的に受け止めていたが、「同伴者作家論」が展開されているトロツキーの『文学と革命』を初めて読んでみて、その定説は少し違うのではないかと感じた。つまり、魯迅の中で武郎の「階級移行否定論」からトロツキーの「同伴者作家論」への転換がなされた、という従来の受け止めは、それぞれの思想の理解が表層的なものにとどまっていたが故の結果だったのではないか。実はそうではなくて、この二つの思想はダイナミックな論理構造の中で内在的に密接に繋がっていたのではないか、と感じたのである。この仮説に答えるため、武郎、魯迅、トロツキー各々の著述に光を当て直してみた。

1．武郎、魯迅、トロツキーの関わりを辿る

魯迅は、『小さき者へ』を初めて読んだ1919（大正8）年11月、『新青年』に武郎の『小さき者へ』の原文を引用し高く評価した。『小さき者へ』を読んだ2日前に自分が書いた文章『われわれは今日どのように父親となるか』の趣旨と極めて近い内容であることに驚き、深い共感を覚えたからである。魯迅は、自らの論述「すべてのことが子どもを基本にして考えられねばならない」（『われわれは今日どのように父親となるか』）と、武郎の文章「お前たちは遠慮なく私を踏み台にして、遠い高いところに私を超えて進まなければ間違っているのだ」（『小さき者へ』）が、共に「子ども崇拝の思想」（菊池寛）に基づいていることを知って、意を強くしたことだろうと思う。当時魯迅は、中国社会の進歩を妨げているのは、親に対する子供の絶対服従を求めた儒教思想の「孝」が元凶であると考え、子供の解放を訴える為に『狂人日記』（1918年）や『われわれは今日どのように父親となるか』（1919年）を書いていたのである。

1923（大正12）年6月9日、有島武郎が軽井沢で自死した。同じ6月、魯迅と周作人は『現代日本小説集』を編纂・出版し、十五人の作家たちの中に有島武郎の『小さき者へ』と『お末の死』を翻訳所収し、著者紹介の

中で武郎の『四つの事』（大正6年12月）を引用紹介した。その3ヶ月後の9月1日には関東大震災が起き、翌2日厨川白村が津波に拐われて死亡した。魯迅が強い関心を寄せていた二人の思想家が相次いで亡くなったその年に『現代日本小説集』が発行されたのはもちろん偶然のことではあるが、期せずして、魯迅と有島武郎の問題意識の共有を同時代に刻印することとなった。（朝鮮人や大杉栄などに対する虐殺行為については機会を改め、ここでは触れない）

そしてこの1923年、偶然がもう一つ重なる。トロツキーの『文学と革命』がこの年に発行されたのである。魯迅は、『文学と革命』の日本語訳（茂森唯士訳）を1925年に入手し第一部「革命の文学的同伴者たち」を読んだことで、トロツキーの「同伴者作家論」に深く心酔し、1927年に行った講演『革命時代の文学』の中で触れて以降、「同伴者作家論」に基づく革命運動との関わりを鮮明に主張していく。

この「同伴者作家論」とは、ロシア革命が進んでいく過程で、第四階級による革命に心酔した第三階級の作家たちも、革命思想を自身のものとして革命とともに歩もうとするが、しかし結局は、革命の深化に同伴しきれず最後は革命から脱落し自滅していく運命にある、というトロツキーの思想を指している。結局は革命の中で否定され止揚されるべき存在として描いているのだが、それまでの途中経過においては、革命とともに生きようとした彼らのアイデンティティの内部矛盾を肯定的に受け止めようという弁償法的思想でもあった。トロツキーは、エセーニンやソーボリ、ブロークなどの同伴者作家たちについて個々実名を挙げて論評を加え、彼らの悲劇的な顛末に白鳥の歌を献じたのである。知識階級を出自とする魯迅は、そのような自己認識を常に自身の裡に振り返っていたので、トロツキーのこの「同伴者作家論」もまさしく自分自身であると受容したであろう。魯迅は、後の1923年9月9日作『南腔北調集』の中で、「同伴者作家」について次のように定義している。

同伴者とは、革命の中に含まれた英雄主義のために革命を受け入れて、革命と共に進んでいるけれど、最後まで革命のための闘いに身を殉じようというだけの信念を持たぬ、単なる一時的道連れに過ぎぬ、という

意味である。（『魯迅とトロツキー〜中国における『文学と革命』長堀祐造著よりの孫引き）

この「同伴者作家論」は「一時期、革命ロシアの文芸政策にも適用された。魯迅に、生きて自らの階級に挽歌を奏でながら革命に向けて前進しうる道を指示したのがこのロシア革命の現実に裏打ちされた同伴者作家論だったと考えられるのである。」（同書）そして、「中国に真の革命を望んだ魯迅には、仮にその希望が実現した暁には自身も「同伴者」の悲劇的宿命を引き受ける覚悟があったのであろう。その覚悟を自らに言い聞かせるかのように彼はエセーニン等の死を語っているのではないか。それはまた彼の革命希求の度合いをも示していよう」（同書）

魯迅におけるこのような「同伴者作家論」の受容と、次に述べる有島武郎の「階級移行否定論」受容の関係については、次の章で改めて述べることにする。というのは、次に述べる経過に見られるように、魯迅の内部で有島武郎の「階級移行否定論」とトロツキーの「同伴者作家論」は、ほぼ同時期にそれぞれが並行して受容された経緯が見られるので、通説として言われているような「階級移行否定論」から「同伴者作家論」へという直線的な移行・変化とは違う関係構造があったのではないかと思われるからである。魯迅がトロツキーの「同伴者作家論」を自身の思想としても明確に表現し始めた頃とほぼ同じ1926年から1927年にかけて、魯迅は有島武郎の作品全集を購入している。魯迅は、1919年に『小さき者へ』に感銘を受けて以降、武郎の主要な作品は既に読んでいたと思われるのに、敢えてまたこの時期に全集を購入したのは、おそらく1929年に発行を予定していた『壁下訳叢』への翻訳所収を計画しその準備に向けた購入だったと思われる。この頃、時の中国政府への批判を強めていた魯迅は、弾圧を避けるために引っ越しを繰り返して上海に移った時期なので、その期間中書物の全てをいつも抱えていたとは考えにくく、折々に必要となった文献は再購入ということもあったのであろう。『壁下訳叢』についてはもう少し後に改めて述べるが、ここで注意しておきたいのは、魯迅がトロツキーの

「同伴者作家論」を展開していた同じ時期に、武郎の作品をも継続して積極的に翻訳していた、という事実である。通説のように魯迅が「階級移行否定論」から「同伴者作家論」へと乗り換えていったのであれば、すでに「同伴者作家論」に心酔していたこの時期に、敢えて既に乗り越えてしまった(?)はずの「階級移行否定論」を核心とする有島武郎の評論数編をわざわざ購入して翻訳し、しかも発行することは、理解に苦しむことである。この経緯が意味するものは、この時期の魯迅にとっては、「階級移行否定論」と「同伴者作家論」は何らかの密接な関係にあったということであろう。

この疑問をさらに深くするのが、『壁下訳叢』出版の位置付けである。1929年4月、魯迅は翻訳集『壁下訳叢』を出版した。この中には他の作家たちに混じって、有島武郎の次の8作品も翻訳所収されていた。『反逆者』(明治40年11月)、『芸術を生む胎』(大正6年10月)、『ルベックとイリーネのその後』(大正9年1月)、『イプセンの仕事振り』(大正9年7月)、『芸術について思ふこと』(大正11年1月)、『宣言一つ』(大正11年1月)、『小児の寝顔』(大正11年4月)、『生命によって書かれた文章』(大正11年7月)。これらの作品群の中で、ここでは『宣言一つ』に注目してみたい。それは、『宣言一つ』が「階級移行否定論」をまさに「宣言」した、武郎晩年の思想状況をもっとも凝縮して表している作品だからである。

私は第四階級以外の階級に生まれ、育ち、教育を受けた。だから私は第四階級に対しては無縁の衆生の一人である。私は新興階級者になることが絶対に出来ないから、ならして貰おうとも思わない。第四階級の為に弁解し、立論し、運動するそんな馬鹿げきった虚偽もできない。……略……従って私の仕事は第四階級以外の人々に訴える仕事として始終する外はあるまい。……略……彼らは第四階級以外の階級者が発明した論理と、思想と、検察法とを以て、文芸的作品に臨み、労働文芸と然らざるものとを選り分ける。私はさうした態度を採ることは断じて出来ない(『宣言一つ』より)

武郎のこの「宣言」は、即座に様々な論客から批判を浴びた。「有島武郎氏の窮屈な考へ方」（広津和郎／大正11年1月）、「生麦より」（中村星湖／大正11年1月）、「階級芸術の問題」（片上伸／大正11年2月）、「有島武郎氏の絶望の宣言」（堺利彦／大正11年2月）、「個人主義者と社会主義者」（河上肇／大正11年5月）などである。武郎は、これらの批判のいくつかに対して反論を試みている。「広津氏に答ふ」（大正11年1月）、「片信」（大正11年3月）、「想片」（大正11年5月）などであるが、武郎は様々な観点からの批判に対して自身の信念を改めて述べている。論壇史上有名な論争の一つとなったが、ここではその全体に深く触れることをせずに論を先に進めるが、敢えて一部を引用する。少し長いが、これからの論述に繋がっていく「階級移行否定論」の核心部分である。

僕の言葉でいうならば第四階級と現在の支配階級との私生児が、一方の親を倒そうとしている時代である。而して一方の親が倒された時には、第四階級という他方の親は、血統の正からぬ子としてその私生児を倒すであろう。その時になって文化ははじめて真に更新されるのだ。両階級の私生児が逸早く真の第四階級によって倒されるためには、即ち真の無階級の世界が闢かれるためには、私生児の数及び実質が支配階級という親を倒すことに必要なだけを限度としなければならない。若しその数なり実質なりが裕かに過ぎたならば、ここに再び新たな容易ならざる階級争闘が引き起こされる憂が十分に生じてくる。何故ならば私生児の数が多きに過ぎたならば、ここにそれを代表する生活と思想とが生まれ出て、第四階級なる生みの親に対して反駁の勢いを示すであろうから。而して実際私生児の希望者は続々として現れ出はじめた。第四階級の自覚が高まるに従ってこの傾向は益増大するであろう。今の所ではまだまだ供給が需要に充たない恨みがある。然しながら同時に一面には労働問題を純粋に労働者の生活と感情とに基づく純一なものにしようとする気勢が揚りつつあるのも亦疑うべからざる事実である。人は或はいうかもしれない。その気勢とても多少の程度に於ける私生児等がより濃厚な支配階級の血を交えた私生児に対する反抗の気勢に過ぎないのだと。それはおそらくそうだろう。それにしてもより希薄に支配階級の血を伝えた私生児中にかかる気勢が見えはじめたことは、大勢の赴くところを予想せしめるではないか。即ち私生児の供給が稍邪魔になりかかりつつあるのを語っているのではないか。この実情を眼前にしながら、クロポトキン、マルクス、レーニンなどの思想が、第四階級の自覚の発展に対して決して障碍にならないばかりでなく、唯一の指南車であり得ると誰が言い切ることができるだろう。だから私は第四階級の思想が「未熟の中にクロポトキンによって発揮せられたとすれば、それは却って悪い結果であるかもしれない」と言ったのだった。而して「クロポトキン、マルクス達の主な功績は何所にあるかといえば……第四階級以外の階級者に対して或る観念と覚悟とを与えた点にある……資本王国の大学でも卒業した階級の人たちが翫味して自分たちの立場に対して観念の目を閉じる為めであるという点に於て最も著しいものだ」と言ったのだ。（『片信』より）

堺利彦からの批判「有島武郎氏の絶望の宣言」に応える内容の一部であるが、ここでいう「私生児」とは、トロツキーの言葉で言えば「同伴者作家」のことである。武郎のこの文は、トロツキーの「同伴者作家論」と極めて類似の認識と予測を述べていると読むことができる。「階級移行否定論」の先にどのような主体の変遷が予想されるかという点についても、「同伴者作家論」と同根の論理構造を読み取ることができるだろう。

トロツキーの「同伴者作家論」は、ロシア共産党の中でも当初は公認の文学理論となっていたが、トロツキーがスターリンによって次第に主流の座から外され、1927年には失脚、1929年には亡命せざるを得ない状況に追いつめられた中で、「同伴者作家論」自体もロシア共産党の中からその位置を失っていった。にもかかわらず魯迅は、トロツキー失脚の丁度その頃から「同伴者作家論」を本格的に学び、自らの論陣の中心部に据えていったのであり、トロツキー失脚後もロシアの政治状況に左右されない独自の思想的立場を堅持し、「同伴者作家論」を1932年頃まで薬籠中の虫として展開していたのである。しかしながら、革命後ロシアの状況と革命前中国の状況の違いを強く認識するようになった1932年以降の魯迅は、20年代から行われていたロシア共産党内でのルナチャルスキーによるトロツキー批判を受け止め、トロツキーの「同伴者作家論」への表面的な言及は大きく後退するようになった。とは言っても、魯迅の「同伴者作家論」受容の構図は大きく変化していなかったことが、様々な研究から明らかにされている。魯迅のこの時期の変化については、今回のテーマから少し離れていく論点となるので、ここではこれ以上触れないことにしたい。

そこで論点を、魯迅の思想と革命実践における、武郎の「階級移行否定論」とトロツキーの「同伴者作家論」の関連に戻し、その内的論理構造に迫ってみたい。

2.「階級移行否定論」と「同伴者作家論」の弁証法的同根性

魯迅は、1925年にトロツキーの『文学と革命』を読み「同伴者作家論」に強い影響を受け、1927年頃から様々な機会に、この思想に自らを重ねて世に問うていった。また、1926年には有島武郎作品集を購入し、特に『宣言一つ』など有島武郎の晩年の思想「階級移行否定論」に深い共感を示し、1929年発行の『壁下訳叢』に『宣言一つ』など8作品を収録すべく翻訳を進めた。ほぼ同時期に並行して進められたトロツキーと有島武郎に関する二つの研究テーマは、魯迅の革命運動論として極めて重要なエポックを形成している。従来定説のごとく流布されてきた、魯迅は有島武郎の「階級移行否定論」からトロツキーの「同伴者作家論」に転換していった、という理解では説明できない同時並行の経緯があったのである。つまり、有島武郎とトロツキーそれぞれの思想は、魯迅の中で並行して吸収され咀嚼・深化され関連づけられたのであり、その二つの思想は魯迅の中で何らかの理論的統合に近い整理がなされたと考えられるのである。それは、どのような理論的統合であったのか。それぞれのエッセンスを、振り返ってみる。

有島武郎の「階級移行否定論」は、『惜しみなく愛は奪ふ』（大正9年6月）の中でリリースされ、『宣言一つ』（大正11年）の中で集約的に展開された。直接的には武郎自身のアイデンティティを表現したもので、第三階級である自分は、第四階級による将来の世界形成を支持し限りない共感を寄せているが、さりとて自分自身は第三階級から第四階級に転じることはできないので、第四階級の未来のために第三階級そのものの滅亡を自ら促進していく道を選ぶ、という思想であった。一方トロツキーの「同伴者作家論」は、第四階級によるプロレタリア革命進展の中で、その革命に共感した第三階級の知識人作家は、その革命と同伴して歩み進むことはできるが、革命の成就と一層の深化の中で同伴しきれない局面に遭遇し自滅する運命にある、という思想であった。

この二つの共通点と相違点を整理してみる。

共通点は、どちらも、第四階級による革命に共感した第三階級は、共鳴を深めても決して第四階級にはなれず、革命の中で第三階級自らの挽歌を歌うことになる、という全体の構図である。では、相違点はどこか。「階級移行否定論」は、革命状況を想定してもその中で第四階級とともに歩むことは途中段階といえどあり得ない、としている。他方「同伴者作家論」は、革命状況のある一定の段階までは第四階級とともに歩むことができる、という点だろう。基本構図は同じであり最後の結末も同じ運命にあると言えるものの、革命過程における途中経過で第三階級が第四階級とともに歩むことができるか否かが、「階級移行否定論」は否定的で「同伴者作家論」は肯定的、という大きな違いになる。この違いの背景はどう理解したらよいのだろう。

前者における武郎を取り巻く日本の社会主義運動の状況はまだまだ革命前夜ですらないことから、武郎の思考の中では階級的アイデンティティはある意味で理論原理主義的に純化されたものとなり、武郎自身の信念や思想、生き方をストレートに反映した論理構成が露出したものとなっている。他方、後者におけるトロツキーを取り巻くロシア革命の状況は、既に1917年10月革命が成立し、その後プロレタリアート独裁による無階級社会に向けた革命の深化の段階を迎えていた中での理論であり、革命前からひとつの革命支持パワーとして力を持っていた同伴者作家たちの実際の動きを、一定の段階までは戦略的に受容せざるを得ないものとして革命政権も受け止めていた。このような、日本とロシアの同時代における決定的な相違を眼前にして、中国革命前夜の長い過程の途中にあった魯迅は、この二つの理論それぞれに異なるリアリティを感じ、中国革命の推進に向けて自らの軸足をどこにどのように据えるべきか、輻輳的な思索を深めていった過程があったと受け止めるべきだろう。

二つの思想については、次のように整理することもできる。第四階級の革命に共感共鳴する第三階級は、自身の滅亡が運命づけられている道を歩む存在であり、自己否定を裡に抱えることによって、第四階級の革命を後押し支援して目標達成に寄与できるという限りで自己肯定できる、ある種の弁証法的存在であることを示している。さらに言えば、第三階級の自己否定が第四階級の自己肯定の中に包含されることによって、第三階級の歴史的存在意義が継承され乗り越えられ新しい歴史的存在のひとつの礎になりうる、という希望も内包しているのである。第三階級の歴史的矛盾を糊塗するのではなく、矛盾のまま受け止めその限界を見出すことで肯定的に否定し、新たな第四階級の台頭の中で第三階級は自らを否定的に超えていくという、いわば否定の否定による肯定といった弁償法的発展を自身に課している点で、二つの思想は本質的な同根性を抱えていたと言えるだろう。

では、二つの思想の相違点については、どのように受け止めたらいいのか。双方の思想において、第三階級は主観的には第四階級に憧れそれを目指す存在であるが故に、アイデンティティはこの二つによって引き裂かれている存在である。つまり、アイデンティティが第三階級的なものと第四階級的なものに分裂したまま、その裂け目故にどちらかに所属し切ることもできなかった、という存在である。その内部矛盾は、それぞれを取り巻く革命状況の違いによって、未だ革命状況にはない「階級移行否定論」よりも、革命真っ只中にある「同伴者作家論」においてより一層ラジカルに現出したことが、『宣言一つ』と『文学と革命』の違いとして表出している。

つまり、「同伴者作家論」における主体内部の矛盾は、革命の実際の進展に関わっていたが故に第三階級と第四階級の両立不可能な状況に当面する段階で、革命同伴の破綻による破滅を被らざるを得なかったのである。破綻に悲嘆した同伴者作家のエセーニンとソーボリは、自殺を遂げている。第三階級による革命同伴が容易には止揚されなかったことを示しており、現実の革命の中での挫折であっただけに、「階級移行否定論」より弁証法的内部矛盾に一層深く足を踏み入れた「同伴者作家論」の悲劇がより深刻であったことを暗示しており、同時に歴史のダイナミズムにおける神聖な価値ある尊厳でもあった、と言えるだろう。このような相違を受けて、ロシア革命における第三階級による同伴者作家たちの運命を目の当たりにした魯迅は、中国革命の現状に照らして、ラジカルな思想で止まっている「階級移行否定論」よりも、より現実上の「同伴者作家論」による革命の悲劇的促進をより強く希求していた。それはどういうことか。

帝国主義諸国による侵略の前に国家存亡の危機に直面していた中国の状況下にあっては、階級移行の問題を論ずる以前に、知識階級にありながらも戦わねばならぬ切迫した要求があったろう（魯迅が階級移行を問題にするのは、この後の段階即ちいかによく戦うかという段階においてであろう）。魯迅にとって民族解放闘争それ自体はまず自明の前提としてあり、当面の敵は何よりも帝国主義諸国であり、またそれと結ぶ国内勢力だったに違いあるまい。（長堀祐造『魯迅とトロツキー』より）

つまり、よく言われているような、〈階級移行否定論から同伴者作家論への移行〉ということではなく、革命遂行の情勢の中で当面、階級闘争よりも民族団結による反帝国主義の戦いを優先して遂行せざるを得ない状況下では、戦列の中に第三階級である同伴者作家たちも加わりともに戦う必要があったが故に、このような戦局では「階級移行否定論」よりも「同伴者作家論」が優先される状況があった、と言うことであろう。このような、状況に基づく優先度判断の帰結として同伴者作家がどの段階まで革命と同伴できるのか、という点について、トロツキーは『文学と革命』の中で、次のように触れている。

この同伴者問題については、いったいどのステーションまで、という問いがいつでも提起される。この問題はいまは大まかな形でさえ解決できない。これは同伴者たちのあれこれの主体的性質だけでなく、主として今後数年間に於ける事態の客観的推移そのものによって決まるのである。（トロツキー『文学と革命』より）

また、中国においても、「1926年3月18日に三・一八事件が起こり、デモ隊に対する軍の発砲により200名以上の死者が出たことから、魯迅の中で国民性の改革の課題は、問題の緊急の観点から後景に退いた。……（中略）……1926年7月、国民革命軍は広東を出発して、北方の軍閥を掃討する北伐を開始した。国民革命の順調な進展と高揚に伴い、魯迅は過渡的知識人としての自らの生き方を模索しようとした」（中井政喜『1926年から1930年におけるマルクス主義文芸理論に関する覚書』）ことから、このような状況下では「同伴者作家論」が切実な現実的課題となったのであろう。つまり、「同伴者作家論」の有効性はあくまでも革命闘争の進展次第であるということである。このロジックを敷衍すると、革命状況にない中では当然ながら同伴ということ自体が出現しないということであり、逆に、「階級移行否定論」は、革命闘争の現実化と進展具合によっては「同伴者作家論」と実質同じものになることもありうるということであろう。

3．「階級移行否定論」と「同伴者作家論」を貫く武郎と魯迅の主体性論

中国革命前夜の魯迅が自らの主体性（アイデンティティ）を第三階級としての「階級移行否定論」及び「同伴者作家論」の中に据えていたことによって、革命の進展状況の中でいかに自己崩壊していくか、ある種の根源的な不安定要因を内包することを余儀なくされたと思う。魯迅がルナチャルスキーの影響を受けて「階級移行否定論」

から「階級移行肯定論」へと転換したのではないかとの研究事例もある（『1926年から1930年におけるマルクス主義文芸理論に関する覚書』中井政喜）が、ここでは深く触れないことにしたい。ただ、魯迅の中にそのような主体性の拠り所に関して不安定なものが常にあったであろうことは想像できる。自身の出自に対する自己否定を深めるように思想を形成し革命に身を投じようと生きてきた魯迅が、自らのうちにアイデンティティの揺らぎを抱えながら思想形成を深めてきたことを想起すると、そこには、有島武郎におけるアイデンティティの裂け目と同根の悲劇的な主体性の問題を感じざるを得ない。

そのことを物語る魯迅最晩年のエピソードとして、「トロツキー派に答える手紙」をめぐる問題がある。魯迅は、1936年10月19日上海にて持病の喘息の発作で急逝するが、死に瀕したその病床で、中国共産党内部の政争を反映した反トロツキー陣営の巧妙な誘導によって、党内のトロツキー派に対する批判を記した書簡に自分が署名する、というある種の謀略に巻き込まれた。この結果、中国共産党内のトロツキー派が大きく後退し、その後の中国共産党において魯迅は最終的にはトロツキーと決別したとの説が流布され固定化された。しかし、この「トロツキー派に応える手紙」が魯迅の本意とは異なるものであることが、その後の研究（『魯迅とトロツキー』長堀祐造2011）によって明らかとなっている。ここではこの問題には深入りせず、次のことに触れるに留めておく。

1932年以降、魯迅のトロツキー言及がなくなり、「思想問題」に厳密な魯迅が革命ロシアの同伴者論を革命なき中国へ適用することに疑義を抱いた可能性は否定できない。……（略）……しかし……（略）……トロツキーが国際共産主義者運動からパージされて後も、各国のプロレタリア文学運動において「同伴者作家論」が否定されることはなかったように、魯迅においてもその重要性は逓減していったとしても晩年まで命脈を保ち得たであろう（長堀祐造『魯迅とトロツキー』より）

第三階級と第四階級の狭間におけるアイデンティティの裂け目をうちに抱え込みながら革命に身を投じた人生を全うした魯迅は、有島武郎の人生と色濃く重なっているように思える。最後にそのことに少し触れておきたい。トロツキーが『文学と革命』の中で白鳥の歌を献じた同伴者作家の一人アレクサンドル・ブロークを引き合いに出しながら、魯迅は、作家の本質を次のように捉えていた。

作家は自己の内面に中心軸を持つ、言い換えれば、作家は中心軸である自己（内部要求、個性）に基づいて作品を書くものである。ブロークは十月革命に参与して、自己の内面の中心軸が革命の思想・進行に同調できず、傷つき倒れた。（中井政喜『1926年から1930年におけるマルクス主義文芸理論に関する覚書』より）

魯迅の考え方における「内面の中心軸」あるいは「自己（内部欲求、個性）」については、次のような言及もなされている。

また、魯迅の基本的考え方には有島武郎との共通点も見られる。有島武郎との共通点は、文学が自己（内部要求、個性）に基づくものという特色を認め（この点は厨川白村と共通する）、また同時に、社会的問題を自己（内部要求、個性）のうちに取り込むことによって、それを文学として表現できるとし、社会との関わりもありうる、と考える点である。（同書）

魯迅と武郎に共通するこの「自己（内部要求、個性）」という捉え方は、たとえば武者小路実篤のような無限定の没社会的な自己ではなく、社会的歴史的に規定される自己であり、「社会的関心の総和」（同書）として自己があるという考え方に基づくものである。この考え方は、必然的に「階級移行否定論」を内包する唯物論的な考え方を支える主体性論として受け止められ、「同伴者作家論」の前提ともなっている。このような「自己（内部要求、個性）」に基づく文学が魯迅と武郎の原点であり、この原点によってふたりは思想的遭遇を得たことは、本稿の冒頭に述べた。つまり、1919年における魯迅の『われわれは今日どのように父親となるか』と武郎の『小さき者へ』の出会いがその後の魯迅の革命同伴の歩みに大きな影響を与えたのであり、このことは日中関係史のなかに深く刻みこまれてよい出来事だったろう。

両者に共通する「子ども崇拝の思想」は、子どもを大人とは別個の独立した尊厳として認め、大人こそが子どもの尊厳を尊重すべきであると主張し、東アジアの旧弊に対する変革の狼煙をあげたのである。大人は子どもになれないのであって子どもの代弁すらできないという厳粛な真実の意味を、大人こそが深く内省すべきだ。未来は、子どもにしか創造できない。その歴史と未来の中で、大人は自らの弁償法的自己否定を早め、そのことによって子どもの時代到来を促進すべき歴史的責務がある。ここに、「階級移行否定論」の原点があり、「同伴者作家論」の原点がある。

さらに言えば、第三階級と第四階級の間で揺れ動き続けたにもかかわらず、魯迅も武郎も自身のアイデンティティの裂け目に飲み込まれる自己崩壊を辛うじて避けることができたのは、このような揺らぎのさらに深い根底に、この「自己（内部要求、個性）」をしっかり据えていたからではないだろうか。魯迅にとっては、1923年の「現代日本小説集」を支えた思想即ち「自己（内部要求、個性）」を、1929年の「壁下訳叢」を支えた思想即ち「階級移行否定論」の根底に据える形で止揚し、同時に、1928年から本格的に展開し始めた「同伴者作家論」を支える内在的な論理としてさらなる重層化を実現できたとも言えるだろう。そしてさらにその後、「同伴者作家論」自体の弁証法的内部矛盾をより深く展開して「階級移行肯定論」の論拠とすることにもつながった（？）との説にも耳を傾ける必要がありそうである。（『1926年から1930年におけるマルクス主義文芸理論に関する覚書』中井政喜）。

魯迅においても武郎においても、「自己（内部要求、個性）」が、「階級移行否定論」や「同伴者作家論」やあるいは「階級移行肯定論」などそれら全てを横串にする、最も基底に据えるべき思想の核として位置付けられていたと言って良い。そのことが、武郎と魯迅を貫き繋ぐ啓示として直感的に受容されたのが、「子ども崇拝の思想」を体現した『小さき者へ』であった。1919年のふたりの「出会い」は、魯迅を介して、中国革命を担った第四階級人民の魂に光を当てる火打ち石となったのではないだろうか。

36

余滴(1)　もう一つの農場解放百年　白水会の記録から

茅沼炭鉱の調査で岩内町郷土館に赴いた時、郷土館の枝元るみ氏が、『記録会計白水会』と題する古い資料を見せてくださった。表紙に「自大正一一・七・一七、至大正一五・八・一一」と記された、佐藤弥十郎の自筆による文字通り白水会の活動記録である。はやる気持ちを抑えながら慎重にページを繰ると、冒頭にこの記録がどのようなことで始まったか記されていた。

一．大正拾壱年七月十七日有島武郎氏講演会

岩内と有島さんとの断つ事の出来ない交渉を更に深くする為め、又年来の吾々の希望を実現する為めに、先生が狩太三百町歩の農場解放の用件を以て滞在中の機会に木田君を通じて吾々の憧憬の心情を申し入れた処が、札幌の講演を断って応ふる様な多忙な際にも拘らず特に岩内行を承諾されたと云うふ木田君の狩太よりの電話に接して、同人は緊張した心地で準備を始めたのであった。

七月十六日。愈々其日が来た。午後七時三十四分先生と木田君、小沢から一緒になった竹野君坂井君の一行四名が同人拾数名に迎ひられて岩内の地を踏んだ。（「白水会記録会計」より）

この当時、有島武郎の個人雑誌『泉』の購読者が、岩内に63名いたという。彼らを中心に岩内の人たちがいかに熱狂的な歓迎を示したのか、有島武郎の日記にも記されている。

八時頃から講話をして九時半に及んだろうか。それからつぎつぎに質問が連発されたが明快に答弁することができた。自分の気持ちが自分にすっかり落ちついたことが察せられる。宿に帰ると有志の人たちが押しかけて来て座敷で三十人程で十二時過ぎ一時頃まで又話し合った。実に一同の熱心なのには驚くほかなかった。（有島武郎　最後の日記　大正11年7月16日）

農場解放宣言の二日前のこと。この翌日、武郎は三十人程の人々と岩内老古美の安達牧場を訪れ、牧場主の歓待に感激したことも記されている。この場に集まった人たちの間で、「白水会」の結成が提起された。（『緑人社の青春』亀井志乃より）「白水」とは、有島の個人雑誌『泉』の字にちなんだ命名である。

『白水会記録会計』は、その後の活動経過についても記載し、１９２２（大正11）年11月23日に有島武郎に馬鈴薯を送ったこと、翌１９２３（大正12）年７月には「有島先生の死」を記録している。

有島武郎の岩内訪問によって生まれた「白水会」が地域にもたらしたものは何だったのか。著者佐藤弥十郎は、次のように述べている。

この会はまったく自然発生ともいうべきもので、会則もなく、会員もなく、したがって役員もない、一見、エタイの知れないグループではあったが、それが、かえって不文律的に、強力に団結し、さかんな活動をつづけたことは、今から思えば快心事であった。当時、封建天国であったこの町に、天邪鬼のようにあらわれた白水会が、左翼、赤と睨まれ、平地に波瀾を巻き起こす〝不逞の輩〟あつかいにされたのは当然のことであった。（「四十年前の黎明運動白水会」より）

まさに、白水会は、有島武郎が理想として掲げたコモンズと相互扶助を目指したコミュニティであった、といえるだろう。有島武郎が目指した農場解放の二大理念が、狩太共生農団だけでなく、岩内の地で「白水会」にも体現されたと言って良いのではないだろうか。

2022(令和4)年はもう一つの「農場解放百年」、白水会結成百年であった。

37 余滴（2）有島情死の波紋　白水会の記録から

有島武郎の岩内訪問をきっかけに誕生した白水会の記録『白水会記録会計』（岩内町郷土館所蔵）は、白水会誕生の一年後に、予想だにしなかった報に接して衝撃を受ける会員の動きを記載している。

大正十二年七月　有嶋先生の死
七月八日午後弐時頃、木田君と鎌田君が入ってくるなり有嶋先生の死を報じた。意外な事には、小樽新聞本社から鎌田君の友人が電話で、有島先生は一ヶ月前から家を出て居られた事、七日午後軽井沢別荘で麹町某大官令嬢と情死されたと云ふのである。
木田君は札幌の森本厚吉博士へ電話で事実を問い合わされたが、事実であった。博士は東京の友人よりの報告で、今夕札幌を発つと云ふのであった。木田君は念の為に東京の自宅へも電報を打った夜、木田君の元へ悲しい返電があった。
九日朝左記弔電を先生母堂宛電送した
ツツシンデセンセイノゴセイキョヲイタム（ハクスイクワイ）
九日終列車で木田君は弔問の為に上京した。
十日泉氏からお悔やみの手紙を出して貰った。（「白水会記録会計」より）

著者佐藤弥十郎自身は、白水会会員の動揺を押し隠すように、驚愕の事実に向き合う動きをあえて淡々と書き記している。

有島武郎と波多野秋子は、6月8日の夜失踪し、9日軽井沢三笠山の別荘浄月庵で縊死心中した。遺体が別荘差配人によって発見されたのは一ヶ月後の7月6日。7日未明に軽井沢警察署から麹町の有島家に入電があり、同日令弟佐藤隆三、義兄山本直亮が現場に駆けつけ、同日夜遺体が軽井沢で火葬された。遺骨は、武郎と秋子それぞれ別々に8日遺族の元に送られた。有島家では7日夜から家族会議が行われ、8日に有島生馬と里見弴立会の上で遺書その他が公表された。これら遺族を中心とした動きを受けて、その一部始終が報道されたのは7月8日であった。この情報を得た小樽新聞社本社を介して凶報に接した白水会会員が岩内町の会員に情報を伝えたのは、この8日午後2時頃と記されている。木田は札幌の森本厚吉や東京麹町の有島の自宅にも電話で問い合わせ、事実を確認した。翌9日、白水会として弔電を打ち、同日終電で木田は弔問のため上京している。10日、会からお悔やみの手紙を出した。これらの事実経過を報じた時事新報の記事のスクラップが「白水会記録会計」に添付されているので、末尾に引用する。この間の白水会の動向については、次のように報道されている。

●有島氏と岩内

【九日岩内電話】有島武郎氏と岩内町とは氏の作品並に作中の人物木田金二郎君等の事より関係深く昨年七月同氏が狩太の農場開放の為来道の際十七日態々岩内町を訪問町役場議事堂に於て多数青年の為講演を為し又青年らと共に藤田旅館で或いは安達牧場の緑濃き芝生にて会談し或はホイットマンの詩を朗読するなど其青年らの脳裡に刻まれた印象が非常に深く其の後青年らは氏を慕う心より同氏の個人雑誌泉の名に因み白水会なるものを組織し毎月1回会合思想研究と氏を忍機会としていた雑誌泉の読者も六十名に達しているこ

とて今回氏の訃を聞き各自深き衝動を受け取敢ず木田氏は九日終列車にて上京した。尚六月号の泉巻頭「独断者の会話」中には氏が死と生との決断に対する苦悶の状態や又愛人との間に於ける一子に対する愛憐の心情を表現したものとも見るべき創作が載って居り其の他全号作告に頗る光った中にも変わった点が認められる。何時も早く来る七月号の泉の来ぬことも皆の不思議としていたことであった。(「白水会記録会計」より)

この新聞報道の記事が小樽新聞社のものかどうか明確ではないが、おそらくそうだろう。そのような推定の根拠は、この報道記事が、白水会の内部状況に詳しいことである。おそらく、白水会の準会員でもあった小樽新聞社岩内支局長佐藤眠羊のペンによるものであったろう。(『〈緑人社〉の青春』亀井志乃)佐藤眠羊の記事は、この後も重要な事実を報じている(後述)。この記事は、有島武郎の著作を読んだものでなければ書けない内容を含んでおり、その点において岩内という地域が有島武郎の作品を深く読んでいる人の多い文化的特性を有していることを表している。特に、『独断者の会話』が個人雑誌「泉」6号に掲載発表されたが、その発行が予定より遅れていたことが有島失踪後の不安定な状況を反映していたことに言及している点も、「泉」の定期購読者でなければ知り得ない情報であった。しかし、報道関係者の記事としては不可思議なことだが、重大な事実誤認が書かれているのはいったいどういうことだったのだろう。この部分である。

……(略)……「独断者の会話」中には氏が死と生との決断に対する苦悶の状態や又愛人との間に於ける一子に対する愛憐の心情を表現したものとも見るべき創作が載って居り……(略)……(同書)

この「愛人」とは、波多野秋子のことだろうか？　作品中のCか？　そうだとしてもあるいは別の女性だとしても、そのような事実は全くない。佐藤眠羊の場合、有島に不快感を抱いている人間による誤認や誹謗中傷、意図的な情報改竄とは思えないので、この記述は謎である。単なる勘違いでは済ませられない、重大なミスリードを招きかねない記述である。いずれにしても、日本国内においては、7月8日から9日にかけて各新聞社が事件第一報を発している。岩内白水会の動きも、新聞社の報道から大きく遅れないペースで情報把握と対応を行っていたことは、木田金次郎を紐帯として有島武郎と緊密な関係に結ばれていたことを示している。

翻って、有島農場や狩太村の人々の情報把握と対応はどうだったのだろう。吉川銀之丞を軸として同様の状況にあったと思われるが、この点については、稿を改めて整理してみたい。ちなみに、有島武郎情死の情報は、海外、主にアメリカ、朝鮮、中国においても大きな関心を持たれ報道がなされた。その詳細は別稿とするが、日本国内における報道は、直後の報道姿勢とその後時間が経過する過程で報道姿勢が大きく変化していったことについて、ここで触れておきたい。

……（略）……七月九日付の日本の新聞……（略）……の記事には、心中相手の女性の名とその夫である波多野春房のコメント、家族や知人に残した遺書の一部、有島が波多野秋子に送った手紙、有島と波多野秋子二人の知人の談話などが紹介されている。一方、事件の真相が明るみに出るに従って、話題の中心も有島自殺の原因を追求する方向に傾き、新聞各社は社会各界から寄せられた賛否の議論を紹介し始めた。（「有島武郎と朝鮮メディア」丁貴連2015）

……（略）……情死の原因をめぐって賛否両論、毀誉褒貶の嵐が日本全国に巻き起こっていたその矢先、中国メディアは有島の死を「侮蔑」してはならないと主張し、アメリカと朝鮮では有島の死を単なる情死ではないと指摘するなど、有島の死に対する深い理解と同情を示していたのである。しかし、周作人をはじめとする海外メディアの思いも空しく、有島の情死を巡る論争はエスカレートし、人妻と情死事件を起こした有島の作品を国語教科書から削除すべきであるという教科書問題に飛び火するなど、社会問題へと拡大されていった。決着を見ないまま議論ばかりが繰り広げられていく中、マグネチュード7・9を記録する巨大地震が関東地方を襲い、二ヶ月間に渡ってメディアを賑わした有島の情死事件は、東京の下町のほとんどを焼き尽くし、何十万人もの人々の命が押し潰されるという未曾有の大惨事に呑み込まれ、あっけなく幕を閉じてしまった。(同書)

関東大震災の勃発まで二ヶ月にわたって繰り広げられた武郎と秋子の情死をめぐる議論がどのようなものであり、どのような問題を可視化することになったのか別稿で考えたいが、ここではその「議論」がその後も尾を引いて折に触れて噴出していたことを示すエピソードを、やはり『白水社記録会計』から引いてみたい。情死事件のほぼ1週間後の「白水会記録会計」の記述に、目を通しておく。

大正十二年七月十七日
有島先生追想談話会
昨年の今日、それは吾々にとって忘るることのできない日だ。木田君が昨夕七時帰岩したので、急いで思出多い日に有島先生追想の会を午後七時より木田君宅のあの二階で行った。
惜しみなく愛は奪うの朗読、WMの詩の朗読、追想談、感想などがあって、最後に木田君の上京弔問中の事実、其他を聞いて散会したのは午前零時。来会者弐十参名。(『白水会記録会計』より)

一年前に武郎が岩内を訪れて地域の若者たちと交流した思い出深い日に、追想懇話会が開催された。情死報道の衝撃がまだ和らぐ前であるからか、重く沈痛な空気の中で5時間にもわたって行われたた事実が、岩内における有島武郎への想いの深さを無言のうちに物語っている。記録されているような話題内容がいかに深められたのか、関連する新聞報道記事にやや詳しいので引用する。この記事も小樽新聞社岩内支局長佐藤眠羊によるものであったろう。

●新聞記事より

有嶋氏の追想会／岩内木田氏の宅で

故有島武郎氏の個人雑誌「泉」愛読者を中心とした岩内の白水会にては十七日午後七時より木田金次郎君宅二階居室にて例会を兼ね、有島氏追想談話会を催した。同日は昨年の同日に有島氏が岩内を訪問し青年達に講演や談話に夜を更した一周年に相当するのみか有島氏の死を聞き九日急遽上京した木田君も前夜十六日終列車で帰町したので偶然にも思い出と記念に充された会合となった。来会者は二十余名で有島氏の写真には清楚な白菖蒲と、あじさいの一瓶を供へ、窓外明滅する燈台の光を見つめつつ遠く微かな波の音に気を鎮めながら追想壇に夜を更かした。佐藤彌吉君は有島氏創作「惜しみなく愛は奪う」の96ページを朗読して此の著述の年即ち今より六年前既に今回の死の来る所以を説きつつありしを語り又木田君は有島氏納骨式に某牧師が朗読せりと云ふホイットマンの死「死の歌」外二篇を朗読し、梁川氏は某新聞の論評を朗読して各自追相談に移ったが平素有島氏及び其作品に深く接していた人のみの会合とて氏の深刻なる思想及び感情に触れた談話のみ多く交わされ尽る処を知らなかったが、最後に木田君が上京見聞せる有島氏が死の前後の模様を語りて一同氏を偲び十二時過ぎ散会した。

因みに木田君は森本博士等の雑誌『文明生活』に有島氏のことに就て執筆することになっている。尚同君宛の有島氏書簡も同誌に載せる筈。(同書)

発言者の多くが、武郎の著作、作品の中から、自殺の背景や原因、理由などを読み込もうとしていた様子が窺える。新聞報道が伝える周辺情報のみに依存せず、武郎自身の表現の中に武郎の苦悩を読み取ろうとしていた白水会会員の真摯な姿勢が伺える記事である。この議論の中で、どのような意見が出され、どのような異論や共感が示されたのだろうか。それはわからないが、間接的に想像する縁となる出来事が、その後一年ほどして起きた。

大正拾三年八月四日

中野正剛氏談話会

町役場議事堂に於いて午前十時より代議士中野正剛氏を招いて談話会を行う。

有島氏の問題に就て木田君小沢迄見送る。（『白水会記録会計』より）

記録はこれだけであるが、問題は、木田が中野正剛を列車に同乗して送って行ったその理由と経緯にある。それについて著者佐藤弥十郎は触れることをせずに、次の新聞記事（小樽新聞社岩内支局長佐藤眠羊によるものだろう）を挿入するにとどめている。その理由はわからないが、記事にある木田と中野の論争に関わる複雑な判断が佐藤弥十郎にはあったものと推察できる。そうだとすると、ここから有島心中事件論争の難しさが窺えるだろう。白水会の内部においても、さまざまな受け止め方が存在した可能性がある。

●新聞記事より

何れか是か非か

岩内白水会では、目下道議選挙に応援に来ている憲政会代議士中野正剛氏を迎え四日午前十時町役場議事堂に於て政治談以外の清談を聞くべく談話会を催した際に、中野代議士は談偶々有島武郎氏の情死事件に就て稍否定的な批評談をしたが座にいた木田金次郎氏は大いに之を憤慨して中野代議士に対し貴方は有島氏を充分に知っているかと詰りそして論争を挑んだ。其結果木田君は遂に諒解することを得ずして同日午前十一時五十分の列車で中野代議士が出発するのに同車して尚中野代議士を詰問するところがあった。（同書）

中野正剛代議士、といえば、ジャーナリスト出身で1920（大正9）年の総選挙で当選し、革新倶楽部、憲政会・立憲民政党など各党を遍歴して、反軍派政党人として名を馳せた人物である。のちに、1940（昭和15）年には大政翼賛会総務となるが東條英機の独裁傾向に反発して体制翼賛化を批判するようになるなど、独裁体制批判急先鋒のひとりとして後世に名を残した政治家である。そのような中野正剛を白水会が招いて談話会を開いた背景は、白水会の立位置として自然に推察できる。その彼を相手に、有島武郎に対する批判の内容に納得しない木田が、中野帰途の車中にまで乗り込んで議論を闘いつづけた挿話は、有島情死をめぐるさまざまな議論、論争のひとつのハイライトであったろう。残念ながらその議論の内容は伝えられていないが、木田が中野に対して「貴方は有島氏を充分に知っているか」と詰め寄ったことは、議論の核心部分であったろうと思われる。批判もしくは誹謗中傷が、有島武郎の思想や人生を理解しないでなされた皮相なものが圧倒的に多かったろうことを思うと、議論や論争の中心部分に位置する指摘であったというべきだろう。この事実は、今日でもよく聞かれる有島への無理解に基づく誹謗中傷の多く、というより、ほとんどに共通してみられる論点となっている。

また、木田が残した文章の中に、中野との論争の中でも主張し相手を諭したであろう一節が見られる。これとても、その他様々な議論、論争の中のごく一部であろうが、あえて引用しておく。

死と、死者とを冒涜する者達へ。

無惨に因習に捕らはれてしまった君達が勝手に作り上げた、善だとか、悪だとかいふ尺度で、一人の人の真剣な力が、理性といふ意気地なしが全く役に立たなくなってしまふまでに、内部の欲求が溢れ出て、いはば必至の力がなしとげてしまった行為を、人の凡てのさういふ行為を、審かうとするのはよしたがいい。それは善でもない。悪でもない。善悪を超えた絶対なものだ。だからその行為は、それはそのままでいいではないか。（『追想』大正12年9月1日木田金次郎）

関東大震災が起きたその日に発表された一文である。芸術家らしい、画家らしい、真実と美を確信する魂が宿っている言葉である。特に、この言葉は、武郎の思想が目指した「ありのままの自分とはどのような自分か」と同期する木田の理想を示唆しているものとして、木田が到達した地平を窺わせる言葉である。

だからその行為は、それはそのままでいいではないか。（同書）

そして、さらに次のようにも言う。

だから君たちも審きの断頭台の上にのぼらないうちに、愚かしい、死と死者とへの冒涜は慎むがいい。

（同書）

木田のこの言葉は、周作人の次の言葉を想起させる。

われわれは彼らの死の由縁が知りたいが、判断を下したくはない。如何なる由縁であろうが、すでに自らの命で自己の感情または思想に報いた以上、ある種の厳粛さがわれわれの口を塞いでいる。われわれはもとより生を弄ぶべきでないが、それが故に死を侮蔑してはならない。（劉岸偉『周作人伝―ある知日派文人の精神史』よ

り）

自殺、とくに心中（情死）をめぐる言説や議論は、着地点が見えない底無しに沈んでいく重さを抱えてしまう。死を選ばざるを得ない、あるいは、主体的に死を選ぶという状況自体が、言葉の重さを超えてしまう。しかも、共に愛を至上として死を選ぶ心中（情死）においては、その行為自体が、その是非についても当人たちが置かれた不条理についても、言葉や論理では及ばない闇の深さを帯びている。他者にとっては、あえて絞り出した言及の言葉も否応なくブラックホールに澱んでしまうことを余儀なくさせる、もう一つの不条理となって迫ってくるように思える。にもかかわらず、当人たちが抱えた情況に向き合うため何某かの角度を見出そうとする場合、そこには、さまざまな視座が交差する葛藤が生じ、議論や論争が表出する。この議論や論争から、どのような諸相や可能性が見出せるのだろうか。はたして、決着や合意ということはありうるのだろうか。そのような泥沼然とした状況に身を置いたいくつかの論争をとりあげ、その中に可能性を探ってみたいが、それは機会を見て別稿とする。

※資料：『白水会記録会計』に挿入された新聞記事から（大正12年7月9日　時事新報）

●有島氏が残した遺書をけさ発表／相手の女の夫に宛てた一通／女は婦人公論記者波多野秋子（32）

軽井沢三笠山の別荘に於て情死を遂げた文壇の巨、有島武郎氏の屍体は相手婦人の屍体と共に七日夜軽井沢で直に火葬に附し、有島氏の遺骨は八日午後二時上野駅着列車で到着したが、相手婦人の遺骨は態と別の列車で送ったらしく、有嶋家では昨夜来親族会議を開き、種々善後策に就いて協議を重ねた結果、八日午後一時有嶋家に於て令弟の有嶋生馬氏及び里見弴氏立合の上遺書その他を発表したが、之に拠ると一ヶ月前六月九日夜に情死したもので、三笠山の別荘奥座敷八畳間の現場には、有嶋氏の遺書として母堂及長男行光（一三）次男敏行（一二）三男行三（一一）3人の愛児に宛てた一通、弟妹宛のもの一通、牛込の書店叢文閣主人足助素一氏宛一通、友人森本厚吉氏宛のもの一通、及び情死した相手夫人の夫に宛てたもの一通、最後に自分の財産に関する覚え一通、全部六通を、発見した。全てレターペーパーに万年筆で認められてある。

●遺書の内容／三児よ、父は出来るだけ戦って来た

有嶋家の遺書六通の中母堂及行光、敏行、行三の三愛児に宛てたもの、及び弟妹へ宛て三遺書は左の如しである。

（母及三児宛のもの）今日母上と行三とにはお逢いしましたが他の二人には逢かねました。私には却ってそれが好かったかも知れません。

『三児よ』父は出来るだけ戦って来たよ。こうした行為が異常な行為であるのは心得ています。皆の怒りと悲しみとを感じないではありませんけれども、仕方がありません。もう戦っても私は此の運命から逃れることができなくなったのですから、私は心からの喜びを以って、其の運命に近付いて行くのですからすべてを許してください。皆様の悲しみが皆様を傷付けない様、皆様が弟妹達の親切な手に依って早く其の傷から立ち去る様、ただ之れ計りを祈ります。かかる決心が来る前まで私は皆様をドレ程愛したか？（六月八日汽車にて）武郎

●弟妹に宛てた遺書

弟と妹よ長いよい共和の生活に存分私を興づかれて呉れたのを喜びます。あたたかい想い出許りが残ります。（以下六八字中略す、これは有嶋家で相手の婦人が発表しないと云ふ言質を先方へ与えてあるため略したためである）私があなた方に告げる事の喜びは死が外界の圧迫に依って寸毫も促されてはない事です。

私達は最も自由に歓喜して死を迎えるのです。軽井沢へ列車が到着せんとする今も笑ったり、喜んで語り

合って居ます。どうか暫く私達を世の習慣から引き離して考えてください。只母上と三児との身の上を思ふ時涙ぐまれます。三児達は仲の良い三人です。三人が仲良くして居なければ淋しくて居られないものです。向後も三人が常に一緒に在り得る様、さうしてあなた方の恵に欲する様合力して下さい。親愛な甥や姪にも私の変わらざる好意を伝えてください。あなた方凡ての上に何時でも好い世界が開けて居る様に……。六月八日夜列車中にて　武郎　弟妹諸君

●列車の内で／遺書を認めた有島氏

有嶋氏は六月八日（情死した前日）午後四時頃麹町下六番町の自宅を和服姿に小さな風呂敷包み一個を持った儘ちょっと用達しに行って来ると云って家出した儘帰宅せず、家人が心配して居ると翌朝有嶋氏が新橋駅東洋軒で書いた葉書が自宅へ配達されたので心当たりを探したが少しも判らず、同家では秘密に行方を捜索していたもので三笠山の別荘へ行った事は全く判らなかったが有嶋氏は家出した翌九日夜情死を遂げたのである。軽井沢駅へ到着する前列車内で遺書を認めたことも判った。遺書にもある通り有嶋氏は軽井沢へ列車が到着せんとする間際にも、喜んで相手の婦人と談笑しあってたと云ふところから見て、両人はかねてから情死を覚悟していたものと思われる。有島氏は恋愛の最後は死である、私達を世間の習慣から引き離して考えてくださいと遺書してあるのに依って、従容として死に就いたことと思ふ。

●屍体の傍

有嶋氏の屍体の傍には所持品の眼鏡一個、銀時計万年筆、銀鉛筆各一本、懐中電灯一個などが整然と並べられてあった。又婦人の所持品は金時計、オペラバッグ、化粧袋だけで、検死を済ませた後有嶋家の相手の婦人の家も事件を絶対秘密に付していたものである。

●告別式／明朝十時

有嶋家で親戚会議の結果、九日午前十時から正十二時まで、麹町中六番町の自宅に於て告別式を行う。

●伊達巻で縊死した現場の模様

有嶋武郎氏の遺骸は軽井沢三笠山の麓、同氏別邸で東京より駆けつけた兄弟山本佐藤両氏の手で昨夜懇ろに始末され別荘浄月庵に近く焼却さる事になった。大正九年当の武郎氏が、好みの設計で建てた和洋折衷二階建である。南向き階下十二畳の食堂こそ武郎氏が最後の室である。床の上には見るも無惨な腐敗の跡を黒黒と止め、臭気が鼻を衝く。欄の上には両人は梁に伊達巻をしごきを懸けて縊死をして、両人向かい合っていた。男は絽の羽織女は錦紗の羽織を着して居た。六月の夕方五時頃別荘差配人が裏手から這入って発見した。表門の扉は固く閉ざされてあったので差配が裏へ廻って見た所、下駄が二足脱ぎ捨ててあったのである。

●小説家有島武郎氏軽井沢にて情死す／相手は婦人公論記者で人妻波多野秋子（三二）

麹町区中六番町の有島武郎氏（四六）は一ヶ月程前外出先の新橋にある東洋軒から家人に「電話を掛けたいが通じないので葉書で書くが、急に旅行したくなったので東京を発つ。すぐ帰ってくるから心配せぬように」と葉書を送り、旅装一つ整えずに波多野秋子と打連れ其儘信州軽井沢の同氏別荘に赴いていたが六日前記両名は同別荘二階に於て枕を並べて情死し、腐乱せる屍体が発見され、七日未明麹町の有嶋邸軽井沢警察から入電があった。同邸では突然の悲報に驚き、令弟生馬氏は鎌倉より同里見弴氏は逗子より駆け付け義父神尾大将らと共に善後策を協議する一方同日午前十時令弟佐藤隆三、義兄山本直亮両氏は取る物も取り敢えず上野発初列車で現場に直行した。

●里見氏語る／「私達兄弟は大変不幸な境遇に陥ちた」

右情死の原因については「私達兄弟は大変不幸な境遇に陥っているし、また親族会議も開いていないから」と兄弟を代表して里見氏が云った丈で、一切口を閉じて発表しないが、武郎氏は数年前、婦人を喪い家庭に在っては母堂幸子刀自を養い三人の子供の父として平和な生活を送っていた筈であったが、最近は虚無思想に傾き、且つ氏が世襲の巨万の財を有する処から金銭を乞いに来る者が追々繁くなっていた。家人も

「ああした財産が譲られた事は一種の苦痛だったでせう」と云ふ如く、予て其邸宅は売りに出し、自らは牛込区原町に、また最近には四谷区内の小住宅に引っ越すなどしていた。なお例の北海道の処分問題にも其結果の思はしからぬものがあった。しかし、原因は全く恋愛問題で、相手の女性は東京在住の波多野春房氏夫人であるが悉く秘密に付されて居る。

●略歴

有嶋武郎氏は故有嶋武氏の長男として明治十一年三月東京小石川区水道町に生まれた。学習院を経て札幌農学校を卒業後米国に留学しハーバーフォード大学を卒業、明治四十一年より大正三年迄札幌農科大学予科の教授に就任し、後辞任して以来創作に従事してきた。弟の生馬氏里見弴氏と共に文壇三人兄弟として有名である。

●令弟生馬氏へも／最近は頼りがなかった／五月に鎌倉へ来たきり

鎌倉極楽寺姥ケ津の有嶋生馬氏邸では里見弴氏の返事を意見を聞いて生馬氏は七日午前七時急遽麹町下六番町の本邸へ帰京した。午後十二時瀟洒な洋風の同邸を訪へば信子夫人はもうお休みになった後で疲れて居るからとて面会を武郎氏の変時に就いては何も知らないとて取次が以て答えた年若い小間使二人は代わる代わる記者の問いに「ご主人は月の中二回上京し創作に没頭していらっしゃいますが、今朝は急に御用が出来たとかで朝早くご出発になりました。ご返事ですって？　私どもは一切知りません。また格別訪問客もありません。武郎氏は去る五月二十日有嶋家の親族会議の際にいらっしゃった限り其の後お見えになりません。また最近何の御便りもなかったやうです」（鎌倉電話）

●煩悶があったらそれは女の問題／某新聞社へ変な投書／親交のあった藤森成吉氏語る

小石川に藤森成吉を訪へば驚いて語る「有嶋氏とは四月初旬に依頼されて秋田雨雀氏と私と三人で山陰道の方へ講演する筈だったのですが、私は家人の病気のため同行できず有嶋氏と秋田氏二人限りで行ってきたのでしたが、その後五月の初め頃でしたが、神田の会場で行われたクラルテの出版記念講演会の際弁士控室で会いましたがそれがお会いした最後になりました。その時は大変嬉しそうに話しかけ、なぜ講演に一緒に行かなかったか、君にゆっくり話したいことがあるなどと云って居ました。金曜日が面会日だったのですがその後は自分の仕事があったのであまり外出もせず、何も有嶋氏の容子は知りませんが先月十八日の秋田雨雀、小川未明、市村吉蔵三氏の三人会の際も発起人だったのですが顔を見せませんでした。叢文閣の足助氏からだったか近頃旅行中だと聞いたことがありましたが、今月は「泉」も出版せずに居た有様で何かその間に事情があったかとも思われます。何時か、ある新聞社の人から有嶋はクリスチャンで表面品行方正だが、人の細君と関係して居ると云った風の投書おを見せられたことがありましたが、私は有嶋氏は決してそんな事はないと憤慨したことがありましたが、煩悶があったとすれば婦人問題だったでしょう。」

●原因は思想上に／菊池寛氏語る

有嶋武郎氏の変事について菊池寛氏は「全く意外なことなので只驚いたと云ふより外にありません」と冒頭してかう語った「有嶋さんとは去る五月大学のホールで女性改造主催の講演会の時に会ったのが最後でした。原因については思ひ当たることもあるが、然し遺書でも発表されない内には何とも云へない。やはり思想上からも来ているのじゃないだろうか。つまり、ああ云うふうに財産放棄など成したあの人の意志が社会的に容れられないというやうなことも原因ではないかと思ふ。女性と一緒に情死したと云ふことも、あの人は独身でもあり、独身だから恋愛をすることも自由だし……と云って単に所謂情事関係のみに考えルコとはどうしてできないと思う」

●十三日から横浜で／ドモ又の死上演

有嶋武郎氏の戯曲「ドモ又の死」は先月二十二日からつい此の二日まで浅草公園の公開劇場で花柳章太郎一派によって上演され来る十三日からは横浜で同じく花柳一派の新戯座に上演されることになっているが、

同有嶋氏の戯曲について水木京太氏は語る「代表的なものには「死とその前後」がありこれはかつて松井須磨子によって上演された。去る三月には菊五郎座によって帝劇で「断橋」が上演された。全体の傾向として云えば、氏のものは戯曲のうちに多分に小説的分子が含まれていると云えるが、一昨年吉右衛門が市村座を脱退して間もなく新富座で上演した「御柱」は氏のものとしては最もお芝居味の勝った面白いものだと思う」と。

（大正12年7月9日（月曜日））

有島武郎と波多野秋子が情死を遂げた2週間ほどのちに上演が予定されていた『ドモ又の死』は、予定通り行われたのだろうか。思えば、偶然とはいえ不思議なりゆきである。有島武郎は、自身の文学創作を発表する場として、それまでの様々な雑誌をやめて自分の作品だけを発表する個人雑誌「泉」を発行することにし、1922（大正11）年10月1日に足助素一の叢文閣から第1巻第1号を発行した。これは、自身の文学創造における起死回生を賭けた事業であった。この第1巻第1号に掲載した作品が、『ドモ又の死』と『小作人への告別』他であったことは、後世の読者である私たちから見ると、深い暗示を感じざるを得ない。この二つの作品は、どちらも、武郎自身の「死による回生」を象徴しているからである。『ドモ又の死』は画家戸部に仮託された文学者有島武郎自身の回生を、そして『小作人への告別』は農場無償解放による第三階級地主有島武郎の自己否定による回生を意味していたと受け止めることができるからである。それらが個人雑誌「泉」の発行宣言とも等しい位置付けとして発表されたことは、武郎のこれまでの人生の総決算としての「回生」が暗示された事績であることを示していると思い入れざるを得ないのは、有島武郎を愛する読者の性《さが》によるものであろうか。作品中に仕組まれたドモ又転生の戦略は、作者有島武郎自身が自らの芸術と生き方の回生を密かに託したものであったと思うのは、妄想がすぎるだろうか。２０２２（令和4）年は有島農場解放１００年であり、２０２３（令和5）年が有島武郎没後１００年であることに免じて、彼の回生を夢想する一愛読者の妄想を許していただきたい。

解説　「『存在の淋しさ』有島武郎読書ノート」を読む

玉田茂喜

『存在の淋しさ』有島武郎読書ノート」（以下、「ノート」と記す）は、型破りな有島武郎論で、読者をいきなり筆者が掘り起こした有島武郎像とその世界へと引きずり込む。この離れ業は「ノート」のどのような構想や方法によって可能なのか、またこの有島武郎論はどのような意味を持つのか。

一　あるがままの愛への迷い

初めに、比較的わかりやすい構成でまとめられている【『宣言』論】を例にして検討する。

『宣言』はAが親友のBに恋の悩みを相談することから始まり、A・B・Y子の三角関係は決着したと「宣言」されるまでの経緯が、37回の往復書簡の体裁で書かれている。

さて、「ノート」は『宣言』から八か所を引用して三角関係の原因やその帰趨を丁寧に読み解いた。その内容を今、因果の形式で整理すると次のようになるだろう。

Aは Y子と婚約中だが、心と肉とで愛することで恋は成就するという馴れ初めのころの初心を忘れ、途中から「真」の愛と「肉の障壁」との相克に悩んだまま解決できなかった。それがY子を失う原因となった。Y子はAから「自覚」を深めるよう求められ、良い妻であろうと努める一方、自らに萌している愛欲を満たされることがなく悩む。が、Bとの会話を通して、自らの欲望を抑圧することの誤りに気づきAに別れを告げることができた。それだけでなく自らの心に耳を傾けることの大事さを教えたBを愛するようになる。Bは終始Aの恋の支援役に徹していたが、最後にY子の愛を受け入れると自らも積極的にY子を愛していると認め、Aに対して勝利を「宣言」する。

「ノート」の読者としては、Aが相克を乗り越えられず、婚約直後の書簡で表明した「心と肉とで愛する」方向を堅持できなかった理由が『宣言』の中でどのように描かれていたのか知りたいと思う。AがY子にどのような「自覚」を求めたのかも疑問点だ。また、キリスト教の教えが三角関係の発生と解決にどんな影響を与えているのかも見逃せない。しかし、「ノート」の筆者にそのような方向に考察を展開するつもりは全くない。

それどころか、「ノート」ではBの勝利「宣言」に至る過程を小説における表層の問題解決に過ぎないと見た上で、もう一つ別の「真」の愛と「肉の障壁」の葛藤が存在すると言う。『宣言』の小説的展開とは直接的関係を持たない有島武郎の日記『観想録』を三角関係の解明の途中に割り込ませ、『宣言』執筆の隠れた深層の動機がここにあると見るのである。「ノート」読者としては意想外の流れだが、かつて有島は婚約中の安子について「自分の意見を持っていない」ので「意志を育み、何事も自分の立場から判断するよう訓練しなくてはいけない」と日記に認めた。「ノート」は有島の安子に対するこの見方はAのY子に対する見方と同じだと言う。

この見方を「ノート」の記述を用いてまとめるとこうなる。「武郎は、前年に発症した安子の死に至る病を看病しながら、安子との愛を見つめなおしていた」。「武郎は、自分の限界が、『あるがまま』より『真の』への拘りにあることを、おそらく安子との愛の中に感じたことだろう」。だから武郎は「なぜ、そのままの私を、性欲も含めあらゆる側面のすべてがそのままの私であることを受け止めて愛してくれなかったのか」と訴えるY子の言葉がそのまま安子の心だったと理解した。「『そのまま』を受け入れることが至上の愛の喜びであることを表したのがこの作品」に他ならない。

こうして表層と深層の二重の構造を持つ『宣言』の主題が「あるがままの愛への迷い」という巧みな表現でまとめられる。この読み方は、安子にかかわる現実の推移を日記その他から綿密に裏付けてあることも相俟って、大変に魅力的である。

さて、『宣言』に関する「ノート」を分析してみた。ここから「ノート」の構想と方法が見えてくる。当然、これは他の作品を読む際にも該当する。

二 「ノート」の構想と方法

(1) どの作品についても内蔵する作品論的な課題についてはほとんど関心がない。

例えば、『宣言』ではA・B・Y子の共通の立脚点であるキリスト教が彼らの誠実だが悲劇的でもある交流にどのように影響していたのかなどという問題は見向きもされない。

(2) 『観想録』などのように小説以外の日記・評論・書簡などが傍証として多用される。

作品執筆時の有島武郎がどのような生活、心理、思想などの状況にあったかを傍証を用いて綿密に割り出し、それを巧みに用いつつ当該テーマを考察するので、強い説得力を生む。

(3) 「ノート」が取り上げる主テーマは、「妄想・暗喩・暗示」などの語と共に示される。

『宣言』では表層・深層の語を「妄想」の代りに用い、「妄想」の語が登場するのは最後である。他の作品の読みにおいて中心部分は「妄想・暗喩・暗示」などを伴って示される。これらの語を使うと、「ノート」は謙遜しているように見えて実は確信に裏付けられている。

(4) 上の三点は、「ノート」が作品自体を論じるために書かれてはいないことを示す。

例えば『宣言』のテーマが「あるがままの愛への迷い」だとしても、有島武郎の安子への愛の迷いを書きたいためにA・B・Y子の三角関係が用いられているのだと理解すべきである。

(5) 「妄想」など控えめな語は扱っている話題を一気に主題化する役割を果たす。

この方法は「ノート」の読者の意表をついて、筆者が重視する課題を中心に据え、それをダイレクトに論じるべき課題に変換できる利点を持つ。筆者から見て枝葉末節の問題はスルーできるし、これこそが重要だと示すための論証を省略できる。もし違っていれば「妄想」だからで済むし、読者が納得すれば飛躍があることへの咎めだては生じない。

(6) 「ノート」の構想はアイデンティティの揺ら

ぎが鎮まる所を探ることにある

例えば、「ノート」冒頭の【『運命の訴へ』論】は副題が示すようにアイデンティティの危機がテーマとなっている。『惜しみなく愛は奪ふ』執筆の直後にこの小説の執筆が開始されたと見られ、従って、新しい小説の境地に激励されてもいたはずなのだが未完のまま擱筆された。作中で主人公が、俺れがどんな運命のもとに生まれたか分かった瞬間に気が狂うか自殺することになるだろうと語る場面がある。「自分とは何か」という問題意識を引きずっている有島は、主人公が自分自身を否定し滅ぼす覚悟を持って語るその言葉に共振する。つまり、自らのアイデンティティの内部矛盾を照らし出すこと、即ち「自分とは何か」を明るみに出すことで最後に狂気か死が待ち受けている可能性の自覚を迫られている。この『運命の訴へ』にとどまらず有島は生涯、自己同一性の自認について揺らぎ続けていた。この揺らぎが鎮まる所、及び予測される自死の可能性の受容、「ノート」の構想はこの点をめぐって展開していく。

三　「ローファーのマニフェスト」は早月葉子へのオマージュ

【『惜しみなく愛は奪ふ』論】(以下【愛は奪ふ論】と記す)は『惜しみなく愛は奪ふ』を「自己探求の『哲学』」を展開して「奇跡の三年」の執筆活動を支えた評論だと高く評価する。しかし、【愛は奪ふ論】の論じ方は難解だ。『惜しみなく愛は奪ふ』を引用したあとで解説するその表現が分かりにくいことなどが理由だが、何よりも多岐にわたる論点を混然と抱えており、それらを統一的に論じることが難しいためである。

さて、「奇跡の三年」という賛辞は『カインの末裔』から『或る女』までの三年が「傑作の森」と呼ぶに相応しいことにちなんでいる。『惜しみなく愛は奪ふ』の初稿と定稿が二つの作品の前後に書かれていることを「ノート」は重視するのだが、確かに作品を並べてみると頷ける。

【愛は奪ふ論】に関し問うべき問題を挙げると、『惜しみなく愛は奪ふ』をどうとらえているか、『惜しみなく愛は奪ふ』が『カインの末裔』や『或る女』にどのように連関するのか、そしてこれらの問題は他の論点とどのような関係にあるのかである。その際、「ローファー」と「ありのままの自分」に留意する必要がある。

（一）『惜しみなく愛は奪ふ』の二重の役割

【愛は奪ふ論】が引用している原典の中から有名なカナリアを例にした部分と解説を見る。

「私が小鳥を愛すれば愛するほど小鳥はより多く私そのものである。私にとつては小鳥はもう私以外の存在ではない。小鳥は私だ。私が小鳥を活きるのだ。（The little bird is myself, and I live a bird）。"I live a bird"……英語にはこの適切な愛の発想法がある。」（第16章）

この引用に続けて解説が来る。

「要するに、愛するものを奪う、と言っているのではない。愛する、ということ自体が、そもそも、奪うということなのだ、自分の個性に取り込んで、そのことによって一層豊かに自分の個性を愛する生活がより一層深まるのだ、と言っているのである。」

【愛は奪ふ論】は『惜しみなく愛は奪ふ』の「愛」をこのように捉えたうえで、ホイットマンにおける「愛」と作品創造に触れ、『惜しみなく愛は奪ふ』の「究極の目的」は「愛を個性の中に奪い続けること」によって、彼の表現活動を維持していく」ところにあったと見、次の部分を有島の文学活動への意気込みを伝えるものと見做している。

「私が目を据えて憚りなく自己を見つめれば見つめるほど、大きな真実な人間生活の諸相が明瞭に現れ出た。私の内部に充満して私の表現を待ち望んでいるこの不思議な世界、何だそれは。私は今にしてそれが何であるかを知る。それは私の祖先と私が、愛によって外界から私の衷に連れ込んで来た、謂わば愛の捕虜の大きな群れなのだ。彼らは各自身の言葉を以て自身の一生を訴えている。」（18章）

こうして「自己探求の『哲学』」『惜しみなく愛は奪ふ』は「エネルギッシュな創作意欲の源泉に関する分析と、将来に向けた自信に満ちた闘争宣言」を発するに至る。実際、定稿の全29章のうち、15章から19章までは初稿の再録なので、初稿時の高揚は『カインの末裔』の執筆を鼓舞し、定稿は18章の引用が示すように『或る女』を支えるだけでなく、『或る女』以後の作品が装いを新たにして執筆される可能性も示唆している。つまり大正九年の定稿は、「傑作の森」から更なる飛躍への決意も示唆していると【愛は奪ふ論】は見ており、文学活動を支え且つその発展を示唆する二重の役割を担っていると評価している。

（二）　仁右衛門は武郎の「ありのままの自分」に届かない

【『カインの末裔』論】は『カインの末裔』を次のように読んでいる。

執筆当時、有島武郎は「ありのままの自分とは何か」という問題に直面しており、自分自身の矛盾したありかたに悩んでいた。例えば、明治40年に帰国以後、農場を手放す決意をしていたのに農場主を続けざるを得ないという矛盾した状況は大正6年の現在も続いていた。

『カインの末裔』は有島武郎自身を仮託した人物を主人公として登場させ、彼の言動を通して「ありのままの自分」を探る実験を試みた作品だ。これは、仁右衛門という人物に仮託された「裏・武郎」が、どのように自分を解放的に表現し行動し「ありのままの自分」を見出していけるかという実験だった。

「ノート」は武郎が作品の中で描きたかった人物像は、矛盾を抱えつつも周囲の人間社会に是非も無く反抗して闘い、結局は敗北していく存在だったとしているので、仁右衛門（裏・武郎）が行動の結果として見出すべき「ありのままの自分」は「矛盾を抱えつつも……敗北」する存在でなければならない。

仁右衛門の行動の一つに作付違反がある。彼は農場の規約を無視して大規模に亜麻の作付けをして全く痛痒を感じない。地味を落とさず安定した耕作を続けるための共同体の約束事よりも目先の収入を優先する。この時の仁右衛門は「ありのままの自分」として「人間社会に是非も無く抵抗」する姿を見出すだろうか。仁右衛門がこの行動に出る動機など詳細を小説は書いておらず、「ノート」も言及していない。読者としては「ノート」が「是非も無く反抗する」と言っているから、そうなのだとしぶしぶ納得する。

このように仁右衛門は一貫して非共同体的人物として描かれているので、一つ一つの行動が示す否定性を「裏・武郎」も分有し、自身の「ありのままの」姿として受け入れるだろう。

ここに疑問がひとつ出てくる。このような否定的な存在であることが「ありのままの」自分であるとして、また、仁右衛門に仮託して確かめたかったのはこのような自分の姿だったとして、それが武郎全体の「ありのままの姿」だとは言い切れないのではないか。例えば、明治40年に既に農場解放の決意をしていた有島を思い出してみよう。仁右衛門の行動が有島の決意と一致するのは解放の意思そのものが偽善に基づいていたと結論した時だけだ。「ありのままの自分とは何か」という問題は全体としての自分の在り方を問うていたはずだった。仁右衛門に仮託した実験は否定的な側面を顕在化したという意味では半分しか成功しなかった。

(三) 『カインの末裔』の思わぬ陥穽

【愛は奪ふ論】は行論の途中で時々『カインの末裔』に言及するが、読みの基本は【『カインの末裔』論】と同じなので、その中で触れていない話題を取り上げて見る。

『惜しみなく愛は奪ふ』は「習俗的生活」や「智的生活」を言わば止揚した、「個性」に立脚する「本能的生活」を語り、それが「ありのままの自分」のもっとも願わしい生活だとみなしている。小鳥を愛し、愛した小鳥を自らのうちに奪って愛する、あの「本能的生活」である。繰り返しになるが、「ありのままの自分」が「本能的生活」を暮らせるならこれに勝るものはない。

ところで、【愛は奪ふ論】は締めくくりに当って、『カインの末裔』の意義を「本能的生活」に関連して仮説の形で語っている。短い記述の前半で「仁右衛門が『本能的生活』の象徴として描かれており」、「本能的生活を強行することによる敗北が描かれている」と論じている。これは上記の願わしい「本能的生活」に背馳する。後半も「仁右衛門の本能的生活は、外界を惜しみなく奪って成り立っていたように見えても、実は、それは〈愛〉によってではなかった。」「武郎は、仁右衛門を、ローファーにはなれない似非ローファーの象徴として対象化したことで、武郎が目指すローファーの実現困難性の暗喩とした。」と記している。つまり、仁右衛門の「本能的生活」は「愛」が欠如した「人間社会の下世話」な意味の「本能」的生活のことであり、「本能的生活を強行する」というときの「本能」も同じである。結局、仮説は『カインの末裔』における「本能的生活」は『惜しみなく愛は奪ふ』とは全く逆の意味だと言ったことになる。

「ローファー」というのは、制度と無縁に個人が生きる可能性を追求し、絶対の自由の中に住もうとする人物を指すが、特に「ノート」ではこの生き方が、ホイットマンのローファー的な生き方と重ねあわせられ、有島のこうありたいと願う生き方のモデル、ありうべき自己像として繰り返し言及されていた。『惜しみなく愛は奪ふ』が「ローファーのマニュフェスト」という副題を持つ所以でもある。

『カインの末裔』で仁右衛門に「裏・武郎」を仮託した時に「ローファーについては別」という留保をつけていないので、仁右衛門を似非ローファーとして対象化したのであれば、「裏・武郎」も正真正銘の似非ローファーである。「武郎が目指すローファーの実現困難性の暗喩」になるはずもない。【愛は奪ふ論】は意想外の混乱を抱えている。

（四）ローファーを生きた早月葉子

【『「或る女（前編）」と「或る女のグリンプス」』論】や、【『「或る女（後編）」とホイットマン』論】が『或る女』について論じる内容は巧みに読者を説得する。【愛は奪ふ論】の『或る女』への論評も平易である。

『或る女』を論じた【『「或る女（前編）……」』論】と【『「或る女（後編）……」』論】を使って『或る女』の中心的内容をまとめると、

実在の女性モデルの生き方を有島武郎は自分の生き方に重ねて、自分が彼女ならどのように生きるかを主人公のこの女性に仮託した。現実社会で敗北していく女性の存在の意味を文学の中で越えられるかどうかという可能性に賭け、女性を破壊的で破滅的存在として描くことによって、その先に新たな自分の転生を賭した。
この内容は、「ノート」自身が明かすまでもなく、構図が『カインの末裔』とそっくりであることに気づかせる。私の知る範囲でこの二作品を同じ構図を持つ作品として論じた論評をほかに知らない。着眼の鋭さに驚かされる。

「ノート」は『惜しみなく愛は奪ふ』を念頭において、自分のすべてを賭けて愛し、破壊と破滅を予感させる愛を互いに求め合う葉子と倉地の姿は、武郎の見果てぬ夢だと評する。また、【愛は奪ふ論】の終わり近くの仮説では「葉子はその自由な愛の生き方が時代に認められず時代によって破壊されたローファーになった」と記している。同じ仮説でもこちらの仮説は素直に腑に落ちる。たぶん「裏・葉子」を必要としなかったためだ。

(五) ローファーと自己同一性のベクトル及び循環の中の自己変革

【愛は奪ふ論】は問題が混然と含まれているため統一的に論じることが難しいと記したが、ここではその中から二つ取り上げて考えてみたい。

一つ目は「自己同一性」と「ローファー」の関係についてである。『宣言』のY子には偽りが潜む愛は愛ではないと得心することが「ありのままの自分」を発見することだった。Y子の発見の背後には個人主義の思想がある。自己同一性という概念が登場する以前の時代に「ありのままの自分」を問うことは、現代なら自己同一性を問うことに等しい。有島が己の自己同一性を問わねばならない事態は深刻だった。一方に家産増殖を求める父武が明治民法の家制度の擁護者として居り、一方に武郎が札幌農学校と留学生活で培った近代個人主義的価値観に拠る者として居て、この親子は図らずも家と個人という時代の普遍的な対立の当事者でもあった。武郎は父と妥協して平衡を保ったが、この妥協は「自己同一性とは何か」という厳しい問いを生む。この問いの答えは自律する指針となり、問題に対して迷わず合理的な行動を教えるだろう。合理的なものは理性的でもあるから、それは能う限り正しい行動の保証でもある。『惜しみなく愛は奪ふ』的には智的生活の次元のことだとはいえ、現実社会の中では戦略的な闘争が可能になる。この意味で『小作人への告別』で語ることは合理的戦略に基づいた模範解答だった。自己同一性の自認が下支えをしているから。

有島の『ホイットマンに就いて』では、「ローファー」とは外面的に人生の目的・輪郭を所持することなく、さ迷い歩き、何時でも自分中心で、偶然出会ったものに興味を結び、それを自分の養分として吸収する人物だと説明している。「ノート」ではこの生き方が、有島のこうありたいと願う生き方のモデル、ありうべき自己像なのだと繰り返し言及されていた。

自己同一性を問うことは制度内で現実の状況に対処する生き方が求められ、それを避けないということが前提になっている。時代の矛盾に直面することを厭わないのだから制度と対峙せざるを得ない。一方ローファーは自分中心で制度と無縁に自由に生きる在り方を求める。つまりこの二つのベクトルは違っているのだが、すると、有島が二匹の兎を本気で追いかけたのか疑心が治まらない。

二つ目は「循環構造」についてである。【『カインの末裔』論】では仁右衛門に有島自身を仮託した実験が行われたと読み、「実験の成果は、物語の冒頭と結末の循環構造に衝撃的に示されている。それは、敗北を繰り返しながら永続的に続く自由で暴力的な自己否定、自己変革の姿である」と纏めていた。

問題は循環の捉え方にある。近代のある哲学者は「時間を空間化してはならない」と言った。この考えに従えばマッカリヌプリの裾野の一筋道を黙々と歩く冒頭の仁右衛門と椴松帯にやがて呑み込まれていく掉尾の仁右衛門とは別人である。入地してから夜逃げまでの春夏秋冬に降り積もる時間が仁右衛門に変化をもたらす。初めに戻ることはない。どこかの地を追われ、今またこの地を追放されて次の地へ向かうという点では同じことの繰り返しに過ぎないと見えるが、次の地で彼がどのような時間を過ごすかという点では異なるのである。彼が生きる時間は水のように循環するわけではなく、輪廻のように循環するのでもない。『聖書』のカインの裔が罪を負い続けることは比喩としてはともかく、生きる姿としては循環していまい。それに、循環構造の中で自己変革が起こるものだろうか。仁右衛門の生きる姿が循環するなら、彼に憑依している武郎の自己変革も循環する。この時、変革は繰り返しと同義語になるだろう。「ありのままの自分とは何か」と問いつつ新しい地平を目指しても、循環という構造の中に閉じ込められているなら、永続的に続く自己否定、自己変革はどのようにして可能なのだろう。

四「存在の淋しさに似てもっと深いもの」

「ノート」の筆者は有島の作品を読み込むほどに心底に響いてくる有島の生き方の激しさに心動かされながら、新しい有島像を形成してきた。発見した新しい有島を抜かりなく語りつくすには、そのことに特化した方法が必要であり、それは語りたい局面に単刀直入に話題を誘導・転換する方法だった。文学の専門家的ではないかもしれず、早口すぎるかもしれないが「存在の淋しさに似てもっと深いもの」の本体を尋ね求めて逸る心に言葉が追いつくのは並大抵のことではない。「妄想」と称して一気に核心に迫るしかないのである。見つけ出したものに急いで言葉を与えることができるから。これが危険を伴う方法であることには気づいていたであろうが、その危険さえも無視させる衝動、有島へのあふれる愛がこの方法に踏み切らせている。結果として、型破りに、時にはルール破りに見えても、読者には驚異の大胆な読みが提示されることになった。それは「ノート」を読み終えたすべての読者が味わう感慨であろう。

梅田滋はまた、【愛は奪ふ論】の中で『愛は惜しみなく奪ふ』18章の数行を引用した後、「鳥肌が立つほどの直截な表現ではないか。論は、核心に突入した。武郎自身のこの後の創作活動の〝臨界〟と〝自死〟が予感される、と思うのは、読者のあまりに〝高慢な〟批評家根性だろうか。いや、それこそ「有島武郎」を「愛」し自分の中に奪い取ろうとしている読者としての私の個性がなせる精神営為であり、『惜しみなく愛は奪ふ』に込めた武郎のメッセージを正面から受け止めて継承しようと言う〝愛弟子〟の所業として、肯定的に受け止めていただける「感想」ではないだろうか。これは剽窃ではない。」

という極めてパセティックな独白を挟み込んでいる。これは梅田滋の、有島が自死に至った経緯に強い関心を寄せている、その心情を最も激烈に表白している部分であると共に、9年間に亘って有島に肉薄し続けた膨大な熱量の源泉をも示している。

存在の淋しさ――後記

私は当初、この【有島武郎読書ノート】全体を通して重く沈むような光を滲ませているいくつかの論点を、体系だった論理的秩序のもとに整理してみようと考えていた。アイデンティティの裂け目、文学への渇望と蘇生、安子の愛とあるがままの自分、奪い合う愛、愛と芸術の相克、階級論と自由、階級移行否定論、第四階級の新たな表現、そして、アイデンティティの裂け目を超える……などの論点である。

しかし二、三度全体を読み返した結果、それはしないことにした。いくつかの論点が、自分の文章の中に未整理のままではあるが、既にある程度提示できているように感じたからである。この未整理なところや、論点によっては矛盾を帯びているところも含めて、その内実やその様相こそが私の有島武郎理解における本質の一部である、と思えたからである。

人生も愛も文学も体系だった一貫性や洗練を要求することはない。作品に垣間見られた彼の生き死にに関わる表現においてのみならず、有島文学に対する私の思い入れにおいても、それは当てはまる。私は、あれほどの苦悩にのたうち回りながら生きそして死んだ、そのままの有島武郎を敬愛している。そのことを、胸が痛くなるほど切なく感じた。私は、彼のその軌跡を我が身に重ねて感じることができただけで、これ以上望めないほど十分満足できた。心からの感謝を捧げたい。

そして感謝は、土香る会の読書会をともにした友人たちと、巻末に解説を寄せてくださった玉田茂喜氏、そして、この書の上梓にご協力いただいたブックデザイナーの佐々木正男氏や共同文化社の竹島正紀氏にも捧げたい。

梅田滋

１９４９年　生まれ（青森県）
１９７２年　国立東北大学文学部中途退学
２０１６年　土香る会（有島記念館と歩む会）事務局長
～有島武郎読書会（土香る会主催）企画運営

執筆：※『存在の淋しさ』に一部所収
『有島武郎読書ノート』（№１：２０１３年～№41：２０２１年）
『有島武郎とアジア』（№１：２０１９年～№14：２０２１年）
『有島武郎読書ノート余滴』（№１：２０２１年～№６：２０２２年）

現住所：北海道虻田郡喜茂別町字比羅岡12—2
電話：０９０—８３７４—３５６７
E-mail：umeda-s@bz03.plala.or.jp

存在の淋しさ——有島武郎読書ノート

発行　２０２３年５月16日
著者　梅田 滋
発行元　㈱共同文化社
０６０—００３３
札幌市中央区北３条東５丁目
ＴＥＬ：（０１１）２５１—８０７８
ＦＡＸ：（０１１）２３２—８２２８
https://www.kyodo-bunkasha.net/
装幀　佐々木正男（佐々木デザイン事務所）
印刷　㈱アイワード

ISBN978-4-87739-383-0